1950

口述

我们的
抗美援朝

柴成文　等著

1953

中国文史出版社

CHINA CULTURAL AND HISTORICAL PRESS

图书在版编目（CIP）数据

口述：我们的抗美援朝 / 柴成文等著 . -- 北京：中国文史出版社，2023.7

（抗美援朝亲历记）

ISBN 978-7-5205-4140-4

Ⅰ . ①口… Ⅱ . ①柴… Ⅲ . ①纪实文学－中国－当代 Ⅳ . ① I25

中国国家版本馆 CIP 数据核字（2023）第 116338 号

责任编辑：梁玉梅

出版发行：中国文史出版社

社　　址：北京市海淀区西八里庄路 69 号　邮编：100142

电　　话：010-81136606　81136602　81136603（发行部）

传　　真：010-81136655

印　　装：北京新华印刷有限公司

经　　销：全国新华书店

开　　本：710×1010　1/16

印　　张：18

字　　数：288 千字

版　　次：2023 年 7 月北京第 1 版

印　　次：2023 年 7 月第 1 次印刷

定　　价：58.00 元

出版说明

2023 年是抗美援朝战争胜利 70 周年。

习近平总书记强调指出，抗美援朝战争的伟大胜利，是中国人民站起来后屹立于世界东方的宣言书，是中华民族走向伟大复兴的重要里程碑，对中国和世界都有着重大而深远的意义。抗美援朝战争锻造形成的伟大抗美援朝精神，是弥足珍贵的精神财富，必将激励中国人民和中华民族克服一切艰难险阻、战胜一切强大敌人。

为纪念抗美援朝战争伟大胜利，中国文史出版社策划出版《抗美援朝亲历记》丛书，分为五册：《口述：我们的抗美援朝》《纪实：支援抗美援朝实录》《还原：抗美援朝25场殊死较量》《亲见：战地摄影记者在朝鲜》《亲历：一名汽车兵在朝鲜战场的日子》。本丛书秉承人民政协文史资料亲历、亲见、亲闻的"三亲"特色，突出志愿军普通指战员和普通民众的著述，以小故事反映大事件，通过历史当事人、见证人和知情人的回忆，生动翔实地记述中国人民伟大的抗美援朝战争中的重大事件经过和重要人物活动；再现了英雄的中国人民志愿军同朝鲜人民和军队共同抗击侵略者，以正义之师行正义之举的历史画面；彰显了中国人民不畏强暴的钢铁意志、万众一心的顽强品格、敢打必胜的血性铁骨、维护世界和平的坚定决心；充分印证了抗美援朝战争的胜利，是正义的胜利、和平的胜利、人民的胜利。

收入书中的文稿，部分选自本社已出版的《纵横》杂志或专题图书。为尊重作者原意，保持了原作原貌，入选文稿除统一年代、数字、称谓等标准用法，删除个别词句外，未对内容做大的改动。对有些篇幅过长的文章，节选其相关内容或主要部分。书中的部队番号做到单本书统一用法。

抗美援朝战争伟大胜利，将永远铭刻在中华民族的史册上！永远铭刻在人类和平、发展、进步的史册上！

目录

第三辑　边打边谈的停战谈判

第四辑　英雄赞歌

第一辑

抗美援朝，保家卫国

追忆驻朝使馆开馆

· 柴成文 *

1950 年 6 月 25 日，举世震惊的朝鲜内战爆发了！

这时候，中共七届三中全会刚刚开完。我国正准备集中力量治理旧政权、开创新局面。

友邻国家发生的这场有国际霸权集团争夺势力范围背景，并严重威胁我国安全的局部战争，使北京面临艰难的抉择。

中央领导审时度势，立即向朝鲜派出了外交使团，组建了驻朝鲜的中国大使馆，以加强和朝鲜国家领导人的联系。

1950 年 6 月 30 日的深夜，刚刚调到外交部准备派往我国驻东德使团工作的柴军武（此名是柴在驻朝鲜使馆工作时的名字，后按照李克农的建议，把名字更改为柴成文。从此之后，便一直为柴成文），被周恩来派专车接到中南海紧急约见。

柴来到中南海西花厅办公室的会客厅时，见到外交部副部长章汉夫和中央军委情报部第一副部长刘志坚已就座。一会儿，周恩来从客厅西头的办公室走出来，和大家寒暄之后，便亲自向柴成文部

＊　柴成文（1915—2011），时任中国驻朝鲜大使馆参赞、中国人民志愿军朝鲜停战谈判代表团秘书长。曾任中国驻丹麦王国公使馆公使，中国人民解放军总参谋部情报部副部长、总参谋部外事局局长。

署任务。

周恩来说，不要你去柏林了，聂老总建议你去平壤……朝鲜打起来了，美国杜鲁门政府不仅宣布派兵入侵朝鲜，侵略台湾，而且对进一步侵略亚洲做了全面部署，他们把朝鲜问题同台湾问题联结在一起、同远东问题联结在一起，所以我们需要派人同金日成保持联系。倪志亮大使还在武汉养病，一时去不了，现在要你带几个军事干部先去。

周恩来从急办文件中抽出总参谋部建议派遣军事观察小组前去平壤的请示报告，接着向到会的人说，他的意见还是以使馆名义去好，不要用联络组名义，更不要用观察组名义，派往朝鲜的其他人员由刘志坚负责挑选，章汉夫帮助他们准备，争取快去，任命手续以后补办。

从 7 月 1 日起，紧张的准备工作开始了，首先是选调干部，他们是：政务参赞、临时代办柴成文，参赞倪蔚庭，参赞薛宗华，一等秘书张恒业，武官朱光，副武官王大刚，副武官刘向文。

8 日，周恩来在政务院会议室接见即将派赴朝鲜的七位外交官。同他们进行了长时间的谈话，阐述了当前朝鲜战争的形势。他指出：现在朝鲜人民处在斗争的第一线，你们要向朝鲜同志表示，看有什么事需要我们做，请他们提出来，我们一定尽力去做；当前使馆的主要任务是保持两党两军之间的联系并及时了解战场的变化。接见中，周恩来审定了外交部拟订的就中国外交官赴朝鲜就任致金日成的介绍信，并签了字。

中国使馆官员一行于当日晚乘火车离开北京，10 日晨抵达平壤。中华人民共和国驻朝鲜民主主义人民共和国大使馆在那一天正式建馆办公。8 月 12 日，倪志亮大使到任。在战火纷飞和战局激烈动荡的日子里，倪志亮大使和柴成文政务参赞率领使馆一班人，坚守工作岗位，忠实地执行党中央和国务院所赋予的联络任务。

9 月 7 日，柴成文被中国外交部紧急召回北京，他带回一份与倪志亮大使商定的汇报提纲。这份提纲报告了朝鲜战场当前的敌友态势和朝鲜后方的主要情况，并作出了如下的判断："敌人当前除大力阻止人民军的前进外，正积极部署反攻，将陆战队第五团调回日本，拟组成陆战师，估计可能在仁川或其他地区登陆。""敌军已占领月尾岛、德积岛。并用大批飞机破坏友军运输线，为登陆准备有利条件。"

柴成文依据这个"汇报提纲"首先向聂荣臻代总参谋长汇报。因事关重大，聂荣臻当天就把"汇报提纲"呈送毛泽东。毛泽东阅后当即批示：周阅后，刘、朱、任阅，退聂。请周约柴军武一谈，指示任务和方法。之后，周恩来仔细听取了柴成文的汇报，并问柴，万一情况突然变化，如果需要我们出兵入朝，你看会遇到什么困难？

1950 年 9 月 15 日晨 5 时，毛泽东、周恩来认为对朝鲜人民最不利的情况终于发生了。麦克阿瑟亲自指挥发动了仁川登陆作战。美军主力部队突破了朝鲜人民军的防线，至 16 日下午，控制了整个仁川市。半个月后，汉城失守，退守在釜山地区的美军发动了反攻，朝鲜战争的形势发生了逆转，朝鲜处境危急。金日成派高级官员前来求援。

针对朝鲜战局的变化，中央决定再为驻朝使馆增派五名武官，人员从准备入朝作战的部队中指派，其任务是熟悉情况、勘察地形、做战场准备。这五名新任武官是：东北军区后勤部副部长张明远，第十三兵团司令部情报处处长崔醒农，第三十九军司令部参谋处处长何凌登，第四十军一一八师参谋长汤景仲，军委炮兵司令部情报处副处长黎非。

17 日，周恩来接见了张明远等人，作了具体的指示，并要尚在北京的柴成文偕新派武官尽快出发前往平壤。他们到达平壤后，柴成文拜会金日成，并告诉他中国又向使馆派来了五名武官以及他们实际担负的工作任务。金日成十分高兴，他请首相府秘书何仰天分别给五名武官各开一张由首相签署的"信任状"，要朝鲜有关党政军机关沿途给予协助关照。

朝鲜战局日趋危急，1950 年 10 月 2 日，中共中央政治局作出了举足轻重的决策，决定以志愿军名义派一部分军队到朝鲜境内同美、李军作战，援助朝鲜人民。

8 日，毛泽东为组成中国人民志愿军发布第一个命令：任命彭德怀同志为中国人民志愿军司令员兼政治委员……着将东北边防军改为中国人民志愿军，迅即向朝鲜境内出动，协同朝鲜同志向侵略者作战并争取光荣的胜利……还是这一天，毛泽东电示中国驻朝鲜大使倪志亮，让他将中共中央准备派中国人民志愿军赴朝参战的决定转告金日成首相。

此时，美、李军继续北犯，平壤告急。9 日，朝鲜政府决定江界为临时首都，机关、学校、团体一律从平壤市撤退，并通知各外国使团撤至邻近中国的边城满浦。

中国驻朝鲜大使馆按通知于 10 日晚撤离平壤。使馆人员在倪志亮大使的领导和组织下一分为三，开始撤退：（一）为继续保持中朝两党间的联络，倪志亮大使和柴成文参赞携带电台和少数工作人员按照金日成指定地点撤往熙川。（二）参赞薛宗华、副武官刘向文带领必要工作人员先撤到与我国安东（丹东）市只有一江之隔的新义州，必要时过江在中国境内经辑安（集安）到朝鲜北部城市满浦。（三）其他人员由一等秘书张恒业、武官朱光带领暂回北京。

在使馆撤离平壤市前往熙川的途中，倪志亮大使由于劳累过度引起哮喘病复发，不能行动，随身的警卫员又被敌机投下的炸弹炸伤，经请示国内批准，于 14 日由满浦过江离开朝鲜，暂时返回北京治疗，使馆工作由柴成文代办主持。

19 日晚，我中国人民志愿军分别从安东、长甸河口、辑安等处渡江开始赴朝作战。与此同时，中国驻朝使馆接到中央急电，要即刻联络金日成首相，请柴成文具体安排和彭德怀司令员的会晤。

20 日清晨，柴成文偕同朝文翻译金苏城到达德川。中午 12 时，在一个山沟停在铁路隧道内的列车上拜见了金日成，并向他讲明来意。金日成非常高兴，当即表示，彭将军的到达，给极端困难的朝鲜人民带来了力量和鼓舞。

由于平壤南郊已被敌人占领，与彭会见需要另选地点。当日傍晚，趁着落日余晖，金日成、柴成文各乘一辆黑色小汽车离开德川，沿着丘陵地带的公路向西北方向疾驶，于 21 日凌晨 2 时到达大榆洞附近的金矿大洞。两个小时后，彭德怀和朝鲜副首相朴宪永一道，也从新义州来到大榆洞。上午 9 时，在柴成文陪同下，彭德怀和金日成的历史性会面开始了。

对于中国出兵援朝及请求苏联派空军掩护和给予军事物资支援一事，周恩来也于 10 月 8 日偕翻译师哲专程飞往莫斯科转道黑海海滨休假地会晤斯大林。斯大林对美军仁川登陆后的朝鲜形势犹豫不决，对派空军掩护中国人民志愿军入朝作战顾虑重重。鉴此，中共中央在 10 月 13 日再次召开紧急会议，经充分讨论，一致认为出兵朝鲜对中国、对朝鲜、对东方、对维护今后世界持久和平都是有利的。新中国的领导人就是在敌人重兵威胁之下，在斯大林犹豫不决的情况下，独立自主地承担起国际主义的义务，毅然决定投入这场抗美援朝、保家卫国的战争中去的。

中国人民志愿军赴朝作战后，作为中国政府的外交代表，我驻朝鲜使馆柴成文代办仍然肩负与金日成首相的联络任务，并先后两次陪同金日成首相赴北京，与我国家领导人会晤。

（原标题为《追忆驻朝使馆开馆暨朝鲜停战谈判》，有删节）

1950 年初，我从第一野战军第一兵团二军六师十六团团长的岗位上被选调来京，在中央军委举办的武官训练班学习，准备出任新中国驻外使馆武官的职务。6 月 25 日，朝鲜内战爆发；27 日，美军参战；28 日，毛泽东主席发表声明，严厉谴责美国干涉朝鲜内政。之后，我参与了我军抗美援朝战争的前期工作。

周总理亲自布置选派军事干部赴朝

6 月 30 日，周恩来总理召见中央军委情报部副部长刘志坚、外交部副部长章汉夫、原定派往驻民主德国使馆工作的西南军区情报处处长柴军武（即柴成文），并严肃地指出，美国杜鲁门政府不仅宣布派兵入侵朝鲜、侵占台湾，而且为进一步侵略亚洲做了全面准备。他们把朝鲜问题同台湾问题和远东问题联系在一起，所以我们需要派人同朝鲜保持联系。倪志亮大使还在武汉养病，一时去不了，现在要由柴军武带几个军事干部先去，其他人员由志坚负责挑选，汉夫帮助准备，争取快去，任命手续以后补办。

---

* 　王大刚，时任中国驻朝鲜大使馆副武官。曾任中国人民解放军总参谋部二
　　部顾问。

7月5日，上级确定了以柴军武为政务参赞并兼任临时代办，倪蔚庭、薛宗华为参赞，张恒业为一等秘书，朱光为武官，我和刘向文为副武官，就这样快速组成了驻朝使馆工作班子。当天上午9点，我突然接到军委武官训练班的通知，要薛宗华、张恒业和我赶快到部里去，部领导找我们谈话。冒着大雨，我们中午12时准时到了部里。刘志坚副部长一见面就说："你们是从野战军调来的师团干部，有作战经验，这次调你们去朝鲜，就是要很好地了解朝鲜战争情况，特别是美军的参战，这是中央十分关心的。"邹大鹏副部长紧接着说："你们到了朝鲜，要处理好两军关系，巩固和发展两国、两军的友谊。"他们还说："你们很快就走，现在时间不多了，赶紧去做准备吧，有什么问题及时提出。"我们几个人都表示，坚决完成领导赋予我们的光荣任务。随后马上去准备，照相、做衣服、购置必备的工作和生活用品、办理相关手续等。

第二天上午，我去办理转交组织关系等相关手续，从总参政治部到总政干部部又到中央组织部、国务院办公厅，最后转到外交部，一直到中午。下午2时，周总理专门接见临时受命的我驻朝使馆人员，并与我们进行谈话。在座的有刘志坚和邹大鹏部长、章汉夫副部长、陈家康副司长。周总理根据目前形势，对朝鲜问题进行了分析：争取好的，准备持久，防止坏的。并指示当前的主要任务，是保持两党、两军之间的联系，及时了解战场情况和变化。总理的讲话简要、明确，他的神情严肃、凝重，环视着我们每个人时，带着认真、亲切和期望的目光，这是党中央的指示、要求和期望。听了总理的指示，我们每个人顿时感到党和国家对我们莫大的信任。接见结束后，大家马上分头进行各项准备工作，深夜返回。

7日上午，我与朱光、刘向文去军委后勤部做冬装军服，又去外交部办理出国护照、签证手续和外交事务。时间如此紧迫，事务如此忙乱，多亏三五九旅的老战友赵耀武同志的积极帮助，他知道我要去朝鲜，一直帮我整理行装、装箱。

当晚，我们乘开往满洲里的快车离京，中央军委情报部副部长刘志坚、杜主任、外交部领导和朝鲜驻华大使都到车站去送我们；8日下午开赴安东的火车发动，东北局领导也都到车站亲迎亲送我们，并帮助转办行李手续；9日到安东，临时住贸易部办事处，我们将非迫切需要的行李留在那里，贸易部领导帮助我们迅速办理入朝签证；当天下午，我们一行数人乘火车出发离开祖国，奔赴朝鲜，去完成祖国和人民交给的光荣任务，我们每个人心情都很不平静……

侦察敌情的过程冒险而紧张

过鸭绿江大桥后，我们受到朝鲜外务省领导的迎接，当晚改乘专列于第二天早6时到达朝鲜首都平壤，朝鲜外相和苏联驻朝大使等到车站迎接。我们下榻在平壤解放饭店，并将其作为临时办公室，到达后立即着手展开工作。柴军武代办立即让我做了两件事：第一件是国内要朝鲜 1/50000 的地图 50 份。14 日，我带两位工作人员去平壤东华园领取地图，按地图标编号，对每一幅仔细进行清查，于7 月 15 日装箱送回国内。第二件是从朝方领取朝鲜人民军制服，夏、冬装各一套，迅速送回国内。这两件事表明党中央对朝鲜战事的关注和重视，朝鲜战争与我国安危密切关联，我方在根据事态发展做应付的准备。

7 月 20 日，使馆党组决定派我和刘向文随朝鲜人民军一军团到前方去。到了汉城因没有电台，无法与后方联系，我在汉城与朝方内务省进行联系，并对前方战事进行深入调研，了解前方交战形势、美伪军情、兵要地志、社情和敌特活动等情况。

8 月下旬以后，美机出动架次批次增加，轰炸目标增多，轰炸范围扩大。特别是仁川和汉城一带，成为其轰炸的重点。美军战斗机低飞扫射，横冲直撞，狂轰滥炸，引起市区多处大火，浓烟直冲云霄，朝鲜百姓深受其害。我曾目睹汉城市区一位 19 岁的姑娘中弹身亡，另一年轻男子重伤丧命，很多家中传出的哭声令人痛心！美军疯狂轰炸的暴行，引起朝鲜人民的极大愤慨。9 月 1 日，我接到倪志亮大使的一封信，要我抓紧了解美机轰炸情况。我立即按照要求，冒着生命危险在敌机轰炸时找好有利位置，现场观察统计，将每日敌机轰炸的时间、次数、架次、机型、弹种等情况，迅速摸清，并汇合友军信息，综合分析其规律特点，及时上报。

9 月 15 日，美军第十军在仁川登陆。9 月 19 日，中央军委决定，为尽快熟悉敌军装备、作战特点，熟悉朝鲜地形，经朝方同意，由我第十三兵团司令部情报处处长崔醒农、第四十军一一八师参谋长汤景仲、第三十九军司令部参谋处处长何凌登、军委炮兵司令部情报处副处长黎非和东北军区后勤部副部长张明远等五人，以大使馆武官名义前往朝鲜，由柴军武代办带来平壤，我们向他们介绍敌登陆后朝鲜战争发展情况。10 月 1 日，汤景仲和何凌登找我了解对当时抗美援朝战争的看法。我以自己的亲身经历，对照周总理对抗美援朝战争形势的"争取好的，准备持久，防止坏的"的正确分析，给他们做了详细的情况介绍。他们二人听了也很有同感，我们进一步研究探讨了战争中的经验教训，并考虑我军作战应注意的问题。

10 月初，金日成向中国发出紧急求援信函：急盼中国人民解放军直接出动，援助我军作战。周总理致电指示倪志亮大使：根据目前情况，我武官观察组应分为两个小组，一个调查平壤附近及平壤安东线、平壤辑安线的各种情况；一个调查元山线及其以北山区各种情况。接电后，倪大使决定派我迅速整理材料，绘制朝鲜铁路图。我于次日上午将铁路图绘好，下午又将朱武官所标示的敌友形势简图缩小整理好，晚上交倪大使速报国内。

为落实周总理指示，使馆党组决定由朱光武官率领汤景仲和何凌登、由薛宗华带领黎非和崔醒农分赴新溪、沙里院、南浦考察了解情况。10 月 7 日敌突破"三八线"，占领涟川和开城。10 月 8 日毛主席下发了中国人民志愿军赴朝作战的命令。当天，倪志亮大使决定，柴代办、我、他及秘书继续留在前方，其余人迅速撤回后方。9 日，两个武官观察小组先后撤回，汇报情况。

战事日趋紧张，倪大使派我带领张明远和崔醒农去清津了解朝鲜东线战事情况。我们经价川、熙川、德川、宁远过黄草岭，得知咸兴已发现敌情，随即决定返回去满浦。15 日经熙川，遇到朝方从平壤撤退的机关和人群，连过三个大山岭，16 日到达江界，找到人民委员会。我们被安置在山沟里隐蔽，发现汽油不足，翻译韩光宪同志即去找人交涉，后在朝鲜后方局长处得到三桶油。当朝后方局长得知我们是中国军队干部时，提出想见我们一面。上午 10 时在内务部，朝后方局长和江原道委员长会见了我们，朝后方局长非常热情，激动地紧握我们的手不放，江原道委员长也表示极大的感激。互相问候后，我们简要地介绍了目前战争的情况。在我们谈话时，敌机不断在空袭，因为要到防空洞去躲避，谈话不得不几次中断。中午，他们还特别做了中国菜招待我们。下午我们便辞别了他们，向满浦开进。

行至熙川见有哨兵，用朝鲜话问话，哨兵不懂，崔醒农便用汉语向前问话。得知原来他们是四十二军先头营，15 日过江来的。我们心里有说不出的高兴，特别是随行的朝鲜人民军军官，他惊喜地跳起来，大呼"有救了"。情况紧急，我们立即赶到满浦，见到我军后勤人员，抓紧交涉火车赶运部队物资。处理完毕后，张明远副部长立即回到部队。当晚，我同崔醒农赶回新义州。19日晚在清城，遇到我大部队正源源开来。崔醒农第二天即归队。我21日到达新义州利民公司，找到倪蔚庭参赞，次日我随部分使馆人员迁往水丰。此时，抗美援朝战争序幕正式拉开。

从7月5日确定赴朝任务，7月9日离开祖国入朝，至10月19日我中国人民志愿军大部队正式入朝参战共计100余天中，在当时严峻的形势下，在异国他乡，我和驻朝使馆的战友们坚守在朝鲜战场前方。我曾途经朝鲜数十座城镇，行程数千公里，亲历了战争序曲，目睹了战火风云。最终看到了抗美援朝战争的胜利，打破了美军不可战胜的神话，显示了我们的国威军威，保卫了祖国，为世界和平作出了贡献。

（原标题为《谱写抗美援朝序曲——回忆抗美援朝前期驻朝工作的日子》）

出国作战的两份电报

·王贵田 *·

1950 年春，我由兰州第一野战军第二兵团司令部机要科调南京华东海军司令部机要处，做解放台湾的战前准备。美军发动侵朝战争并派其第七舰队入侵台湾海峡后，我军停止执行解放台湾作战计划。我上调中央机要处三科七股。朝鲜战争一开始，党中央即识破美军妄图通过侵略朝鲜将新中国扼杀在摇篮之中的阴谋。中央军委决定加强东北防务，将驻防河南的四野某兵团改为东北边防军，并北调辽宁的安东（今丹东）、凤城一线，沿鸭绿江布防，确保我东北安全。同时，三野某兵团由上海调至山东半岛，处于战略机动位置。

美军发动的侵朝战争，遭到朝鲜人民军的坚决抵抗并发起反攻。大田一战歼灭美主力第二十四师并俘虏师长迪安少将。为挽回败局，美国操纵联合国安理会通过决议，组成"联合国军"司令部，纠集美、英等 16 个国家的军队，并由五星上将麦克阿瑟任总司令，扩大侵朝战争。8 月，美机开始轰炸我东北地区，9 月实施两栖作战，在西线依靠海空优势实行仁川登陆，南线越过"三八

＊ 王贵田，时任职于中共中央办公厅机要处。

线"加速向北进犯，把战火引向鸭绿江边。朝鲜民主主义人民共和国危在旦夕，我国安全受到严重威胁。在此情况下，中央军委英明决策出国作战，和朝鲜人民共同抗击侵略军。

当时某兵团和军委的密码通报，由我和郭英、纪群几位同志主管，所以我们有机会亲自译发中央军委及毛泽东同志关于出兵朝鲜，发给某兵团最早的两份绝密电报。

军委复电某兵团，以志愿军名义出国作战

1950 年国庆节后第四天早上 8 时许，我们接班后即投入了紧张的工作。上午 10 时左右，电台送来一份某兵团的来电。我打开一看，字数很少，顺手交给纪群同志去译。

纪群同志刚译出两个字，便对我说："是份绝密报。"

我对纪群说："给我译，你帮沐奇同志译新疆台的。"

我接过纪群译的那份，急忙开始翻译，电文短，很快就译完了。内容大意是，某兵团向军委请示，兵团出国作战时，以什么名义出现。我迅速将电文抄好送到办报科。

当天我们尚未下班，军委的复电就来了。周克股长看后交给我说："你自己译发。"该电是军委给某兵团的复电，内容只有一句话：出国作战时以中国人民志愿军的名义出现。我译完后立即交通讯股送往电台。

白天因工作太紧张，对这一来一往的两份绝密电报的内容，没有顾上多想。晚上 8 时交班时我才突然意识到将要发生的重大事变，便对八股的孟宪鲁、杨立明同志说，某兵团今天开始联络通报了，该兵团将有重要行动，请你们注意。在西北三年解放战争中译电的实践经验使我深深懂得，时间在战争中的重要性，争取了时间就等于赢得了胜利，耽搁了时间则可能失掉战机，导致战争失败。

军委主席毛泽东命令，将某兵团改编为中国人民志愿军，迅即向朝鲜境内出动

10 月 8 日我们上夜班。晚 9 时 50 分左右，我们三科科长程飞同志拿着一份电报稿，急匆匆地走进办公室，交给周股长说，发东北军区及某兵团的，一科已

发完，现转给我们发某兵团，你看交给谁译发？

周股长果断地说："由王贵田同志译发。"

程科长带着疑问的口气说："时间很紧，只有两个多小时了，12 点前必须译完，字数还不少，他能按时译完吗？"

周股长说："他的技术熟练，我相信他一定能按时译完。"

程科长最后说："好吧！就交给他译发，告诉他一定要准时译完，不能有半点差错而耽误时间，过一会儿我来检查。"

当时我一边工作一边侧耳仔细听着两位领导的对话，忽然想到这份电报很可能与某兵团出国作战有关。

周股长将电稿交给我说："把一野的报放下，先译某兵团的，一定要准时译完，我帮你校对。"

我接过电稿边看边吩咐郭英、纪群同志准备。报文千余字，等级为绝密，发往东北军区某兵团。收报人是彭德怀、高岗、贺晋年、邓华、洪学智、解方。标题是：志愿军组成问题。为防敌空中侦听截破，报端特注明用"有线电"传发，并限令晚 12 时发到。

电报稿是总参谋部作战部部长李涛同志起草，毛主席做了修改。电报内容大意是：（一）为了援助朝鲜人民解放战争，反对美帝国主义及其走狗们的进攻，以保卫朝鲜人民、中国人民及东方各国人民的利益，着将东北边防军所属之某兵团及三个炮师、高射炮团、汽车团、战车团、战防炮团、工兵团、骑兵团等改为中国人民志愿军，即向朝鲜境内出动，协同朝鲜同志向侵略者作战，并争取光荣的胜利。（二）中国人民志愿军进入朝鲜境内，必须对朝鲜人民、朝鲜人民军、朝鲜民主政府、朝鲜劳动党、其他民主党派及朝鲜人民的领袖金日成同志表示友爱和尊重，严格遵守军事纪律和政治纪律，这是保证完成军事任务的一个极重要的政治基础。（三）必须深刻地估计到各种可能遇到和必然遇到的困难情况，并准备用高度的热情、勇气、细心和刻苦耐劳的精神去克服这些困难。目前总的国际形势和国内形势于我们有利，于侵略者不利，只要同志们坚决勇敢，善于团结当地人民，善于和侵略者作战，最后胜利就是我们的。志愿出国作战的后勤保障工作，责成当时的东北军区司令员兼政治委员全权负责。任命彭德怀同志为中国人民志愿军司令员兼政治委员。

我现在还十分清楚地记得原稿落款是：主席毛泽东 1950 年 10 月 8 日于北京。毛泽东在"主席"二字之前又特别郑重地写上了"中国人民革命军事委员会" 11 个字。

我看完电稿，正是晚 10 时过 5 分，开始译发。我们全神贯注、聚精会神、动作敏捷，室内很静，只听到铅笔声沙沙作响。周股长亲自组织流水作业，由电传室传往电台。

大约晚 10 时 40 分，程科长第二次走进办公室来问我译了多少字了，我回答："已译完一半多了，晚 12 时以前保证发出，请科长放心。"程科长向我投来信任的目光，脸上露出满意的微笑，点了点头，走出了办公室。

我译完最后一个字，抬头第二次看了看电表，时针指向晚 11 时 20 分。啊！我们比毛主席限定的时间早 40 分译完。周股长校完最后一页时，大家又不约而同地看了看电表，晚 11 时 30 分，我们提前半小时胜利完成任务。最后一页送往电传室，我们才如释重负，脸上呈现出兴奋的笑容。

这天晚上，我们这几个年轻人，完成了一项十分重要、光荣、艰巨的历史性任务。我知道电报内容，心情更为激动。同志们都静坐着，等待新的任务。我就说："收好密码，去吃夜餐。"同志们走了，我还在静思。我从 1947 年起做机要工作，译过许多重要电报，但只有译发这份电报留给我的印象最深，心潮久久难平。

在去食堂的路上我边走边想，不由得哼出几句诗，至今还记着：

> 战士电传主席令，
> 雄师横跨鸭绿江；
> 援助友邦驱强寇，
> 御敌疆外保国安。

为了保障志愿军出国部队与中央军委联系，使毛主席、周总理和军委能及时了解战况并指挥作战，由三科各股抽人组成志愿军台，并由周克股长带领进驻中南海。

10 月 19 日晚我中国人民志愿军从安东、长甸河口、辑安三处越过鸭绿江，隐蔽开入朝鲜。10 月 25 日，我四十军一一八师在开进中与敌李承晚第六师二团三营在温井西北两水洞地区遭遇，敌被我全歼，从而拉开了志愿军出国作战的序幕。后经志愿军政治部建议，党中央批准，将这一天作为中国人民志愿军抗美援朝纪念日，永远载入史册。11 月 8 日我国通过广播、报纸发布新闻，宣告中国人民志愿军在彭德怀司令员率领下渡过鸭绿江，参加朝鲜人民抗美战争，在全国掀起轰轰烈烈的抗美援朝、保家卫国的伟大历史运动。

志愿军出国后不久，我又译发了关于十九兵团从陕西、宁夏向山东半岛集结的电报，驻青海、甘肃的一、三军合编准备开赴朝鲜作战的电报。

1953 年初夏，我也告别了祖国的亲人，和战友一起踏上朝鲜的国土，走向抗美援朝的最前线，去完成党和祖国人民交给我的战斗任务。

中朝联合司令部成立始末

· 姜廷玉 * ·

　　1950 年 10 月，中国人民志愿军响应中共中央和毛泽东主席"抗美援朝，保家卫国"的号召，跨过鸭绿江，与朝鲜人民军一起，同以美国为首、由 16 国军队组成的"联合国军"作战。

　　为了协调、统一指挥中朝军队作战，有效地打击共同的敌人，1950 年 12 月，经中朝两国政府领导人会商，组成了以彭德怀任司令员兼政治委员的中朝两军联合司令部。中朝联合司令部作为中朝军队的统帅部，它指挥百万中国人民志愿军和朝鲜人民军并肩作战，同"联合国军"进行了长达两年多的艰苦卓绝的战争，最终迫使"联合国军"在停战协定上签字，为夺取抗美援朝战争的胜利作出了重要的贡献。

中朝两军统一指挥问题的提出与商谈

　　中国人民志愿军赴朝，和朝鲜人民军联合作战，面临一个十分重要的现实问题，就是如何协同、统一指挥。1950 年 10 月上旬，中国人民志愿军赴朝作战前，周恩来总理代表中共中央赴苏联就抗

＊　姜廷玉，中国人民革命军事博物馆研究员。曾任中国军事科学学会军事历史分会副秘书长。

美援朝有关问题与斯大林等苏联领导人进行会谈。其间，周恩来收到毛泽东关于中共中央政治局再次开会讨论出兵朝鲜问题的电报后，根据毛泽东电报内容，他向斯大林提出了八个请求答复问题，其中之一就是志愿军"进入朝鲜作战，当其与朝鲜人民军配合作战时，在双方指挥关系上应如何解决"。斯大林当时没有答复这个问题。

中国人民志愿军赴朝后，10月21日，彭德怀司令员与朝鲜首相金日成在平安北道的大洞会谈时，彭德怀提出，为协调中朝两军作战，希望金日成首相率人民军总司令部和志愿军司令部驻在一起，以便随时协商处置重大问题。金日成表示还有许多问题亟待他去解决，派内务相朴一禹作为朝鲜代表驻在志愿军司令部，重大问题可通过朴协商解决。中国人民志愿军入朝后的作战行动，则请彭德怀指挥处置。

通过与金日成会谈，彭德怀了解到：美国军队于9月仁川登陆后，朝鲜人民军的两个军团十几个师被隔断在"三八线"以南，处于腹背受敌的不利态势。北方仅有三个师和两个团的兵力，分散在各地。他此时感到，对付美国军和南朝鲜军来势汹汹的攻势，目前只有依靠他指挥的首批入朝的志愿军部队四个军20余万人了。

为了便于中朝两军的协调与相互通报情况，根据金日成关于派朴一禹作为朝鲜代表驻在志愿军司令部、重大问题可以通过朴协商解决的意见，10月25日，中共中央在关于志愿军领导机构设置和主要干部配备问题的电报中，任命朴一禹为志愿军副司令员兼副政治委员，并为志愿军党委副书记。

中国人民志愿军进行的第二次战役，将"联合国军"和南朝鲜军驱逐至"三八线"以南，迫敌转入防御，基本扭转了朝鲜的战局。在此役中，被隔断在敌后的人民军两个军团与志愿军会师，加上人民军在北方的部队，此时能参加第一线作战的人民军已有三个军团共14个师，7.5万人。这时，中朝两军如何协同作战的问题日益突出。加上苏联驻朝鲜军事顾问的干涉，更有必要解决两军统一指挥问题。

为使中朝军队能够协调一致、有效地配合作战，在第二次战役期间，彭德怀曾向毛泽东主席和金日成首相提出中朝军队应实行统一领导和统一指挥问题。彭德怀提议，希望金日成首相和苏联驻朝鲜大使史蒂科夫能常驻前方，并由金日成、史蒂科夫和彭德怀组成党的三人小组，负责决定军事政策和与作战有关的许多现行政策，求得彼此意见一致，以利战争进行。

为了有效解决朝鲜境内作战的统一指挥等重要问题，11 月 13 日，毛泽东致电斯大林，征求斯大林对这个问题的意见。电报转述了彭德怀关于朝鲜战况和中、朝两军实行统一指挥的建议。电报强调，中、朝两军现在迫切需要联合指挥，"现在的重要问题是朝、中、苏三国在朝鲜的领导同志们能很好地团结，对各项军事政治政策能取得一致的意见，朝鲜人民军和中国人民志愿军在作战上能有较好的配合，并能依照你的提议有相当数量的朝鲜军队和中国志愿军混合编制在一起（保存朝鲜军队的建制单位），倘能如此，胜利是有把握的"。由于朝方和苏联驻朝鲜军事顾问瓦西列夫主张第二次战役志愿军应继续向清川江以南追击敌人，不同意后撤几十公里，彭德怀在经过与朝、苏方争论后，即致电毛泽东主席，如实反映情况。14 日，中共中央特派高岗到志愿军司令部，准备与朝、苏方面讨论第二次战役作战方针和有关中朝两军联合作战问题。11 月 15 日，金日成和苏联驻朝鲜大使史蒂科夫，与彭德怀、高岗商谈第二次战役作战方针问题。史蒂科夫在会上主张中、朝两军应统一指挥。但会谈中，对金日成、史蒂科夫、彭德怀组成三人小组和中、朝两军统一指挥问题未达成协议。11 月 16 日，斯大林复电毛泽东，表示完全赞成由中国同志来统一指挥朝鲜境内的作战，并将同一电报发给朝鲜首相、人民军最高司令官金日成和苏联驻朝鲜特命全权大使史蒂科夫。次日，毛泽东将致斯大林的电报和斯大林的复电转发给彭德怀和东北军区司令员高岗。

12 月初，金日成应邀赴北京。3 日，与毛泽东、周恩来就战争问题、政策问题、领导问题、统一指挥问题、军队问题、两党关系问题进行了会谈。关于统一指挥问题，金日成说斯大林有电报指示中朝军队应统一指挥，因中国志愿军有经验，应由中国同志为正，朝鲜同志为副。朝鲜劳动党政治局会议对此已同意。关于中朝联合司令部的领导人，毛泽东告诉金日成，以彭德怀为中国方面推出的司令员兼政治委员，金日成说朝鲜推金雄（时任朝鲜人民军前线司令部司令官）为副司令员，朴一禹为副政治委员，当即确定以后联合命令即由彭、金、朴三人署名，对志愿军单独命令仍照以前署名不变。联合司令部，待金日成回国后，与彭德怀商定后即可成立。会谈后的第二天，中共中央即电告彭德怀和高岗："现金已回，请彭考虑在目前可否再约金及高至前方开会，并成立联合司令部，望告。"

中朝两军联合司令部的正式组成

根据中共中央的指示，彭德怀约请金日成首相到志愿军司令部会商中朝联合司令部组成问题。12月6日，金日成电话通知彭德怀，当晚起程，7日拂晓前到大榆洞志愿军司令部，会谈组成中朝联合司令部和联司领导干部配备问题。当天，彭德怀将此情况电告了毛泽东。11日，彭德怀再次致电毛泽东：为便于今后指挥，志愿军司令部须南移至价川或德川以南。22时，毛泽东致电彭德怀并转金日成，建议金日成及联合司令部移至德川以南适当地点为宜，但必须注意隐蔽，不可大意。在江界和定州地区的人民军两个军团，请金日成速令其接受彭德怀、金雄的指挥，并随志愿军向平壤以南出动作战。

12月7日，彭德怀同金日成在大榆洞就中朝军队组成联合司令部具体问题进行会谈，根据毛泽东、金日成在北京会谈达成的原则，双方商定：中朝联合司令部下辖中国人民志愿军司令部及朝鲜人民军司令部，但中朝联合司令部不对外公布。凡属作战范围及前线一切联合行动，均以中朝联军总司令部的名义下达之。并决定在数日内组成中朝联合司令部。会谈后，彭德怀立即电告毛泽东：本日与金日成会谈甚洽，金日成同意组成联合司令部。已商定人民军第三军团配合志愿军第九兵团作战，由宋时轮指挥。

12月上旬，中国人民志愿军和朝鲜人民军联合司令部（简称中朝两军联合司令部或联司，亦称中朝联合指挥部）正式组成，彭德怀任司令员兼政治委员，金雄为副司令员，朴一禹为副政治委员。1952年7月，朝鲜政府又任命崔庸健为副司令员。金雄副司令员作为朝鲜人民军前线司令官在前线指挥作战。朴一禹副政治委员驻在中朝联合司令部，协调朝鲜人民军与中国人民志愿军联合作战。中朝联合司令部成立后，朝鲜人民军最高司令部即派来了一个军事联络组，负责联络、协调人民军和志愿军协同作战有关问题。该联络组直接归朴一禹副政治委员领导。

关于中朝两军联合司令部的权力和职责，1950年12月8日，周恩来为中共中央起草的《中朝两方关于成立中朝联合指挥部的协议》明确指出："为更有效地打击共同敌人，中朝两方同意立即成立联合指挥部，统一指挥朝鲜境内一切作战及其有关事宜。""朝鲜人民军及一切游击队和中国人民志愿军受联合指挥部统一指挥。""联合指挥部有权指挥一切与作战有关之交通运输（公路、铁路、港口、机场、有线和无线的电话和电报等）、粮秣筹措、人力物力动员等事宜。""凡属朝鲜后方的动员支前、补充训练及地方行政的恢复等工作，联合指挥部得根据实际情况和战争需要向朝鲜政府提出报告和建议。""凡关作战的新闻报道，统一由联合指挥部指定机关负责编审，然后交朝鲜新闻机关以朝鲜人民军总司令部名义统一发布之。"

中朝联合司令部给朝鲜人民军和中国人民志愿军下达的一切命令，分别经朝鲜人民军总司令部和中国人民志愿军司令部下达。

中朝联合司令部对外不公开。12月8日，中共中央复电彭德怀指出：只能在实际上组织起来。它对外既不公开，对内下达亦只限于军部及独立师师部，但有关作战各事须统一指挥。《中朝两方关于成立中朝联合指挥部的协议》进一步明确："为保持机密起见，彭德怀、金雄、朴一禹三人署名的命令只限于发给朝鲜人民军总司令部和中国人民志愿军司令部，下达则只转述联合指挥部命令而不提及三人姓名。"

中朝联合司令部下辖中国人民志愿军司令部和朝鲜人民军总司令部。联合司令部成立时，中国人民志愿军司令部下辖第三十八、第三十九、第四十、第四十二、第五十、第六十六军和第九兵团的第二十、第二十六、第二十七军共九个军，以及志愿军炮兵司令部所属的三个炮兵师、工程兵指挥所所属的四个工程兵团，还有一个铁道兵师和四个后勤分部，共30多万人。志愿军入朝参战兵力最多的时候为19个军，连同空军、炮兵、装甲兵、工程兵、铁道兵等部队，共135万人。朝鲜人民军总司令部下辖第一、第二、第三、第五等四个军团（每个军团相当于一个军），有三个军团参加第一线作战，一个军团担任平壤防卫任务，还有游击部队。

为了更好地指挥中朝空军部队协同作战，1951年3月，经中朝双方协商，成立了中朝空军联合司令部。该司令部隶属于中朝联合司令部，"归联司领导"。中国人民志愿军空军司令员刘震任中朝空军联合司令部司令员，政治委员周赤萍（兼），朝鲜航空局局长王琏、中国人民解放军空军副司令员常乾坤任副司令员，沈启贤任参谋长，李世安任政治部副主任。中朝空军联合司令部统一指挥中朝空军作战。

为了适应战争的需要，中朝双方共同认为朝鲜铁路必须置于统一的军事管制之下。经过协商，决定在中朝联合司令部领导下设立中朝联合铁道运输司令部，统一计划和指挥战时朝鲜铁路运输、修复与保护等事宜。以中国同志任司令，朝、中各出一人任副司令，下属各级组织均由中、朝两国同志分任正副职。中国铁道兵团及朝鲜铁道修复机构均归铁道运输司令部统一管辖。

1951 年 5 月，中、朝两国政府签署了《关于朝鲜铁路战时军事管制的协议》。8 月，中朝联合铁道运输司令部正式成立。贺晋年任司令员，张明远任政治委员，刘居英、李寿轩、叶林为中方副司令员，南学龙和另一人为朝方副司令员。12 月，在联合铁道运输司令部之下成立了前方运输司令部，刘居英兼任司令员。这些机构的成立，从根本上保障了中朝联合司令部对交通运输的统一指挥，扭转了战争初期运输被动的局面。

中朝联合司令部统一指挥中朝军队作战

中朝两军联合司令部成立后，中国人民志愿军和朝鲜人民军开始在其统一指挥下，与"联合国军"和南朝鲜军作战。

1950 年 12 月 31 日，中朝联合司令部指挥志愿军六个军（第三十八、第三十九、第四十、第四十二、第五十、第六十六军）和人民军三个军团（第一、第二、第五军团）30 多万人分左、右两个纵队，向西起临津江，沿汉滩川及"三八线"一带的"联合国军"阵地发起了猛烈进攻（即第三次战役）。经过七昼夜的连续追击，突破了敌人在"三八线"的防御，歼敌 1.9 万余人，将敌驱逐至"三七线"南北地区。这是中朝两军联合司令部指挥的第一次战役，是一次比较成功的战役。

第三次战役结束后，中朝军队按照预定计划转入休整。为了统一思想，总结经验，在春季攻势作战中夺取更大的胜利，中朝联合司令部在成川郡君子里召开了中朝军队高级干部会议。金日成首相出席会议并讲了话，彭德怀司令员作了报告。中朝两军部分高级将领在会上发了言。会议总结了前三次战役的经验，分析了形势，提出了下一步作战任务和作战方针。会议正在进行中，"联合国军"于1 月 25 日，在大量空军的支援下，以步兵、坦克组成的多路纵队，对中朝军队阵地进行了大规模反攻。1月27日，中朝军队被迫停止休整，立即转入防御作战。面对敌人的反攻，中朝联合司令部司令员彭德怀将中朝军队组成东、西、中三个作战集团，与"联合国军"进行第四次战役。在西线，由志愿军副司令员韩先楚指挥第三十八、第五十军和人民军第一军团（简称韩集团），抗击"联合国军"向汉城方向的进攻。在东线，由志愿军副司令员邓华指挥第三十九、第四十、第四十二、第六十六军（简称邓集团），向原州、横城方向实施反击。由联合司令部副司令员、人民军前线指挥官金雄指挥人民军第二、第三、第五军团掩护邓集团集结，并以第三、第五军团在邓集团左翼，向横城东南方向反击。中朝联合司令部领导中朝军队在第四次战役中，进行了坚守防御、战役反击和运动防御多种式样的作战，历时87天，歼敌7.8万人，胜利地完成了防御任务，赢得了时间，掩护了战略预备队的集结，为第五次战役创造了有利条件。

　　1951年4月22日，中朝联合司令部为粉碎"联合国军"在朝鲜蜂腰部建立新防线的计划，指挥中朝军队发起了第五次战役。中朝联合司令部在此次战役中集中了中国人民志愿军、朝鲜人民军15个军近百万大军分东、西两线向"联合国军"突然发起猛攻。中朝军队连续奋战50天，歼敌8.2万余人，粉碎了"联合国军"建立新防线的计划，摆脱了在第四次战役中所处的被动局面。同时，也经过这次战役的较量，迫使"联合国军"对中朝人民军队的力量重新作出估计，不得不转入战略防御并接受谈判。

　　1951年6月以后，在朝鲜战场上，交战双方沿着"三八线"地区形成了相互对峙的局面，战争转入了相持阶段。在此阶段，中朝联合司令部指挥中朝军队先后进行了1951年夏秋季防御战役、反"绞杀战"和反细菌战，1952年秋季反击作战，1953年夏季反击战役等。由于中朝军队的英勇作战，迫使以美国为首的"联合国军"于1953年7月27日在朝鲜停战协定上签字。至此，抗美援朝战争胜利结束，中朝两军联合司令部也完成了它的历史使命。

第二辑

打一场现代化的立体战争

志愿军空军在朝鲜战场

·孔宪东·*
·张随军·
·吴天军·

1950年10月19日，为保家卫国抗美援朝，中国人民志愿军毅然跨过鸭绿江，承担起庄严的国际主义义务。年轻的人民空军也及时组成志愿军空军，搏击长空，与意欲独霸朝鲜天空的美国空军展开殊死搏斗。

慷慨出征　雏鹰碧空显锋芒

1949年11月才成立的中国人民解放军空军，当时仅建成两个歼击航空兵师、一个轰炸机团、一个强击机团，各型作战飞机不足200架。而新组建的志愿军空军飞行员亦大多来自陆军，刚从东北老航校毕业不久。这些年轻人是在极其艰难的条件下以速成的办法学会的飞行技术，出征前刚刚飞完高空中、大队编队及单机空战科目，平均飞行时间不足200小时，驾驶喷气式歼击机飞行仅15小时左右。有的人甚至没有领到"驾驶执照"，尚未放单飞和飞完驾驶技术即匆匆入朝参战。在这支年轻的队伍中，从指挥员到战斗员没有一人有过空战经历，飞行员的技术水平很低，指挥员的指挥水平、部队的战术水平几乎均处于"0"位。当时志愿军空军主要使用的是苏制米格-9、米格-15型喷气式飞机，其作战半径小，飞行

＊　孔宪东，曾任空军指挥学院教授。

时间短，如从安东机场升空至朝鲜清川江一带，作战仅五分钟就得被迫返航。而侵朝美国空军首批投入的兵力连同海军舰载机在内总计 14 个联（大）队。其中有两个战斗截击机联队、三个战斗轰炸机联队、两个轻型轰炸机联队、三个中型轰炸机联队、一个海军陆战队航空兵联队、三个舰载机大队，含各型作战飞机1100 余架。其主要使用的 F-84、F-80、F-86 型作战飞机，不仅作战半径大，飞行时间长，而且性能优越。美军飞行员则大多参加过第二次世界大战，飞行时间最长者达 3000 小时，不仅能在复杂的气象条件飞，而且实战经验颇为丰富，有的还是所谓的"王牌驾驶员"和"空中英雄"。此外，还有英国、澳大利亚以及南朝鲜空军的飞机 100 余架协同作战。

　　两军对垒，实力相差悬殊，显而易见。面对号称世界一流的强敌，这仗能不能打？怎么打？不少人为年轻的志愿军空军担忧，为他们攥着一把汗。连身经百战一向坚毅刚强的志愿军空军司令员刘震，这时也感觉心中没底。也难怪，他从参加红军到解放战争结束，征战 20 多年，指挥过步兵、炮兵和坦克兵，却从未指挥过空军作战。空战是什么样？怎样组织指挥？对他来讲的确是个未知数。空军司令员刘亚楼看出了他的心思，鼓励他说："我们同在四野工作过，我了解你会打仗，你的这次调动就是彭德怀司令员亲自点的将。我军打仗从来都是从战争中学习战争。"刘亚楼的一席话，使刘震很受鼓舞，增强了取胜的信心。

　　鉴于战争形势紧迫，军委空军首长及志愿军空军领导为入朝参战部队确定了作战方针：边打边练，边打边建，在战斗中成长；集中使用兵力，将经过战前训练的部队逐渐积蓄起来，达到一定数量时选择有利时机集中、分批地出击，力争在一个空域（必要时可多至两个空域）给敌人以最大的杀伤；在各军兵种协同作战中，空军部队要密切配合陆军作战，以陆军的胜利为胜利。

　　1950 年 12 月 3 日，空军司令员刘亚楼将上述方案报告给毛泽东。毛主席立即批示："同意你的意见，采取稳当的办法为好。"于是，在"积蓄力量，选择时机，集中使用"的作战原则下，志愿军空军视敌我力量对比和战局的发展，缜密地拟制了参战计划。1950 年 12 月 21 日，志愿军航空兵部队进驻安东浪头机场，自此人民共和国的"雏鹰"与强大的美国空军在朝鲜半岛上空，展开了惊心动魄的战斗。

　　1951 年 1 月 21 日，志愿军空四师十团二十八大队与美空军进行了第一次交锋，拉开了中美空战的序幕。战前，朱德总司令、刘亚楼司令员专程赶赴前沿机场，为即将出征的指战员送行。

朱老总用威严的目光看着大家，语重心长地说："为祖国争光，前方的部队正盼望着你们呢！"

刘亚楼也满怀激情地动员大家："有人讲，跟美国飞行员打仗是关公面前耍大刀。依我看，关公能耍，我们也能耍，我们就是要耍给美国佬看看！"

朱老总和刘司令员的话激励着二十八大队的指战员，他们纷纷表示："一定要打好第一仗。宁愿血洒蓝天，撞也要把敌机撞下来！以战斗的胜利回答党和人民的信任和希望！"

这天上午，美国远东空军 F-84 飞机 20 架沿平壤经新义州至安州上空轰炸清川江大桥及铁路线，企图阻断志愿军的后勤供应。大队长李汉奉命率领六架米格-15 跃上蓝天，直飞战区拦截。起飞不久，无线电耳机即传来地面指挥员、师长方子翼的通报："敌 F-84 正在你们附近，发现目标，立即攻击！"六架米格机，六双眼睛上下搜索……

突然，四号机张洪清报告："发现目标，正下方！"六架米格-15 迅速扑向目标。双方距离逐渐缩小，李汉求战心切，猛然加速，以致"唰"的一下从敌机下方冲了过去。F-84 机群显然没有料到这突如其来的危险举动，急忙把炸弹胡乱丢掉，抢占有利高度，拉开反击阵势。而我年轻飞行员对战斗技巧的理解全是从战壕中获得的，他们以一副拼刺刀的架势头对头地朝敌机冲去。李汉驾机再次逼住一架敌机，靠近，再靠近……他猛地一按炮钮，只见敌机立刻被浓烈的烟云包裹着冉冉飘去……此战以美军一架 F-84 飞机被击伤而告结束。它向世人宣告，朝鲜的天空不再任由美国空军称霸，新中国空军的空战史也从此掀开了第一页。

初战即胜，鼓舞着二十八大队的英雄们。1 月 29 日，敌机又来袭击安州车站和清川江桥，李汉再次率队升空作战。当 16 架敌机分别于 6000 米和 5000 米高度（每层八架）刚刚接近海岸线时，李汉急速命令："丢掉副油箱，一中队攻击，二中队掩护！"随即带领一中队向上层敌机猛冲过去。李汉将敌 3 号机紧咬不放，稳稳套入瞄准光环，在距敌 400 米处开炮将其击落。与此同时，在高空担任掩护的二中队亦向敌机群猛压过去，以猛烈炮火将敌队形打乱。在追歼逃散之敌的过程中，李汉又击伤敌机一架，而我方无一损失。

首次击落美机的捷报迅速传开，祝捷和鼓励的电报、信件雪片般飞来。这次空战打破了"美国空军不可战胜"的神话，也迫使美机的活动退到了平壤以南。

"米格"扬威 一举粉碎绞杀战

1951 年 7 月，经过五次战役，"联合国军"和南朝鲜军队被打退到"三八线"附近，美方被迫同朝、中方面举行停战谈判。但他们并未善罢甘休，仍妄想卷土重来。为此，美国空军制订出所谓"绞杀战"计划，即从空中封锁朝鲜北部，以卡断后勤供应线，阻止中朝军队发动地面进攻。他们把兵力增至 19 个联队（大队），作战飞机达 1400 架，机型主要为 B-29 轰炸机、F-84 战斗轰炸机及当时最先进的 F-86 战斗歼击机，8 月 18 日，这一计划随着美军发起"夏季攻势"而开始实施，历时长达 10 个月之久。其作战区域大致在鸭绿江以南，清川江永柔、肃川以北，熙川以西，这一被美军称为"米格走廊"（因志愿军空军基本掌握该地区局部制空权而得名）的地带。

为了粉碎敌人的"绞杀战"，中央军委确定了"逐步前进""轮番作战"的方针，即以空军各部轮番作战，由少到多，以老带新，先打弱敌，后打强敌，分批锻炼部队。1951 年 9 月 12 日，空四师再次开赴安东前线参战。25 日、26 日、27 日三天，敌我双方展开了规模空前的大机群空战。

25 日下午，敌机五批 112 架混合机群向新安州地区进犯。清川江上的新安州大桥是我连接前线和后方的咽喉要道，几条铁路和公路在这里汇合，大批军用物资均要昼夜不停地通过这里运往前方。为确保这一交通线的安全，我方以 140 架飞机直奔战区。空四师十二团一大队大队长李永泰率先冲向敌歼击轰炸机，不料被敌机击中。在他驾驶着受伤的飞机仍向美机扑去时，僚机组陈恒、刘涌新奋不顾身进行掩护，与众敌激战。刘涌新单机与敌六架 F-86 展开格斗，在其死死咬住一架敌机并将其击落的瞬间，他自己也不幸被敌击中，壮烈牺牲……当空战结束，李永泰驾着受伤的飞机归来，人们发现该机机身、机翼、发动机、起落架、座舱盖等部位竟有 56 处弹伤！一位苏联空军人员见状不禁赞叹道："这哪里是飞机，简直是坦克！"从此，李永泰得了个"空中坦克"的雅号。

26—27 日，中美双方又连续进行大规模空战，志愿军空军三天内共击落敌机 26 架，击伤 8 架，使美军严重受挫。对此，美空军参谋长范登堡无奈地对记者叹道，"共产党中国几乎一夜之间，便成了世界上空军力量最强大的国家之一"，我们的"战斗轰炸机除了扔掉炸弹、四散逃命之外，别无其他办法"，并被迫决定"战斗轰炸机以后不在'米格走廊'内进行封锁交通线的活动，此后只能对清川江与平壤之间地区内的铁路交通线实施攻击"。毛主席看到空军的战况报告后，当即写下"空四师奋勇作战，甚好甚慰"的批语。

1951 年 10 月，我空三师开赴安东前线，接替空四师的护卫任务。11 月 4 日上午，美军六批 128 架飞机又连续北犯清川江、定州、博川地区，其中两批 50 多架于价川、宁边方向担任策应。空三师七团奉命起飞，以米格-15 飞机 22 架打击进犯价川的美军 20 架战斗轰炸机。对敌攻击中，三大队副大队长赵宝桐驾机闯入敌阵，在单机四面受敌的情况下果断开炮，击落敌机一架。而后他又与两架敌机展开搏杀，并迅速盯住其中一架，"咚！咚！咚！"一阵猛打，再次将敌机击落。连同以后的战斗，赵宝桐共击落击伤敌机九架，创下志愿军飞行员击落敌机的最高纪录，并因此受到朝鲜首相金日成和委员长崔庸健的接见。

11 月 18 日，180 余架美军飞机再一次侵入大同江及永柔地区上空，其中数批窜入安州、清川江一带轰炸扫射，我方由志愿军空军为主编成的大机群奉命截击。九团一大队大队长王海带领六架战机飞到清川江上空时，恰遇左前方低空有 60 多架 F-84 型战斗轰炸机正向清川江桥投掷炸弹，王海一声令下："跟我攻击！"编队迅疾从高度 6000 米冲到 1500 米，对敌机群展开进攻。

面对这突如其来的攻击，敌人把炸弹胡乱投掉，急忙抢占有利位置，仓促应战。眼见双方已靠得很近，我方仍未能占据攻击位置，王海灵机一动喊道："爬高占位！"六架飞机齐昂机头"哗"地爬上高空，紧接着就是一个俯冲攻击，如此反复数次，搅乱了敌人的队形。王海抓住有利时机，在 500 米开外瞄准敌机猛烈开炮，先后打得两架 F-84 凌空开花。王海的僚机焦景文也大显身手，在 600 米以内打下两架 F-84 飞机。一向敢于刺刀见红的中队长孙生禄，甚至逼近敌机至 300 米，一阵炮火把一架 F-84 打得当空爆炸。短短几分钟的战斗，接连被击落战机五架，敌人摸不清中朝空军底细，一时蒙了，纷纷四下逃散，王海大队以 5 : 0 的出色战绩获取全胜。在抗美援朝作战中，王海大队共空战 80 多次，击落击伤敌机 29 架（其中王海本人击落击伤九架），志愿军总部为此给该大队荣记集体一等功。

11 月 23 日，美军派出数批飞机再袭肃川、清川江铁路运输线，空三师七团以 20 架战鹰与敌机 20 架展开对抗。空战中，一大队队长刘玉堤率领二中队猛追向海面逃窜的两架 F-84。刘玉堤在僚机掩护下，乘敌长机刚一拉起即将其击落。此时敌僚机恰从右前方 130 米处左转弯，刘玉堤又急速开炮，将敌僚机击落。刘玉堤率队追击残敌至永柔以北上空，一架敌机狡猾地飞入山沟。就在敌机左转弯绕山头的瞬间，刘玉堤快切半径，瞄准攻击，将其击落。正当刘玉堤等意欲返航时，忽然发现清川江口上空出现敌机 50 余架。面对强敌，二中队的年轻飞行员们毫不畏惧，勇敢地冲入敌阵。搏杀中，刘玉堤又击落一架敌机，创下一次空战击落美机四架的新纪录。此战志愿军空军共击落敌机七架，击伤一架，仅付出伤一架的代价。

经过几番空战锻炼，志愿军空军的技战术水平迅速提升。他们不仅能打敌 F-84、F-80 战斗轰炸机，也敢打敌最先进的 F-86 战斗歼击机；不仅能打小机群，也敢于和敌大机群交锋。至 1951 年末，空三师参战 86 天，共出动飞机 2391 架次，进行大小战斗 23 次，计击落敌机 55 架，击伤八架。1952 年 2 月 1 日，毛主席曾亲笔写下"向空军第三师致祝贺"以示嘉勉。

1952 年初，美军为了加强其空战力量，增调一批参加过第二次世界大战的特级飞行员和王牌飞行员到朝鲜作战，于是中美空战又演出惊险与精彩相伴的一幕。2 月 10 日清晨，美军利用云层掩护，连续出动 10 多批、100 多架飞机侵入平壤、沙里院和价川地区，轰炸军隅里附近的铁路线。志愿军空四师两个团，计 34 架米格-15 歼击机飞赴战区迎战。十二团三大队大队长张积慧和僚机单子玉正在搜索敌机，突然发现八架偷袭的敌机已经猛扑到自己的尾后，为首的两架敌机即将开炮。张积慧和僚机双双猛地右转，然后又突向左转，致使敌机措手不及，从我机下侧冲到了前面。张积慧借助有利位置，向左急速反扣，紧紧咬住了敌带队长机。敌长机不愧为沙场高手，见势不妙，急速俯冲下滑后，又迎着太阳垂直爬升，企图借阳光干扰我飞行员视线，寻机逃脱。然而尽管其左摇右摆，上升下降，张积慧、单子玉双机始终像影子一样紧紧跟在它后面。眼看时机一到，张积慧按动炮钮，三炮齐发，敌机立刻燃成一团烈火，旋转着跌向地面。

空战后人们从该机残骸中找到了飞行包、机号和一枚证章，上面刻着美军空军第四联队第三三四中队中队长乔治·安德鲁·戴维斯少校的名字。原来，这正是有着 3000 多小时飞行经历，在第二次世界大战中曾参加战斗 226 次，被誉为"成绩最高的喷气机王牌驾驶员"的美军"空中英雄"。对于戴维斯被击毙，美国远东空军司令威兰曾不无悲哀地承认"这是对远东空军的一大打击"，并声称美国空军是在"和一个厉害而熟练的敌人作战"。美国国会则大为震动，参议员、共和党领袖勃里奇大发雷霆，声言以目前这种方式进行的朝鲜战争，"是美国历史上最为绝望的战争"，使"战场上的士兵大为丧气"。法新社也评论说："共产党的喷气式机飞行员都是出色的空军人员。"飞歼击机仅 100 多小时的志愿军年轻飞行员，一举打掉了美军"王牌"，使得恐慌与不安迅速在美军飞行员中蔓延开来。

在 10 个月的反"绞杀战"空战中，志愿军空军共击落敌机 123 架，击伤 43 架，夺取并保持了清川江以北的局部制空权，保障了朝鲜北部交通干线的畅通；重要交通咽喉鸭绿江大桥、清川江大桥安然无恙。对此，侵朝美空军不得不承认"米格飞机在清川江与鸭绿江之间，几乎占了统治地位"，"对铁路线进行的历时 10 个月的全面封锁，并没有将共军挫伤到足以使其接受'联合国'方面停战条件的地步，'绞杀战'是失败了！"

轰炸大和 英雄鲜血写悲壮

志愿军空军在进行反"绞杀战"的同时，还曾有力地支援我地面部队攻占了大、小和岛。大、小和岛位于鸭绿江口岸的朝鲜西海岸，是侵朝美军和南朝鲜军的主要前哨和雷达阵地，岛内盘踞着南朝鲜的"白马部队"及美军和南朝鲜陆海空军情报机关人员 1200 余人，并设有大功率雷达、对空电台及窃听机器，日夜侦听中朝军方情报，以引导敌机袭击中朝方面的地面目标和进行空战，严重威胁着我方地面与空中的军事活动。据此志愿军总部决定，空军第二、三、八、十师各一部配合陆军第五十军实施陆空协同作战，收复大、小和岛及附近的其他岛屿。空军部队的主要任务是：保障攻岛部队在集结地域不受空袭；对椴岛，大、小和岛进行航空照相侦察；摧毁岛上的情报指挥设施；轰炸大、小和岛附近海面的美国和南朝鲜军舰，配合地面部队夺取这两个岛屿。这是人民空军创建以来第一次协同陆军作战，执行轰炸任务。

11 月 2 日，空三师、空二师分别出动飞机对上述岛屿进行航空照相侦察，查明了岛上的部队和工事情况，为地面部队登陆作战提供了可靠情报。11 月 5

日，我地面部队攻打椴岛，空军部队紧密配合。6日，空八师二十二团二大队图-2轰炸机九架，由大队长韩明阳率领，携带爆破杀伤弹、燃烧弹对大和岛进行轰炸；空二师出动拉-11歼击机16架，担任直接护航；空三师七团出动米格-15歼击机24架，负责空中警戒。该联合机群行动隐蔽，配合默契，迅速向目标挺进。当轰炸机群抵达大和岛上空时，大队长韩明阳首先发现目标并果断地下达了轰炸命令。一时间全部炸弹倾泻敌阵，岛上很快燃起一片火海，南朝鲜军队少将作战科科长和海军情报队队长以下共60余人被炸死，房屋40余栋、粮食20余吨、各种枪炮弹15万发、木船两只被炸毁，我机却无一损伤。我军第一次轰歼协同、陆空协同作战即打得如此干脆利落，大大超出了敌人的意料，以致美高级机关多次查询被轰炸的情况后，当晚通过美联社宣称"这次袭击不会是中国方面来的"，其他美国报纸也称，"这次战斗，以小分队驾驶新型轰炸机进行了成功的轰炸，看来不是亚洲人干的……"

30日下午，志愿军第五十军进攻大、小和岛，空八师二十四团出动九架图-2轰炸机，空二师四团16架拉-11歼击机护航，组成联合机群协同作战。联合机群升空不久，便遭到美军30多架F-86歼击机偷袭，轰炸机编队的两个僚机机组当即被击落。在这紧急关头，传来地面指挥员的命令："坚决前进，完成任务！"联合机群在领队长机高月明的率领下，一面组织火力反击美机，一面冲破拦阻奋勇飞向目标。

炮声隆隆，火光闪闪。敌人见我机群不顾一切，勇往直前，遂改变战术，集中兵力攻击我轰炸机群后尾的三中队。由于左、右僚机被相继击落，中队长邢高科驾驶的长机成为敌机攻击的重点对象，通信长刘绍基的座舱盖被打碎，头部负伤，鲜血直流，仍操纵着机枪向上、下、左、右袭来的敌机猛烈扫射，并击落敌F-86战斗歼击机一架。就在我轰炸机群抗击敌人一次次凶猛攻击的同时，我护航的歼击机机群也与众多的敌机展开了搏斗。副大队长王天保刚击退一架偷袭的敌机，突然又有七架敌机恶狠狠地围了上来。王天保凭着勇敢和智慧，在敌群中又钻又闯，接连击落击伤敌机四架。他的战友们也相继击落击伤F-86敌机三架。

我联合机群且战且进，敌人的拦截也更加疯狂。轰炸机群一中队右僚机多处负伤，座舱盖被打穿，尾部被打坏，领航员、射击员和通信员先后牺牲。驾驶员毕武斌奋力操纵着战机接近大和岛时，机上的高压油管又发生爆炸，整个机身顿时笼罩在火焰和烟雾之中。"跳伞！赶快跳伞！"空中指挥员发出命令。但见毕武斌根本不予理会，猛一倾机头，带着满身滚腾的烟火，像一条火龙直向大和岛俯冲下去，用生命实践了自己的诺言。随着那一声惊天动地的巨响，我轰炸机群愤怒地将一枚枚复仇的炸弹向敌阵倾泻下去，大和岛顿成一片火海。志愿军陆军官兵乘势迅速登陆，一举歼灭了岛上残敌，解放了大、小和岛。

护卫后方　空中筑起铁长城

美军发动重点封锁中朝方面铁路交通线的"绞杀战"失败后，从1952年夏季开始又将突击目标转向打击重要工业设施与城镇，并将更多的F-86战斗机投入作战，企图通过"从空中施加压力"，迫使朝中方面接受其停战条件。6、7月间，美空海军利用其战机更适应恶劣天气作战的优势，先后多次袭击中朝边境最大的水丰发电站，并对朝鲜北部的赴战、长津、虚川等地区的发电系统展开突击，甚至一天即出动飞机300—600架次。当时战区正值雨季，气象条件对我非常不利，但志愿军空军仍不惜一切代价，与敌血战，使美军的进袭终未得逞。

面对中美之间更加尖锐激烈的空中对抗，中央军委决定空军部队继续轮番参战（当时也称为"加打一番"的作战），并于1952年9月任命原华东军区空军司令员聂凤智接替刘震任志愿军空军代司令员，担负起指挥"加打一番"作战的重任。

1952年10月中旬，美军对我上甘岭地区发动所谓"金化攻势"，同时大量投入新式的F-86型飞机以夺取制空权，配合地面部队行动。此时志愿军空军的装备也得到很大改善，经过改装的米格-15比斯型战斗机已陆续装备五个师，且先后投入实战。米格-15比斯型战斗机爬升速度快，转弯半径小，战斗性能较旧机型有很大提高。该机装备部队后，我军如虎添翼，斗志倍增，仅12月就击落敌机37架，击伤七架（大都为美制F-86型飞机）。11月25日，中央军委向志愿军空军发出"继续发扬勇往直前、大胆攻击的精神，打击来袭之敌，一定完成保卫北朝鲜主要交通干线及中国东北行政、工业中心目标任务"的指示后，志愿军空军又乘胜前进，继续扩大战果。12月2—3日的空战中，空三师九团中队长孙生禄击落敌机三架（其本人壮烈牺牲）；1953年1月13日，我机以80余架与敌300余架飞机轮番作战，将其击溃，创造了空军史上以少胜多的范例……

1953年4、5月间，美空军使尽招数，扩大规模，增加强度，全面出击，在轰炸清川江南北铁路干线及西海岸志愿军阵地的同时，又开始轰炸朝鲜北部产稻区的水库，企图淹没农田，冲毁交通线，给中朝军队后勤供应造成更大的困难。这一时期，美机出动异常频繁，每月平均竟达大约两万架次，大有不达目的决不罢休之势。志愿军空军则采取敢于打破常规，见机而作，反常用兵，展开空中游击作战，以巧制胜，以奇制胜。

"打着陆"是美国空军奉为经典的看家本领，即在实施大规模军事行动的同时，伺机偷袭对方起飞着陆的飞机。1953 年 4 月 7 日下午，志愿军空十五师四十三团的 12 架米格-15 比斯型飞机空战后返航。韩德彩和他的长机下滑至1000 米准备着陆时，突然遭到敌机偷袭。地面指挥员见状立即发出警告："快拉起来，有敌机！"就在韩拉起机头的瞬间，他发现长机张牛科已被一架敌机紧紧地咬住了。韩德彩不顾自己飞机的油量警告灯已经闪亮，立即加大油门，迅速冲向那架敌机。待逼近至 300 米时，他狠狠地按下炮钮，直打得敌机冒火，飞行员被迫跳伞逃生。韩德彩不禁兴奋地大声向地面报告："快抓俘虏！敌人跳伞了！"后来人们才知道，被抓住的跳伞者是美国空军第五十一联队上尉哈罗德·费舍尔，美国空军的"双料王牌驾驶员"（美军飞行员击落五架飞机即可称"王牌驾驶员"）。费舍尔对自己被俘颇不服气，一再要求见见击落他的对手是什么人。当只有 20 岁的韩德彩站在他的面前时，费舍尔还摇晃着脑袋说："对不起，长官，我不愿意开这种玩笑。我怎么可能是这个年轻人打下来的？"听到志愿军空军首长严肃地说："我们也不想开这种玩笑。他的确很年轻，只有 20 岁，在战斗机上飞行总共不到 100 小时，但就是他凭着对祖国、对人民的无限忠诚，英勇战斗，把你击落的！"这个在侵朝战争中曾出动过 175 次的"双料王牌驾驶员"，顿时目瞪口呆。

从 1952 年 6 月至 1953 年 7 月的 14 个月里，志愿军空军胜利地保卫了重要目标和交通运输线，成功地掩护了地面部队的作战，共击落美机 206 架，击伤52 架。战斗中，他们学会并掌握了在夜间及复杂气象条件下中低空作战的技战术，其赫赫战果已然令不可一世的美国空军再也不敢小觑。

战绩辉煌　胜利花为勇士开

1953 年 7 月 19 日，志愿军空军与美国空军再次爆发激烈战斗，但没人想到这将是志愿军空军在抗美援朝作战中的最后一搏。当日下午，美军出动由各型飞机 168 架组成的混合编队，袭击朝鲜新义州及新义州机场。志愿军空军以多梯队连续出动的战法，英勇反击。曲成田带领空六师十六团 12 架战机为第一梯队，至新义州上空打击美军。他们以迅速勇猛的动作投入战斗，打乱美机编队部署，由三中队沈洪江击落掉队的美机一架，一中队郭树武击伤美机一架。空四师十团八架飞机由褚福田带领为第二梯队，至新义州上空与美机空战。褚福田将美军长机击伤，其余美机慌乱投掉炸弹，择路逃窜。志愿军空军出色地演完了这一幕"压轴戏"，胜利而归。

1953 年 7 月 27 日，敌方终于被迫坐到了谈判桌前，在停战协定上签了字。消息传到志愿军空军司令部指挥所，官兵们一片欢腾，庆贺为之浴血奋战经年的这一天最终到来了。在抗美援朝战争中，年轻的志愿军空军共有歼击航空兵10 个师 21 个团，轰炸航空兵两个师三个大队，784 名飞行人员，59733 名地面人员，参加了实战；战斗起飞 2457 批，26491 架次，实战 366 批，4872 架次，共击落侵朝美空军、海军及参与侵朝战争的其他国家空军的飞机 330 架（内有 F-86 型战斗歼击机 211 架，F-84 型、F-80 型战斗轰炸机 72 架，F-94、FMK-5、FMK-8、FMK-24、F4U、F-51、B-26 等型飞机 47 架），击伤 95 架；一大批英雄集体涌现出来，荣立集体三等功以上的单位有 300 多个（其中荣立集体一等功单位六个、集体二等功单位两个）；有 212 名飞行员击伤击落过敌机，荣立个人三等功以上的英雄、模范计 8000 多名，其杰出代表有：一级战斗英雄、特等功臣赵宝桐、王海、孙生禄、张积慧、鲁珉、刘玉堤；二级战斗英雄、特等功臣王天保、杨振玉、范万章、焦景文、蒋道平；二级战斗英雄、一等功臣李汉、邹炎、高月明、毕武斌、郑长华、韩德彩、吴胜凯等。朝鲜民主主义人民共和国还向所有志愿军空军的英雄、模范、功臣，分别授予了一、二、三级国旗勋章及一、二级自由独立勋章和军功章。同时人们也不应忘记，志愿军空军为赢得胜利也蒙受了很大的牺牲和损失。在整个抗美援朝作战中，志愿军空军被击落飞机 231 架、被击伤 151 架，有 116 名飞行员英勇牺牲（如空十二师入朝参战时有 60 多位健壮活泼的飞行员，由于战斗牺牲及其他原因造成减员，归属建制时仅剩 12 人）。指战员们用自己的热血和生命捍卫了正义、和平与祖国的安全，也在万里蓝天书写下人民空军的军威与光荣。

我是 1945 年 12 月 25 日，从抗大山东分校被选送进入人民军队第一所航空学校——东北老航校第一期乙班学习的。半个多世纪以来，我历经东北老航校、哈尔滨第一航空学校速成班先后培训，完成苏制图-2 轰炸机驾驶训练后，即加入人民空军第一支作战部队——第四混成旅的战斗行列，参加过国庆两周年的首都空中受阅后，我随所部空军第八师参加抗美援朝。1951 年 11 月 6 日，志愿军空军首次轰炸大和岛时，我受命担任轰炸机队的领队长机，亲历了此次行动的全过程。

一

空八师是在抗美援朝的战争初期诞生的。1950 年 11 月 27 日在吉林省四平市成立，属东北军区空军建制（后归空三军），空军第一航空学院校长吴恺调任空八师师长，葛振岳任政委。师机关由空军高空运输大队以及其他部队抽调的部分人员组成，下辖的二十二团是由原步兵五〇四团改建而成，二十四团是以原步兵五一〇团为

---

*　韩明阳（1928—2006），时任中国人民志愿军空军第八师二十二团二大队大队长。曾任北京军区空军副参谋长。

基础组建的。两个后勤供应大队是由两个团的后勤人员为主组建的，每个团各有三个飞行大队，部分大队以上飞行干部（张文亮、韩明阳、陈继发、高月明、孙炎、曲衍椿、石昭庭）和机械干部（刘银贵、严寒）是从空军第四混成旅第十二团调进的，空、地勤人员均来自第一、二航校。飞行员的飞行时间不足 200 小时。

1951 年 1 月 14 日，空十师在南京成立，师长刘善本，政委司中峰。当时，抗美援朝的志愿军空军轰炸部队只有空八、空十两个师。

1951 年 1 月，空八师装备各种飞机 70 架，其中图-2 型飞机 64 架、图-2 型教练机四架、波-2 型通信机两架，系由苏联空军顾问团帮助中国改装。在近四个月的时间里，空八师完成了从单机到师编队空中轰炸的训练科目，5 月初，苏联顾问回国。

不久，空八师受领了参加国庆两周年的空中受阅任务，部队便集中进行编队训练。9 月 10 日，空八师转场到河北唐山机场，在这里圆满完成了受阅任务。10 月 13 日，空八师转场到沈阳于洪屯机场，并开始了紧张的战前练兵。

当时，部队进行了以"抗美援朝、保家卫国"为中心的爱国主义、国际主义和革命英雄主义的教育，进一步激发了广大干部战士对美帝国主义的仇恨，认清抗美援朝的伟大意义，树立首战必胜的信念。针对空军特别是轰炸部队的特点，空八师党委提出"打好第一仗，争取第一功"的口号。师、团、大队层层动员，深入进行政治思想工作。师政治部还出版了《训练快报》，宣传好人好事，激励士气，促进部队战前练兵。在战前练兵中，由我带领的二十二团二大队第一中队，曾创造过 18 枚炸弹全部命中靶标的最好成绩，《训练快报》为此还专发了一期"号外"。空勤人员抓紧时间，积极做好战前准备；地勤人员和后勤人员不怕苦、不怕累，起早贪黑，做好机务和外场的保障工作。整个部队练兵劲头十足，士气特别高涨，只等上级一声令下，即可开赴抗美援朝战场。

面对美国空军这样的强敌，敢不敢同其较量，是摆在每个志愿军空军飞行员、指挥员面前的头等大事。1950 年 12 月 21 日，空四师师长方子翼、政委李世安率领二十八大队的飞行员，由辽宁省辽阳机场开赴安东浪头机场。1951 年 1 月 29 日，二十八大队大队长李汉首开纪录，将敌机打得空中开花，打破了美帝空军不可战胜的神话。歼击部队敢打必胜的大无畏精神，大大地鼓舞了轰炸部队飞行人员的战斗意志。

当时,我只有 23 岁,在志愿军空军轰炸航空兵第八师二十二团二大队当大队长。年轻人好胜心切,事事总想拔尖。完成国庆两周年空中受阅任务后,我们转移到前线机场,立即投入紧张的战前练兵,每天都飞几个大课目。我们大队的轰炸成绩在全师数一数二,请战书、决心书少说也有半抽屉,首次出击的作战任务争不到手,总觉得志愿军这套军装穿得不够意思。

1951 年 8 月 18 日,美帝为了使我后方瘫痪,在其发动“夏季攻势”的同时,集中其空军力量向我发动了以破坏铁路线为主要目标的大规模的空中“绞杀战”。中国人民志愿军空军及铁道兵、工程兵、高射炮兵和在后方的其他部队同朝鲜军民一道,与敌空军进行了长达 10 个月的艰苦斗争,建成了“打不烂、炸不断”的钢铁运输线,保证了前线部队作战物资的运输供应。但是,美、南朝鲜军队在其占领的位于鸭绿江口的大、小和岛建立起的情报指挥机构运用现代化侦察侦听设备,处心积虑地刺探我军行动和各方面信息,对我军的战斗行动构成了极大的威胁。

大和岛、小和岛等岛屿,位于朝鲜民主主义人民共和国西海岸铁山半岛的南端,距鸭绿江口约 70 公里,该岛及其附近的椴岛、炭岛驻有南朝鲜的“白马部队”1200 余人及美国军事情报机构工作人员约 400 人。大和岛上设有大功率雷达、对空电台和窃听设备,已成为搜集我方情报及指示敌机轰炸我东北城镇、军事目标的一个据点,是插在我方侧后的一把刀。

1951 年 11 月初,在沈阳西机场,数十架标有朝鲜机徽的图-2 型轰炸机高仰着头,分散隐蔽在几十个机堡中。飞机附近,不少人奔忙着,走路都是一路小跑,说话像放连珠炮似的嗓门老高。人们的忙碌告诉我们,部队恐怕要有重大行动。

二

11 月 5 日,中国人民志愿军空军第一次以炸弹还击美国侵略者的作战任务正式下达给了我们大队,首次实战的日子终于盼到了。战前的飞行准备严肃、认真、细致、周到。为了把目标的地形、地物认清记牢,几十个飞行人员围成一圈,跪在一张大比例尺地图上计算着等高线的走向。当接到中朝空军联合司令部（空联司）派专机送来的航空照片时，几十双眼睛立刻都集中在敌人的指挥机构——大和岛上的大和洞，恨不得把敌军阵地布局牢牢地印在眼睛里。大和岛上的敌军侦察机构是插在我们后方的一个眼中钉，不拔掉它，我军的行动就没有自由，所有参战人员对上级的作战决心都达成了充分的理解。

上级一再嘱咐大家要很好地睡觉，以换取充沛的精力作战，大队政委却给我们转来了数百封慰问信，每人的床头柜上都有几十封，这使我们毫无倦意。我这个向来身子一贴床板，鼾声就震房顶的人，今天也失眠了，躺在床上翻饼子①，想了很多很多……在两万五千里的长征路上，国民党的飞机炸死过北上抗日的红军战士；抗日战争中，日本帝国主义的飞机炸毁了我国的城市、村庄；解放战争时期，国民党空军用美国给予的飞机向解放区人民狂轰滥炸；如今，美帝国主义又把战火燃烧到鸭绿江边……几十年来，我们吃够了敌人炸弹的苦头，现在我要用复仇的炸弹去消灭敌人，让敌人也尝尝挨炸的滋味。

飞机一架一架排列在起飞线上，显得特别雄伟壮观。

在起飞前的时刻，吴恺师长在空联司指挥所坐镇，葛振岳政委也带着大批官兵来到机场欢送我们出征，他要求我们"首战必须打胜，打出志愿军空军的威风，只准打好，不准打坏"。师政治部崔主任当场朗诵了一首打油诗："丘丘小岛是敌巢，神鹰到来哪里逃。空中健儿多英勇，坚决打响第一炮。"文工团的小同志抱着白鸽子向我们招手，他们把希望寄托在我们身上了。往日里，我虽然经常见到他们，但是这次却有着特别亲切的感觉。看到他们，我想起了祖国的人民，想到了朝鲜被炸得失去了爹娘的儿童。这时，我觉得责任特别重大。"只准打好，不准打坏"，我心里重复地念着这几个字，登上了挂满炸弹的飞机。

出击的时间终于到了，随着绿色的信号弹升起，飞机轰隆隆地开动起来。1951年11月6日14时35分，我们的战鹰满载着复仇的炸弹，升上天空。按照预定的航线，我们编着整齐的"品"字队形前进。

"'英雄一号'，我们看到你了，我是'老虎一号'。"这是直接护航的歼击机指挥员，在东北老航校时当过我们飞行教官的张华在与我联系。我向左前方观察，几个编好战斗队形的拉-11活塞式歼击机小编队已经向我靠拢。

---

① 翻饼子：方言，比喻来回翻身，不能入睡。

"'老虎一号'，我也看到你了。"我回答。

在 2000 米的高度上，我们的轰炸机大队和活塞式歼击机群会合了，编成了整齐的混合编队战斗队形。在高空中还有我们的喷气式歼击机群，他们拉着长长的白烟，这个机群中有我的东北老航校同班同学孟进、刘玉堤、牟敦康、钱焕章和校友张华、徐怀堂、徐振东、王天保、孙景华、周勇进、段祥录、于长富等。昔日互帮互学飞上了蓝天，今日比翼齐飞痛歼美帝，更加感到"战友"二字的亲切。

沿途到处都是火光，到处都在燃烧，地图上标记的城市和乡村已经看不到了，看到的只是残垣断壁。这时，我们每个人的心中都燃烧着复仇的怒火。

"满天空都是我们的飞机。"通讯主任郭绍礼兴奋地报告说。

"是的。"我在回答时却不禁暗自想到，和我们一起去消灭敌人的，不但有强大的机群，而且还有 5 亿祖国人民和 3000 万朝鲜人民啊。

在航线的前方，出现了片片乌云，舱外能见度极低，几乎看不到地面。当时飞机的设备只能进行目视投弹，如果目标区域也是这样，对完成任务将造成很大困难。整个机群在云上航行，我紧张地向前飞了十几分钟。忽见前面的云量减少了，我高兴极了，心想："活该侵略者倒霉，老天爷也帮我们的忙。"

离目标越来越近，我的眼睛也越睁越大。我知道在战斗中能够早发现敌人，就有了胜利的保证。

"离大和岛只有五分钟的航程了。"当我听到领航主任柳元功的报告之后，立即向地面指挥所呼叫："'灯塔'，'灯塔'，我是'英雄一号'，请允许我按计划执行任务。"

"'英雄一号'，我是'灯塔'，可以执行任务。"这是地面指挥员（空军二十二团团长）徐式廷在陆军指挥所里发出的命令。

"'灯塔'，坚决完成任务。"我回答。

在深蓝色的海洋中，出现了许许多多大小不等的岛屿。按地形、地物识别，我找到了大和岛，迅速把机头对正了目标。同时，我发现天空中出现朵朵黑色烟团在爆炸。

这是敌军的高射炮在向我们射击。我看了看钟表，离目标只有三分钟路程了。作战行动是否成功就决定在这短短的几分钟内。但这几分钟比几个小时，甚至比几年好像还要长。

美军的喷气式歼击机从南朝鲜起飞了。几十架 F-86 加足了马力向大和岛增援，企图使敌侦察机构免遭被轰炸的命运。

对我来说，空中送"炸药包"是第一次，没有经验，但在地面攻山头、打碉堡我却是行家里手，关键时刻，两军相争勇者胜。这时，我在进入轰炸航路时情不自禁地高喊："紧紧编好队形，坚决消灭敌人，为中朝人民报仇……"机群中的所有飞机都按照我的命令，做好了实施轰炸的战斗准备。这时我又回头看看领航主任，只见他眼盯着轰炸瞄准具的十字环，不断地发出修正航向的口令，手拿着投弹发射按钮，随时准备击发。这个在陆军连队当过政治指导员的同机战友，动作沉着有序，我相信他能够出色地完成任务。于是，我又把精力集中到前方。时间一秒一秒地过去，目标距我们越来越近，敌人的高射炮火更加疯狂密集地在我们机群前后爆炸，冒着一团团火花，气浪使飞机上下猛烈颠簸。

"向敌人地面炮火射击！"射击主任杨震天随着我的命令，组织全体射击员向敌人射出一排排机关炮弹。顿时，敌高射炮哑巴了，那些胆小的炮手大概都躲到防空洞里去了。我又看了看表，只剩下几秒钟了，这是最后完成任务的时刻，也是向侵略者复仇的时刻。我全力保持着飞机航向、速度和高度，15 时 38 分，我们飞机上的炸弹抛离了弹舱，整个机群近百枚重磅炸弹在敌人的侦察机构和设备阵地上爆炸开花。这时，我觉得飞机的操纵杆轻松了许多，飞机的发动机好像也不喘粗气了。

突然，我的右膀上挨了一巴掌，一时想不出发生了什么意外，随着就听到："好——哇！"我回头一看，领航主任的大拇指头高高地伸在我的右眼旁。

"炸得好哇！祝贺你们，'英雄一号'！"护航机队"老虎一号"也兴奋地喊话了。

"'英雄一号'炸得好，陆军同志为你们鼓掌呢！"地面指挥员高兴得甚至忘了报告代号。

在地面到空中一致叫好声中，我转过机头看到敌军的指挥所大和洞完全笼罩在冲天的浓烟中，"眼中钉"拔掉了，岸边的两艘登陆舰艇也被炸得开了花。当美国歼击机赶到大和岛上空时，看到的只能是被炸塌的雷达阵地和燃烧着的敌军营房，用兔死狐悲来形容美军歼击机飞行员的心情，恐怕是再合适不过了。

我们的机群携着胜利的喜悦胜利返航了。刘玉堤带着八架歼击银燕飞到我们大队的上空摇摆机翼通过，这无声的语言比千言万语更能表达飞行员的喜悦。我们即将降落的机场上也已为我们亮起了欢迎的夜航灯，轰炸机群在前进基地上全部安全着陆了。大家跳出座舱之后，我把全体空勤人员集合起来，迈着整齐的步伐到了空联司指挥所，向部队首长报告。

师长吴恺与我们全体胜利归来的同志一一握手祝贺。我也代表大家表示："我们随时等待着再次出动的命令。"

三

这次作战行动，由于各部队都严格按照协同计划组织实施，突击队和护航队会合准时，保持了严格的战斗队形，进行了严密的监视和适时的指挥，时机选择得当，行动突然，因此未遇敌机拦阻，取得了较好战果。这次空袭共投弹 81 枚，命中 72 枚，轰炸命中率为 89%，达到了预想的目的，摧毁目标区房屋 45 幢，炸死、炸伤敌少将作战科长和海军情报队队长等共 60 余人，炸毁敌粮食 20 余吨，各种弹药 15 万发，船只两艘，而我机无一损伤，沉重地打击了侵略者，有力地配合了登陆部队完成占领大和岛附近岛屿椵岛的任务，更为上级而后组织陆空协同作战提供了经验。由于作战任务完成得圆满，我们大队被光荣地记了集体二等功，我个人也被记了二等功。

大和岛敌人指挥机构大和洞被摧毁后，残存之敌将侦察指挥机构搬到灯塔，继续搜集侦听我军活动情况，每天还派遣三艘军舰于 21 时至零时之间，到大和岛、小和岛海域炮击我椵岛守卫部队。解放大、小和岛的战斗还在继续着。

敌人遭到突然袭击后，其高级机关曾数次电询被我轰炸后的情况，还派人到大和岛向当地居民盘问我机来向、航线高度、机种、架数，并勘察弹坑。美联社当晚即发出广播，惊呼"这次袭击不会是中国方面来的"。美国报纸亦称："这次战斗，以小分队驾驶新型轰炸机进行了成功的轰炸，看来不是亚洲人干的。"据美国空军大学出版的《朝鲜战争中的美国空军》（1950—1953）记载：1951 年"11 月 6 日，一队双发动机的图-2 螺旋桨式轻型轰炸机对大和岛进行了成功的轰炸"。这说明志愿军空军轰炸部队在抗美援朝战斗首战是相当成功的，这次作战的胜利连敌人的新闻媒介和历史丛书也都无法否认。诚然，后两次轰炸大和岛因为种种原因未能获得应有的战果，我空军健儿也付出了血的代价。这就是电视剧《壮志凌云》中所反映的 11 月 30 日第三次轰炸大和岛时的战斗场面。电视剧未能全面反映全部三次轰炸的情况在我看来是一种缺憾，但是因篇幅所限或是剧情需要，我对此也表示理解。然而，把我知道的首次轰炸大和岛的作战经过写出来，让人们知道却也是我的责任。顺便说几句，电视剧《壮志凌云》用几架外形与图-2 轰炸机十分不符的运-5 运输机来表现我志愿军轰炸航空兵的战斗形象，确实失真了，再遇反映空军战斗历程的电视剧或电影，是不是可以注意到这一点，毕竟现在影视电子特技的技术水平已是相当之高了嘛!

　　抗美援朝战争爆发后的第三个年头，侵朝美军为了配合停战谈判，改善朝鲜半岛金化地区的防御态势，破坏中国人民志愿军正在进行的全线性战术反击作战并查明我坑道阵地情况，准备在金化以北的上甘岭地区发起"金化攻势"。为了粉碎美军攻势，中央军委、毛泽东主席紧急命令正在福建前线的中国人民解放军步兵第二十四军开赴朝鲜，加强上甘岭地区的防御力量。

　　1952 年 9 月初，我所在的第二十四军在皮定均军长率领下由福建省晋江市北上，9 月 12 日从吉林省辑安县（今集安市）辑安大木桥上"雄赳赳、气昂昂"地跨过鸭绿江，于 9 月底抵达上甘岭战场。也就从这时起，我们第二十四军改编为中国人民志愿军第二十四军，我正式成为中国人民志愿军的一员，实现了一个革命战士赴朝作战的心愿。

　　本文要讲的，是抗美援朝期间我志愿军是如何对付美军空袭的。

粉碎敌人的空中"绞杀战"

　　我们部队在入朝作战前就进行了防空袭的教育。战士们都明确

＊　左文平，时为中国人民志愿军第二十四军七十四师战士。

地知道，朝鲜战争爆发后，美帝国主义将它的空军优势，将它们的"钢铁炸弹"投在朝鲜国土的城市和农村。美空军将全部炸弹的半数以上用于轰炸志愿军后方的集结地域、补给基地、运输车辆和交通枢纽、公路、桥梁等。大家说：美国鬼子这样做，吓不倒中国人民志愿军，我们会有办法对付的！叫他美国佬瞧着吧，总有一天他们连同飞机一块儿完蛋在朝鲜战场上！

1951 年 7 月，随着战争形势的不断好转，志愿军和朝鲜人民军战线南移，我们恢复了铁路交通，此时美军投入朝鲜战场作战飞机的总数达到 1400 余架。以美军为首的由 16 个国家的军队组成的"联合国军"被迫转入战略防御。停战谈判开始后，美军还梦想以空中优势进行战略轰炸，以解决朝鲜问题。

1951 年在敌对我发动"有限度的夏季攻势"的同时，其空军也开始对志愿军实施"空中封锁"（即"绞杀战"），其目的是切断志愿军的运输补给线，分割我前后方并瘫痪我军后方，"窒息"我志愿军前线作战的力量。在整个"绞杀战"期间，美军仅空军飞机（不计海军舰载飞机）就出动了 8 万余架次，平均每天 300 余架次。

在反"绞杀战"斗争中，志愿军与朝鲜军民群策群力，各军兵种在统一指挥下密切协作、积极斗争，将敌空军的活动空域压向清川江以南，并形成了一条"打不断、炸不烂"的钢铁运输线，胜利地粉碎了敌人切断我后方交通运输线的企图，打破了美军"空中优势"的神话，使我前方供应条件获得了进一步改善。在反"绞杀战"斗争中，志愿军共击落击伤敌机 1400 余架。我军损失飞机 80 架、高炮 30 门，被炸坏的火车机车 502 台、车辆 450 节，高炮部队和铁路抢运、抢修部队伤亡 2300 余人。

用"防空哨"办法对付敌机来袭

志愿军入朝初期，既无空军参战，又缺乏对空防御武器与防空经验。当时，潜伏于朝鲜党政机关、人民军和志愿军中的敌特，或用无线电通信，或用点火、手电筒等联络方式，给敌军提供或指示目标，致使敌机肆无忌惮地对我军狂轰滥炸，猖狂至极。为此，志愿军和朝鲜军民在朝鲜北方开展了清剿特务运动。经过两个月的清剿，消灭暗藏在朝鲜党政机关、部队和农村的特务 1200 多人，消灭了暗藏在志愿军中的特务 20 多人。这一运动肃清了志愿军和朝鲜人民军在后方的隐患，为稳定社会治安起到了保证作用。从此，美空军到朝鲜和志愿军后方实施轰炸不见了"引火虫"，使他们失去了一只眼睛。

1950 年底前，志愿军防空部队只有一个高射炮团，加上后勤机构和工作人员不适应作战要求，处于边打边建状态，因而在战役组织实施与后方运输补给上出现了极大的困难，使大量作战物资积压在鸭绿江北，运不到前线。

第一至第三次战役期间，前线的粮食供应仅能达到需要的 1/4，部队整天饿肚子，弹药也不足。第四、第五次战役时虽有所好转，但也仅能满足供应需求量的一半，部队还是饿肚子。前线部队挨饿受冻，冻伤使部队大批减员，影响了战役的组织与实施，部队指战员不得不"一把炒面一把雪"，和敌人死打硬拼。

1950 年 10 月志愿军刚刚出国作战时没有空军，1951 年上半年才有了空军支援作战。虽然建立了空军，但是在整体上空中力量仍然是敌强我弱——中国空军不仅数量上处于劣势，作战范围也有局限性，空中的保护范围仅限于清川江、大同江以北地区，远不能大范围地支援志愿军作战。

由于美军掌握着制空权，所以志愿军的后方活动一般都是在夜间进行。特别是汽车运输，目标较大，在 1953 年以前绝大部分不能在白天行动。但是，美军飞机在夜间也不放过对志愿军后方目标和运输线的轰炸。每当夜晚来临，我志愿军汽车运输队驶上公路时，犹如长蛇阵般的汽车灯光就如同白昼一样吸引着美军的夜航机。这时，敌人的空军夜航机飞向朝鲜，或是往公路上投撒钢制的蒺藜用来破坏志愿军汽车的轮胎，或是向志愿军车队投掷重磅炸弹、燃烧弹或进行扫射。据统计，1951 年底以前，志愿军汽车司机平均只有三次运输机会。也就是说，一名驾驶员向前线运送两三次作战物资，就可能为此献出生命。

1951 年 2 月，志愿军后勤第一分部、第三分部采用在交通沿线制高点设立防空哨所的办法监视美军飞机。每当敌机来袭，防空哨所就用对空鸣枪的方式向司机发出来袭信号。司机一听到报警枪声，立即熄灭车灯摸黑向前行驶一段距离，然后停车。一般摸黑向前行驶的距离为 300—500 米，这样一来，敌机就是发现了志愿军汽车，若在发现汽车的位置投放炸弹也就炸不准了。

这种防空袭的好办法得到了志愿军总司令彭德怀的赞赏，他命令志愿军司令部通报志愿军各部推广实行。全志愿军都按照这一办法在制高点和交通要道设立防空哨，为汽车驾驶员"站岗放哨"，从而减少了司机伤亡，降低了汽车物资损失。

防空哨使我方损失大大减少

后来，志愿军的后方防空哨发展成为后方防空斗争中一支不可缺少的重要力量。在志愿军后方 210 多公里的运输线上，共设置了哨所 1348 个，这支哨所队伍发挥了雷达都不能发挥的作用（雷达可随时引导飞机起飞并导航，但它不能为汽车司机报警；而防空哨可随时发出防空信号，通知司机做好防空准备，使美军飞行员瞎了眼睛，失去了目标，迷失了轰炸方向）。

我们入朝的 1952 年，也曾有过夜行军时遭受敌机空袭的经历，有一次差点中弹。那是在从祖国赴朝到五圣山接守第二十七军防线途中，我随师部夜行军到朝鲜沙里院，这时突然从前方"三八线"传来报警枪声。这一警报立即闪电般地传到各部队，因为防空哨早已连成了"一条长龙"。当敌机越过"三八线"时，我前方防空哨立即判明情况，迅疾向后方发出准确的美军夜航机行动方向信号。部队得到夜航机轰炸沙里院交通线的信息后，立即分散隐蔽。敌机袭击后，师部

左文平战地日记

大队人马没有受到损失，仅炸毁了几口做饭的铁锅。

部队严格遵守防空的各种信号规定，不准发出火光，这可把我师参谋长盖仲民这个"烟鬼"憋坏了。警卫员马小刚想了个好法子，用一个空罐头盒，吸烟时把烟头放在盒里，就不发出火光了。他们把这种方法叫"罐头吸"。后来夜行军，警卫员都给首长带上一个"罐头吸"。

自从建立防空哨所后，志愿军后方的交通安全好多了，部队夜行军也安全了，汽车夜间行驶也安全多了，再也不用提心吊胆了。虽然美军飞机还是经常来轰炸朝鲜和志愿军后方交通线，司机仍然有伤亡，但是牺牲的人数大大减少，更多的司机亲眼见到了抗美援朝的最后胜利。

一首《英雄的汽车司机员》传唱久远

当时，有首歌曲在志愿军中广泛流传，那就是孙民作词、丁平谱曲的《英雄的汽车司机员》。我把它抄记在中国人民赴朝慰问团赠送的手册上，保存了60多年。这首歌是这样唱的：

马达嗡嗡响，车辆哗哗转，车弓上下颠，颠颠颠颠，颠颠颠。

甲：老张！小心点，前面是兴高山哪。

乙：（朝鲜话）一了不扫（没关系）。

加大油门唑楞唑楞爬上山，唑楞唑楞，嘿，上山又下山。我的车呀快快地跑哇，我的车呀快快地向前。我的朋友，我的伙伴，前线同志们等着咱。我的朋友，我的伙伴，前线同志们等着咱。跑哇跑哇快快地跑哇，向前向前快快地向前。是谁开车到朝鲜，英雄志愿上前线，车行万里要安全，万里号的荣誉属于咱。争取立功，争取模范，争取胜利早实现。

两眼向前看，手握方向盘，唑楞楞楞，唑唑楞楞楞。左拐右转奔向前，左拐拐，右转转，下了山，嘿！下山又上山。是谁开车这么熟练，志愿军司机英雄汉，志愿军司机英雄汉。敌机来捣乱，防空哨发现，枪声乒乓把信传，乒乓响把信传。

甲：要报西要（喂）！后机一扫（敌机来了）！

乙：有飞机呀！高马司米达（谢谢），唑楞楞楞楞，唑楞楞楞楞，看不见咱摸黑往前赶。

丙：是谁这么有经验，志愿军汽车司机员。

敌机空中转，扔下照明弹，借光开车看得见，节省电甭花钱。挂上四闸，唑楞楞楞楞，唑楞楞楞楞，一溜烟敌机它看不见。是谁开车这么勇敢，志愿军汽车司机员。穿过千条河，爬过万重山，一路太平多安全，多太平多安全。唱个歌儿，咚咚咚咚，锵锵锵锵，英雄赞，嗨，唱个激情岁月英雄赞。是谁开车到朝鲜，志愿军汽车司机员，志愿军汽车司机员。

这首歌，我在入朝时就学会了，跟着首长坐车时，司机经常一边开车一边唱，唱得欢快自在。可以说，每个志愿军司机都会唱这首歌，它鼓舞着汽车司机们创造奇迹，创造战绩的辉煌。当时很多司机都成了英雄、成了模范，志愿军当年总计出了 12 个英雄司机、11 个模范，1500 多人立功受奖，还出现了模范连、英雄排。他们为前线运送炮弹，战士们用他们送的炮弹"慰问"美国佬，送他们永远回老家；他们为战士们送去来自祖国的各种食品，战士们兴高采烈。后来这首歌还被传唱回了国内，鼓舞着新一代司机全心全意为人民服务。

中国人民赴朝慰问团赠送的抗美援朝纪念章

朝鲜政府颁发的国旗勋章

·陈临庄 ✱
·蒋一泉·

中国人民志愿军喀秋莎火箭炮兵部队，在朝鲜战场上战绩辉煌，威震敌胆，可说是广为人知，但又充满神奇色彩，深知者寥寥。笔者近日在北京，专访了当年志愿军喀秋莎火箭炮兵第二十一师政委吕琳同志。拂去历史尘埃，该师的辉煌战史得以再现。

军委命名董存瑞等四人为"全国战斗英雄"、军委命令步兵师改装火箭炮兵师，可谓"双喜临门"

炮兵第二十一师是我军入朝参战唯一一个喀秋莎火箭炮兵师，其前身是四野第四十八军一四三师。这是一支英勇善战、作风顽强、英雄辈出的部队。新中国成立初期电影《董存瑞》《翠岗红旗》《战火中的青春》三部战斗故事片的原型，均出自这个师。

1950 年 9 月，军委召开全国战斗英雄代表会议，第一四三师董存瑞的战友、特等战斗英雄郅顺义，全军唯一的女战斗英雄、"新时代花木兰"郭俊卿，独胆英雄杨世南等三人，光荣地出席并被命名为"全国战斗英雄"；隆化战斗中舍身炸碉堡牺牲的班长董存瑞，

✱ 陈临庄，时为中国人民志愿军第十二军三十六师战士。曾任辽宁省锦州市凌河区政协主席。

也被追认为"全国战斗英雄"。一个师出四个"全国战斗英雄"，这在全军是少有的，是全师的莫大光荣。10月底，该师奉军委命令，立即北上，改编为火箭炮兵师，准备赴朝参战。接受这样一个重大任务，是更大的光荣。这两件大事对一四三师来说，真可谓是"双喜临门"。

11月，刚刚结束在赣南、粤北剿匪作战的第一四三师，由广东曲江车运北上，到达辽宁阜新集结，改编为火箭炮兵第二十一师，师长吴荣正，政委刘禄长，副政委吕琳，参谋长刘义荣，政治部副主任薄能贵。

火箭炮团是两营六连制，这个师原辖的第四二七、四二八、四二九团的三个步兵团，改编为五个炮兵团，即火箭炮兵第二〇一、二〇二、二〇三、二〇七、二〇八团。

刚改装时，全师万余人，仅有几个干部懂得山炮、野炮技术，对火箭炮兵的技战术一无所知。为此，师里立即抽调387名军事干部到沈阳炮校进行40天的短期培训，以应改装急需。

炮兵二十一师装备的火炮是苏联造M-13火箭炮。炮兵连是四门制，每营12门，每团24门，全师120门。

1951年2月14日，全师以团为单位举行隆重的授炮典礼，接收刚从苏联运来的火炮。

M-13火箭炮是一种多轨式轮式自行火炮，弹径为132毫米，每辆炮车有一座八联装轨式火箭发射架，每条滑轨上下各装挂一枚火箭弹，每炮共装16枚，最大射程8500米，发射为电气点火，数秒钟内即可全部发射完毕。这种火箭炮弹径大，弹群密集，发射速度快，杀伤破坏力大，战场机动性能好；作战时，以团（或营）为单位齐放射击，一个团一次齐放发射384枚火箭弹。因其弹群覆盖面积很大，故M-13火箭炮部队主要被用于对大面积集群目标射击。

在第二次世界大战的苏联卫国战争中，苏军M-13火箭炮兵配合地面部队作战，发挥了巨大威力，屡屡给德军以重创。为此，苏军战士用他们心目中的美丽姑娘的化身——"喀秋莎"来赞美、称呼M-13火箭炮。后来，"喀秋莎"也就成为人们对这种火箭炮的通称，它的正式名称反倒鲜为人知了。

军情紧急，只经28天改装训练、14天动员教育，便入朝参战。

1951年2月初，第四次战役打响后，为适应作战需要，中央军委于2月7

日决定实行轮番作战锻炼部队的方针，并决定加速完成国内火箭炮团等各炮种部队的扩充和训练。

2月中旬，军委炮司命炮兵第二十一师迅速完成改装训练，做好入朝参战准备；并提出了"短期的、重点的、速成的"训练方针。随即又给师里派来了由有丰富的火箭炮作战和训练经验的苏联将军、军官和军士组成的专家组，帮助指导各团的军事训练。

正常情况下，一个步兵团改装火箭炮团，从组成到形成战斗力，至少需要一年时间。那时部队指战员文化程度很低，大都是文盲、半文盲，要在短时间内完成训练任务投入作战，难度非常大。

师党委认真讨论了军委炮司关于改装训练的方针和要求，确定了各团训练必须坚持"先技术、后战术""专业为主，一般为辅，操作为重点""急用先学、学以致用"的原则，并在苏联专家帮助下，制订了"由单个教练开始，经过班、排、连、营教练，而后团综合教练，最后进行战术演习和实弹射击"的训练计划。

2月20日，各团在深入动员的基础上，开始了热火朝天的28天突击大练兵。

改装训练是在苏联专家指导帮助下进行的。师、团尊重专家的意见，但又不完全依赖专家。专家负责拟定训练计划、编写教材、指导教学，但训练的组织领导、训练计划的实施，则全部由师、团司令部负责。

3月19日，全师各团全部完成了改装训练任务，迅速掌握了火箭炮兵的基本技术、战术。军事训练刚结束，全师又立即开展14天的动员教育。

当时，部队中主要有两个思想问题：一是少数指战员认为美军飞机、坦克、大炮多，还有原子弹，产生怯战思想；二是部分辽宁籍战士想家，想回家"享受土改胜利果实"，有些人甚至开了"小差"。

针对这种思想现状，各团深入开展了"抗美援朝，保家卫国""仇视、鄙视、蔑视美帝"的动员教育；师党委还提出了"打响第一炮，为祖国人民争光""向董存瑞、郭俊卿学习，英勇杀敌，争立国际功"的口号和"边打边练，以战教战"的要求。动员教育极大地激发了干部、战士的爱国主义、国际主义、革命英雄主义精神，坚定了敢打必胜的信心，纷纷上书师、团党委，表示要坚决抗美援朝，杀敌立功。炮兵二〇三团董存瑞生前所在的六连，还上书毛主席、朱总司令，请求早日赴朝参战。

1951 年 4 月初，炮兵第二十一师奉军委令，分批入朝参战。师长吴荣正、副参谋长王亚夫（后任参谋长）奉命组织师前方指挥所，立即率火箭炮第二〇一团、二〇三团第一批入朝；副政委吕琳（后任政委）、参谋长刘义荣等随后入朝。

抗美援朝期间，军委共组建两个喀秋莎火箭炮兵师，另一个师是留在国内的炮兵第二十二师。该师所属的喀秋莎火箭炮兵第二〇五团、第二〇九团，则于 1952 年后相继入朝，编入炮兵第二十一师战斗序列。同时编入的，还有军委炮司直属的六管火箭炮兵第二一〇团和高射炮兵第十九营。因此，炮兵第二十一师在抗美援朝战场上的作战实力为八个火箭炮团、一个高炮营。

后洞里战斗打响，我军火箭炮兵作战第一炮首战告捷

1951 年 7 月，炮二十一师副政委吕琳到桧仓金矿洞志愿军总部汇报、请示工作，彭德怀司令员对吕说："现在志愿军有了你们这样最先进的、现代化的喀秋莎火箭炮，美国到目前还没有。我们要很好地寻找战机，发挥火箭炮的优势，出其不意地、排山倒海般地，向敌人进行闪电式袭击，大量地消灭敌人有生力量。"最后又强调说："你们的火箭炮团配属哪个兵团、哪个军作战，都要经过我的批准。"

1951 年 8 月，敌人发动了"有限度的夏季攻势"，接着又发动了"秋季攻势"。

东线美军第七师向我二十七军阵地发起攻击，企图进逼金城；中线美军骑一师企图夺取我四十七军铁原至临津江东之阵地；西线英军第二十八旅向涟城攻击，企图进占我六十四军前沿阵地。我军为坚守阵地，歼敌有生力量，采取了"坚决反击，彻底粉碎敌人攻势"的作战方针。

喀秋莎火箭炮兵第二十一师奉志愿军总部命令，支援东、中、西线步兵作战，协同粉碎敌人的进攻。按照师首长的决心，火箭炮兵第二〇三团，配属东线第二十七军作战，反击美第七师；火箭炮兵第二〇二团，配属中线第四十七军作战，反击美骑一师；火箭炮兵第二〇一团配属西线第六十四军作战，反击英第二十八旅。

炮兵第二十一师这次作战，是我军历史上火箭炮兵作战的第一仗，能否打好，对此次战役的胜利、对喀秋莎火箭炮在炮兵作战中的地位以及对全师的荣

誉，都有重大意义。当时，敌人占有空军和炮兵优势，我火箭炮部队目标庞大，怎样来"保存自己、消灭敌人"，师、团对此进行了充分研究。师党委根据当时的战场情况和火箭炮兵部队作战特点，提出了"昼间纵深待机，黄昏后开进，夜间占领阵地齐放发射"和"快去、猛打、快回"的战术，取得了重大战果，打好了"入朝第一仗"，打出了喀秋莎火箭炮兵的威风，得到步兵的好评。

入朝第一炮是火箭炮兵第二〇三团打响的。该团是董存瑞生前所在团，战斗作风勇猛神速。

1951 年 9 月 1 日，该团奉命支援第二十七军七十九师二三五团反击进占我后洞里阵地的美七师两个营。团长孙纪纲、副团长梁尚云、副政委铁铮，在敌人占空炮优势的情况下，采取"炮阵地分散配置，火力全团集中""昼间指挥分队作业，夜间战炮分队开进"等战术和措施，黄昏后率全团从集结地域向东山里预设阵地开进，远距离奔袭后洞里之敌。当晚进入阵地，迅速按观察所昼间作业的射击诸元和与步兵预先协同的时间，全团 24 门喀秋莎火箭炮神不知鬼不觉地突然同时齐放射击。瞬间，384 枚火箭弹如无数条火龙，急速飞向后洞里美军阵地，把美第七师两个营全部覆盖在我弹群之下，顿时毙伤敌 700 余人，打响了炮兵第二十一师入朝作战第一炮，首战告捷。

随后，该团在东线又配属第六十七军作战，团、营两次齐放射击，歼敌 500 余人，打出了我喀秋莎火箭炮兵的威风，震慑了敌人。一些被打得丧魂落魄的美军士兵，竟惊呼志愿军"使用了原子炮"。

再战添木洞，美骑一师 800 余人被歼

1951 年 10 月初，火箭炮兵第二〇二团奉命配属中线第四十七军作战。这个团步兵时期是第一四三师入赣后攻打翠岗的主攻团，是电影《翠岗红旗》中的一个原型。

第四十七军当面之敌是美军王牌之一骑兵第一师。名为骑兵师，实际上是一支机械化部队。该部在"秋季攻势"中进占我添木洞、正洞阵地后，凭借坚固工事抗击我军反击。我军攻击前进行炮火准备时，他们躲在工事里；我步兵发起冲击时，则又钻出工事来抗击，使我炮火支援处于投鼠忌器的境地。

炮兵第二〇二团打仗机动灵活，战法多变。团长张福隆、政委王建书、参谋

长孟恩捷、政治处主任董凤梧根据喀秋莎火箭炮兵弹群密集、覆盖目标面积大、发射速度快的优势，与步兵商讨，提出采取"诱敌出巢，而后齐放"的战法。经军首长批准组织实施。

反击战发起的当晚，炮二〇二团于涟川以北之青木洞等地域占领发射阵地，守株待兔。步兵和兄弟炮种部队按步炮协同计划，对添木洞美骑一师所部先行炮火准备。顿时，我山、野、榴炮与机枪对敌阵地进行短促猛烈射击，然后突然停止，吹起冲锋号，我步兵佯攻，诱敌出巢。当躲在坚固工事内的美军钻出工事来对我抗击时，我炮兵二〇二团全部喀秋莎火箭炮突然齐放发射，将敌人杀伤于工事之外，美骑一师800余人被歼。随即，我步兵发起冲锋，迅速夺回了添木洞阵地。

这次战斗，为我喀秋莎火箭炮兵与步兵协同，歼灭凭坚固守之敌创造了一个绝妙的战例。

11月，喀秋莎火箭炮兵第二〇一团在团长李光前、政委杨秀偕率领下，配属西线第六十四军，于晚笛洞、板桥洞一带占领阵地，向进占我马良山、高旺山阵地之敌英军第二十八旅连续反击，先后五次齐放，歼敌近700人。

编入上甘岭战役炮兵群，支援步兵作战，美军在朝鲜闯入"凡尔登"

1952年10月14日，美第七师、伪二师向五圣山我军防御阵地发起猛烈进攻，上甘岭战役开始。

五圣山是我中部战线战略要地，也是朝鲜中部平康平原的天然屏障。其南麓的597.9高地和537.7高地北山，是五圣山的前沿要点，面积仅3.7平方公里，由我两个步兵连防守。敌人要夺取五圣山，必须首先夺取这两个高地。如果敌人夺取了五圣山，在我战线中央打开一个缺口，就可以进到平康平原，敌人的坦克就可以发挥优势了。由于其战略地位极为重要，在这个狭小地区，敌我双方都投入了大量兵力。敌人先后投入兵力6万余人、300余门火炮、180余辆坦克，出动3000多架次飞机，"志在必得"；我方先后投入兵力4万余人、133门火炮、47门高炮，志在必守。

11月5日，上甘岭战役第二阶段开始，战役预备队第十二军接替第十五军部队投入战斗。为保障战役胜利，志原军司令部（简称志司）增调火箭炮兵第二〇九团，编入由炮兵第七师指挥的战役炮兵群，我方地面炮兵达到山、野、榴炮

114 门，喀秋莎火箭炮 24 门，以更有力地支援步兵战斗。

我火箭炮兵二〇九团以其密集而猛烈的火力，重点打击敌集结步兵和向我步兵阵地反扑之敌，有力地支援步兵巩固 597.9 高地和夺回 537.7 高地北山。

11 月 11 日 16 时，十二军三十一师九十二团两个营在炮兵二〇九团 24 门火箭炮和兄弟炮兵 70 门山、野、榴炮，20 门迫击炮强大火力支援下，向 537.7 高地北山地表之敌发起攻击，当晚夺回阵地，全歼守敌。次日，敌以一个团兵力反扑，我炮兵火力又予以大量杀伤。

在我阵地失而复得、得而复失、失又复得的反复争夺战中，火箭炮二〇九团同兄弟炮兵一道，做到步炮密切协同，只要步兵一呼叫，我火箭炮兵就机动灵活地以营或连齐放射击，及时有力地配合步兵消灭敌人。

战斗中，上甘岭我军阵地死死地拖住了敌人，成了消耗敌人的"肉磨子"。美七师和伪二师伤亡惨重，不得不停止对 537.7 高地北山的进攻。

上甘岭战役历时 43 天，以我军胜利而告终。此役，敌人共发射炮弹 190 余万发、投炸弹 5000 余枚，我军发射炮弹 40 余万发；敌人伤亡 25000 余人，我伤亡 11000 余人，敌我伤亡比为 2.3 : 1。美国新闻界评论说："这次战役实际上却变成了朝鲜战争中的'凡尔登'。"

夏季反击战役，69 次齐放射击，"敌人的阵地燃烧成一片火海，地上腾起的烟尘也是红的，天上翻滚的云彩也是红的"

1952 年 12 月，炮兵二十一师党委召开师战术研究会，根据朝鲜战场上两年来，敌"炮、空优势"已降低作用，而我军则越战越强的形势，深感"夜间作战，打了就走"的战术已不能适应新的作战任务，提出了"稳扎、狠打，晚上打、白天打、团打、营连打、连续打，跟随步兵作战"的积极进攻的战术思想，并号召全师部队构筑工事和伪装，创造火箭炮昼间射击的有利条件。为全师而后参加的 1953 年夏季反击战役，做好了思想和战术准备。

1953 年 5 月，军委和志司为了配合停战谈判，并求得停战后我军能控制有利阵地，决定对敌人发起夏季反击战役。

火箭炮兵第二十一师在战役各阶段，以强大火力配合六个军，向敌连续展开反击，先后进行 69 次齐放射击，支援步兵夺取阵地，协同歼敌 9 万余人。

在战役第一阶段中，火箭炮兵第二〇七团等在金城方向，配属第六十、六十一、六十七军，向美军及伪五师、伪八师发起进攻，先后进行 42 次团齐放射击，支援步兵夺取阵地，协同歼敌。

对此，时任志愿军副司令员洪学智在他所著《抗美援朝战争回忆》中作了这样的描述："这次战役我军的喀秋莎火箭炮兵部队炮二十一师参加了战斗。（5 月 13 日）晚上 9 时，炮二十一师准时发射，炮火形成无数道火光，像呜呜地刮大风似的飞向敌人阵地，红透了半边天，几平方公里的敌人阵地全部覆盖，敌人阵地迅速燃烧起来了。然后炮二十一师马上转移，步兵冲上去了。"

在战役第二阶段中，火箭炮兵第二〇七、二〇五团等在金城方向又支援第六十、六十七军继续发起进攻；火箭炮兵第二〇八团在开城方向配属第一、四十六军向桂湖洞东北 198.6 高地等地之敌发起进攻，先后进行团齐放射击 14 次，协同步兵歼敌。

对于 6 月 10 日晚的战斗，洪学智副司令员这样记述："我军进攻的炮火准备开始，各种火炮齐声轰鸣。这样整整打了 20 分钟后，我们的喀秋莎火箭炮二十一师又连着打了两个齐放，这时其他炮也还在打着。打完后，敌人的阵地燃烧成一片火海，地上腾起的烟尘也是红的，天上翻滚的云彩也是红的。"

火箭炮兵第二〇一团参加了夏季反击战役第三阶段战斗，这也是炮兵第二十一师在抗美援朝中的最后一仗。7 月 13 日，该团配属第六十八军，支援步兵向金城西南 500.0 高地和 552.8 高地一线之敌伪五师、八师、首都师展开进攻。

在这次战斗中，火箭炮兵第二〇一团采取前后配置的巧妙战法：二营在距敌前沿仅 2000 米处设置阵地，打击敌纵深内炮兵阵地；一营在距敌前沿 5000 米处设置阵地，射击敌前沿阵地，支援步兵进攻。在敌阵地被突破后，又迅速前移，延伸炮火向敌纵深内目标射击，掩护第二〇四师继续突击，活捉了伪首都师副师长林益淳。该团二营在转移途中，又抓住战机，以一次齐放射击，歼灭前来增援的一个坦克营，击毁坦克 23 辆。

金城战役，我军收复土地 178 平方公里，拉直了金城以南的战线，造成了对中朝方面极为有利的态势。这次战役，敌人损失惨重，不得不向我作出实施停战的保证，并于 7 月 27 日在停战协定上签了字。

"步兵非常欢迎喀秋莎炮兵师，称之为'炮兵之王'"

火箭炮兵第二十一师入朝作战历时两年半，先后配合 12 个军，在兄弟炮兵部队的支援下，协同步兵进行大小战斗 30 余次，歼敌 10 万余人，击毁敌坦克 56 辆、汽车 230 余台、火炮 30 余门、击落击伤敌机 24 架，有力地支援步兵作战，在抗美援朝战场上发挥了重要作用，博得了志司首长和步兵的好评。该师当年的战斗总结报告写道："对反击目标先以火箭齐放，而后步兵攻击，形成了当时反击作战的战术，凡能经火箭齐放之目标，敌势必失去战斗能力，因而步兵能顺利攻占之。""铁原反击战，炮兵二○二团配属三十九军一一七师作战，两次团齐放，全歼美四十五师千余人，当时步兵在山头上欢呼：'炮兵万岁！'"对此，洪学智将军回忆说："步兵非常欢迎喀秋莎炮兵师，称之为'炮兵之王'。那时它们的车号是'84'，部队一见'84'车号就主动让路。"

炮兵二十一师在抗美援朝战场上，保持了步兵时期英勇顽强、沉着果敢、刻苦耐劳的战斗作风，发扬了董存瑞、郭俊卿、郅顺义、杨世南大无畏的革命英雄主义精神，涌现出 2322 名人民功臣（其中一等功臣 3 名、二等功臣 66 名），占总人数的 24%。战斗中全师伤亡 348 人，涌现许多可歌可泣的英雄事迹。

1953 年 10 月，火箭炮兵第二十一师胜利完成祖国人民赋予的"抗美援朝，保家卫国"神圣使命，胜利回国。防务由国内之火箭炮兵第二十二师入朝接替。

炮兵第二十一师归国后，随着我军现代化建设的进程，改编为炮兵第十一师，后为第四十集团军炮兵旅。

向毛主席汇报志愿军工兵的业绩——

·吴瑞林 * ·遗作
·吴继云· 整理

1951 年 5 月，中国人民志愿军副司令员邓华率领第一批参加抗美援朝作战的第三十八军政委刘西元、第三十九军军长吴信泉、第四十军军长温玉成和当时任第四十二军军长的我一起前往北京向毛泽东主席汇报志愿军入朝以来的作战情况。

我们到北京的第二天，毛主席便在百忙中听取了邓华的汇报。听完汇报后，毛主席热情地款待了我们，请大家吃了饭。其后，毛主席又逐个找我们几个军的领导同志交谈。

毛主席对抗美援朝前线的战况及各个方面的情况问得都很具体。我作为一个军事指挥员，在抗日战争、解放战争中曾运用工兵配合部队作战，取得了很多的战果，在抗美援朝中，我以工兵为骨干，指导和带动步兵很好地完成了战斗工程保障任务。我深深体会到工兵在作战中的地位和作用十分重要。所以，在向毛主席作全面汇报时，我也汇报了工兵的业绩。毛主席兴致勃勃地听取我的汇报，对工兵所取得的突出战绩表示赞许。

---

* 　吴瑞林（1915—1995），时任中国人民志愿军第四十二军军长。曾任海军常务副司令员。

一

我汇报说，我们四十二军从辑安过鸭绿江只用了一夜的时间。毛主席联想到有的军一天过去一个师的情况，便问我，你们一个部，加上一二四、一二五、一二六师，还有一个炮八师，包括辎重车辆，一个晚上就过了鸭绿江，近的走了30多里，远的走了70多里，怎么那样快呀？

我回答说：首先，我们让工兵改造了鸭绿江上的铁路桥。我们开进全是夜间，为了加快进军速度，也为了防止敌机轰炸而遭受损失，出国前我们看地形，研究过江办法。我想到可以让工兵在铁路桥上铺木板，再用两爪钉固定起来，成为平展的路面。我们先试铺了两米，效果很好。于是，我便让工兵连夜加工一批木板，铺满了桥面。部队开进那个晚上，队伍成四路纵队过桥，一个团最快的只用了30分钟，最慢的40分钟就过了江。

毛主席听了连连点头，非常高兴。

接着我汇报了部队的车辆辎重过江的情况。为了使车辆辎重不与部队争道，我们在离铁路桥下游1000多米的地方修了过水路面，实际上就是在水下修了条路。那里是浅水区，我看地形时，曾蹚水过去，水并不深，因此，我们决定用条石修了过水路面，所有的汽车、炮车、马车、马匹全从那里过江。

毛主席听了就问，你修过水路面，石头是从哪里来的？

我说，石头是临江山里产的大理石。日本人准备为"满洲国"修国都宫殿，曾在那里开采石头，而且都打成了条石，我去那里看过。我又请通化地区的专员张雪轩同志帮我们雇请了几百名石匠打了不少的条石，然后工兵连同民工共1000多人修了过水路面。

毛主席就问，有施工图吗？

我说有，但没有带来。

毛主席又问，有没有总结？

我说有，也没有带来。

毛主席说，你们这个办法东北用得上，朝鲜也用得上。

这是毛主席的评价。记得我们在过鸭绿江时，金日成首相派了一名朝鲜人民军作战局的副局长来看我们过江，这位副局长就说我们军过得真快。1952年11

月 28 日，我们军奉调回国，金日成首相为我们饯行，他旧事重提，又问了我们军过江的情况，对在铁路桥上铺木板给了高度评价，说那是个发明。他还请我把过水路面的文字材料给他。朝鲜是个多江河的国家，有用。金首相和毛主席想到一块去了。

二

我向毛主席汇报出国后打的第一仗的情况。

毛主席说，他看到了美国人出的参考消息，说我们在黄草岭把美军打蒙了两次，吓得他们不敢前进，是怎么回事呀？

我说，第一次战役，我们军奉命在黄草岭阻击敌人，部队到达后，我查看了黄草岭的地形。我发现那里有公路，估计敌人的坦克会从公路上开来。我注意到公路两侧是陡峭的岩石山壁，公路是从这里炸开山石穿过的，那山崖上还留着打眼放炮后的裂缝，这时，我想到抗日战争时我们用的石雷，觉得可以利用这两边的石头打击敌人。于是，我就想到让工兵发挥作用，让工兵在山崖上打了三个药室，每个药室装上 150—200 斤炸药。打洞装药是工兵的专业和特长，他们干得非常起劲，很快就完成了任务。刚开始的时候参加阻击敌人的只有我们的一个炮团，力量比较单薄。我准备将工兵打的药室当作我指挥的"标准炮"，由我在指挥所里亲自掌握。当敌人的坦克进入我们伏击圈时，我下令工兵按下发火装置。这三处的"标准炮"一响，公路两边山上的石头便随着爆炸声铺天盖地地往公路上砸下来。与此同时，大炮、机枪一起开火，结果将敌人阻挡在黄草岭，三天未能前进一步。

毛主席听了高兴地说，你们是用的土办法对付敌人的洋办法呀！你们是支新部队，能把美国人整昏，我看老部队就更没有问题了。

对于黄草岭这个作战经验，金日成首相也说是个发明。

三

联系到黄草岭战斗，毛主席又问，你们是怎样控制小白山的？

主席提到的小白山，是他 1950 年 10 月 24 日凌晨给彭德怀司令员和邓华副司令员的电报里提到的一个部署地点：请注意控制平安南、平安北、咸镜三道交界之妙香山、小白山等制高点，隔断东西两敌，勿让敌占去为要……按照毛主席的指示，邓华副司令员令我们军的主力首先控制小白山地区，视情况再向孟山以南地区挺进。

当主席问起这一部署时，我说，按照主席的指示，我令一位参谋带着骑兵先到小白山进行了调查，得知那里一年只有五个月时间才有野兽出没，才有鸟飞，除此之外都是冰冻寒冷天气，山也很高很险，这样兵力就不能放得太多。我决定派警卫营的两个连和一个榴炮连组成加强营去占领小白山，再派一个工兵排分三个班到三个连去作技术指导，加修山上原来的两条路，并在山上修工事。那工事是先盖上木头，木头上按常规应盖土石，可山上没有，我们就在木头上盖上雪，雪上又浇上水，让水结成冰，这样反复搞了几次之后工事也就成了冰山。为了检验它的抵抗力，我们用 30 斤炸药炸了一下，炸不透。我们实验的时候，彭老总还问过我安排好了没有，他好向主席发报呢。

毛主席听了，便风趣地说：啊，你是看了《三国演义》，用了曹操在渭河边上用沙土和水浇成营寨以防马超的办法呀！

四

在汇报第三次战役时，毛主席问我，突破"三八线"，你们军把重点放在天险上，在冰上开了路，是怎么回事呢？

我回答说，我们军的突破点选在道城岘。这里位于"三八线"上，朝鲜南北对峙时，南朝鲜军队在那里修了工事，筑了碉堡，称之为"铜墙铁壁"。我们为了让部队很快往南插，就选了一条能绕开敌人碉堡的路。这条路要从山上过去。山上雪很厚，是座冰山。我们便派工兵硬从冰上挖了一个一个的小坑直达山顶。为防滑，我们先用草木灰撒在小坑里。后来，当地的朝鲜人民给了我们很多稻糠，我们将稻糠撒在小坑里，解决了防滑的问题。然后，我们先让一个步兵团从那里过去，实行演习，成功了。为保障部队上山，工兵又在这条冰路的两边，在有树的地方拉上绳子，在没有树的地方打上木桩后拉上绳子，以便部队攀越。当我们向彭总报告后，彭总批准了这个方案。部队进展快，工兵是作了很大贡献的。

毛主席听了非常高兴。

五

接着毛主席又问，第四次战役，你们军打三个月的仗，伤亡怎么样？

我立即将唯一带来的伤亡和实力统计表呈给了毛主席。他看了之后说，你们军现在还有 28000 多人，有近 2000 人的一个团，还有那么多装备，你们的人马比红军长征到达陕北时还多。看了敌我伤亡对比后，毛主席讲，我们伤亡得少，敌人伤亡得多，可敌人每天才前进 0.75 公里，这样的仗合算。我们这样打几年后，就可把美国人拖垮。

我说，第四次战役，我们这个步兵军都变成工兵军了。每个战士都学会了构筑工事，学会了爆破。

毛主席听了就说，就是要一兵多用。

我说，彭总讲，我们四十二军是支新部队，用了土办法对付敌人的洋办法。

毛主席听了就很兴奋，立即指着我的脑袋连声说，这就是我们的优势。我们有一个脑袋，几十个脑袋，几百个脑袋，几千个脑袋，几万个脑袋，几十万个脑袋都起作用。这是敌人永远得不到的优势。

毛主席肯定了我们军的做法。实际上，这时期我们就是运用工兵作指导，大量构筑工事，打洞子，挖掩体，对保存自己消灭敌人起了很大的作用。

毛主席对我们运用工兵的赞扬，使我们很受鼓舞。我们在向朝鲜金日成首相汇报中也讲了上述情况，他也给我们很大的鼓励，还让我向朝鲜人民军师以上干部集训班介绍了这些经验。

1952 年初秋的朝鲜战场上，我军正在英勇抗击侵朝美军发动的所谓"秋季攻势"。

一天，在志愿军司令部通信处的掩蔽部里，崔伦处长向我交代："第四十二军报告，他们捕获了一个侦窃我军通信的敌特分队。首长要我们派人去审讯。你去执行这个任务，今夜就出发。"我怀着极大的兴趣领受了任务。

当天黄昏，我即驱车登程，向第四十二军驻地急速驶去。途中，只见敌机沿着公路对我地面目标进行频繁攻击，忽远忽近的火光不时映入我的眼帘，机关炮和巨型炸弹的轰隆声不时传入我的耳中。但我的思绪，因受任务主宰，不由自主地沉入以往敌军侦窃我军通信的回忆中。

从 1951 年下半年敌我双方转为战略防御以来，多次发生我军通信被敌侦窃的事件，令人十分愤懑和不安。总参谋部某部曾多次向我们通报，从侵朝美军总部发往华盛顿的电报中发现，我军不少电台的不少电报已被敌窃收。

---

* 杜牧平，时任中国人民志愿军司令部通信科科长。曾任中国人民解放军总参谋部通信部学术研究处处长、中国人民解放军通信指挥学院副院长。

一天，志司无线电第三区队李东祥区队长向我汇报：

"今天同驻朝大使馆联络，发生了奇怪的事。"

"什么奇怪的事？"我着急地问。

李东祥说："上午会晤时间是10时整，我们守听呼叫至12时，完全无效。下午会晤时间是16时，沟通联络后，我台问他台上午10时至12时为何不来会晤。他台回答说：'上午10时联络情况正常，我台曾发电你台，其号数××，字数×××。'我台再三检查，并未收到他台所说的电报，这不奇怪？"

对此，我们怀疑大使馆台被敌冒充联络，故即向崔伦处长汇报。处长同意立即向大使馆发电，查明情况。

大使馆回电详细说明了上午10时联络"正常"的情况。特别说道，"上午10时沟通联络后，你台说干扰很厉害，要我台改频到××MC。之后，我台即向你台发报……"

至此，我们完全肯定大使馆台被敌冒充联络了。此时，我们深深感觉到，敌人对我军通信已不单是旁窃电报，而已发展到冒充联络，破坏我军指挥了。为挫败敌人的阴谋，我们在无线电联络上采取了新的措施，使用一次性"敌我识别暗令"。这样，敌若不知我军的"敌我识别暗令"，是无法冒充联络的。

通常，我对一线部队的联络情况比较注意，有时对在二线休整部队的联络情况注意不够。有一时期，第六十军在二线休整。一天，我查看志司各台的联络情况报告表，发现同第六十军已失去联络六天。我立即向崔伦处长汇报。我们分析，因已采用"敌我识别暗令"，估计被敌冒充联络的可能性不大，可能是该军遭敌轰炸、电台被破坏的原因。因此我们决定，派通信科乔俊参谋携15瓦电台一部（三名报务员）前去查明情况。如果该军电台确遭破坏，就把所带电台留给该军，以恢复通信联络。

乔俊带领电台当夜登程出发。到达第六十军后，立即会晤该军通信科刘文波科长。

乔俊首先说明来意："志司同你军已失联六天……"

刘文波非常诧异，立即打断乔俊的话，说："没有啊！我们同志司联络一直很顺畅，现在正在联络呀！"

乔俊非常吃惊地说："请您现在带我到电台去。"

他们一起来到电台。乔俊立即接过报务员的班，两次向对方拍发敌我识别暗令，对方均避而不答。乔俊紧张地校正了收发信机频率，重新呼叫志司台。沟通联络后，乔俊拍发了敌我识别暗令，对方也回答了相应的回令。此时乔俊对刘文波说："六天来你们一直联络的是敌台。"他又指着耳机说："这才是真正的志司台。今后每一次联络，都必须使用敌我识别暗令，否则就会被敌冒充联络，破坏我军的指挥。"刘文波科长也严肃地向报务员们强调了使用敌我识别暗令的重要性。

还有一次，志司通某兵团线路的维护哨向我们报告，巡线时发现线路曾被人搭线，现场迹象表明，极可能是敌特搭线窃听。

我正在回想着敌人一次又一次侦窃我军通信的事件，公路旁突然响起一声清脆的防空枪，打断了我的思绪。敌机掠过后，我又快速前进。此时我想，今年春夏我军电报通信已由无线电转为有线电，无线电已转为静默状态，我真想立即审讯这帮特务，看他们又是怎样侦窃我军通信的！

黎明时分，我抵达在西海岸防御的第四十二军驻地。

第四十二军通信科张文华科长，先向我简要介绍了敌特分队的有关情况。

原来，这伙特务是两个星期前从西海岸秘密爬上来的，共11人，全部是朝鲜人民军打扮，伪装成一个中尉副中队长带领一个分队的士兵，来执行某种任务。上岸后，一行人住在我第四十二军后勤部住的村子里。他们各方面都伪装得很逼真，白天像人民军那样出操上课，说夜间外出"巡逻"，同老百姓关系搞得很好，像人民军一样同志愿军人员谈笑自如，从来没有人对他们有任何怀疑。他们在这个村子住了两个星期之后，说奉上级命令，要去执行新的任务，就往别的地方转移了。

这伙特务中，有些人是人民军被俘人员中的变节分子。有一个年轻人，家在朝鲜，在转移中得机脱逃，向当地政府投案自首，并为我军带路，把这批特务一网打尽。

我在张文华科长陪同下，通过翻译开始对敌特进行审讯。

首先提审为首的那个"副中队长"。当我们宣布提罪犯后，只见一个全副镣铐、面如土色，年约30岁的家伙，全身哆嗦地被押了进来。我命令他坐下，严肃地注视了他几秒钟，他低下了头。

我问："你叫什么名字，是什么部队的，你的职务是什么？"

特务战战兢兢，有气无力地低声回答说："我的名字叫文光国，南韩光州人，是八〇四部队的少校副大队长。"

我问："八〇四部队是什么部队，任务是什么？"

文答："八〇四部队是专门执行电信侦察的谍报部队。战前是南韩军总部的一个单位，战争开始后划归美军驻南韩总部指挥，属美军的一部分，任务是专门侦窃贵军的情报。"

我问："八〇四部队有哪些技术单位，任务是什么？"

文答："八〇四部队有两个联队。一个是无线电联队，听说很多人是台湾来的，任务是侦窃贵军的无线电报和无线电话；另一个是有线电联队，就是我所在的联队，也有懂中国话的人，任务是侦窃贵军的有线电报和电话。"

我问："无线电联队有哪些业务技术部门，是怎样侦窃我军电报和电话的？"

文答："我们联队间是互相保密的，具体情况我实在不知道。只听说过他们的侦窃比我们容易得多，没有危险，能侦窃贵军大量的电报。"

我估计文特说的是实情，没再就此追问，改题问："有线电联队有几个什么大队，任务是什么？"

文答："有线电联队有两个大队，每个大队 500 余人，都是侦窃贵军有线电话和电报的。第一大队，即我所在的大队，称'敌后大队'，专门派往贵军纵深和后方侦窃。第二大队，称'前线大队'，只派往我军前沿部队，用电磁技术器材侦窃贵军的电话，为前线师团提供情报。"

我问："第二大队用的是什么电磁技术器材？"

文答："是高灵敏度的音频收信机，音频的感应触感线作用距离可达两公里。"

我问："你们大队派到我军纵深和后方的侦窃分队大约有多少批次？搞到了我方一些什么重要情报？"

文答："多少批次我记不清了，反正经常派，有时一次就派出几个分队，主要是在贵军发动攻势之前。多数弄回来了情报，也有失踪未回来的。情报是否重要，上司不说，我们不知道。"

我问："你潜入我方几次了？"

文答："我没有来过，这是第一次，是上司派我来的。"

我问："上司为什么派你来？任务目的是什么？"

文答："上司说，第一联队的无线电已搞不到贵军的情报。为了获得贵军高级指挥部对我军'秋季攻势'的估计和对策的情报，只有在贵军总部通北京的有线电线路上侦窃一个办法。美军总部急需这个情报，所以联队长说八〇四部队长官下令，要我亲自执行这个任务。"

我问："你们这个分队是怎样侦窃我军情报的？"

文答："我们这个分队分三个组：一是有线电话侦听组，四个人，其中有两人懂中国话；一是电报侦收组，三个人；一是电台送信组，三个人；加上我共11个人。使用美式特工15瓦电台。"

"电话侦听组使用的器材是感应音频收信机和录音机。它的线路接触器的夹子，是带绝缘的，既能听到贵军讲话，又不会被贵军发觉。情报录音带，不紧急的交地方特工人员转回南韩；紧急的，就译成密电由电台发回南韩。电报侦收组使用的器材，是按贵军电报信号的特点临时摹制的电报收信机。侦收到的电报，上司要求全部用电台发回南韩。"

我问："你搞到我军一些什么情报？"

文答："我们上司说，贵军总部通北京的有线电线路，经过安州一带，要我们在安州一带寻线侦收。我们登陆后每晚都在安州一带活动，但是我们为了安全，每晚只能活动两个多小时，已活动了两个礼拜，始终没有找到所需要的线路。遇到的，都是贵军高射炮部队的电话线路。对这些线路的通话，我们录了音，音带已缴贵军。"

我问："你们的大队长、联队长、八〇四部队的长官叫什么名字？"

文答："他们都是美国人，都受过高等特工训练。大队长克拉克，联队长罗伯特，八〇四部队长官史密斯。"

接着，我对其他九名特务逐一进行了审讯，对投诚者也进行了讯问。他们所供的情况，基本上都在文光国的供词范围以内。

此外，我验证了敌特的录音带，都是我军高射炮部队的空情报告。之后，我要特务们用他们的器材，在特设线路上进行现场表演。结果表明，确实能不被觉察地侦窃到我们的电话和电报。

我的审特任务，主要是查明敌人侦窃我军通信的有关情况，因此对敌特的审讯到此结束。

审讯结束后，我和张文华科长议论：一方面，我们暗暗庆幸，我军电报通信已改为有线电传输，志司通北京的有线电线路由于及早做了改变，使敌军无法获得我高级指挥机关对敌"秋季攻势"发展形势估计和对策的情报；另一方面，我们仿佛这时才真正明白通信保密的重要意义，才明白有线电通信保密性虽好，只是同无线电通信比较而言，只要有电磁辐射，它就有被侦窃的可能。

我返部后，把审讯结果向处长做了全面的口头汇报。根据处长指示，我向司令部首长写了书面汇报，在报告中提出了加强有线电通信保密的建议，建议在有线电线路上进行武装巡逻。解方参谋长批示通信处："志愿军各位首长对此事非常重视，对我军通信保密非常关心，同意你们的报告，请你们将此报告以志司名义通报全军。"

敌人的"秋季攻势"，以其惨重的伤亡而告失败。我军仍然像祖国雄伟的长城一样，巍然屹立在"三八线"上。

· 张盛楠 ＊

狙击手传奇：抗美援朝战争中的冷枪冷炮运动

壬寅虎年春节，抗美援朝战争题材电影《狙击手》上映，好评如潮。影片以抗美援朝战争中的冷枪冷炮运动为背景，讲述了中国人民志愿军狙击小队与美军狙击队之间斗智斗勇、殊死对决的故事。现实中的冷枪冷炮运动，是 1952—1953 年抗美援朝战争期间中国人民志愿军对"联合国军"发起的高密度、低强度的小规模袭击和狙击战斗。其间，志愿军中涌现出了很多世界级的神枪手与神炮手。

冷枪冷炮运动：令敌胆寒的群众性狙击作战

经过五次战役的较量，中国人民志愿军与朝鲜人民军密切配合，于 1951 年年中将"联合国军"从鸭绿江边打回"三八线"以南地区，交战双方进入战略相持阶段。毛泽东认真总结了志愿军五次运动战的经验教训，并根据战场上敌我双方优劣势及志愿军实际情况，提出了打小歼灭战的方针。

1951 年 5 月 26 日，毛泽东在给彭德怀的电报中指出，对美英军在几个月内只打小歼灭战。"历次战役证明我军实行战略或战役

＊ 张盛楠，军事科学院军队政治工作研究院助理研究员。

性的大迁回，一次包围美军几个师，或一个整师，甚至一个整团，都难达到歼灭任务。这是因为美军在现时还有颇强的战斗意志和自信心。为了打落敌人的这种自信心以达最后大围歼的目的，似宜每次作战野心不要太大，只要求我军每一个军在一次作战中，歼灭美、英、土军一个整营，至多两个整营，也就够了……打美、英军和打南朝鲜军不同，打南朝鲜军可以实行战略或战役的大包围，打美、英军则在几个月内还不要实行这种大包围，只实行战术的小包围，即每军每次只精心选择敌军一个营或略多一点为对象而全部地包围歼灭之。"27 日，毛泽东在会见志愿军参谋长解方和志愿军第三兵团司令员兼政治委员陈赓时，将上述打小歼灭战的方针形象地喻为"零敲牛皮糖"。该方针是毛泽东在抗美援朝战场具体条件下提出的，是要积小胜为大胜，为打大歼灭战奠定基础。冷枪冷炮运动是"零敲牛皮糖"作战指导思想在阵地战阶段的创造性应用。

1951 年 7 月，朝鲜战争停战谈判拉开序幕，谈判步履维艰，屡次陷入僵持状态。此时双方大规模的交战行动虽然停止，但在阵地上的交锋并未停止。阵地战初期，志愿军武器装备落后，阵地多为野战工事，难以抵御敌人猛烈火力攻击。敌人凭借强大火力和武器装备对敌我双方阵地的中间地带形成控制，对志愿军的前沿阵地造成严重威胁。敌人则在阵地上肆无忌惮地晒太阳、喝酒、跳舞、打牌，为所欲为。

当时，志愿军手中的武器装备以步枪和冲锋枪等轻武器为主，且敌我双方阵地犬牙交错，平均距离 400—500 米，最短的不足 100 米，因此战士们在构筑工事和开展其他作战活动的同时，有计划、有步骤地展开阵地斗争。据资料显示，1952 年初，驻守在朝鲜前线中段金化地区的志愿军第二十六军二三〇团率先组织全团特等射手使用各种轻武器开展"打活靶"竞赛，以 29 发子弹毙伤敌 14 人，令对面阵地的敌人几天内不敢在阵地上露面。这种冷枪狙击的办法，有效地消耗了敌人的力量、保存了自己，取得了初步成效。

1952 年 1 月，志愿军总部号召全军学习该团的经验，并发出指示，选拔特等射手，以冷枪开展狙击活动："在与敌对峙状态中，对敌之小群及一般目标，每日指定值班的轻重机枪不失时机地寻求射击，对于单个目标，也应组织班的特等狙射手，专门寻求射击目标，这将给敌人甚大杀伤……我们坚决反对认为步枪在近代战争中已是落伍兵器的说法。"志愿军的冷枪狙击运动随即在全线推开，无数的狙击手卧伏在山谷里、枯树洞里、大石头缝里，神出鬼没地猎杀敢于露头的敌人。

为了提高命中率、减少伤亡，志愿军充分发扬军事民主，群策群力、集思广益，采取了划分作战小组、射击地域，标号敌军目标，提前测定距离，加强伪装隐蔽、观察，佯打与主打结合，变换狙击阵地"打游击"等办法，增强了狙击作战的隐蔽性和灵活性。在实战中，战士们积极开动脑筋，创造出了许多新的打法：对于挑水的敌人，要等其刚灌满第二桶水时开枪，这时敌人动作最慢；当发现敌人洗完澡穿裤子时，要等其一条腿穿上、一条腿没穿时再开枪；前一天夜间进入阵地，白天作战，第二天夜间返回，有利于避开敌人火力等。志愿军的冷枪狙击很快发挥了作用，打得敌人心神不安、士气低落、军心动摇，不敢轻易暴露在阵地上。此间，志愿军中诞生了许多著名射手，如张桃芳，凭借一支连光学瞄准镜都没有的步骑枪毙敌 214 名，创下了志愿军冷枪杀敌的最高纪录；战斗

李景禄用来记录击毙敌人数量的皮带

英雄邹习祥，在上甘岭阵地用 206 发子弹消灭 203 个敌人，创造了又一个奇迹；冷枪手李景禄，在 100 多天防御战中先后消灭 71 名敌人，他用皮带记录击毙敌人的数量，每打死一个敌人，就在皮带上钻一个孔。如今这条皮带上共有 64 个孔，最后消灭的 7 个敌人，还未来得及在皮带上钻孔，他就因遭到敌人炮击而光荣牺牲。

眼见步兵狙击手们打得热火朝天，炮手们也积极踊跃加入狙击活动，冷炮运动随之展开。冷炮作战采用游动炮群与单炮游动相结合的战术，主要武器为迫击炮以及 122 毫米榴弹炮等。炮兵的加入，进一步提升了志愿军狙击作战的威力。一是火炮弥补了步兵狙击作战射程有限，对诸如运输车辆、坦克和火炮等大目标杀伤力有限的缺点。二是炮火攻击可以逼出掩体中的敌人，再由冷枪手来"点名"。根据武器的性能和特点，冷枪手与冷炮手明确各自的任务和射击区域，协同作战，形成分工有序的狙击组合战术，有效地杀伤敌人，打击了敌军的嚣张气

焰，巩固了志愿军前沿阵地。

从 1951 年 12 月开始，志愿军和人民军在正面全线展开构筑以坑道为骨干的坚固防御阵地的大规模筑城活动。至 1952 年 8 月底，志愿军和人民军在西起临津江口、东至东海岸的杆城，构成了以坑道工事为骨干、同各种野战工事相结合的支撑点式的坚固阵地防御体系，有力地抗御了敌军重磅炸弹和炮弹的轰击，为志愿军进行坚守防御作战提供了坚实基础。步兵和炮兵依托坑道开展狙击活动，灵活巧妙地消灭暴露的敌人，取得了辉煌的战果。据不完全统计，志愿军和人民军在 1952 年 5—8 月的狙击作战中，共歼敌 1.36 万人。志愿军坚守的上甘岭 537.7 高地北山和"联合国军"据守的 537.7 高地共处一条山梁，两个阵地相距只有 150 米。"联合国军"过往车辆和人员成为志愿军狙击的目标，故"联合国军"称 537.7 高地北山为"狙击兵岭"。可见志愿军给敌人造成的杀伤力之大及心理冲击之强。

张桃芳：刻苦训练、机智杀敌的狙击英雄

张桃芳，江苏兴化人，中国人民志愿军第二十四军七十二师二一四团三营八连战士。他于 1951 年 3 月参加中国人民解放军，1952 年 9 月随整编的第二十四军二一四团入朝参加抗美援朝战争。

入朝后，二十四军驻守战略要地元山。在全团组织的第一次射击考核中，张桃芳的三发子弹竟然全部脱靶，"吃了三个大烧饼"。他非常羞愧，也百思不得其解：为何三发子弹全部脱靶？原来，张桃芳使用的枪是苏制 M1944 式步骑枪，也叫莫辛-纳甘步骑枪，志愿军战士称其为"水连珠"。此枪非常适用于严寒情况下作战，但却是非自动步枪，且枪膛短、后坐力大，因此没有经过刻苦训练很难精准命中目标，张桃芳则是在射击考核前刚刚拿到此枪。面对三个零环，年轻的战士张桃芳没有气馁，他暗暗发誓，定要苦练射击，杀敌卫国。

1952 年 10 月 14 日—11 月 25 日，志愿军与"联合国军"展开了著名的上甘岭战役，鏖战 43 个昼夜，粉碎了"联合国军"发动的"金化攻势"，取得了坚守防御的胜利。在战斗的关键时刻，黄继光用胸膛堵住了敌人疯狂扫射的机枪眼，其英勇顽强、不怕牺牲的战斗精神，成为很多志愿军的榜样，张桃芳就是其中之一。他在入团申请书上写道："要学习黄继光同志的高贵品质！"

上甘岭战役结束后不久，志愿军二十四军接替十五军开赴前线。张桃芳随部队第一次来到阵地的最前沿，坚守 597.9 高地 7 号阵地，这也是特级战斗英雄黄继光牺牲的阵地。此时的上甘岭，放眼望去，满目荒山、弹坑密布。踏上英雄战斗过的地方，张桃芳心里激动万分，他要求班长滕志平带他到黄继光牺牲的阵地去看一看。到达黄继光牺牲的小山谷后，他用双手扒开小石崖下边的雪，想看看美军的地堡是什么样子，但地堡早就被炸塌陷，只剩一个坑了。张桃芳呆呆地望着石坑，暗下决心要为黄继光等战士报仇。

特等射手张桃芳

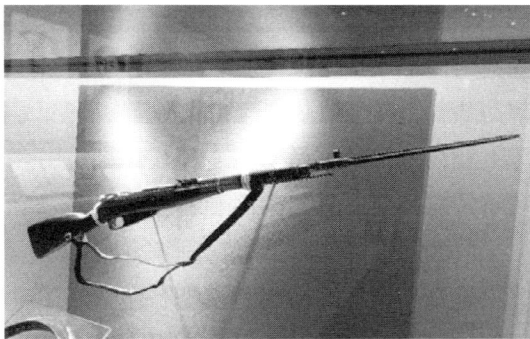
张桃芳使用的莫辛-纳甘步骑枪

晚上回到坑道里，张桃芳再次拿起那把莫辛-纳甘步骑枪，向班长诚挚且郑重地表明自己渴望成为一名好狙击手的决心。从此，他在滕志平的教导下刻苦训练射击。朝鲜的冬天零下三四十摄氏度，寒冷刺骨，张桃芳每天早早便趴在战壕里苦练：他端着空枪，瞄准远近不同的目标，反复练习击发动作；为了增强臂力，他将破被单撕成两块，里面装满沙子做成沙袋绑在小臂上；夜晚，他拿着枪瞄准油灯忽高忽低、飘忽不定的灯芯……经过日夜苦练，他的请求被批准，开始了自己的狙击生涯。

1953 年 1 月，张桃芳第一次上狙击台时，在阵地前方不到 100 米处出现两个敌人，他兴奋又激动地瞄住前面敌人的脑袋，扣动扳机，连打 12 枪却一枪未中。张桃芳很是懊恼，在班长的耐心教导下，才知道自己将活动目标当作死目标打，把提前量忘了。夜晚，张桃芳一边端着步枪练习瞄准，一边反复琢磨班长教的打活靶要领：迎面向山下跑的敌人，他走得快就瞄他的脚，他走得慢就瞄他的膝盖；直线移动和横线移动也不一样……

第二天清早，张桃芳再次趴在狙击台等待敌人出现。几个小时后，前面山头地堡里出来三名敌人正慌慌张张向山下跑，张桃芳瞄准射击一气呵成，打倒了其中一人。就在他感到高兴时却发现，他明明瞄准的是第一个敌人，怎么倒下的是第二个敌人？这是因为597.9高地是高低不平的坡地，使得提前量的估算更加复杂，狙击手要考虑山坡的坡度、目标的高度及其运动的方向和速度。一个早晨，张桃芳瞄准百米开外的敌人，成功地实现了打活靶。

在班长的教导和鼓励下，张桃芳苦学苦练，不断思考总结，提高自己的技术。很快，他便显露出了高超的射击水平。一天，张桃芳用九发子弹击毙七名敌人，超过了组里所有的老狙击手，荣立三等功。截至2月底，他击发了247发子弹，狙击了71名敌军，成为全连头号狙击手。志愿军二一四团掀起了学习张桃芳的热潮，推动了冷枪运动进一步发展。

张桃芳的事迹引起了二十四军军长皮定均的注意。他命令作战参谋带着一双皮靴到前线验证，看看新兵张桃芳是否真如传说中那么厉害，如果张桃芳能打中三个敌人，就将皮靴送给他。作战参谋带着靴子和摄影记者来到前线，对张桃芳只说是来学习学习。张桃芳二话不说，在参谋用望远镜才能看清的400米外，用那支连光学瞄准镜都没有的莫辛-纳甘步骑枪，顺利地完成了狙击任务。作战参谋亲眼见证了神枪手的实力，于是将带来的皮靴送给了他。

张桃芳令阵地对面的敌人闻风丧胆，极大地打击了敌人的猖狂气焰。他们再也不敢在阵地前沿随便活动，整日龟缩在掩体中不敢露头，就连大小便也用罐头罐装着，事后抛出掩体外。

美军将张桃芳视为眼中钉、肉中刺，专门调来了狙击高手予以反击。一天早上，张桃芳顺着交通沟走向三号狙击台，边走边探头观望敌人阵地，突然"叭叭叭"一串机枪子弹贴着他的头皮飞过，他立马将头缩回交通沟里。子弹飞得很近，张桃芳猛然嗅到了危险的气息。他尝试找出对手的位置，但脑袋刚一露出掩体，又是一阵机枪扫射。思索后，他把战壕中的钢盔用枪举起，想引诱对手射击从而暴露位置，但对手并未上当。张桃芳察觉到对面是一名狙击高手。此时，他意识到不能再待在交通沟里，必须到三号狙击台去。交通沟和狙击台之间有一块空地，他一个箭步跨过这段空地，刚要准备跳进射击掩体，敌人又是一梭子子弹飞来，张桃芳假装中弹，应声向后摔倒，以迷惑敌人。果不其然，对面的狙击手以为击中了他，枪声暂时停止。张桃芳小心观察，终于在两块岩石中间发现了狙击手。就在他准备狙击敌人时，对面机枪"叭叭叭"又是一梭子。对峙中，张桃芳发现敌人总是盯着这个狙击台，于是他寻找机会，转移位置，敏捷地爬进了右边的狙击台。耐心等待十几分钟后，他通过敌人扫射的点位和声音，知道敌人没有发现他已变换了阵地，并且敌人的注意力在向左转移。张桃芳抓住时机，猛地探出头，左眼一眯，瞄准敌人的脑袋，轻轻扣动了扳机，紧随其后一串机枪子弹贴着他的头皮飞过——原来他与对面的狙击手几乎同时射击，只不过他打中了敌人，敌人未打中他。张桃芳凭借过人的射击本领、智慧和勇气，死里逃生，全身而退。

作为一名神射手，张桃芳在其单兵作战的 32 天里，用 436 发子弹毙敌 214 名，创造了中国人民志愿军在朝鲜战场冷枪杀敌的最高纪录。很多军事迷将其与芬兰的西蒙·海耶、苏联的瓦西里·扎伊采夫、美国的查克·马威尼等人誉为"世界十大狙击手"。如今，张桃芳所使用的莫辛-纳甘步骑枪陈列于中国人民革命军事博物馆。

1953 年，中国人民志愿军总部为张桃芳荣记特等功，并授予其"二级狙击英雄"荣誉称号，朝鲜最高人民会议常任委员会授予他"一级国旗勋章"。1954年，他被选拔为飞行员。1956 年 5 月 23 日，加入中国共产党。2007 年，张桃芳在山东省潍坊市逝世，享年 77 岁。

唐章洪：给炮弹装上眼睛的炮手

唐章洪，四川中江人。1951 年 4 月，唐章洪响应"抗美援朝、保家卫国"的号召加入中国人民志愿军，是第十五军四十五师一三五团八十二迫击炮连的战士，他的指导员是特等功臣高晋文。

入朝后，年轻的唐章洪对迫击炮十分喜爱，学习热情非常高，很快便熟练掌握了炮手的必备技能。冷枪冷炮运动开展后，炮手们积极响应，唐章洪逐渐在炮兵队伍中崭露头角。当时军里对炮手们提出"争取用一百发炮弹消灭一百个敌人"

年轻时的唐章洪

唐章洪使用的迫击炮

的"双百方针"，炮手们则给自己加码，"一百天内用一百发炮弹消灭一百个敌人"，即"三百方针"。其间，唐章洪与战友一起构筑假工事来掩护真工事、消耗敌军大量弹药，并借机摸清敌军的作战习惯和规律。实战中，炮兵们很快研发出"单炮游动"的战术，还总结成"六快""四不打"的口诀："观察报告快，架炮快，瞄准快，修正快，发射快，撤炮快。""没把握不打，远不打，计算不好不打，瞄不准不打。"

根据唐章洪的回忆，在开展冷炮运动时，唐章洪与战友们有两次打得比较成功，令其印象深刻。有一次，唐章洪和战友发现敌人在铁路大桥下面洗澡，当时此处并没有炮兵的射击点，于是他们根据附近的射击点，增加距离，修正密位，放了两炮，一炮打到了水塘里，另一炮在敌人马上上岸的位置爆炸。还有一次，他们在远处的灌木丛中发现了敌人搭建的大帐篷，据步兵观察哨观察，里面至少住了一个排的士兵。唐章洪与战友们迅速摸到有利位置，架起迫击炮，班长令他连续发三炮。唐章洪第一炮打完后停了一下，班长说打中了敌人帐篷的一个角。接着又发射两炮，把敌人帐篷打塌了。根据步兵观察哨位上报的战果，唐章洪三炮炸死敌人二三十个。此后，唐章洪战果不断。当他冷炮毙敌 98 人时，有一天早上他们发现敌人开了一辆车在卸货，唐章洪抓住时机两发炮弹打过去，击毙了三个敌人。至此，他在 65 天内，用炮弹 73 发歼敌 101 人，创造了全团的最高纪录，成为第一位杀敌百名的狙击手，闻名全军，并荣立第一个一等功。唐章洪在磨炼炮击技术的同时，还积极传授经验，培养了几名优良炮手，如著名的冷炮手彭良义、赵丕城等，为此荣立一等功。

1952 年 10 月 14 日凌晨 5 时，美军为摆脱被动局面、报复志愿军战术反击作战，组织了七个营的兵力，在飞机、坦克和火炮的支援下，向志愿军阵地发起了猛烈攻击，著名的上甘岭战役爆发。战斗开始后，唐章洪听到有些阵地上手榴弹声、机枪声和爆破筒声响个不停，知道敌人开始进攻志愿军阵地了。他赶紧把炮扭转方向，向阵地前沿连续发射了一两百发炮弹，消灭了大批敌人。由于连续发射，炮膛已经变得滚烫，手一放上就被烫得刺刺作响。唐章洪急中生智，用尿使炮膛降温，继续发射炮弹，有效阻滞了敌人的进攻。激烈战斗中，唐章洪所在的工事被敌人的炸弹掀翻，他被乱石和泥土埋住，陷入昏迷，幸好被战友及时救起。约 20 分钟后，醒来的唐章洪不顾口鼻流血，坚持把还埋在工事里面的炮挖出。此时，接到上级通知，敌人正在向主峰进攻，要求他们再坚持五分钟。唐章洪马上投入战斗，炮架被炸坏了，他就用右腿紧紧地靠着炮的下半部，右手牢牢挽住炮筒，测定方位，左手装炮，将剩下的 20 余发炮弹全部发射到了敌人的阵地上。由于他的鼻子和嘴在流血，手上也都是血，最后每发炮弹都染上了鲜血。后来，唐章洪在《寻访英雄》节目中回忆道："（当时）什么都不想了，一心歼灭敌人。你炸你的，你炮弹再多我无所畏惧，你没炸中我，我还活着，我还要跟你拼，我还和你斗。"在 43 天的战斗中，唐章洪发扬机智顽强的战斗作风，配合步兵昼夜坚守阵地、掩护反击，用一门迫击炮取得歼敌 400 余人的卓越战绩。战后，志愿军总部为其记特等功，而他也被誉为"给炮弹装上眼睛的炮手"。现在这门迫击炮被珍藏于军事博物馆中。

1953 年 7 月 1 日，唐章洪火线入党，成为一名光荣的中国共产党党员。2020 年 8 月，唐章洪被评为四川省模范退役军人。

在伟大的抗美援朝战争中，志愿军组织优等射手，以单兵、单炮、单车（坦克），依托固定阵地或采取游动方式，杀伤敌人暴露的目标或有生力量。冷枪冷炮狙杀敌人，看似微不足道，但当其被有计划、有组织地展开时，它便成为具有相当规模的群众性活动，成为一种全线进行的战略性行动，效果显著。据不完全统计，从 1952 年 5 月至 1953 年 7 月，志愿军冷枪冷炮运动共毙伤 5.2 万人。这一行动有效打击和杀伤了敌人，限制了其昼间在基本阵地的活动，把敌我双方阵地斗争的焦点推向了敌军阵地，巩固了志愿军阵地，为志愿军转变战局、夺取阵地战战场主动权作出了巨大的贡献。更重要的是，毛泽东提出的"零敲牛皮糖"方针原是用来指导运动作战的，如今被广大志愿军官兵创造性地运用到阵地战过程中，实为一项伟大的创造。在恶劣而残酷的战场环境中，广大志愿军将士始终保持高昂士气，勇敢战斗，不怕牺牲，锐意开拓进取，将灵活机动的战略战术发挥得淋漓尽致，彰显了我军优良传统和战斗精神，谱写了惊天地、泣鬼神的雄壮史诗。

朝鲜战场上的联络员

·郑顺舟 *

抗美援朝战争期间，中国人民志愿军从各级指挥机关到每个基层战斗单位，都配备了联络员。

联络员的主要工作之一就是翻译。然而，其职责却不仅是"朝鲜语翻译"这五个字所能涵盖的，除负责沟通中朝军民之间的联系外，还要完成其他与其职责相关的任务，如行军带向导；作战阵地喊话；战后训管战俘；中朝友军会晤的协调；到了驻地调查敌情；帮助后勤征粮买菜；检查我军群众纪律执行情况；等等。联络员充当的是指挥员的耳目，是部队行动的马前卒。联络员的工作平凡而烦琐，却与志愿军各部的行动和完成任务有密切联系，他们是真正的无名英雄。

出征前准备

东北解放后，朝鲜族官兵比较集中的部队，有不少成建制地陆续移交给了朝鲜民主主义人民共和国，唯独担任解放海南任务的四十军、四十三军等部队中的朝鲜族干部、战士被留了下来。海南战役结束后，我们这些身上还有火药味的朝鲜族指战员，又面临着

---

*　郑顺舟，时任中国人民志愿军第四十军干部。曾任第四十集团军政委。

随时投入朝鲜战争的可能。

1950 年 9 月 15 日，美军在距离汉城 40 公里的朝鲜中部西海岸港口仁川登陆后，朝鲜半岛的局势发生突变，形势非常严峻，中国人民志愿军正在秘密组建，我所在的部队业已编入志愿军首批出国作战部队的序列。为出国作战方便，上级决定，朝鲜族同志一律参加师里在安东举办的联络员集训班。

抽调来参加集训的朝鲜族指战员大约有一个连，大部分是来自基层的连排干部和普通士兵，也有机关干部和勤杂人员。均系中共党员和劳动人民家庭出身，都立过功受过奖，其中有著名英雄模范金云白、金基南、郑和洙和金光润等。一般都掌握日、朝、中三种语言文字。

在集训班我们听了形势报告，了解到朝鲜军民正在金日成的领导和指挥下，抗击美帝国主义侵略，并学习了朝鲜的有关政策和民俗。此外，集训班还用一定的时间，研究了怎样按照毛主席关于爱护朝鲜人民一草一木、一山一水的教导，以及怎样尊重朝鲜人民传统习惯，做一名合格联络员的问题。

学习期间，大家反映语言障碍是一个突出的问题，普遍感到思想压力很大。很多同志小时候读的是日本书，东北光复不久就参军。部队内部清一色说汉语，用的是汉字，不少同志讲起话来还是"你的，我的，这个的，那个的"，着急了，常常是汉语、朝鲜语混用，让对方听起来既别扭又莫名其妙。为了尽快提高朝鲜语水平，大家互帮互学，虚心请教，把常用的词句记在本子上，经常说，反复练。集合站队时，还专门用朝鲜语学唱革命歌曲。

集训结束后，我们以饱满的政治热情回到了各自的战斗岗位，多数改任联络员或到需要翻译的部门。我们这些朝鲜族同志一下成了"香饽饽"，有些首长考虑入朝作战后的工作需要和生活方便，便把身边工作人员换成了朝鲜族同志，还有不少同志愿意同朝鲜族同志住在一起，这样便于沟通思想，了解朝鲜的风土人情，掌握朝鲜语言文字。

风雨中成长

朝鲜族官兵从踏上朝鲜国土的第一天起，就胸怀一个目的，战胜美国侵略者。

联络员第一位的、最重要的工作就是行军打仗时找向导。部队行军前，联络员要千方百计找向导，抓紧时间熟悉行军路线，凡是途经的大小村庄——背下来，把地名、江河、山脉翻译成中文，以便让部队首长及时掌握和了解。

朝鲜素有"晨谧之邦"的美称。朝鲜的自然风光非常迷人，山川秀美；但地理环境十分复杂，多为高山密林，河流湍急，而因为战争道路桥涵大都遭到严重破坏。对于联络员来讲，行军作战吃不好、睡不着是小事，最担心的是找不到向导，带错了路。

联络员手中有四件宝：行军路线图、指北针、手电筒和朝汉字典。从未摸过军用地图的联络员经过一段时间的摸索，基本上掌握了识图、用图、按方位角找行军路线的技能，少数同志甚至能够在没有向导的情况下，准确找到目标。

找向导看起来简单，做起来却并不轻松。向导的情况大致可分为以下几类：第一类，积极主动的，愿意为部队带路，并且熟悉道路，身体健康，家人支持；第二类，愿意为部队带路，也熟悉道路，但年老体弱，力不从心；第三类，外来的难民，对本地不熟悉，难以胜任；第四类，对带路态度消极，且怕苦怕累，这是个别现象。令人敬佩的是，一些朝鲜妇女常常自愿为部队带路。

在通常情况下，一个向导带的路程为 15 公里左右，有时过路的大队伍多，送走了一拨，又来一拨，一拨又一拨紧接着，一夜间要连续给部队带路，整夜合不上眼，确实很辛苦。有时离前线比较近，空袭不断，随时有生命危险。

要战斗就有代价。我们最难忘的是，第五次战役时，在敌人猛烈的炮火下，临时代我担任所在部队联络员的小于和找来的朝鲜向导均英勇牺牲，敌工干事韩道镇受了重伤。当时，小于只有 18 岁，和我一般高。小于牺牲时，很多同志把他当成了我。几个月后，战友们见到我时，又惊又喜："你不是'那个'了吗？"那年代谁都能听明白问的是啥意思。我回答说："马克思嫌我年龄小。"

第五次战役后，战斗减员明显增加。为补充一批空缺的联络员，满足对外联络工作的需要，上级从吉林省舒兰、九台等县征集到一批朝鲜族新兵。他们大多数是出校门不久的中学生，还有少数是教师和地方干部。这些同志热情高，斗志旺，可是有相当一部分同志汉语水平较差，语言表达困难。经过半年多的锻炼，进步很快，但有时也闹出一些笑话。

精心铸友谊

朝鲜人民待志愿军战士如亲人，处处充满着浓浓的血肉之情。

　　战争是无情的，美丽而宁静的家园顷刻间就成了废墟，到处伤痕累累，弹坑把田野破坏得无法耕种，村庄里死气沉沉，不见人影，不闻犬吠。

　　部队每到一地，不用上级吩咐，放下背包就帮朝鲜老乡干活。当时，首要的是帮助群众恢复生产，恢复正常的生活秩序，如修房子，挖防空洞，拉磨推碾子，搬东西，上山拾柴，看病就医。环境越是艰苦，战士们越是为朝鲜人民着想，千方百计为群众减轻负担。凡是自己能克服的，就不给群众添麻烦。每当遇到敌机空袭时，战士们总是奋不顾身地引导群众疏散。在共同的对敌斗争中，朝鲜人民冒着枪林弹雨为前线运送弹药给养，修路架桥，护理伤病员，哪里有部队就出现在哪里。

　　联络员的工作既要考虑部队的实际需要，又要保护群众的根本利益。联络员是战斗员、宣传员，同时也要通过深入细致的群众工作塑造志愿军的光辉形象。

　　随着时间的推移，很多干部、战士与朝鲜老乡达到了简单会话的程度。有的同志进步很快，能读懂简单的朝鲜文字。当志愿军战士用不熟练的朝鲜语与阿妈妮交谈时，阿妈妮是那样的开心，常常会情不自禁地说，你打完了仗，就回来做咱家的女婿吧。

　　不同的民族，有着不同的风俗习惯，又由于语言不通，日常生活中发生误解是难免的。比如有的战士不会用敬语，与老年人谈话往往用同辈话、儿语，老年人就感到战士不懂礼貌。还有些北方同志养成进屋不带门、上炕不脱鞋、随意出入厨房的习惯，也会使主人感到很尴尬等。这些都需要联络员耐心解释。

　　第五次战役结束后，我所在的部队奉命撤到新的驻地休整，设营人员先期到达。驻地人民军小医院的医护人员闻讯看望。一位女同志见我们管理员穿着的是军官服，她好像发现了什么，用俄语高声说："你的戈比旦（军官）！"这位管理员一听就很生气，红着脸给女军医回敬一句："你的王八蛋。"热热闹闹的场面一下变得紧张起来。于是，联络员出面调解，说明误会，解开了"扣子"。事后，女军医说，开始我感到很委屈，翻译把话说开了，我就全明白了。

　　热情开朗的朝鲜妇女细心观察我们战士的言谈举止，特别注意中朝男人的异同。一次，房东大娘问我，上面是否允许中国男同志娶我们朝鲜姑娘。我问大娘，为什么朝鲜姑娘要嫁给中国军人？大娘说，中国小伙子真好，老实忠厚，会体贴人，和这样的男人在一起，我们的姑娘会变得更年轻。她还深情地说，这是啥世道，我们快变成女人国啦。我对大娘说，年轻人追求美好的爱情、婚姻，是人之常情。但是，部队有严格的纪律，当兵不允许搞对象。

志愿军不论是战时还是平时，秋毫无犯，严格执行"三大纪律，八项注意"，对违纪行为铁面无私，决不姑息。朝鲜人民目睹志愿军纪律严明、保护群众利益的生动事实，都赞不绝口。1952 年，我们部队在平川蔓芝洞一带驻训，"八一"建军节时，我们司令部工作人员邀请驻地的村干部及部分房东代表一起欢庆建军节，村上最年长的金大爷就曾深情地说：你们志愿军是举世无双的，中国人民养育了最优秀的儿女，毛泽东真伟大！

我想，这该是朝鲜人民对志愿军战士最中肯的评价。

细菌战：美军使用生物武器的铁证

·黄耀昆 *·

朝鲜停战谈判从 1951 年 7 月 10 日开始，至 1953 年 7 月 27 日停战协定签字，在历时两年零 17 天的漫长谈判过程中，双方停停打打，边打边谈，军事较量和政治斗争交织在一起。1952 年 1 月，美国侵略者黔驴技穷，竟冒天下之大不韪，对朝鲜发动了大规模的细菌战。

朝鲜北部的冬天，天寒地冻。然而就在 1952 年 1 月 28 日这天，在雪原里、在山坡上，发现了许多异样的情况：到处散落着许多秸秆、羽毛、烂鱼、臭肉、用纸盒子装的活昆虫，包括苍蝇、跳蚤等。经过检测，发现这些东西都带有病毒和病菌。以后一段时间里，在朝鲜多处地方陆续发现了美军投掷细菌炸弹。对此，我国政府和国际组织先后发表声明或组织调查予以揭露。

在碧潼志愿军俘虏管理处，我方对美国空军被俘人员做了思想工作。美国空军许多俘虏对我志愿军的宽大政策也有了亲身感受，因而打消了顾虑，交代了参与细菌战的罪行。首批作出交代的是美国空军被俘飞行员奎恩和伊拉克等人。

奎恩原是一个孤儿，中学毕业后，进入美国空军航校，随后被派到朝鲜执行"特殊任务"。奎恩交代说："投下的炸弹容器里装有苍蝇、黑跳蚤和其他昆虫。每个炸弹长 137 厘米，宽 36.4 厘米，由

---

* 黄耀昆，时任职于中国人民志愿军政治部碧潼俘虏管理处。

两瓣组成，内分四格，弹壳为钢皮，厚0.15厘米。炸开后分为完整的两瓣，我驾驶的是P-51型战斗机。头一次低空投掷在宁远郡宁远面马上里。第二次在博川郡西面山地上空盘旋，正准备投弹，飞机被地面高射炮击中，于是跳伞着陆被俘。"奎恩还说，当时他腿部被树枝划破，鲜血把裤子都染红了，是志愿军用担架将他抬到卫生所上药包扎，换了新衣服，然后才送到俘虏管理处的。

继奎恩和伊拉克之后，一共有20多人陆续交代了他们分别驾机投掷细菌弹、参与细菌战的详细经过。笔者在碧潼志愿军俘虏管理处同奎恩、伊拉克以及美国空军俘虏中的许多人多次进行了谈话，目睹他们在书面交代材料上签字，并做了录音。他们在办完这些事情之后，感到俘虏管理处并没有对他们施加惩罚的意思，一个个显得很后悔、愧疚，说不该参加这个"肮脏的战争"。

对于美国发动大规模细菌战的罪行，朝、中两国政府当即提出了严正抗议。1952年5月，朝、中两国专家记者组成的联合询问团前往碧潼，其中包括我国细菌学专家张乃初、昆虫学家陈景锟，北京各主要新闻单位的记者、电影摄制组，还有英国《工人日报》记者阿兰·魏宁顿、法国《人道报》记者贝却迪等50多人。他们分别询问了投掷过细菌弹的美国空军被俘人员，进行了详细的调查研究，写出了书面报告。周恩来总理接阅报告后连夜审批，并决定连同美国空军被俘人员的书面交代材料以及他们的录音，于1952年5月17日分别在北京和平壤同时公布。为此，我空军总部特派一架专机，由总政敌工部干事宋杰携带录音带及相关材料，飞赴平壤，送交朝鲜有关单位。我们印制的揭露美国进行细菌战的传单，也及时运到朝鲜前线散发。

"一石激起千层浪。"此事一经公布，全世界舆论纷纷谴责。尽管美国当局遮遮掩掩，矢口否认他们进行过细菌战，然而铁证如山，任何狡辩和抵赖都是徒劳的。

事隔半个世纪，加拿大的历史学家还提及此事。据英国周刊《新政治家》1999年10月25日刊载彼得·普林格尔的文章报道，多伦多约克大学的两名历史学家斯蒂芬·恩迪科特和爱德华·哈格曼撰写了《美国与生物战：来自冷战初期的秘密》，该书援引大量事实证明，美国曾在朝鲜战争中使用生物武器。报道还说："这是迄今为止证明美国使用了生物武器而作的最有说服力的尝试。"

（原标题为《朝鲜战场上的细菌战》）

人民海军派员入朝秘密布雷行动

·林有成 *

1952 年 5 月,我从南京海军联合学校第一分校水中武器专业毕业,被分配到华东海军工作,先后在护卫舰第六舰队的济南舰、临沂舰、瑞金舰和沈阳舰工作。在六年的舰艇生活中,最使我难以忘怀的是参加抗美援朝的战斗。

接受赴朝密令

1953 年 2 月 22 日,正任护卫舰第六舰队济南舰水雷班长的我接到刘文华水雷长的通知,到护六司令部开会,同去的还有西安舰和武昌舰的水雷班长郑长晖和唐兆贤等四人。作战室主任宣布命令:"你们四人于后天出发,到北京海军司令部接受战斗任务。至于什么任务,报到后就会知道的。由于任务非常紧急,去北京的火车票已买好,不知你们是否有困难?"军人以服从命令为天职,还有什么价钱好讲的,所以,我们毫不犹豫地回答:"坚决完成战斗任务,为舰队争光。"按时到京后,我们到复兴门外公主坟海军司令部接受任务,即跨过鸭绿江,奔赴军委朝鲜西海岸指挥部。西海岸指挥

＊ 林有成,时任海军护卫舰第六舰队济南舰水雷班长。曾任福建省经济管理干部学院副教授。

部是由当时的海军参谋长张学思同志领导的。我们执行的是一项极其神秘的任务：在朝鲜西海岸清川江口设置水中障碍，即布设水雷，以阻止美军在清川江口到东海岸元山一线（即朝鲜半岛最狭窄的地带）实施第二次截腰登陆，第一次是仁川登陆。中国人民志愿军自 1950 年 10 月 19 日跨过鸭绿江后，与朝鲜人民军并肩作战，朝中部队连续进行了五次战役，把敌人从鸭绿江边逐回"三八线"附近，迫使美方接受停战谈判。为了增加谈判天平上的砝码，也为了防止敌人第二次登陆，西海岸清川江口的布雷任务由中国人民志愿军负责；东海岸元山港的布雷任务则由朝鲜人民军负责。

在中央军委朝鲜西海岸指挥部和张学思的领导下，海军司令部宣布：水中障碍组由原华东海军扫雷大队孙公飞大队长为总负责人；原扫雷大队刘培良参谋长、原中队长马志高配合；原扫雷大队航海业务长杨德全和登陆舰五舰队杨航海长（名字已忘记）和五位航海班长负责航海保障；原扫雷大队参谋钱鳌为作战参谋；原护六济南舰水雷班长林有成等六人负责各型水雷的定深和敷设任务。

华东海军共抽出 17 人参加这次作战。2 月底，我们集体乘火车到达安东市，把海军呢制服脱下，换上了志愿军穿的棉大衣、棉制服及棉帽、毛皮鞋。在换装时，我戏称也许几十年以后，人们还会记住我们这批当年赴朝作战的"华东海军抗美援朝十七勇士"呢！

执行战斗任务

布设水中障碍必须解决以下几个问题：

布雷时使用的船只。用船是旅大市（现大连）征用的五条木制机帆船，这可以避免敌雷达的探测。为了能安放更多的水雷，我们还去掉了帆船上层甲板的建筑物。船只改装后，4 月初由旅大港出发，昼伏夜出，到 4 月 6 日前后，到达朝鲜清川江口，经伪装停靠在江边待命。

布设的水雷武器。布设的水雷系苏制 K6 型触发式锚雷。其炸药量分别为：大型 180 公斤；中型 110 公斤；小型为 20 公斤 TNT 炸药。由海军司令部装备部水中兵器科杜科长负责，从某库用火车运到安东，然后改用汽车运到清川江畔的肃川前线。卸车后推到山洞里隐蔽，每隔 10 米左右开个山洞，各置大、中型水雷一个，小型水雷则放两个。

布设什么样的水雷阵、水雷的定深度及间隔距离。此次海上布雷是新中国海军的第一次，面临的问题较多，苏联海军专家提出的"洋办法"在当时条件下是无法施行的。那么，我们只能按当时、当地的实际情况，用些"土办法"、实事求是地加以执行。

（一）布设什么样的水雷阵

布设正规的水雷阵，必须以敌舰（一般以中型登陆舰的宽度来计算）的触雷概率为前提，且要以布雷舰编队布设才能完成。西海岸指挥部的领导则要求我们布设下不规则的、零散型的水雷阵，以便在战争结束后把水雷阵清扫掉。我在参加作战参谋制订作战计划时，坚持布设"总体上的正规，局部上的零散"，得到了西海岸指挥部领导的批准。

（二）水雷布设的深度

水雷布设深度的原则：以敌舰登陆时（也就是涨潮时）能够触雷爆炸；但退潮时又不露出水面为原则。由于朝鲜西海岸水域的潮差平均大于四米，只能顾及高潮时的触雷，低潮（退潮）时雷体不可能不露出水面。当时钱鳌同志在做作战计划时，也为这个问题伤透了脑筋，后来找我商量。我的意见是：一般情况下，敌军登陆时，为避免滩头阵地的距离过大，往往选择潮汐涨潮到高潮（平潮）时登陆，而不选择低潮时登陆，由于高潮与低潮的潮差过大，我们只能围绕敌舰登陆时的触雷，而不考虑低潮时是否露出水面的问题。

（三）水雷之间的间隔距离

这是从横向考虑敌登陆舰的触雷概率，在具体执行中还应考虑船速、流向流速、风向风速等因素的影响。这个问题说起来容易，解决起来困难。我们按照计划好的触雷概率所要求的水雷之间的间隔，只能用"土办法"加以解决，即用已量好长度并捆扎好的麻绳，系于两个雷锚之间，当第一个水雷推下水后，以水雷的拖力使麻绳逐渐放出，放完后又拖着第二个水雷下水，直到把全部水雷布设完毕。这样就使复杂问题简单化了，这是任何布雷教科书上所没有谈及的问题，是当时恶劣的环境逼出的办法。

（四）航海保障问题

1953年4月10日，在这个伸手不见五指的黑夜，我们只在清川江口南岸离敌占云雾岛很近的一个山上设一盏航道照明灯，以作为布雷时的航海保障（当时不可能用雷达）。晚上 9 时整，四条满载着水雷武器的机帆船，对准照明灯指明的航线，各条机帆船的水雷班长则把已做好最后战斗准备的各型水雷（即装上雷管）准确无误地推入水中，完成了新中国海军首次在异国他乡布设水中障碍的战斗任务。

1953 年 4 月 10 日晚上，我们完成了在朝鲜西海岸水域（即在清川江口）中布设水中障碍任务后，4 月 12 日离开了肃川前线，回到赴朝时的待命点——朝鲜新义州平安南道龟城郡青龙里，仍住在朝鲜老乡家里，待命回国。

在我们布雷后的半个月，美军在清川江口进行了一次侦察性的小规模登陆预演，结果一艘登陆舰触雷沉没。大概是美方知道我们已做好了反登陆的准备，最终放弃了在朝鲜半岛腰部实施第二次登陆的计划。

当我们这些上甘岭战役幸存者欢聚的时刻，总爱不释手地翻开那本封面已揉皱了的历史相册。看着张张照片，我们仿佛再一次回到了当年上甘岭那战火纷飞的日日夜夜，战友们视死如归、以人民利益为第一生命的革命英雄主义精神，谱写了一曲曲气吞山河的凯歌，用殷红的鲜血实践了"我们吃点苦，祖国人民不受苦，我们流点血，祖国人民不流血"的豪迈誓言。

我们第十二军三十一师九十一团进入上甘岭战场之前，参加了一年的金城防御作战。1952 年 9 月底部队在向白易山休整地开进途中，接到了军部要李长生团长速去的电令。李团长不顾连日行军的疲劳，一路小跑赶到了 10 余里地外的军指挥所，走进办公室，曾绍山军长放下他的放大镜和托在右手上的军用地图，抬起头来，和善地注视着李团长，而后诙谐地说："这下有大仗给你们打哟！"说

＊ 李长生（1920—2000），时任中国人民志愿军第十二军三十一师九十一团团长。曾任南京军区后勤司令部副参谋长。

＊＊ 赵金来（1926—2002），时任中国人民志愿军第十二军三十一师九十一团副参谋长。曾任第十二军副军长。

着，带我们来到沙盘前，曾军长右手指着面前的沙盘，把脸转向我们说："友军在上甘岭已与敌整整恶战了七昼夜，兄弟部队打得很英勇、很顽强，但也有相当减员，敌人攻击凶焰尚未打下去。为防止敌人重点进攻，上级决定先调你们团到平康以北地区，作为四十五师的二梯队。"末了，曾军长沉思片刻，但接着以爽朗甚至带点兴奋的口吻说："这次全军只先去你们一个团，一定要当好代表队。"

"请军长放心，保证完成任务！"李团长代表全团指战员立下了铿锵誓言！

受领任务后，我们召开了党委会，传达上级赋予的任务和有关指示，进行了认真的研究，此战关系到中线平康的安危，关系着整个朝鲜战局。大家对上级能让我们团首先担任这次重要的战斗任务，感到非常光荣和自豪。一致表示：决不辜负上级党委、首长的信任和期望，坚决打好这一仗！

会后，我们几位团领导带着工作组，分头深入各连，立即在部队中进行动员。迅速转好从休整到参战的思想弯子，号召部队发扬勇敢战斗、不怕牺牲、不怕疲劳和连续作战的优良作风。学习英雄黄继光，必要时舍身爆破。大家听说要上上甘岭，个个都高兴地跳了起来，全团上下一片欢腾，求战情绪高涨，干部战士纷纷呈送决心书、求战书。八连政治指导员刘怀珍带领全连宣誓：坚决粉碎敌人进攻，打出红军团队的威风，争和平气，立国际功！

10 月 21 日，李团长带着两名营长、五名连长、10 名排长及机关参谋、干事共 30 余人，乘车前往友邻第十五军指挥所——道德洞，接受具体任务。次日凌晨到达后，秦基伟军长逐一与我们亲切握手，张蕴钰参谋长介绍了战场地形与作战情况。随后派人把我们带到了四十五师一三五团驻地五圣山。

五圣山海拔 1061.7 米，山高坡陡，地势险要，为平康、金城的防御大门，也是中线防御的天然屏障。友军张团长向我们详细地介绍了战况，我们要求前来见习的人员着重弄清五个问题：

（一）阵地地形。（二）阵地工事情况。（三）敌人进攻手段。（四）兄弟部队的打法。（五）我们自己上去该怎么打。

经过三天的见习，我们在详细了解敌情、地形、摸索总结敌人作战规律以及借鉴友邻作战的经验教训后，感到上甘岭战役是在狭窄地区（不到四平方公里）反复争夺的战斗，且我军武器装备处于劣势，撒网瓢泼战术显然得不偿失，应树立长期打下去的思想，准备与敌进行多次反复较量。同时，切忌在反击时间、道路选择上形成规律，为敌所制；在战术上要量敌用兵，发扬孤胆作战的精神和灵活的小兵群战术动作，采取依托坑道逐次补充消耗的"添油"战术；注意发挥炮兵作用，组织步、炮协同，并抓紧一切时机抢修工事，以达到减少自己伤亡、大量消耗杀伤敌人，最后恢复阵地的目的。鉴于此，我们决定全团以连为单位组成九个梯队，相继投入战斗。每个连争取坚守阵地一天。要求上阵地的分队尽量携带手榴弹、手雷、爆破筒，并带一满壶水及胡萝卜。另外，保证每人有一件土工作业工具。

10月27日，我们团全部到达五圣山地区，部队迅速投入了紧张的战斗准备。根据一年来在金城依托坑道防御作战的成功经验，认真演练战斗队形、火力运用、通信联络以及坚固工事的连续爆破与坚持坑道斗争，掀起了临战训练的热潮。并根据上甘岭地区的地形特点，及时调整和充实了后勤机构。为了保证迅速抢运和及时供应，我们决定除全团辎重、担架分队全力投入运输和运送伤员外，还抽调机关干部及二线分队参加运输。为了加快转运、节约人力、减少途中伤亡，我们采取了分段设站、定量包干、接力运输和上送粮弹、下送伤员的"两不空手"运输办法，在714高地建立了生活供应站。

经过紧张的准备，各项工作都已安排就绪，锋芒所向，直指597.9高地之敌。

10月30日晚，友邻第十五军组织13个连队对597.9高地实施反击，经两天激战，恢复了除11号阵地外的全部阵地。我团奉命于11月1日18时，接手坚守597.9高地的任务。我们即以第三营八连占领主峰编号为第3号阵地及主峰前方9、10号和西北0、4、5、6号阵地，主峰东北2、8、1号阵地仍为友军一三四团和八十六团防守。八连接守阵地后，立即派出警戒，察看地形，进一步研究打法。我们为了确保该连在第二天有足够的精力对付敌人，在全团范围内挑选了40余名精壮官兵随他们上阵地，帮助抢修工事，以先挖防炮洞，后挖射击掩体、堑壕、交通壕的顺序。敌人不断以炮击、小分队反扑，扰乱我土工作业，但在我坚守分队的掩护下，这一切都无济于事，工程作业一直在紧张地进行。经一夜突击，修复了防炮洞和单人掩体六个、双人掩体三个，轻机枪射击掩体五个，掩壕一条，堑壕、交通壕50余米。二营前来帮助打坑道的10名战士，按时保质地完成了任务。我们当即宣布给每人记大功一次，这为而后在炮火下保存我有生力量，达到持续战斗、大量歼敌起到了重大作用。

11月2日8时，敌即对597.9高地展开猛烈攻击，敌先以密集炮火向我反复轰击，发射炮弹近10万发，出动飞机百余架次，轮番轰炸、扫射，持续时间达两小时之久。我阵地上，硝烟弥漫，石土飞扬，浓重的火药味呛得人连气都喘不过来，地面工事悉数被毁。战士们用自己的身体保护着武器弹药。

从10时起，敌即以美七师三十一团、哥伦比亚营及南朝鲜第九师三十团一、三营先后向我发起多路多梯次的猛烈进攻。面对气势汹汹的敌人，我们的战士毫不畏惧，他们英勇顽强、机智灵活，巧妙地利用弹坑、岩缝和残存的敌人工事抗击着敌人。

坚守9号前沿阵地的四班，采取快出、快看、快打、快撤和先打近、后打远，先打多、后打少等战术，并及时识破了敌人用炮火欺骗杀伤我有生力量的诡计，及时总结了敌人的战术变化。

该连40多岁的老兵匡厚生战斗前在班里积极表示："有危险我上，要流血我流。"他对战友们说："我比你们年纪大，你们今后还可以为革命多作贡献。"战斗中他经常冒着敌人密集的炮火出洞，以他娴熟的战术动作，出其不意地打击敌人。

该班激战一天，击退了敌人无数次进攻，仅以轻伤三人的代价，歼敌400余人。守住了阵地，创造了敌我伤亡130∶1的辉煌战果，荣立了集体一等功，被嘉奖为"小兵群作战的模范"。该连一班战士王万成、朱有光两位同志，看到友邻1号阵地步兵第八十六团八连情况危急，遂主动驰援，以舍身炸敌的英雄气概，毅然冲入敌群，拉响爆破筒，与突入友邻阵地上的数十名敌人同归于尽，使友军阵地得以恢复，谱写了一篇可歌可泣的壮丽诗篇。

是日全天战斗，该连在我纵深炮火的有力支援和友邻部队的密切协同下，共击退敌人一个排至两个营的20余次攻击，毙伤敌近千人，生俘一人，缴获武器数百件，阵地屹立未动。

根据战斗预案，在当日黄昏时，我们令七连接替八连，八连连长孙林春带领两名排长、四名班长继续留在阵地上，做七连的顾问。刚布置完毕，电话铃响了，电话员拿起耳机，又随即将耳机递给李团长。兵团王近山副司令在电话里带着兴奋的口气鼓励我们说："你们打得很好，我代表兵团首长向你们祝贺。兵团决定通令嘉奖你们团。"首长洪亮的声音，使在旁的同志都能听到，指挥所忙把首长嘉奖传达给所属部队，让全体指战员都分享这胜利的喜悦，指战员们激起了无比高昂的战斗意志，增添了无穷无尽的勇气和力量。

输红了眼的敌人并不甘心。3 日晨，敌二师三十一团出动一个营的兵力向我七连坚守的 9、10 号阵地发起猛烈攻击。该连依托坑道屯兵，结合野战工事，以小分队实施反冲击或阵前出击的战法大量歼灭敌人。以个人、小组或一两个班抗击敌人一路或多路的连续攻击，达到以少胜多、坚守阵地的目的。至 12 时，该连共打退敌人 15 次冲击。15 时起，敌再次以两个连的兵力向七连发起攻击。这时，该连已有相当减员。据此，赵副参谋长令九连两个排加入战斗，是日共击退敌 35 次冲击，歼敌 750 余人。当晚，六连接守七连阵地，七连连长董宝志带两名排长、四名班长留在阵地做六连的顾问。这种"换兵不换将"的战法，对新接防分队明了敌情、熟悉地形、实施及时准确指挥帮助甚大。

4 日 10 时许，我们接到前沿 9 号阵地观察员报告，在阵地前方小树林里，敌集结约有一个营的兵力，企图向我发起攻击。我们将这情况立即告诉前方指挥所赵副参谋长，另外请上级炮群对敌实施袭击。不一会儿，我神勇炮兵及时以猛烈火力覆盖了小树林。炮击后，我们在堑壕里观察敌情，望远镜里出现了令人兴奋的场面：成堆的敌人倒在地上，没死的抱头鼠窜，受伤的挤倒在地，互相践踏，乱得像一窝蚂蚁。我们一线分队指战员高兴得直蹦直喊，纷纷要求为炮兵兄弟请功！

敌人遭我炮击，一时丧失了进攻能力，但并不甘心失败，豁出老本，继续下赌注。4 日 16 时 30 分，敌调集四个多连的兵力，再次向我六连坚守的 9、10、3 号阵地发起猛攻。二营营长杨水保及时组织全营 82 毫米迫击炮对敌拦阻射击。但顽固的敌人继续向我攻击，六连战士发扬敢打敢拼的战斗作风，大胆地把敌放到阵前，以手榴弹、手雷、爆破筒组成一道火墙。我猛烈的火力宛如暴风骤雨、闪电雷鸣，那团团火舌映红了天，那阵阵爆炸声，敌随之葬身。是日，六连共打退敌 20 余次攻击，歼敌 450 余人。

傍晚，我们在指挥所接到李德生副军长的电话。一听这熟悉的声音，我们一时感到突然，因为我们团是远离本军建制单独到上甘岭参战的，李副军长告诉我们：按照兵团首长指示，由他带领军司政后机关部分干部，在德山岘组成前方指挥所，统一指挥上甘岭地区的作战。为了详细汇报战况，李团长带着作战参谋赶到了李副军长指挥所。首长亲切而又带着嘉奖的口气向我们说："你们打得很好！向你们致敬！"在我们汇报之时，他不断额首称好。末了，他要求我们继续发扬红军团队的光荣传统，给参加上甘岭战役的我们军部队做好样子！

不输到底，敌人是不会下赌场的。11月5日，南朝鲜敌军组织第二、九师共五个营的兵力，在飞机百余架次、坦克30余辆的支援下，再次向我发动猛烈的攻击，进行最后的挣扎。3时，敌人开始火力准备，5时40分，分两路向我3、9、10号阵地进攻，另以一个连向我0、4号阵地迂回，企图分割我军前后联系，战况空前激烈。防守的六连顽强坚守，连续打退敌多路多梯队的冲击。8时，五连主力加入战斗，经10个小时的激战，先后打退敌42次冲击，歼敌2000余名。美合众社记者肯德立在报道南朝鲜军当时受到我打击的情形时说："南朝鲜军冲向山顶。但是一个中国士兵站起来，挥舞着手臂投掷手榴弹，他几乎独个儿击破了这次进攻！"

坚守在3号阵地上的二班新战士胡修道，在全班只剩下他和滕土生两人时，他们极大地发扬了敢打敢拼的英勇精神，机智灵活地打退敌人疯狂的41次反扑。当右侧10号阵地危急无人时，他果断地和滕土生冲了过去，打退了敌人进攻。不幸，滕土生身负重伤。当羊群般的敌人再次向10号阵地蜂拥冲来时，胡修道孤胆作战，时而投弹，时而端起机枪扫射，一人坚守阵地10多个小时，歼敌280余名，创造了以少胜多的战例。战后，朝鲜民主主义人民共和国授予他"朝鲜民主主义人民共和国英雄"的光荣称号，并颁发给他金星勋章，志愿军司令部为他记特等功，授予他"一级战斗英雄"光荣称号。

激烈的战斗一直进行了四天四夜，尽管敌人每天发动数十次猖狂进攻，飞机、大炮将成数万发炮弹倾泻在这个小小的山头上，但有我们这支劲旅在，敌人就休想实现其企图。此后，敌人攻势愈来愈弱，每次攻击除继续在我阵地前留下一批尸体外，均无法前进一步。597.9高地似铜墙铁壁，巍然屹立，使敌望而生畏。红旗在上甘岭上高高飘扬。

（宋钦文　李汝猛　整理）

（原标题为《难忘上甘岭战场》）

・康月田＊

开国中将张翼翔：长津湖畔的殊死对决

20世纪50年代初，中国人民志愿军进行了一场援助朝鲜人民抗击美国帝国主义武装侵略，维护中国领土完整、保卫国家安全的反侵略战争。

这场战争的硝烟早已消散，但开国中将张翼翔历经战火的身影，透过时空烟云，依然清晰可见。在朝鲜长津湖地区，他指挥志愿军第二十军与美军王牌部队对决：给德赖斯代尔特遣队以歼灭性打击；层层阻截，使美军王牌部队经历有史以来最艰难的大撤逃；指挥部队勇炸水门桥阻敌南逃，悲壮的"冰雕连"威震敌胆；涌现出的特级英雄杨根思和"杨根思连"气贯云天，为鲜红的战旗增辉。

仓促入朝"冰血长津湖"

"雄赳赳，气昂昂，跨过鸭绿江。保和平，卫祖国，就是保家乡……"1950年11月8日，伴随着激昂的《中国人民志愿军战歌》歌声，时年36岁的志愿军第二十军军长兼政治委员张翼翔率领全军5万余健儿，在第九兵团编制内开赴朝鲜战场，参加第二次战役东线长津湖地区作战。

＊ 康月田，曾任军事科学院军事历史研究所副所长。

长津湖，位于朝鲜东北部盖马高原的狼林山脉和赴战岭山脉之间，处于群山包围之中，是朝鲜东北部最大的湖泊。其东西两岸为海拔 1300 多米的高山峻岭，冬季气候异常寒冷，白雪覆地，山高路窄，道路冰封，作战环境极为恶劣。在这样极其艰苦的条件下，张翼翔指挥第二十军与我第二十六军、第二十七军并肩搏杀，同有百余年历史的美陆战第一师等侵略军，展开了一场王牌对王牌、钢铁与意志的生死对决。

这年冬天，是朝鲜 50 年来最寒冷的一个冬天，最低气温曾降至零下 40℃。如此寒冷的天气，给志愿军参战官兵带来极大挑战。张翼翔指挥第二十军原在华东嘉定、太仓、罗店地区进行渡海攻台作战训练，奉命解除训练任务后，原定从上海开山东再赴东北，在东北整训一个时期后入朝作战。但朝鲜东线战事急迫，部队在东北未作停留即直接入朝参战，因而各种准备极不充分。入朝时，寒区服装来不及发放，加之部队长期战斗在华东地区，没有在严寒地区生活和作战的经验，防寒准备严重不足。同时，山路峻险，美军飞机狂轰滥炸，大量汽车被毁，粮食、被服、弹药补给运不上去；战区内人烟稀少，就地筹措粮食十分困难；没有住房，只能露营雪地。张翼翔就是在这种情况下，带领第二十军投入朝鲜战场、激战长津湖的。

然而，第二十军是我华东军区的主力部队，战斗力很强，部队很能吃苦。张翼翔率领部队严格执行保密规定，做好伪装措施，克服朝鲜东北部山大、路窄、道路拥挤和严寒袭击等困难，迅速向朝鲜战场开进，按时进抵长津湖战役集结位置。

1950 年 11 月 27 日，盖马高原普降大雪，气温骤降至零下 30℃。当日上午，东线美军和南朝鲜军开始发动进攻。黄昏时分，我第九兵团对长津湖地区的美陆战第一师和步兵第七师一部突然发起猛烈反击。张翼翔指挥第二十军所属四个师（第五十八、五十九、六十、八十九师）冒着大雪纷飞的恶劣天气，从长津湖西侧攻击前进。经一夜激战，与从正面反击的第二十七军共同完成对长津湖地区之敌的分割包围。

彼时，战区普降大雪，积雪过膝，气温骤降，给部队作战行动造成极大困难，空前未有的冻伤严重威胁着部队，非战斗减员极为严重。开战第一天即遇罕见大雪，这完全出乎张翼翔的预料。严重的冻伤减员让他心急如焚，进行防冻救治成为当务之急。于是，他迅速以军党委名义发出号召，要求指战员发扬艰苦卓绝的战斗作风，团结友爱，以顽强的毅力战胜严寒和疲劳，彻底歼灭美陆战第一师；要求各级后勤部门尽最大努力做好部队的防冻救治工作；要求政治机关人员沉到基层，指导官兵开展互助互救，使部队保持旺盛的战斗力。

罕见的冰雪，对部队指挥、通信联络造成极大困难，张翼翔决定到下碣隅里西南的西将里前沿阵地察看。副军长廖政国认为军长统筹全局，其安危关系重大，任凭张翼翔执意坚持，最终也没同意他成行。

28 日白天，美军为打破被分割包围的态势、恢复其相互间的联系，对第二十军坚守阵地发起凶猛进攻。在飞机、大炮和坦克的猛烈火力支援下，美军猛攻死鹰岭、西兴里阵地。第五十九师坚守部队顽强抗击敌人的进攻，先后歼敌 1000 余人。死鹰岭阵地曾一度失守，第一七五团于当晚实施反击，重新夺回阵地。攻击小民泰里、乾磁开一线阵地的美军，亦被第六十师坚守部队击退。

张翼翔不失时机地调整部署，命令坚守部队坚决抗击美军新的攻击，抓住战机实施更猛烈的战术反击。当晚，第五十八师突入美军机场，以凌厉攻势夺占下碣隅里以东全部山地，予敌以大量杀伤。

遭到猛烈打击的美军，不得不由进攻转入防御。29 日，为保持通往长津湖以南地区的道路畅通并加强下碣隅里的防御力量，美第一陆战团以配属的英国皇家海军陆战队第四十一突击队为主，加上该团一部共千余人组成德赖斯代尔特遣队，在 30 余架飞机掩护下，由古土里北上，猛攻我第六十师和第五十八师坚守的富盛里、小民泰里阵地。

张翼翔指挥第二十军坚守部队沉着迎战，激战数小时，将敌分割包围为数段，歼其大部。被包围的德赖斯代尔特遣队陷入绝境，士气尽失。第六十师遂以军事打击与政治争取相结合：一面紧缩包围，对敌施加军事压力；一面利用俘房喊话，迫其投降。被围美英军被迫派出代表向我第一七九团请求投降，最终于 30 日晨放下武器投降。此战，德赖斯代尔特遣队除小部坦克突入下碣隅里外，大部被歼。志愿军俘美英军 237 人，缴获与击毁坦克、装甲车、汽车 74 辆和各种火炮 20 余门。

就在这一天，第二十军出现了志愿军首个"特级战斗英雄"杨根思。

当德赖斯代尔特遣队向北进攻时，下碣隅里的美军开始向南攻击，企图南北对攻，打开通往古土里的通道。第二十军第五十八师第一七二团第三连连长杨根思，率该连第三排坚守下碣隅里东南的 1071.1 高地。该高地扼制公路，是美军南撤的必经之路，美军以飞机、大炮狂轰滥炸，高地上硝烟弥漫、烈火熊熊。坚守阵地的杨根思指挥第三排，连续打退美军八次进攻。当敌发起第九次进攻时，第三排阵地上的弹药已打光，人员只剩下两名伤员，增援部队尚在途中。在此危急时刻，已负伤的杨根思抱起仅有的一个炸药包，毅然拉燃导火索冲入敌群，与敌人同归于尽。这位解放战争时期的华东军区一级战斗英雄、前不久刚参加全国战斗英雄大会的英雄连长，以生命和鲜血守住了阵地，谱写了一曲革命英雄主义的壮丽赞歌。

张翼翔深为杨根思惊天地、泣鬼神的英雄壮举所感动，称赞他是革命英雄主义的杰出代表，是对部队进行革命英雄主义教育的最好典型，他的英雄事迹应当予以大力宣扬。他提议军党委作出决定，在部队掀起学习杨根思、争当英雄的热潮。英雄杨根思的名字和事迹，迅速传遍第二十军部队。

战后，为表彰杨根思的英雄精神，志愿军总部为杨根思追记特等功，并授予其"特级战斗英雄"称号，将其生前所在连命名为"杨根思连"。朝鲜最高人民会议常任委员会追授杨根思"朝鲜民主主义人民共和国英雄"称号和一级国旗勋章、金星奖章。张翼翔亲手将"杨根思连"命名锦旗授予其生前所在第三连。

据历史档案记载，抗美援朝战争期间，志愿军领导机关授予"特级战斗英雄"称号的共有两人，一个是杨根思，另一个是后来在上甘岭战役中堵敌人机枪眼而壮烈牺牲的黄继光。

张翼翔曾深情地回忆说：杨根思是在二十军成长起来的战斗英雄，他两次被评为团战斗模范，立过大功，是"华东三级人民英雄""华东一级战斗英雄"。他参加全国战斗英雄代表会议后就赶到山东，随部队开赴东北入朝参战。他是华东军区"战斗英雄"、志愿军"特级战斗英雄"，这是二十军的骄傲！他为二十军树立了标杆，我们要学习他、宣传他，让他的英雄精神永远发扬光大。

可歌可泣的层层阻击

杨根思壮烈献身时，异常惨烈的长津湖之战已持续四日。由于战前各种准备不足，加之补给困难，在恶劣的自然环境下与世界强敌作战，第九兵团虽将长津湖地区的美军完全分割包围，但部队冻饿体力消耗大，攻击力量均显不足，同各处被围之敌形成僵持。

美陆战第一师和第七师一部被分割包围的消息，震惊美国朝野。陆战第一师是美军最精锐的王牌部队，如果在长津湖全军覆没，对美军将是一个最沉重的打击。于是，美军迅速调整部署，决定东线部队向元山、兴南实施总撤退。

位于柳潭里的美陆战第一师，开始在飞机和大炮支援下，以坦克开路，向困水里撤退，并猛攻我第五十九师困水里以南阵地，企图打通至下碣隅里的通路。与此同时，社仓里的美军和南朝鲜军也开始南撤。

因发现敌人有要逃的迹象，张翼翔便指挥第五十八师、第六十师迅速前出至黄草岭；第八十九师留一部于社仓里警戒，师主力前出至黄草岭以南上、下通里地区，阻击美军南逃北援。配属第二十七军作战的第五十九师，则坚决扼守困水里以南高地和西兴里、死鹰岭阵地，阻击柳潭里之敌与下碣隅里之敌会合。

柳潭里、困水里敌人四面受困、伤亡惨重，急于突围以摆脱困境。12 月 3 日，该敌在 50 余架飞机掩护下，以集群坦克开道，猛攻死鹰岭、西兴里一线阵地，倾全力突围。下碣隅里美军也以一部向西攻击，接应柳潭里美军。志愿军第五十九师腹背受敌、顽强战斗，终因连日作战、弹药不济，冻伤及战斗减员较大，以致阵地被美军突破，后转移并巩固占领公路以南阵地。

柳潭里美军逃至下碣隅里，开始毁坏全部重装备，准备南逃。敌第十军军长阿尔蒙德调动飞机为陆战第一师紧急空运伤员、补充作战物资，同时令真兴里以南美军全力北援，接应陆战第一师突围。美陆战第一航空兵联队也倾巢出动，不分昼夜地轰炸扫射公路沿线的所有目标，为陆战第一师南逃扫除障碍，全力掩护其南逃。

在掩护美陆战第一师这次大撤逃中，美军表现出的支撑战争的强大潜力，以及支援部队训练有素的快速反应能力，让张翼翔感慨震惊，以致多年后仍难以释怀。

战役进行期间，战区又数次普降大雪，气温达零下 30 多度。张翼翔指挥部队依托已占阵地，对南撤之敌层层阻击。从下碣隅里到古土里不到 20 公里，美陆战第一师竟整整走了 38 小时，算下来平均每小时前行不到 500 米。中国人在这里究竟藏了多少人马？强大的炮火和飞机轰炸明明已把中国人的阵地摧毁，明明已经是寸草难生的山地，为什么总是有中国军人令人难以置信地、源源不断地冒出来，给南撤部队的每一次冲锋以暴风骤雨般的还击？美军百思不得其解。

张翼翔指挥部队以钢铁般的层层阻击，使美陆战第一师南逃速度如蜗牛爬行。但令他惋惜的是，部队连日冻饿、体力虚弱，战斗部队冻伤减员达 40% 以上，严重影响战斗力，极大制约着作战行动，加之与美军装备相差悬殊，最终未能达成预期阻截目的。7 日午后，下碣隅里美军在 40 余架飞机掩护下，突破第二十军坚守阵地，逃至古土里地区。

第二天，美陆战第一师在大量航空兵支援下，企图继续向南突围，但却得到一个无比恐怖的消息：水门桥，连同桥基一起被炸。

这是志愿军第三次炸毁该桥，此前已炸过两次。

位于古土里以南 6 公里处的水门桥，是一座悬空单车道桥梁，是从古土里通往咸兴的必经之路，桥下万丈深渊，四周悬崖峭壁。早在美军有突围南逃迹象之时，张翼翔就敏锐地意识到水门桥的重要性：此桥一旦断塌，拥有坦克、大炮、车辆等现代装备和辎重的敌陆战第一师南撤，将上天无路、入地无门，必成瓮中之鳖。他命令第五十八师派出部队占领古土里以南隘路处，炸毁水门桥，阻截敌人南逃。

第五十八师第一七二团两个连迅速穿插到水门桥附近，炸毁桥梁，坚守阵地。但两次炸毁的水门桥，都被拥有现代装备和技术的美军工兵快速修复。为彻底破坏美军南逃之路，志愿军官兵第三次干脆连桥基也一起炸掉了。

美军派工兵中校乘飞机侦察后，即调空军运输机紧急从日本空运八套钢制车辙桥组件，空投现场，实施架桥；同时急调黄草岭、真兴里地区美军部队北援接应。结果不到两天工夫，美军工兵就迅速完成预制钢桥部件的现场拼装，使水门桥恢复了通行能力。

美陆战第一师继续向南突围，当还未靠近水门桥时，即在古土里以南隘路处遭遇志愿军第一七二团两个连的顽强阻截。在极度严寒的情况下，第一七二团两个连与企图南逃之敌拼杀激战，人员冻伤、阵亡严重，在只有 20 余人可以战斗的情况下，仍顽强坚守阵地阻截美军。阻击战整整打了一昼夜，共歼美军 800 余人。

此时，由真兴里北援接应的美军，也被第六十师一八〇团阻于堡后庄以南地区。

8 日夜间，长津湖战区的气温骤降至零下 40 多度。坚守阵地的志愿军官兵衣着单薄、冻饿数日，体力严重不支。第二天，当美陆战第一师再次冲击古土里以南隘路时，发现坚守阵地的志愿军官兵已全部冻僵。他们长时间潜伏，在极度寒冷中不动如山，直至变成冰雕，依旧保持着战斗姿势。他们个个手握钢枪注视前方，仿佛默默等待目标的到来，随时准备跃然而起……

战后，美国人充满敬畏地写道："这些中国士兵忠实地执行了他们的任务，没有一个人投降，全部坚守阵地直到战死，无一人生还。"

美陆战第一师侥幸通过古土里以南隘路和水门桥，继续向南逃窜，与真兴里北援部队南北夹击在堡后庄坚守阵地的志愿军第一八〇团。第一八〇团在第一七九团一部支援下，坚决阻敌，激战两日，最后全团大部冻伤战伤，阵地被美军突破。

11日，张翼翔在军指挥所接到第六十师报告：美军攻占堡后庄阵地南逃，坚守部队战伤冻伤严重。战斗结束打扫战场时，发现坚守阵地的官兵全部冰冻牺牲，个个俯卧在冰雪堆起的工事旁，仍然紧握钢枪或手榴弹的手不能掰开，不少战士的手还粘在枪栓上。听完报告，张翼翔心情十分沉重，半天不说一句话，禁不住潸然泪下……

在长津湖之战中，用生命和忠诚写就英雄壮歌的"冰雕连"，第二十军有两个（一说三个），居第九兵团三个军之首。他们展现出的是中国人民不畏强敌的钢铁意志，是无穷的精神丰碑，他们将永载新中国史册，与天地共存，与日月同辉。

此时，已激战半月多的部队极度疲劳，尤其冻伤减员十分严重，难以继续实施大的作战行动。但为了争取整个战局的有利局面，根据兵团部署，张翼翔继续组织所有还能勉强支撑的人员，阻截越过黄草岭南逃的美军。志愿军先在真兴里以南之水洞、龙水洞地区主动出击，阻截南逃之敌，歼其300余人，击毁汽车30余辆，后又尾追逃敌，歼其200余人，缴获汽车60余辆。

12日，美陆战第一师在第三师接应下，最终逃出志愿军在长津湖地区的包围圈，经五老里溃逃至咸兴、兴南地区，继而乘军舰从海上南逃。12月24日，中朝两国军队收复兴南地区，第二次战役结束。

胜利背后的隐痛

长津湖之战，张翼翔指挥第二十军和第二十六军、第二十七军密切协同，同武器装备世界一流的美军浴血奋战，共歼其 13916 人，打开了东线战局，在极度困难的情况下，完成了艰巨的战略任务。志愿军领导机关和毛泽东先后致电祝贺、慰问。毛泽东评价说："九兵团此次在东线作战，在极困难条件之下，完成了巨大的战略任务。"

美陆战第一师绝对是美军王牌中的王牌，战斗力在美军部队中首屈一指，一向风光无限、所向披靡，它参加美国历次的海外侵略战争，无役不是战无不胜，是一个"金牌打手"。但是，这支王牌部队在长津湖地区的战斗中却风光不再，经历了该师历史上最惨烈的一次失败，共减员 11700 多人。美国人把长津湖之战称作"陆战队历史上，从未经历过如此悲惨的艰辛和困苦"，又说，"这简直是一次地狱之行"。

虽然给美陆战第一师以歼灭性打击，完成了巨大的战略任务，但第二十军指战员特别是军长兼政治委员张翼翔，却没有太多的轻松和愉悦。

对于长津湖之战的残酷程度，张翼翔深有感触，他说："这一仗的艰苦程度要超过长征的时候。"副军长廖政国则认为："从这么多天的冻饿来说，长征没有过。"这一仗，第二十军受伤人员达 1.7 万余人，其中冻伤 1.1 万余人，占全部伤员的 60% 以上。

第九兵团开赴长津湖战场伊始，便遭遇零下近 30℃ 的严寒，积雪过膝。指战员多是身着南方部队冬装，棉衣很薄，哪能抵挡朝鲜的严寒？第二十六军、第二十七军还好些，战斗在山东的时间较长，棉衣稍厚。第二十军的前身是新四军，长期在江浙一带活动，这些来自江南水乡的指战员完全没有高寒地区的御寒防冻经验，加上准备不足、仓促赶往前线，冻伤冻亡最多最惨，营以下官兵许多人因冻伤坏疽致残致亡。更为急迫的是，部队白天黑夜都在野外，须隐蔽行动，无法生火做饭煮熟食物。大家所带干粮非常有限，在如此寒冷的冬天，饿急了吃什么？只好从地里挖些冰疙瘩一样的薯类充作食物，生啃！

最为严重的是后勤供应跟不上，前线急需的弹药物资，兵团要从几百公里外的国内运输过来。长津湖地区山高路险，美军飞机狂轰滥炸，兵团仅有的百余辆汽车没过几天便损失大半，弹药物资根本运不上去。又因当地人烟稀少，所以也做不到就地筹措粮食。

刚进入阵地的几天，不是说一点粮食都没有，但因为不能生火，热饭送到阵地很快就冻成了冰坨。大家经常是吃一口炒面就一口雪，没有炒面，就靠带的几个土豆果腹。最后就连土豆也冻成了冰坨，很多人要事先把它放在腋下暖了然后才能进食，而且要一层一层地啃。大家在冻得瑟瑟发抖的时候，还不得不以冰雪来解渴。张翼翔对部队的饥饿情况，不止一次地生出难以名状的苦涩和遗憾。

与忍饥受冻的志愿军相比，美军则是优势凸显：被服装具非常完善，士兵均配发羊毛内衣、毛衣、毛裤、带帽防寒服、防雨登山服、鸭绒睡袋；战地伙食亦非常丰富，著名的 C 类口粮（不经加热即可食用的野战食品，可以保障一个人在大运动量情况下的热量补充）随行携带。

论武器装备，差距更是巨大。担任战役主攻任务的志愿军第二十军和第二十七军一共有 10 多万人，每个团却只有 8—9 具 90 毫米火箭筒，对美军集群坦克根本构不成实质性威胁。马克沁重机枪在严寒中用不了，诸多迫击炮因炮管收缩无法发射，能用的武器只有轻机枪、步枪、刺刀和手榴弹、炸药包，极少量92 式步兵炮成为攻坚和掩护的利器。没有空军支援，防空武器基本为零，也没有坦克和装甲车辆。此外，通信器材奇缺，团以上部队才有少量无线电台，营采用有线电话，营以下主要用军号、哨子、信号弹和手电筒等进行联络。

而美陆战第一师，主战部队除外，支援、保障部队亦非常强势，编配有：一个陆战炮兵团（辖四个炮兵营）、三个坦克营、一个作战勤务大队（包括工兵、通信、医疗、信号等八个营）、一个陆战观察特遣队、一个英国皇家陆战突击队以及部分特遣队，并得到陆战第一航空兵联队（辖两个大队）的直接战术支援。全师 2.5 万余人，加上美第三十一团，长津湖地区的美军实际兵力近 3 万人，远远超出志愿军预先估计。

美陆战第一师被包围于下碣隅里地区时，其陆战队工兵仅用三天时间，就在这个四面环山的小山谷中抢修出了一条可以通行坦克的道路。几天后，一座可以起降空军运输机的临时机场建成。美空军出动大批飞机源源不断地给下碣隅里的部队运去急需的弹药、食品、药物、防寒服装、油料等，物资堆积如山，以致美军撤离时还有数以万计的剩余物资无法带走，便动用推土机、坦克碾压，浇上汽油焚烧。发现水门桥被彻底炸毁后，美空军当天就从日本运来八套架桥设备，工兵部队不到两天就恢复了桥梁通行。这些支援、保障部队在战场上所展现出来的现代化程度，多少年过去仍让张翼翔耿耿于怀。

钢铁与意志的惨烈对决中，志愿军将美陆战第一师打得屁滚尿流，不敢再战，最后狼狈撤逃。张翼翔指挥第二十军将战力发挥到极致，付出的代价也极大。罕见的严寒冰雪、武器装备落后、后勤运力跟不上、冻土豆充饥、冰雪解渴、战友加兄弟用热血和生命浇铸成一座座冰雕……那惨烈的一幕幕，成为深深烙在张翼翔心中的永远的痛，致使他后来很少谈及曾经的冰血长津湖。

难以释怀、难以言表的心中的痛，折射出的是"只恨手中剑不长"。张翼翔曾深有感触地说：小米加步枪曾经是我们的光荣，但光靠小米加步枪，绝不可能打赢现代战争！我们军事指挥员不仅要时刻把握世界军事革命和战争样式的发展动态，更要加紧学习研究现代军事高科技，加紧研发先进武器装备，包括原子弹和导弹，这是抗美援朝对我们这代人最重要的启示。要有效捍卫祖国主权、抵御帝国主义侵略、保卫人民安宁，我们必须大力提升综合国力，快一点把武器装备搞上去。

长津湖之战，以志愿军取得胜利、美军溃逃而载入史册。胜利的原因在哪里？毛泽东概括说：志愿军钢少气多，美军钢多气少。志愿军以无与伦比的忍耐力战胜严寒，给武器装备一流的美陆战第一师以歼灭性打击，原因在于不仅是拼武器、拼装备，更多的是拼意志、拼品质。志愿军有敢于战胜一切敌人、有我无敌的英雄气概，有视死如归、勇往直前的战斗精神，有超一流的战术素养。气多加技高，是人民军队不断从胜利走向胜利的奥秘。

现代战争固然是人的较量，更是综合国力和科技实力的比拼。张翼翔曾坦言：在朝鲜战场，跟美军面对面交手，才真正领教和懂得了什么叫现代战争，打现代战争就是打钢铁，就是打后勤，就是打高科技。综合国力一定要上去！后勤运输一定要跟上！一定要培养高尖端科技人才，发展我们自己的武器装备！他比任何人都渴望自己的军队赶紧强大起来。

从钢少气多中走来，朝钢多气盈前行，是中国共产党人的大视野、大智慧。抗美援朝战争结束不久，毛泽东即以伟大的远见卓识作出战略决策，下决心发展自己的尖端武器装备。

与其说是命运安排，不如说是痛定思痛发愤赶超世界军事强国信念驱使的必然。从抗美援朝战火硝烟中走来的张翼翔，先后就职于有"铁路建设突击队"之称的铁道兵、国防尖端利器研制生产单位的第七机械工业部（简称"七机部"）、驾驭导弹核武器的战略导弹部队。

长津湖之战后勤运输跟不上的惨痛教训，使张翼翔深知后勤运输保障在现代战争中的极端重要地位。他任职铁道兵司令员后，指挥铁道兵部队排除干扰，克服困难，发挥铁路建设突击队的作用，执行嫩林、成昆、京原、襄渝等铁路干线、支线及北京地铁（一期工程）修建任务，为国民经济发展和建设现代战争后勤运输保障奠定重要基础。

受周恩来总理指派，张翼翔曾先后出任七机部军管会主任、战略导弹部队司令员。这两个单位云集了一大批专家、知识分子，张翼翔深知他们在研发、建设国防尖端利器工作中有着不可替代的重大作用，所以在"文化大革命"期间采取果断措施予以坚决保护。在七机部，他列出几百名科技人员名单，报请周恩来总理批准后加以保护，其中包括钱学森、朱光亚、任新民、梁守槃、屠守锷、谢光选等著名科学家。在战略导弹部队，他主持党委规定一条原则，凡是解放军军事工程学院等高等院校毕业的干部和技术人员，一律不准复员或转业，以保留技术骨干。

同时，张翼翔始终认为，无论武器装备发展到什么程度，人依然是战争胜负的决定性因素，战斗精神永远是军队战斗力生成的"灵魂"。因此，无论是20世纪60年代初任职总参谋部，参与组织全军军事训练、"大比武"，还是后来任职军事科学院，参与领导军事科学研究，他都强调必须坚持马克思主义战争观，正确认识和把握人与武器的关系，重视人的因素特别是战斗精神的培育，实现人与武器的最佳结合，全面提高军队制胜能力，并为此付出了大量心血。

70多年光阴似箭，朝鲜战争的硝烟已然散尽。老将军张翼翔那一代军人面对武装到牙齿的强大对手，在冰天雪地中创造的战争奇迹，用热血和生命熔铸的铁血荣光，将永载史册。他们的英雄壮举所承载的爱国主义精神和革命英雄主义精神，永远是后人取之不尽、用之不竭的宝贵精神财富。

抗美援朝战争中的『钢铁运输线』

· 赵南起 *

任务的提出

1951 年 1 月下旬，中国人民志愿军第一次后勤工作会议在沈阳召开。会议由国务院、中央军委、东北军区联合召集，主要总结了志愿军入朝作战三四个月以来后勤保障的经验教训，并在此基础上，提出了今后工作的方针。

会议指出，志愿军的后勤保障工作，"千条万条，运输第一条"。抗美援朝战争中，前方的物资主要依靠国家后方供应。但是，物资在鸭绿江畔的安东堆积如山，鸭绿江以南的志愿军战士们却是每餐"一把炒面一把雪"。彭总说："一把雪到处都有，一把炒面不容易啊！"连一把炒面也保证不了，物资供应出现严重困难。所以，要改善后勤保障状况，运输是第一条。而要做到"运输第一条"，首先就要有路。当时运输主要靠公路、铁路。由于敌机的轰炸破坏，我们的铁路、公路经常不通，在这种情况下，就必须建设一条"打不断、炸不烂"的钢铁运输线。

---

* 赵南起（1927—2018），时任中国人民志愿军后勤司令部运输科科长。曾任中国人民政治协商会议第九届全国委员会副主席，中共中央军事委员会委员、中国人民解放军总后勤部部长。

所以，当时会上主要是这两个核心议题：第一，"千条万条，运输第一条"；第二，要建设一条"打不断、炸不烂"的钢铁运输线。

可接下来新的问题又来了：加强运输保障也好，建设钢铁运输线也好，由谁来指挥呢？志愿军入朝时，后勤工作是由东北军区后勤部负责的。但是"东后"离前线很远，遥控难以指挥。所以，这个时候已经认识到，必须有得力的志愿军后勤指挥机关。

经过几个月的酝酿，1951 年 5 月 19 日，中央军委作出《关于加强志愿军后方勤务工作的决定》，决定着即成立志愿军后方勤务司令部。6 月，志愿军后方勤务司令部宣布成立，洪学智被任命为志愿军后方勤务司令部司令员。周总理对后勤工作非常关心，经常召集会议研究。"志后"的成立倾注了他大量的精力和心血。

五条措施保证钢铁运输线

志愿军后勤司令部成立伊始，就肩负着抗美援朝战争中后勤保障的重任。在后勤保障工作中，"千条万条，运输第一条"，运输工作是志愿军后勤保障能否正常进行的关键。

洪学智是志愿军副司令，兼任志愿军后勤司令，他有权威，经常在高级干部中强调后勤的地位，强调"运输是志愿军后勤的生命线"。另外，全军经历了一系列经验教训以后，后勤在战争中的地位，不用讲什么更多的道理，大家都已亲身体会到：没有后勤、没有运输，这仗没法打。过去部队的后勤算老几啊？后勤指挥部队，他能听你的吗？现在不行。离开后勤，一切都寸步难行。所以，只要一说是后勤的事儿，全军都鼎力支持；只要跟运输有关，让他干啥都行。

首先要抓的就是建设一条"钢铁"运输线。说是"钢铁"，但打不断、炸不烂是不可能的——一打就断，一炸就会烂嘛。但是，这表明了我们坚定的信心：炸了我就修，断了我就连。现在想想：那不就是修路吗？有啥了不起？实际远没那么简单，建设钢铁运输线是一项非常复杂的系统工程。为此，志愿军先后采取了五大措施。

（一）加大对空作战能力

朝鲜战场上，后勤运输面临的主要问题是没有制空权。这给志愿军带来了四个方面的危害。

第一个危害是对运输线的破坏很大。敌人刚开始的时候主要炸桥；后来炸桥觉得还不够劲，又发展到炸路，而且专门选不好修的炸。所以，志愿军入朝初期，铁路通车的时间连 10% 都达不到，90% 的时间，路是不通的。这说的还只是晚上。我们的火车白天根本不能跑，不然物资都被炸毁了。

第二个危害是对汽车的破坏太大。志愿军刚入朝的时候，一共有 1300 多台汽车。当时可怜得很，25 万大军，才 1000 多台车，其中还包括后勤的 500 来台。入朝半个月，部队将近 50% 的车被炸掉了；后勤损失更严重，达 52%。这个危害太大了。

第三个危害是物资损失严重。入朝初期，运输过程中的物资损失高达 20%—30%。本来运过去的东西就很有限，这样一来，前方物资更加匮乏了。最严重的一次是 1951 年 4 月，在朝鲜三登，一次被炸掉 80 多个车皮，25 万套单衣一下没了。25 万套是什么概念？四个军的夏装就没了。按钱算的话，损失也没多少，可国内还得现生产，这需要时间啊。所以，那一年，有的部队到 8 月还没穿上夏装。战士们可怜得很，天太热，只好把棉衣里的棉花掏出来当单衣穿。可掏棉花也不容易，那个时候的棉衣跟现在的不一样，都是一道一道轧上去的。这个危害太大了。

第四个危害是没有制空权，也影响到了我们的工作效率。白天是美军的天下，我们只能在夜间行动。可跟白天比，晚上的工作效率连 1/3 都达不到。汽车不能开灯，黑咕隆咚的，又都是山路。这种情况下怎么开车呢？想都想不到：汽车前面，一个人穿个白大褂在前面走，汽车跟着在后面跑。你想，那能跑多远？所以，一晚上只能跑 20 来公里，30 公里就不得了了。运输是这样，装卸、修铁路也是这样，都是黑咕隆咚地干活。就这样，晚上也不完全是我们的。敌人经常夜间来投照明弹，轰炸扫射。

所以，在这种情况下，志愿军抓的第一件事就是强化对空作战。

1951 年的下半年，志愿军空军奉命出动作战。但是，我们的飞机数量少、"腿儿短"。飞机的作战半径小，从安东起飞，只能飞 150 公里左右，在清川江以北活动。这样，清川江以北地区，敌机来得少了。可这样一来，志愿军后勤运输的压力反而增大了。为什么呢？美国空军在朝鲜战场上的飞机有 1200 多架，其中 80% 的力量集中对付志愿军后勤。现在作战地幅变小了，不到 4 万平方公里的作战地幅，集中了将近 1000 架飞机，敌人的轰炸密度比过去更高了。

这种情况下，前方的对空作战主要就不是靠飞机了，而是靠高射炮。全志愿军的高炮，70% 集中到了铁路沿线：四个高炮师，四个高炮团，另外加 53 个高炮营，共同负责掩护铁路。那个时候，国内的高炮大多数调到朝鲜去了。这四个高炮团都是城防高炮团，本来是负责保卫北京等大城市的，也都拉到那儿去了。高炮在运输保障方面起了很大作用，对敌人的打击力度很大。1951 年到 1953 年两年多的时间里，一共打下敌机 430 架。

建设钢铁运输线，减轻美国飞机对铁路的破坏，志愿军首先抓的就是对空作战。高炮按说是在一线作战的，当时抽调出 70% 的力量用来控制防御，这也说明，志愿军对后勤保障是下了大决心。

（二）强化铁道兵力量

志愿军抓的第二个措施就是强化铁道兵力量，加紧铁路抢修。在铁路沿线，志愿军集中了四个师 6 万人的铁道兵。从"志后"成立到停战的两年时间里，即从 1951 年 7 月到 1953 年 7 月，铁道兵仅修理炸坏的铁路就多达 666 公里 1740 多处次；修桥多达 120 公里 2200 座次。修桥的长度接近于北京到天津那么远。

建设钢铁运输线，强化铁道兵力量是一个关键性的措施。没有铁道兵的话，敌机一炸路就断，断了就没法运输。

（三）动员全军修公路

在抗美援朝战场，我们的作战地域主要在"三八线"以北。朝鲜山多、路窄，车辆通行很困难。有一种载重量为两吨的苏联嘎斯 -51 型卡车，车身小，错车还马马虎虎；四吨的大型车，错车就很困难。所以经常堵车。车一个挨一个，越挤越动不了，一堵就是八公里、十公里那么远。如果被敌人发现，投弹扫射就会毁掉几十台。

面对这种局面，1951 年秋天，志愿军下令二线部队修公路，不仅将原有公路加宽了 1.5 米左右，还新修了一些公路。志愿军一共动员 11 个军，出动了 157 万人次，加宽和新修公路共 2450 公里。

（四）设置防空哨

志愿军抓的第四个措施是设置防空哨。设防空哨的点子最开始是一个兵站想出来的，用来对付敌人的夜间袭击。当时敌人还没有超音速飞机，根据音速比飞机速度快这个原理，这个兵站想出一个办法，在山顶设置防空哨：夜间敌人飞机一来，防空哨就鸣枪发信号，下面就全部闭灯作业；敌人飞机走了，防空哨再用手电筒晃一下，下面又开灯行驶。这样，以往的夜间闭灯作业改为开灯作业，工作效率成倍提高了。

我去现场看过，发现这个办法很好，就推广开了。2500 公里的运输线上，志愿军一共设置哨所 1568 个。每隔一两公里设一个，一个哨所里面安排三个人。

哨所负责三件事：

一是敌人来了发信号。敌人飞机来了鸣枪，汽车全都闭灯；敌机走了，手电筒一挥，汽车就继续行驶。这样，"开枪"就是飞机来，"手电筒一晃"就说明没飞机了。

二是指挥交通。由于路窄，经常堵车，哨所兼负责交通指挥。戴个袖标，谁不听都不行。

三是排除路障，主要是敌人轰炸时丢下的定时炸弹和三角钉。志愿军还专门对如何排除定时炸弹作了培训。

所以，志愿军"穷"有"穷"办法。这样一来，工作效率大大提高。拿汽车运输来说，原来一夜只能跑二三十公里，有了防空哨以后每夜跑 100 多公里，速度大不一样了。车辆损失、人员伤亡也减少了很多。

（五）建设地下仓库和医院

为了防止物资仓储运输过程中敌人的破坏，志愿军还修了大量的地下仓库和医院。入朝初期，各种物资在转运过程中全部都是露天存放，虽然做些伪装，但也经常遭到敌机的轰炸破坏，损失严重。于是 1951—1953 年两年多的时间里，志愿军动用一个步兵师、六个工兵团，共修建了 1200 个车皮容量的石洞库、600 个车皮容量的土洞库。这样后勤物资在转运、仓储过程中，损失率降到最低限度。与此同时还修建了 1 万张床位的地下医院，保障了伤病员的安全。

志愿军还在公路沿线修了 3000 个汽车掩体。这以前，司机开了一夜的汽车，疲惫不堪，天亮时路边随便找个地方，搞一些树枝伪装隐蔽。即便如此，汽车也随时都会遭到敌机的袭击，而且连车带物全部损失掉。汽车掩体建成后，汽车可以随时进入掩体隐蔽，从而大大减少了运输过程中的损失。

通过这五条措施——对空作战、抢修铁路、扩建公路、设防空哨、修建地下仓库和汽车掩体，形成了"打不断、炸不烂"的钢铁运输线。这项工程是巨大的，但是不修，后勤交通就无法保障。

强化运输能力建设

钢铁运输线形成了，但不等于物资就运过去了。钢铁运输线只是运输的条件；物资运不上去，多么"钢铁"的运输线也是白搭。所以，紧接着，运输指挥就要跟上。

我们在实践中逐步认识到运输力是由运输工具、交通路线、运输的组织指挥构成的。因此我们在建设"钢铁运输线"的同时，着重做了以下几件事：

第一，对朝鲜境内志愿军在用铁路（新义州—开城；满浦—平壤；平壤—元山）实行军事管制，以此保证志愿军作战物资的运输。这也是战争条件下不得不采取的措施。

第二，运输工具现代化。志愿军刚入朝时，沿用国内战争时期的做法，除了有限的汽车运输外，大量运用马车和人力的运输做法，来解决志愿军的物资保障。入朝后才发现，在美军绝对掌握制空权的情况下，这种做法根本行不通。马车的运输效率抵不上自身的消耗。于是便逐步改用汽车运输。后勤最初是500台，后来增到1000台，最后是17个汽车团3700台汽车；加上设置了防空哨，路也加宽了，这样，汽车运输的效率大大提高了。

第三，加强运输组织指挥。志愿军后勤司令部成立之前，无论是铁路运输还是汽车运输都是无计划的，也没有得力的组织指挥。战场需求与运输之间严重脱节。自从志愿军后勤司令部成立以后，每月向国内提出物资申请计划（物资品种、数量、到站及完成时间），国内依此筹备物资，按时发往指定站点。货车入朝后，根据战场及铁路阻通情况，适当调整到站。由铁路军管会调整落实。这样国内物资筹措有计划、铁路运输有目标、后勤兵站装卸仓储有计划有序进行；汽车运输也实行了计划运输。汽车运输不同于铁运，没有章法，更没有组织大规模汽车运输的经验。因此处于忙乱状态，一是没有现成的经验借鉴，二是也不知从何入手。如何强化汽车运输、提高汽车运输的效率，成为棘手的问题。在这种情况下最好的办法，一是向群众学习，二是通过调查研究解决。经过调查发现了四个问题：对单车行程载重量没有规定；汽车部队每天出车率没有规定；发货、收货无手续；完成任务好坏无区别。针对这些问题，规定汽车部队出车率为 85%；单车日行程 100 公里（后增加到 150 公里），载重量二吨；收发货物实行四联单制；单车每月出车 28 天，每月运送物资 4200 吨，完成任务的给予表扬，完不成的给予批评，超额完成的给予奖励。这样，整个后勤系统以此为标准，每月制订汽车运输计划，运输效率成倍提高，后勤保障状况得到了明显的改善。

计划运输科机构小但使命大。其职责是，编制月度铁运计划，制订全军物资保障计划、月度汽车运输计划。随时处置战局和铁运情况的变化，处理紧急运输任务等。我当时只有 24 岁，不仅见识少，运输业务也不懂，因而工作不是很称职。好在运输在后勤保障中处在"千条万条，运输第一条"的地位，由志愿军首长直接领导，我可以向领导学习战略指导思维、向群众学习实践经验，加之主观努力，很快就适应了科里的工作。

钢铁运输线的效果

在各部队的密切协同和共同努力下，洪学智司令员带领 22 万多名后勤战线指战员，经过两年（1951 年 7 月—1953 年 7 月）的英勇顽强奋斗，终于在抗美援朝战场上，建立起一条"打不断、炸不烂"的钢铁运输线。全军的后勤保障由开始时的很不得力到比较得力，再过渡到保障有力，最终实现了部队满意、领导满意、自己也满意的结果。下面一组数字对比能清楚说明前后的变化：

铁路通车时间：1951 年以前不足 30%，1952 年以后达到 60%。

汽车运输效率：提高 2.5 倍以上。

汽车损失率：1950 年为 120%，1951 年为 53%，1952 年以后为 5% 左右。

物资损失率：由 20% 降到不足 5%。

物资保障率：1951 年 40%—50%，1952 年下半年以后基本保障，并有一个月的粮食、油料储备，两个基数的弹药储备。1953 年金城战役时，可以做到满足供应。

（高　芳　秦千里　采访整理）

第三辑

边打边谈的停战谈判

·柴成文·

追忆朝鲜停战谈判

一、战场上的胜利打开了停战谈判的大门，李克农受命组建朝鲜军事停战谈判的志愿军代表团班子

中国人民志愿军入朝参战后，从 1950 年 10 月至翌年 6 月，先后进行了五次大的战役，重创了美、李侵略军，粉碎了敌人的一次次攻势，把战线稳定在"三八线"附近。

我军的节节胜利，打击了美国统治集团中那些主张把战火扩大到中国去的主战派的嚣张气焰。美国内部、美国和其盟国之间的矛盾和争论加剧。从双方军事力量对比看，美、李军已无能力再次突破"三八线"向北进犯；从美国霸权的全球战略看，其战略重点是在欧洲而不是在亚洲，因而也不愿在远东的东北亚地区打一场旷日持久的消耗战。权衡利弊，美国杜鲁门政府不得不附和主和派的意见去调整其对朝鲜战争的政策。1951 年 4 月 10 日，杜鲁门发布命令，免去了不听政令，一味主张军事冒进，并公开叫嚣要把战火扩大到中国的主战派军事头目麦克阿瑟所担任的驻日盟军总司令、"联合国军"总司令、远东美军总司令、远东美军陆军司令的职务。5 月，杜鲁门又委派了美国国务院的苏联问题专家乔治·凯南出面通过苏联常驻联合国代表马立克进行外交斡旋，谋求与中、朝方面

进行停战谈判。

凯南通过马立克进行上述外交斡旋活动的情况传到了北京。

6月3日，金日成在柴成文陪同下到达北京，同毛泽东、周恩来等中国领导人深入地讨论了战局的发展与进一步作战的准备，也谈到了谈判问题，并决定由金日成、高岗二人前往莫斯科与苏方商谈。此后，关于谈判问题，开始按预定的安排运转起来。

凯南寻求和谈的试探得到了苏、中、朝方面的正面回应，美国总统杜鲁门和国务卿艾奇逊通过凯南寻找的门路终于走通了。于是，在6月30日，接替麦克阿瑟职务的李奇微，遵循美国国家安全委员会发给他的指示，通过广播电台发布声明称："本人以联合国军总司令的资格，奉命与贵军谈判……以停止朝鲜的一切敌对行为及武装行动……我在贵方对本文的答复以后，将派出我方代表并提出一会议日期，以便与贵方代表会晤。我方提议，此会议可在元山港一只丹麦伤兵船上举行。"

7月1日，金日成、彭德怀发出答复电称："我们同意为举行关于停止军事行动和建立和平的谈判而和你的代表会晤，会晤地点，我们建议在'三八线'上的开城地区……"

此后，经过几次电文交换，达成了如下协议：

谈判地点：选定在"三八线"上的开城。

正式谈判日期：从1951年7月10日开始。

为安排双方代表第一天会议细节，双方各派联络官三人、翻译两人，于7月8日上午9时在开城举行预备会议；应对方的要求，我方负责保证对方联络官及随行人员进入我控制区后的行动安全；双方代表团的车队前往开城赴会时，每辆车上均覆盖白旗一面，以便识别。

就在朝鲜战场刚刚出现和谈转机的时候，周恩来密切注视着各方的反应，并考虑担负这一停战谈判任务的适当人选。他首先想到并提名由外交部常务副部长兼中央军委情报部部长的李克农来担任这项谈判的第一线指挥，同时，又为他选了当时担任外交部政策委员会副主任委员兼国际新闻局局长的乔冠华做助手。决定后，毛泽东专门接见了他们，同他们进行了长时间的谈话，并要李立即组织一个工作班子。这个班子主要由外交部、新华社、中央机要局等部门和军队各总部紧急调集适合的干部组成。另外，李克农还要求驻朝鲜使馆的柴成文参与这项任务，并请志愿军也派出一个参谋班子前往开城。

7月5日，李克农的谈判班子从北京起程赴朝。

当晚，李、乔一行到达中国边城安东市，柴成文专程由平壤来安东迎接。接着，由柴成文陪同李克农、乔冠华乘吉普车先行一步赶赴朝鲜平壤附近与金日成会面，其余一行则由薛宗华带队随后跟进；6日晨，抵达平壤东北约15公里的根地里，这里是金日成新设的作战指挥所所在地。上午，金日成接见了李克农、乔冠华，并就有关问题进行了交谈，倪志亮和柴成文参加了接见，共同商定了代表朝中方面出席谈判的代表人选：人民军方面，金日成指派总参谋长南日大将为首席代表，李相朝中将为代表；志愿军方面根据彭德怀的提名，中共中央已确定由志愿军副司令员邓华和参谋长解方出任。关于中朝代表团的联络官，金日成指定人民军最高司令部动员局局长金昌满少将以上校名义为首席联络官，并改名为张春山；志愿军方面，在接见中正好接到毛泽东的一份电报，指派柴成文以中校名义为志愿军联络官。

傍晚，朝中代表团的三名联络官张春山、柴成文、金一波以及毕季龙、都宥浩等一起，分乘三辆吉普车提前连夜赶赴开城。抵达开城时已是7日凌晨。他们立即会同当地朝鲜党政组织选择会谈的地址、各方代表团驻地和休息位置。这时，志愿军的解方参谋长也带领参谋人员李士奇、高兴、吴克昌等人赶到。开始部署双方代表团在开城会晤的各项安全警卫工作。经共同商议，最后选定了离开城市区西北约两公里的高丽里广文洞的来凤庄作为朝鲜停战谈判的会址；来凤庄西北约400米处有一幢石砌白色小教堂，准备作为对方代表团会间休息的地方；志愿军代表团的驻地则选在来凤庄的西南面约两公里，在"三八线"上的松岳山南麓一个庄园别墅内；人民军代表团则安排在位于开城市区北面南山中学附近的民房里。

中朝联络官经过一天的紧张策划，完成了预期的准备工作。当天下午，李克农、乔冠华、南日、邓华、李相朝等人相继赶到开城，并分别进驻已安排好的住房。

至此，朝鲜停战谈判中朝代表团已经在开城落脚并开始投入紧张的工作。

翌日9时，谈判双方召开首次联络官会议，讨论并确定双方代表会晤的一些细节问题。

两天后（10日）的上午10时，双方代表在开城市的来凤庄正式举行了引起世界关注的首次谈判。

不出所料，美国从谈判一开始，就在会议议程和各项实质性问题的讨论上摆出一副盛气凌人的姿态，提出种种不合理的条件和要求，企图在谈判桌上谋求在战场上得不到的东西。当它的要求不能得逞时，便一方面在划定的非军事谈判区内一再违反双方达成的协议，蓄意制造破坏停战谈判的事件：8月19日，敌方在谈判的中立区内枪杀了中朝方面的军事警察姚庆祥排长；22日，又派出飞机轰炸了中朝代表团的驻地，迫使谈判在确定会议议程后刚刚进入讨论实质性问题的时候便告中断。另一方面为了给谈判施加影响和压力，敌人在战场上发动了"夏季攻势""秋季攻势"和以大量空军对朝鲜北部进行狂轰滥炸的"绞杀战"，但均遭到了可耻的失败。

经过战场上的一番较量，美军付出了大量伤亡代价之后，又不得不于10月25日重新回到谈判桌上来。经双方协议，停战会议地区的中立范围扩大成为将我方占据的开城和敌方占据的汶山都包括在内的一个长方形地区，会议的会场则从开城市的来凤庄迁移至开城和汶山之间的一个过路车马店——板门店进行。

随着谈判的进展，志愿军代表团的人员从最初的20余人增加到近220人。1951年11月，在志愿军领导机关分工负责战俘工作的政治部副主任杜平带领志愿军政治部秘书处处长王健（王迪康）等人来到代表团，参与有关战俘问题的各项工作。不久，又从志愿军部队抽调资深的第四十二军政治部主任丁国钰来代表团主持政治思想工作。

1953年4月，为执行谈判双方达成的提前交换伤病战俘的协议，代表团又进一步从北京和志愿军部队增调人员，众多刚刚毕业或仍在校学习外语专业的青年人来到开城参加代表团的工作。

到1953年秋的停战初期，志愿军代表团直属单位的人数已达430余人，但若把归由代表团指挥的军事分界线观察小组、进出口岸的办事处、接收与遣送战俘的管理机构、医院、后勤运输部队，以及其后为执行停战协定而成立的解释代表团、墓地注册委员会、政治协商谈判代表团、机场、仓库、警卫部队、文艺团体等包括在内，代表团管辖的单位总人数已达6000余人。

二、肩负和平使命的中国人民志愿军停战谈判代表团是一个紧密团结、奋不顾身、忘我工作的战斗集体

按照中、朝两党中央协议，朝鲜停战谈判的第一线由李克农主持，乔冠华协助。因为他们二人对外不露面，出于安全保密的考虑，按照中国军队战时的习惯给代表团和李、乔规定了代号，称代表团为"工作队"，称李克农为"李队长"，称乔冠华为"乔指导员"。

李克农受命组建的代表团，人员主要来自两个方面：其一是从外交部和有关部门抽调来的；其二是从志愿军司令部、政治部抽调来的。这个肩负和平使命的谈判班子从组成的第一天开始，就面临着极其繁重和艰苦的工作。仅仅经过几天的筹备，这支队伍就从北京长途跋涉来到开城，还顾不得休息一下，就立即投入了紧张的谈判斗争。大家上下一致，紧密团结，不怕苦，不怕累，背靠祖国，紧连战场，为执行中央领导和中朝人民所赋予的历史任务而奋不顾身地工作。

李克农同志本来身体就不大好。由于工作劳累，他的哮喘病一再发作，仍然凭借药物控制，坚持出席并亲自主持每次谈判前的预备会议。在 10 月的一个晚上，他犯心脏病倒在地上，多亏抢救及时，处理措施得当，才幸免于难。不久，中央选派参加联合国会议回来的伍修权来到开城接替他的工作，但李以"临阵不换将"为由，请求中央批准他继续留在开城坚守工作岗位。

来自新华通讯社的丁明同志本来就有胃病，又因劳累过度，于 1951 年 9 月下旬突感腹疼，经诊断为阑尾炎、胃穿孔导致肠麻痹，但当时开城前线的医疗条件很差，虽经志愿军六十五军医院韩副院长前来施行手术，接着东北军区卫生部长吴之理连夜赶来，但终因抢救不及时而于 9 月 29 日上午不幸病逝。丁明是李克农选带来的"笔杆子"，他的突然去世加重了浦山、沈建图等同志的工作担子。

8 月 19 日，中朝方面军事警察九人由排长姚庆祥率领巡逻，当行至中立区的松谷里附近时，突然遭到李承晚军的 30 余名武装人员伏击，姚排长当场中弹牺牲。姚庆祥被害的消息传开，轰动古都开城，震惊朝鲜半岛。代表团决定开追悼会，并正式通知了对方。灵堂设在开城南门里高丽小学残存的教室里，灵堂两侧挂着一副对联，上联是"为保卫对方安全反遭毒手"，下联是"向敌人讨还血债以慰英灵"。开城各界人士、中朝代表团成员、开城中立区警察部队官兵以及

各国前来采访的新闻记者把灵堂挤得满满的。对方代表团虽有几位工作人员到会，但只在门外站着没有进来。

22日夜晚，一架美国军用飞机突然侵入中立区低空盘旋，多次俯冲扫射代表团住址，并在距离谈判会址不远处投下了四枚汽油弹和12枚杀伤弹，幸未造成我人员伤亡。此后，为了防备敌机再次来犯，代表团采取紧急措施，建起了防空设施。

志愿军代表团多数为文人，没有受过严格的军事训练，一旦发生紧急情况很难适应。为此，在代表团秘书长柴成文的主持下，对全体工作人员按照班、排、连编组，除值班人员外都参加军事训练，实行军事管理。军训之余，又组织一些文体活动，乔冠华还让大家利用工余时间到朝鲜古都开城四周参观名胜古迹。他说："既调剂了紧张的生活，也可以增加历史知识，还能借机了解一下社会情况，有利于工作，一举三得。"

当初志愿军谈判代表团从北京出来时，以为谈判一两个月就可以结束，没有想到谈判竟然旷日持久地拖下去。但是，大家并未因此而影响工作情绪。代表团处在双方作战战线最前沿的开城，虽然是划定的中立区，但周围山头的激烈争夺战事不断，敌机俯冲的轰鸣声、枪炮声、炸弹声不绝于耳。前方战士的浴血奋战时时激励着大家团结一致，为争取早日实现朝鲜停战而不懈努力。

从编制上说，志愿军停战谈判代表团只是一个临时单位。然而，因斗争的需要，这个临时单位却一拖几年长期化存在，而且人员还在不断增加。尽管如此，志愿军代表团始终保持紧密团结和奋不顾身、忘我工作的战斗传统，是一个值得人们怀念的战斗集体。50年过去了，在我们的脑海中仍不时浮现出当年的战斗生活情景，心中久久怀念一起工作过的战友和那亲密无间的战斗情谊。

（原标题为《追忆驻朝使馆开馆暨朝鲜停战谈判》，有删节）

朝鲜停战谈判始末

·解方·*

1951 年 6 月，中国人民志愿军与朝鲜人民军已经歼灭侵朝敌军 23 万余人，把敌人从鸭绿江边赶回到"三八线"，使美国侵略者不得不停下来谈判。同年 7 月 10 日起，先在战线西部我方一侧的重要城市开城，后在板门店进行停战谈判，历时两年零 17 天。此间，朝鲜战场上军事斗争和政治斗争互相交织，边打边谈，断断续续，经历了漫长曲折的过程。

经过五次战役，美军认识到，中国决心把朝鲜战争进行下去，即使付出重大代价也在所不惜，想用武力来灭亡朝鲜是办不到的

交战双方为什么能够进行谈判呢？这还得从头说起。志愿军入朝后，打了第一次战役，就把敌人打慌了。敌人发动侵略战争时，并未估计到中国会出兵。直到第一次战役打响后，才相信："噢，中国是出了兵！"本来其先头部队已经到鸭绿江边，但美军挨了打，向后退了一下，退到清川江一线。美军认为中国的兵力很少，便继

---

* 解方（1908—1984），时任中国人民志愿军参谋长。曾任中国人民解放军总参谋部军训部副部长、高等军事学院副院长。

续进行灭亡朝鲜的侵略战争。这时我军组织了第二次战役。敌人疯狂进攻，志愿军采取了诱敌深入的方针，边打边退，等美军攻到德川——我军预定的反击线上，就来一个反攻，一下子把敌人退路切断。然后，我们分割包围，抓住一股就消灭一股，逼得美军仓皇失措，一直逃回到"三八线"。

这时正值联合国开大会，美军耍了个花招，提出朝鲜问题应"和平"解决，实际上这是一个缓兵之计。敌人怕我们继续向"三八线"进攻。同时，美国决定在联合国组织一个"朝鲜停战三人委员会"来处理双方停战问题。很明显这是一个花招。第一，是不得已，是不真诚的。第二，想用联合国进行操纵。第三，主张先停战后谈判。我们识破了敌人的阴谋，一方面我国政府派出了由伍修权率领的代表团到联合国去，利用联合国的讲坛宣传我们正确、合理的主张。一方面积极准备新的战役，这就是第三次战役。经过这次作战，又把敌人从"三八线"打到"三七线"。进到"三七线"的含义就是汉城被我们收复了，这是很重要的。经过这次较量，敌人知道耍政治阴谋不行了，于是又继续进行军事准备。他们想引诱我军南下，把我们引到洛东江一带，企图来一个第二次侧后登陆。中朝两国的领导和彭德怀司令员识破了敌人的诡计，所以到了"三七线"后，我军马上停止了战役追击。

在收复汉城后参谋拟战报时，彭总就指示说："哎，你们要控制一下啊，可不要过度地宣传这个胜利。"我们判断，敌人绝不可能轻易地罢手。从我们的力量来说，连续打了三个战役，敌人再来进攻，我们只能防守，迟早还得放弃汉城。彭总是有预见的，敌人果然发动了第四次战役。我军一面抵抗，不过早地放弃汉城，一面积极地做好思想工作。彭总发电报向毛主席、周总理建议，要国内做一点舆论，我们要放弃汉城，因为没有力量也没必要死守汉城。如果不做舆论，一旦放弃汉城，政治上就会处于被动地位。之后，彭总又回国向党中央汇报朝鲜战争情况，党中央作出了正确的判断。第四次战役打的时间相当长，从政治上讲，汉城那边要顶得硬一点，付出代价也要打。我们规定了时间，要守多少天，守到哪条线才能往回退。另外，还有一个季节的原因。我们过汉江后就成了"背水之战"，在汉江解冻前，我军主动放弃了汉城。这时，新装备的部队陆续开进了朝鲜，就转入第五次战役。

经过五次战役，使敌人认识到一个问题：中国是决心把朝鲜战争进行下去的，即使付出重大代价也在所不惜，要想用武力来灭亡朝鲜是办不到的。到1951年6月，敌人损失部队23万余人，其中美军11.5万余人。敌人付出巨大代价，获胜的希望却十分渺茫。美国陆军副参谋长魏德迈哀叹："朝鲜战争是个无底洞，看不到'联合国军'胜利的希望。"在这样一个严峻的军事形势下，恰逢1951年6月23日苏联驻联合国代表马立克发表广播演说，再一次提出了和平解决朝鲜问题的建议。美国政府一改拒绝谈判的态度，于6月30日通过"联合国军"总司令李奇微发表声明，同意进行停战谈判。他建议立刻进行，地点在元山港一艘丹麦伤兵船上。看得出，美军有一种迫切的心情。

这样，我们就从容不迫了。我方于7月1日通过朝鲜人民军最高司令官金日成和中国人民志愿军司令员彭德怀作出答复说，可以谈判，我们的代表准备于7月10日至15日同你们的代表会晤。地点在双方接触线的开城。美军也同意在开城，而且说代表团将乘车来开城，车上带个大"臂章"——大白旗。

从两者的态度完全可以看出，谈判的时机到来了。但是如果没有我们在战场上的胜利，没有武装力量的基础，美军是不可能同意谈判的。

李克农满怀信心地对大家说："我相信，我们共产党人外交方面的才能绝不低于敌人。我们既能在战争中学习战争，在战场上打败敌人，也一定能在谈判中学会谈判，赢得谈判的成功。"

对于谈判的各项事宜，如会场的选择、布置、警戒等，我们事先都做了准备。由于我军控制的地区在开城以东几十里，因此我们特别抽调了一支经验丰富的部队——原为三五九旅的一支部队，以后是四十七军的一个师负责警戒。会场设置在朝鲜一个大人参主的庄园里。美军代表每天坐直升机来。每次来都先跟我们联络好，并在车上标有识别记号。他们原来的那股傲气劲，一下子受到约束和限制。就这样，7月10日在开城来凤庄开始正式谈判。

这里还需要说明的是，在毛泽东主席回电同意邓华和我作为志愿军谈判代表的同时，还派了有谈判经验的李克农率乔冠华和助手于7月6日到金日成首相那里，一同会商有关和谈会议的各项问题。这一措施对保证和谈的胜利起了重要作用。李克农是当时我国的外交部副部长，他在内部指导停战谈判，并担任志愿军代表团党委书记。他满怀信心地对大家说："我相信，我们共产党人外交方面的才能绝不低于敌人。我们既能在战争中学习战争，在战场上打败敌人，也一定能在谈判中学会谈判，赢得谈判的成功。"

双方由敌对状态转入面对面的谈判，许多细节问题都要考虑到。首先碰到的问题是见面的程序。双方代表谈判前各派出三名校级联络官具体商谈，如双方代表团经过什么路线，所坐汽车停在什么地方，直升机降落的地点，来了以后在什么地方休息等。双方代表团见面时，分别由联络官作介绍。我们被称为"朝中人民军队代表团"，对方叫"联合国军代表团"。我方谈判代表是：朝鲜人民军总参谋长南日将军、朝鲜人民军前方司令部参谋长李相朝将军、中国人民志愿军副司令员邓华将军、中国人民志愿军参谋长解方将军、朝鲜人民军第一军团参谋长张平山将军。对方谈判代表是：美国远东海军司令特纳·乔埃海军中将、美国远东空军副司令克雷奇少将、美国第八集团军副参谋长霍治少将、巡洋舰分队司令勃克少将、南朝鲜军白善烨少将。

双方代表一坐下，对方就擅自抱上来一面联合国旗。这一下将了我们的军，我们事先没有准备旗子。在谈判桌上就是这一点事也不能让步，于是我们马上回去准备。打什么旗子？当然得打朝鲜民主主义人民共和国的国旗。开城地方政府准备得还是挺快的，上午告诉他们，下午就送来一面大旗。这个旗比美方的大得多。这一下子我们坐在那里就很安然了，而他们就有种说不出来的味道。

谈判的时候，我方均由代表团首席代表、朝鲜人民军总参谋长南日发言。发言稿都是事先准备好的，一些重要发言稿须报我党中央和金日成批准。每次谈判前我们都要研究对方会提出什么问题，我方怎样提出自己的主张，对发言稿修改的地方中央回电批准了没有，有什么新的指示等，这些是很细致、很周密的工作，出一点纰漏都会被对方利用。一切安排妥善后，才开始会谈。

我们在第一次会议上提出了关于停战谈判的三项建议：第一，在互相协议的基础上，双方同时下令停止一切敌对军事行动。第二，确定以"三八线"为军事分界线，双方武装部队应同时撤离"三八线"10公里，并于一定时限内完成之。同时，立即进行关于交换战俘的商谈。第三，应在尽可能短的时间内撤退一切外国军队。美军则提出了九点建议。他们避而不谈撤军问题。我们提出撤退一切外国军队，中国人民志愿军算外国军队，应撤出，美国军队也要撤出。然而，就在这个问题上，争论了十几天。美军对撤退一切外国军队问题，无理地加以反对，我们进行了充分的揭露。为求得和谈的进度，便适时地采用了变通的方法，提出"向双方有关各国政府建议事项"，在朝鲜实现停战后召开双方高一级代表会议，协商从朝鲜撤退一切外国军队的问题（高一级代表会议至今未能召开，美国军队仍然赖在南朝鲜不走）。

我方的建议使美方无法再行阻挠，便于 7 月 26 日就停战谈判议程达成了协议。议程为五项：第一，通过议程。第二，作为在朝鲜停止敌对行为的基本条件，确定双方军事分界线，以建立非军事区。第三，在朝鲜境内实现停火与休战的具体安排。包括监督停火休战条款实施机构的组成、权力与职司。第四，关于俘虏的安排问题。第五，向双方有关各国政府建议事项。

美军在战场上得不到的东西，在谈判中也休想拿到。我们要做两手准备，一个是战争，一个是和谈；一个是战场，一个是会场。两者要相互配合

在讨论分界线问题，即在什么线上停战时，美方提出一个方案，并画出图来，把分界线画到平壤、元山以北。事实上双方部队都在"三八线"附近，如按他画的分界线，那我军得撤退几百里，这怎么行！他们一拿出这个方案，我们的代表脸都气黄了，简直太无道理了！而美军提出的理由是：这次作战，你们只有一军——陆军，"联合国军"是三军——陆军、海军、空军。海军把朝鲜全部海面都控制了，空军把朝鲜全部领空都控制了，停战时必须把双方实力体现出来，海、空军优势必须在地面得到补偿。实际上是要朝中部队从停战线撤退，给美军1.2 万平方公里土地。

他们在战场上得不到的东西，想要通过谈判得到，哪有那么便宜的事！在战场上拿不到的东西，在谈判中也休想拿到。我们马上把美军顶回去了，我们的理由是：你们在战场上得不到的东西，想在会场上得到是妄想。我们只有一军就把你们打到这般情景，我们若是三军作战，你们早就完了。这一点美军是怎么也无法驳倒的。

对于谈判，带指导性的文件，主要是彭总的电报。彭总于 7 月 1 日 18 时发给毛泽东主席一份电报，题目为《对目前和谈的意见》。电文是这样写的：充分准备持久作战和争取和谈达到结束战争的方针是完全必要的，我能掌握和平旗

帜，这不仅对朝鲜人民而且对中国人民均有利。坚持以"三八线"为界双方均过得去，如美国坚持现在占领区，我即准备 8 月反击。在反击前，采取放他前进数十里，使军事上政治上于我更有利些，再争取一个、两个或三个军事上较大胜利，将影响联合国在朝鲜和战问题上可能的分裂，美国战斗意志必然地迅速降低。

另外还有个电报，是彭总于 7 月 16 日 10 时发给李克农、邓华、解方并报毛泽东、金日成的。第一项就讲，送来的两天会议记录和信均收到，我方坚持基本原则问题是名正言顺、理直气壮的，是取得对方士兵和坚持和平人民普遍同情和拥护的，是可以打击美英军战斗意志的，是可以教育人民、孤立美帝、分化其所谓联合国军阵营的，如此做法可能使美帝国主义完全陷于被动。如果没有和平攻势（和谈）的政治斗争，只有单纯的军事斗争，想要迅速结束朝鲜战争，是不可能的。我们坚持一切外国军队撤出朝鲜是有理的，以"三八线"为界是有节的，争取早日结束朝鲜战争于朝中两国人民是有利的。有理有节有利，但和谈并不一定是顺利的，可能遇到很多困难，甚至曲折过程，可能还需要严重的军事斗争，再有两三次较大的军事胜利，才能使敌人知难而退。不管在谈判中有多少困难，坚持和气的说理态度，使破裂责任归之于对方。第二项又讲军事方针，仍应积极做持久战准备，在朝鲜境内没有实现撤退一切外国军队以前，决不应有丝毫松懈和动摇，此精神已向全军传达贯彻。战略战役公路在修筑，野战仓库在修建，供应情况在改善，战术训练在进行。高干会是否一定要开，待你们（邓华、洪学智、解方）回来后再定。第三项讲到，敌前线袭扰仍如过去一样，特别是 12 日到 14 日，飞机更猖獗，似与休会有联系，拟于数日后开展一次和平的政治攻势，配合你们进行和谈，释放少数俘虏，以军为单位在火线上开五分钟停战会议等办法，去影响敌军的士兵，准备夜航机散发英文、朝文的传单。

在停战谈判开始的时候，有彭总这两份电报。这两份电报都是带方针性的。它要求政治斗争与军事斗争、会场与战场，两个方面相互配合，交替使用。

在分界线问题上，美方在会场上，除了提出无理主张，坚持所谓海空军优势论外，还找碴闹事。中午，他们坐着汽车在会场区转。当时规定会场区不准有武装部队进入，警卫部队也不能带武器进去。不巧我军换防的部队错走进去，他们就抓住这个机会照相，提出我们违反协议，没有诚意，要求我们回答。在我们还没回答时，他们又借口休会。我们向中央报告了此情况，中央指示不要在这些问题上跟他们纠缠，我们是违反协议，错走进去。承认这点后，会谈恢复了。

但美军采取不提新方案的办法，而我们呢？针锋相对，仍坚持原来的主张。美军的无理主张坚持一天，我们就驳斥一天，重申合理主张。最后，美军采取耍赖的态度，对我们提出的主张不回答，像没听见似的。于是会场停顿下来，双方代表两三个钟头没话说。我讲完话你不回答，"球"在你那边，看你怎么办？最后他们只好提出：现在没有进展，休会。因为这个"球"在他们手里，于是我们就在报纸上写文章，揭露它，孤立它，会谈内外配合。逼得"联合国军"总司令李奇微不得不举行记者招待会，说他提出的主张怎么怎么合理。之后，他不但继续坚持错误的主张，还讲出威胁的话：现在看来你们是不可理喻的，只好让炸弹、大炮、机关枪到战场上去辩论。同时，他还采取很多挑衅手段破坏谈判，企图把谈判停下来，以便在战场上动手。

挑衅之一是把我们警卫部队的姚庆祥排长打死了。那时，我们的一支警卫部队每天在代表团经过的地方警卫，美军就让南朝鲜军在路上设伏。我们抓住这个证据，寸步不让，抗议美军没有谈判的诚意，破坏谈判。挑衅之二是，当时规定会场区和双方代表团经过的公路，飞机不得侵犯。一天，美国飞机趁电影散场汽车开灯、人打手电筒时，俯冲扫射。这完全是挑衅和破坏会议的行为。我们提出抗议，在美军没有答复的时候不能谈判。这样，我方代表团从 8 月 23 日起宣告休会，等待对方对挑衅事件作出负责的处理。

在战场上，美军于 8 月 18 日先来了个"夏季攻势"。李奇微叫嚣："用我'联合国军'的威力，可以达到'联合国军'代表团所要求的分界线的位置。"我军胜利地粉碎了敌人的"夏季攻势"，歼敌 7.8 万人。美国参谋长联席会议主席布莱德雷说："这次的攻势是没选好时机、没选好地点、没选好敌人的败仗。"这次攻势，敌人主要打朝鲜人民军，人民军坚守 851 高地，守得很顽强，敌人往那里冲的时候死了很多人，所以管那个地方叫"伤心岭"。9 月 29 日，又向志愿军阵地发动了"秋季攻势"，威胁我开城翼侧，妄图夺取开城，我四十七军、六十四军顽强抗击，在 20 天的战斗中毙伤敌人 2.2 万人，敌人以失败而告终。接着，我军在东线也粉碎了敌人的疯狂进攻。当时美国参谋长联席会议主席布莱德雷讽刺李奇微：按照你这样的进攻速度，要打到鸭绿江也得 20 年。我们说，你说少了，20 年你也打不到。

这是因为，在敌我力量相对均衡、不能迅速解决朝鲜问题的情况下，我党中央在政治上采取和谈方针，在军事上也适时地制定了"持久作战，积极防御"的战略方针。早在 5 月，我受彭总指派回京向毛主席汇报，建议歼灭战不能口张得太大，应采取不断轮番、各个歼灭的方针。毛主席听后很高兴，把这种方针比喻为"零敲牛皮糖"。在这个战略方针下，我军在前沿构筑了绵亘不断的、有一定纵深的坚固阵地。要求一个军每次战役消灭美军一个营，积小胜为大胜，逐步向打大的歼灭战过渡。在这种情况下，美军的进攻被碰得头破血流。

在战场上"辩论"的结果也不行，还得谈判，美国自己内部也有压力，他们是死不起人的，机关枪、飞机、大炮都可以受些损失，消耗大点也不要紧，可是人他死不起。美国最怕的就是死人，死了人，家属可以向政府提要求，他们得给人家赔偿的。所以各方面的压力，逼得美军不得不回到谈判桌上来。这就形成了军事斗争与政治斗争交织的边打边谈的相持局面。对于这种局面，在谈判之初彭总就预料到了："我们决不能指望敌人放下武器，立地成佛。要立足于打，以打促谈。"

为了恢复谈判，美军用了一种"办法"——派飞机违反协议。这回打的不是代表团驻地，而是在板门店扫射一辆农民的牛车。这一扫射，我们就提抗议了。美军趁机提出，双方联络官会晤。原来双方都中断了接触，这下用违反协议的办法又把钩挂上。当时，我们开玩笑说："你别看美国人个子大，他要弯腰的时候也很灵活哩！"双方联络官见面以后，美军的态度比以前好些。我们的联络官对打牛车一事提出抗议，人证物证都摆出来了。他们说："这完全是误会，我们错了，对不起。"当场就口头道歉，并建议双方代表团会谈时解决这个问题。就这样，中断了 63 天的谈判于 10 月 25 日在双方商定的新会址板门店又恢复了。

恢复谈判时，双方代表都作了调整，我方代表是南日、边章五、李相朝、解方和郑斗焕；对方代表是乔埃、克雷奇、霍治、勃克和李亨根。我们要掌握主动权，即彭总讲的要高举和平旗帜，这一点很重要。

我们代表团一上来就提出就地停战。原先我们提出在"三八线"停战，因为当时我方西线部队向南超过了"三八线"，他们的东线部队向北也超过了"三八线"，呈 S 形，弯的。我们建议调整以"三八线"为界，他们不干，硬要 1.2 万平方公里的土地。这次我们提出就地停战，谁占领的地方就是谁的，部队在哪儿就在哪儿停下来，在中间画条线，各后退两公里，形成非军事区。

这个主张是完全合理的，但美军仍然反对，又提出把开城划入他的占领区。为了打击敌人的嚣张气焰，彭总决定以五个军各一部分向敌人营以下兵力防守的26个阵地发起攻击。经过争夺，我军占领了敌人的九个阵地。在谈判桌上，他们在武力夺取开城无望的情况下，被迫同意了我方提出的以现有实际接触线为军事分界线、双方各后撤两公里以建立非军事区的主张。双方协议，如在30天内军事停战协议签字，已确定的军事分界线不予变更，否则将按实际接触线进行修改。

对此，美方妄想：你占这些地方，将来我还让你再退。

我们说，那么好吧，到停战协定签字时再校核一次。

因为我们是有充分把握的。到时候，究竟哪一方会发生有利的变化，还得看事实。我们就是用这个理由来驳斥美军的。这样，经过四个月的斗争逼得美军不得不接受我们的方案，终于在11月27日达成了分界线协议。

这场斗争必须针锋相对。当敌人提出无理要求时，我们一定要比他们更强硬；当敌人要到战场上"辩论"的时候，我们在战场上也必须寸土必争

分界线问题达成协议以后，就转入下一个问题——停战监督和战俘问题。按顺序，应首先谈停战监督，然后再谈战俘问题。对方很狡猾，总想在谈判上占点便宜。提议两个问题可以同时进行，这样可以加速停战谈判。表面看来有点道理，实际上美军是想东方不亮西方亮，这个不行我就谈那个。他们同时提出，最好是采取小组会的办法，分两个小组谈，一个谈停战监督，一个谈战俘问题。

11月27日开始谈停战监督问题。最初美军拿出来的方案还是想要高价，给谈判带来了一串麻烦。美方提出由参加"联合国军"的国家来监督，限制朝鲜修机场，如果有破坏协议的，还要派检查小组到现场去。

如果这个方案我们接受的话，那就等于承认是战败国，让美军到我们的区域里随便横行。因此我们坚决反对，提出了公平合理的主张。

在战场上，针对美方拒不撤出占我后方沿海岛屿和海面的无理行径，我朝中部队组织了渡海作战，攻占了10多个岛屿，粉碎了敌人妄图利用"三八线"以北岛屿破坏我后方安全的阴谋。美国又丧心病狂地发动了灭绝人性的细菌战，我们向全世界作了无情的揭露。在威胁手段失败后美方又假惺惺地大谈所谓"美中友谊"，我方则一针见血地作了驳斥。

最后，美方坚持在限制修建机场问题和中立国提名问题上讨价还价，他们既怕我们建机场，又怕我们提名苏联为中立国。这时，我方便以提名苏联为中立国，压它放弃限制我修建机场。至 1952 年 4 月 28 日，美方终于撤回了对我方修建机场的限制，我方也放弃了提名苏联为中立国的要求，双方同意波兰、捷克斯洛伐克、瑞典、瑞士组成中立国监督委员会。到 1952 年 5 月 2 日就停战监督问题达成协议。

战俘问题谈的时间最长，从 1951 年 12 月 11 日开始，一直到 1953 年 6 月 8 日结束，前后经过将近 19 个月。在这个问题上他们坚持得最厉害，因为前面两个问题他们想占便宜没占到，所以一定要在战俘问题上捞一把。这一把如捞不到的话，整个都失败了，所以他们拼了命，非争不可。而我们也是非争不可。

我们主张全部遣返，美军主张"一对一遣返""自愿遣返"。所谓"一对一遣返"，意味着美方将扣留我方被俘人员。所谓"自愿遣返"，看起来很民主，实质上完全不是那么回事。在美军手里的战俘，怎么能表达"自愿"呢？实质是强迫扣留。所以争论的焦点是全部遣返还是强迫扣留。这项议程争论的时间最长，斗争也最曲折。

开始，我们驳斥美军的强迫扣留，而美军强调是"自愿遣返"，每次辩论发言真是一场激战啊！其间，5 月 7 日，发生了巨济岛战俘营中的朝中被俘人员扣留美方战俘营营长杜德事件。这是美国侵略者惨无人道的战俘政策的恶果。我方就此提出严正抗议，搞得美方代表狼狈不堪。乔埃垂头丧气地说："巨济岛事件使我们变得很愚蠢了。"

以后，慢慢地在会场上每次见面都是美军提出：

"你们有什么新的问题吗？"

"你们有什么新的建议吗？"

我们答复："没有。"

没有，那好，建议休会。最初休会还是有期限的，三天，五天，以后越来越长，这叫"冷战"啊！到这时，由小休、中休，一直到 1952 年 10 月 8 日哈里逊单方面宣布无限期休会。为了把美方破坏谈判的真相公之于世，10 月 16 日我方联络官把金日成、彭德怀签署的致克拉克的信交给对方，明确指出，美方拒绝协商，中止谈判，应该负起破坏停战谈判的全部责任。10月19日克拉克复函，拒绝恢复谈判，使谈判中断了六个月之久。

战场上的斗争也是很激烈的。敌人为改变谈判地位，用了很多方法，搞细菌战，搞"绞杀战"，破坏我们的交通运输，以后又狂轰滥炸朝鲜的水库。10月14日，敌人发动了"金化攻势"，我们称上甘岭战役。敌人进攻上甘岭，用的炮弹、炸弹超过了第二次世界大战激烈战役的密度，我军依托坑道跟敌人反复争夺，激战43天，歼敌2.5万多人，牢固地守卫着每一个阵地。范佛里特吹嘘的"一年来最猛烈的攻势"，以我军的胜利和敌人的失败而告终。美军在正面战场上已穷途末路，又想搞第二个仁川登陆，我军就准备抗击敌人登陆。这么一来，整个朝鲜正面战场有坑道工事，东西海岸有坚固的抗登陆防御工事，部队采取轮番作战，兵力空前雄厚。美国一看，还不行，占不着便宜，反而受到很大压力。

这时候，英国因为没能参加谈判代表团发牢骚，说朝鲜战争中我们对联合国是有贡献的，英国是出了兵的，三个旅嘛，出的"股份"仅次于美国，结果谈判时没有代表。英国因为本国的压力和受不起消耗，于是派了一个小组到朝鲜战场上了解情况，同时在报纸上公开要求参加谈判，给美国施加压力。由此看出，"联合国军"内部就有矛盾，对美国的压力也是很大的。

美国处于内外交困的境地，欲打力不从心，欲和于心不甘。这时，美国的艾森豪威尔为竞选总统，曾许下设法结束朝鲜战争的诺言。但当选后，立即放下了手中的橄榄枝，叫嚣要冒扩大战争的风险，来赢得这场战争。

面对美国蛮横无理的主张，毛泽东主席于1953年2月7日针锋相对地指出："时间要打多久，我想我们不要做决定。过去是由杜鲁门，以后是由艾森豪威尔，或者美国将来的什么总统，由他们去做决定。就是说他们要打多久，就打多久，一直打到完全胜利。"

在战场上，我们选择打击目标的原则是：看对方对谈判的态度。美国不是蛮横无理、操纵谈判吗？我们就首先打击美军。我们又打击英军，扩大英国和美国的矛盾，一直打到他们的态度都比较好了，能接受谈判为止。此间，我军连续出击，歼敌3万多人，使艾森豪威尔陷入无可奈何的境地，又不得不回过来谈判。于是，中断了六个月的谈判又恢复了。

我们由此总结出一条经验：这场斗争必须针锋相对。当他们提出无理要求的时候，我们一定要比他们更强硬；当他要到战场上"辩论"的时候，我们在战场上也必须寸土必争。

这时，"联合国军"总司令克拉克致函金日成、彭德怀建议首先遣返病伤战俘。美国代表说：现在看来停战谈判什么时候取得结果还很难预料，但是越延长，战俘的痛苦越不能解除。这一点我们是不能拒绝的，但要说明，不是我们首先接受美军这个建议，我们从停战谈判一开始就主张遣返战俘，是美军不考虑这些正确主张，才使停战谈判受到阻碍。我们始终高举和平旗帜，这是必须掌握的一条原则。我们建议关于这方面的具体问题由双方派出联络官在板门店商谈。1953 年 4 月 11 日，双方签署了《遣返病伤被俘人员协定》，并决定在 4 月的第三周开始进行交换。这件事总算是办得比较顺利。

恢复谈判的基础是周恩来总理 1953 年 3 月 30 日的声明。声明指出："谈判双方应保证在停战后立即遣返其所收容的一切坚持遣返的战俘，而将其余的战俘转交中立国，以保证对他们的遣返问题的公正解决。"这个建议受到全世界舆论的广泛支持，彻底击破了敌人制造的我方主张"强迫遣返"的谣言。这时，唯有李承晚出来反对，而美国则表示愿意回到谈判桌上。

恢复谈判，我方准备了两个方案，主要内容是将不直接遣返的战俘送中立国看管，或由中立国在朝鲜看管。我们估计美方可能接受第二个方案。4 月 26 日复会后，我方先提出了第一方案，不出所料，美方拒绝。经过两周的舌战，我方又相机提出第二方案，美方没有断然拒绝。之后，经过休会、复会、秘密行政会议，于 6 月 8 日双方终于就第四项议程达成协议。协议规定：双方应在停战协定生效后两个月内遣返一切坚持遣返的战俘。至于未被直接遣返的战俘，应于停战生效后 60 天内交波兰、捷克斯洛伐克、瑞士、瑞典、印度五国组成的中立国遣返委员会在朝鲜看管，并规定了相应的有关条款。至此，完成了停战谈判的最后一个议程，当时估计，在 6 月可以签字。

这时，南朝鲜头目李承晚跳了出来，他主张单独北伐，进军鸭绿江。扬言你们不干，我干。他还于 6 月 17 日制造事端，将 2.7 万名朝籍战俘"就地释放"，在警察的监护下实行强迫扣留。这样，预计 6 月要签字的停战协定，只好推迟了。

彭总向毛泽东主席建议：根据这种情况，我们是不能让步的。美国、英国、法国已经感到这个战争不能拖下去了，现在就是伪军在蛮干。美国是不是完全不支持李承晚？也不是。你闹一下也好，你碰了钉子还得接受我的主张。美国认为，李承晚如果占了便宜，还是我的胜利，所以他也有点放纵。于是彭总说：要捏紧拳头，狠敲李承晚军一家伙，把他彻底打垮，停战签字后就可能比较稳定，否则勉强接受了，他还会挑衅，后患无穷。事实证明就是这么回事。

所以，我们打击的目标是李承晚军队，名叫金城战役。1953 年 7 月 13 日夜，金城战役打响了。我军在与敌人四个师的防御正面上展开猛烈攻击，仅一个小时即全线突破，活捉南朝鲜首都师副师长林益淳。我六〇七团副排长杨育才带领化装袭击班插入敌后，闯过敌桥岗哨，一举击毙敌白虎团团长和一名美军顾问。此役，突入敌防御纵深最远处达 15 公里，共毙、伤、俘敌 7.8 万余人，打出了我军的威风。在朝鲜战场上我们是既能守又能攻。守，寸土不丢；攻，就能攻下来。我们既学会了阵地防御战，又学会了阵地攻坚战。

原来在分界线问题上美国曾反对就地停战，说就地停战他们吃亏了，将来战线会变化的。我们说变化就根据变化的形势改嘛，这话我们又说中了。自从1951 年 11 月 27 日双方划定军事分界线以来，我方阵地向南推进了 332.6 平方公里。在我军的严厉惩罚下，美方代表哈里逊作了保证：韩国"将不以任何方式阻挠停火的实现"，"不再允许扣留战俘"……

经过两年零 17 天的艰苦斗争，终于在 1953 年 7 月 27 日迎来了朝鲜停战协定签字的时刻。在板门店，双方首席代表南日和哈里逊在九份用朝、中、英三种文字的停战协定文本上签字。接着，朝鲜人民军最高司令官金日成、中国人民志愿军司令员彭德怀分别在平壤和开城签字。中朝两国人民和全世界一切爱好和平的人民都兴高采烈地欢庆胜利！

（郑德厚　整理）

朝鲜战争停战谈判和交换战俘见闻

·杨茂森 * ·口述

·吴凤杰 ·整理

我是 1945 年离开家乡万全县洗马林，入晋察冀边区农科职业学校的。1947 年毕业后，在开赴平北地区冀热察行署途中，我被调入军区电讯队，正式参军。新中国成立前夕光荣入党。由于当年接受烽火洗礼，北上南下，14 次翻越长城，在解放战争中得到锻炼、考验和进步，1950 年，我被调入总参谋部通讯部。抗美援朝期间，我先后在志愿军司令部总台、朝中停战代表团通讯处工作，对停战谈判过程有颇多见闻，亲身见证了正义与邪恶激烈斗争、风云变幻激荡的另一个战场。

签订停战协议

抗美援朝打了三年，停战谈判进行了两年。谈判旷日持久，艰难进行，边打边谈，谈谈停停，迟迟达不成协议。1951 年谈判初期，双方商定把开城北郊的来凤庄作为谈判地点，并将周边一定范围确定为中立区，任何军事力量不得进入，否则视为破坏谈判。双方在来凤庄没谈几个回合，美方就编造我方部队进入非军事区，以

---

* 杨茂森，时任职于朝中停战代表团通讯处。

所谓"破坏谈判协议""没有安全保障"为由，拒绝继续在来凤庄谈判，要求改变谈判地点。在谈判中，美方甚至要求我方按报道公布的数字逐一提供战俘名单，我方谈判代表则机智地回答：大批俘虏押解途中被你们自己的飞机炸死了，尸体炸飞了，炸没了，尸骨被大水冲走了。弄得美方哑口无言，使他们策划的破坏谈判的阴谋惨遭失败。

为了使停战谈判能够继续下去，后来谈判地点由来凤庄转移至板门店。

板门店位于开城东南八公里"三八线"以南，由我方控制。板门店其实算不上一个村庄，只有几户人家，在朝鲜地图上都没有标记。但由于停战谈判改在这里进行，一夜之间这个地方闻名遐迩。

谈判在临时搭建的帐篷里进行，美方仍然以种种借口破坏谈判。但经过我方漫长艰苦的斗争，尤其是会内会外相结合，使美方的嚣张气焰受到很大打击。由于停战前歼灭南朝鲜李承晚军7.8万余人，敌人终于同意就地停火，达成停战协定，并商定于1953年7月27日在板门店签订停战协议。签字仪式需要一个较为正式的场所，因板门店在我方一侧，签字大厅由我方负责修建。为了不影响协议的按时签订，志愿军工程兵发扬能打硬仗的精神，硬是提前完工。

停战协议于7月27日上午10时正式签署，我方代表是南日，美方代表为哈里逊，最后送各方司令官签字。朝鲜人民军最高司令官金日成在平壤、中国人民志愿军司令员彭德怀在开城、美方司令官克拉克在汶山分别履行了签字程序。

停战谈判桌上的较量

在停战谈判期间，会议桌上的斗争比战场上一点也不差，甚至更紧张激烈。双方斗争的焦点集中在交换释放战俘的问题上。在这方面，谈判双方费时最多，斗争最为尖锐。

谈判中，双方交锋瞬息万变，时而唇枪舌剑、针锋相对，时而沉默不语、对目僵持，有时会谈刚刚开始，便神秘地宣布暂时或无限期休会。当时我方被俘人员有两万人左右，美方被俘人员低于这个数字。美方提出的一对一对等交换方案遭到我方拒绝后，又提出按比例交换方案，同样遭到我方驳斥和拒绝。我方严正指出，美方方案的实质是妄图扣押我大部分被俘人员，企图在谈判桌上得到战场上得不到的东西。我方提出，必须按《日内瓦公约》和国际红十字会条例无条件地释放全部被俘人员。这一方案得到国际舆论的普遍支持，但美方节外生枝，又提出"自愿遣返"方案，声称我方被俘人员中有一部分不愿被遣返回祖国，要求到台湾去。我方早就看透了美方的这一阴谋，并给予无情地揭露。为了达到他们不可告人的目的，美方与台湾国民党反动派相互勾结，由台湾派遣经过专门训练的大批特务，伙同我方被俘人员中极少数投敌叛变分子，千方百计、无所不用其极地迫害我被俘人员，阻挠他们回国。

美方对待战俘十分残忍，犹如当年的中美合作所、上饶集中营。他们采取的手段凶狠毒辣，花样很多：一是强行文身，在被俘人员的胸、腹、背、臂、腿、手甚至脸、额头上强行刺上"反共""抗俄"之类的口号，使之有家不能回；二是造谣欺骗，他们告诉我方被俘人员，说其父母已被监视起来，即使放回去也没人相信他们，使之有家不敢归；三是使用残暴酷刑，对表示要求回国的人员严刑拷打，不从者反复折磨，使之放弃回国念头；四是大肆屠杀，对坚决要求回国、敢于反抗的被俘人员秘密杀害，甚至集体镇压屠杀，使之只能魂归故里；五是设套利诱，他们谎称只要肯到他们那边去，就给娶老婆，并且有房子、拿钱多。总之，他们说得天花乱坠，使少数人上当受骗。

在战俘营里，我方被俘人员没有被敌人的鬼把戏吓倒，而是同敌人进行了大义凛然的斗争，其中不乏英勇机智、同敌人周旋斗争的可歌可泣的故事。我方一位团政治处主任不幸被俘，他没有屈服，而是把战俘营当作另一个战场，秘密建立党的组织，组织、团结党员干部中的坚定分子，教育、团结、保护被俘战士，揭露、打击投敌变节分子和台湾特务，注意斗争策略，利用国际公法同敌人周旋斗争，使大多数被俘人员得以顺利返回祖国。

在对待美方战俘问题上，我方和美方完全不同，完全尊重他们的意愿，没有任何刁难。许多战俘受到教育后有了很大转变，认识到我方不是美方所宣传的"没有民主、自由，不讲人性的共产、铁幕国家"，更不是"美国世界无敌，中国不堪一击"，有的甚至表示拒绝遣返回国，要去中国。我方顾及他们在生活习惯、家庭、婚姻、语言、就业等方面的诸多不便，尽量动员他们接受遣返。尽管如此，最终还是有 20 多名美军战俘、一名英军战俘无论如何要到中国去。

目睹甄别战俘的过程

在谈判过程中，美方坚持要扣押战俘，我方则坚持要求全部遣返。在这一关键问题上，双方针锋相对地斗争了许多回合，最终双方都作了让步妥协，确定对双方被俘人员逐一进行甄别。甄别地点设在板门店，中美两方邀请中立国印度派1万多军人担任战俘的监护工作。双方提前将被甄别人员分别从南朝鲜的巨济岛战俘营和朝中边境的碧潼等战俘营运至板门店，交由印军看管。我们通讯处几个参谋前往板门店，用一整天时间目睹了甄别的全过程。

甄别设在若干个小型帐篷内，几张桌子的两边分别坐着双方的甄别代表和翻译，门的两侧站着两名印军士兵。甄别开始后，每两名印军士兵架着一名我方被俘人员走进甄别室，逐个进行甄别。有的被俘人员边走边高呼口号，坚决要求返回祖国，任凭美方代表如何恫吓施压，绝不动摇，这样的人就被当场送入遣返帐篷内。也有的被俘人员上了美方的当，喊着反动口号，这样的人就被送入非遣返帐篷。被俘人员多数是20岁左右的年轻人，他们有的面带恐惧，身负殴痕，神情恍惚，体质虚弱，一进门十分紧张，眼睛直愣愣地盯着双方代表。我方代表则向他们讲清政策，耐心解释，帮他们消除顾虑。可气的是，当他们顾虑消除了，稍有一点回国表示，美方代表特别是以"合法"身份充当代表的台湾特务和翻译便嚣张至极，以恶语相威胁，阻止他们表达回国的意愿。尽管如此，还是有7000多人实现了回国的愿望。

见证交换战俘

甄别工作结束之后，便进入交换战俘的实施阶段。我和我的同事到板门店，目睹了交换战俘的真实过程。

我们去的时候是遣返人数最多的一天。双方同时交换，我方按一贯的优待俘虏政策，将穿戴整齐的美方战俘从碧潼战俘营送到开城板门店，移交给美方。我方被遣返人员多一些，需要几天才能遣返完毕。美方先用直升机把战俘从巨济岛等战俘营运至板门店南侧，再改乘十轮军用大卡车送到交换地点。有一件事情我记得特别清楚，当时运送战俘是大白天，但我们却看见美军的车队灯光耀眼。刚开始还以为是汽车玻璃反光，走近一看才知道，原来真是汽车开着车灯。我们对这一现象很不理解，要求美方解释并提出交涉抗议。没想到美军给出的答案十分荒唐，他们大耍流氓赖皮习气，说什么要把我们的被俘人员送到黑暗世界去。

我被俘战士知道马上能回国了，异常激动。看到欢迎他们的祖国亲人，有的抱住亲人，激动得哭声未出，泪水先涌；有的挥舞着事先偷偷做好的简易的五星红旗；有的高呼口号，控诉敌人的罪行；有的脱下敌军的衣帽扔在地上再狠狠地踏上几脚，以发泄他们的仇恨。被俘的志愿军战士许多人面黄肌瘦，骨瘦如柴，被折磨得走起路来都跌跌撞撞，本来才20岁左右的小伙子却需要别人搀扶。朝鲜人民军战俘不像志愿军战俘那样昼夜被关在地狱般的战俘营里，他们被强制劳动，面色要相对好些。他们遣返时，也个个热泪盈眶，挥着拳头，呼着口号，打着自制的朝鲜国旗，举着金日成的画像，终于马上能回到日夜思念的祖国北方去，心情也是无比激动。

中国人民和朝鲜人民并肩作战，取得了抗美援朝战争的伟大胜利，每一位志愿军指战员都感到无上的光荣。全国政协向每人颁发了"抗美援朝"纪念章，贺龙带领的中国人民赴朝慰问团向每人颁发了"和平万岁"纪念章，并在开城满月台广场（传说唐朝名将薛仁贵在此处进行过阅兵比武）举行了两万多人参加的盛大的慰问演出，接着祖国各界人士和文艺团体，都纷纷前来慰问最可爱的人。千年古城开城沸腾了，大家都沉浸在抗美援朝伟大胜利的狂欢之中。历史庄严宣告：美帝国主义妄图将新中国扼杀在摇篮里的罪恶企图，彻底失败。

『三八线』的划定与监督

· 黄政基 *
·· 吴克昌 **

划定军事分界线是停战的基本条件，这件在世界战争史上并不困难的事，在朝鲜停战谈判中，却从 1951 年 7 月 10 日停战谈判开始之日起，历时 136 天，才就划定原则达成协议。而后，军事分界线划了三次，直到 1953 年 7 月 24 日才最后确定下来，这时离停战协定签字只有三天了。

第一次划定军事分界线，是在 1951 年 11 月 23 日至 27 日。

出席会议的人员，朝中方面为张春山、柴成文、毕季龙、梅永熙、金善宽、吴克昌和田进；对方为肯尼、穆莱、白特勒、恩德伍德、C. K. TING 和两名速记员。对于这五天的斗争，柴成文在其与赵勇田合著的《板门店谈判》一书中有详细的叙述，以下就加以摘引。

双方谈判越到下一级越不拘形式，可问题则是越来越具体尖锐。如果说在讨论方案时要一平方公里一平方公里地计算，那么现在则

---

* 黄政基（1922—2013），时任中国人民志愿军第三兵团司令部情报处副处长。曾任中国驻古巴大使馆武官、南京外国语学院院长。

** 吴克昌，时任中国人民志愿军作战司令部作战参谋。曾任中国驻巴基斯坦大使馆武官。

要对一座山头、一条小溪在 1/50000 的地图上一条曲线一条曲线地争论了。

整整用了三天半的时间，双方才在图板上画出了一条共同认可的实际接触线。26 日下午，正当双方把这条线从图板上改画到准备草签的地图上时，穆莱却把本已确定画在中朝方面一边的 1090 高地改画到他们一边。

柴成文立即指出："不行，这是昨天已经达成的协议，不能改变。"如果昨天达成协议，今天推翻，上午达成协议，下午改变，那么还谈什么呢？这个先例是开不得的，所以他很坚决地接着说："如果已经协议的还要变，那只好不签字了。"

穆莱："实际情况如此，你能改变事实吗？"

柴成文："实际情况不是这样。我们已经达成协议，你又想改动，那协议还算不算数？"

穆莱："显然画时是出于误解。"

柴成文："不。如果你不健忘，会记得这正是你自己画的，而为我方同意的。"

穆莱无言以对，满脸通红，大声喊道："我已经让了四个……不……让了三个山头了。他妈的，我让步让够了，让得头痛死了！"

柴成文严厉指出："你这样不行，你应该把这种态度收回去。"

这时，坐在一旁的肯尼上校站了起来，把穆莱改画的线恢复了过来，并同穆莱嘀咕了几句。刚才怒气冲冲的穆莱冷静下来，稍过片刻，他说："柴上校，我很遗憾，刚才我不该发脾气，请你原谅。"

柴成文点了点头说："这样就对了，我们作为参谋人员总免不了要合作办事的嘛。"

实际接触线定下来了，剩下的是画出非军事区的南北缘。可是接触线是弯弯曲曲的，在弯曲狭窄的地段不足四公里时，应该怎样画呢？学过土木工程的翻译蒋正豪解开了这个难题。他说："这很简单，以接触线上的任何一点为圆心，以两公里为半径画圆，圆周的轨迹就是南北缘。"照此办法，非军事区的南北缘很快在地图上画了出来，准备在第二天草签时使用。

第二天的参谋会议双方落座后，中朝方面参谋人员在谈判桌上展开了已画好的两军实际接触线和非军事区南北缘的 1/50000 的地图，说："请你们看看，是否只能这样来画？"对方显得有些窘，但也无可挑剔，只好接受。但合在一起草签已来不及，只能先在实际接触线的图上由张春山、肯尼草签，然后提交双方代表团大会批准。

1951 年 11 月 27 日，朝鲜停战谈判的双方代表团大会批准了第二项议程小组委员会达成的协议和双方同意的军事分界线。非军事区的南北缘线，则到 12 月 10 日才正式定下来，并进行补签。

第二次划定军事分界线，在 1953 年 6 月 11 日至 17 日，距第一次划定军事分界线已经 18 个月 20 天了。在此期间，朝鲜停战谈判的会场上经历了更为艰巨的斗争和六个多月的中断，战场上也进行了几番较量，结果是美军伤亡惨重，不得不重划军事分界线和拟定签订停战协定。

6 月 11 日，划分军事分界线的参谋会议开始举行。朝中方面的出席人员为黄政基、鱼鸿善、毕季龙、浦寿昌、吴克昌等，美方出席人员为穆莱、奥德伦、白特勒等。

这次重划军事分界线，是以 1951 年 11 月 27 日划定的线为基础，由双方各自提出画在地图上的因战线变化的修改意见，而后进行讨论。我方做了充分准备，南日大将、邓华将军都极为关注并作了指示，柴成文作具体指导。中朝联合司令部派绪良科长来开城，负责与第一作战部队联系，随时掌握情况变化。绘图工作由汪世纯、傅连升担任。

由于 1952 年的春夏巩固阵地作战、秋季战术反击作战，1953 年的夏季反击战役以及其他战斗，我军的战线都是向南移动的。而对方战线则只在少数地区向北稍有移动。这样，争执就不可避免。例如在 6 月 14 日一整天，双方只在三公里地段上达成协议。一直争论到 6 月 16 日 23 时许，才完成了 240 余公里的重划军事分界线工作，并进行了草签。军事分界线向南推进了 140 平方公里。

6 月 17 日上午，双方代表团大会批准了参谋会议协议了的军事分界线，下午确定了非军事区的南北缘。

眼看着停战协定就要签字了，南朝鲜的李承晚利用战俘营由他的军队看管的条件，在美军纵容下于 6 月 17 日起以"就地释放"为名，劫走了 2.7 万名朝鲜籍战俘。这一严重事件立即引起了朝中方面的极大愤慨和世界各国的强烈关注。金日成、彭德怀于 19 日致函克拉克，强烈谴责其破坏停战协定的行为。20 日朝中方面通知美方，停止为签署停战协定进行准备的一切大小会议，等待美方作出答复。6 月 29 日克拉克复函金、彭，承认李承晚强迫扣留战俘是一起严重事件，表示将"建立军事上的防范措施，以保证停战条款将被遵守"。

7 月 10 日，停战谈判的双方代表团大会复会。南日大将就实施停战协定有关事项的必要保证向对方逐条提出质问，美方首席代表哈利逊逐条答复，作出保证，一直进行到 16 日。19 日，南日发表声明，引述会议记录，把美方这些保证公之于世。

为了打击李承晚的气焰，朝中军队于 7 月 13 日起发动了夏季反击战役的第三阶段作战，并于 7 月 16 日完成了预定作战目的，拉平了金城以南的战线。17 日以后对方集中部分兵力向我反扑，我军转入防御。

至此，也开始了第三次划线。由于这次划线是在我军发动攻势后进行的，当然修改意见也由我方提出。开始争执不大，我军新占领的几个阵地是在板门店用望远镜就可以看得清清楚楚的。接触线通过板门店以东 10 余公里之后，穆莱的目光停了下来，从桌旁站起来，拿铅笔在地图上我方提出修改意见的红线后面画了几个弧形。我方新占领的马踏里东山、坪村南山等地，甚至上甘岭前沿经反复争夺终于逐退了敌人的我军阵地，都画到他的蓝线后面去了。他指着地图说：

"根据我们的情报，这是我军的阵地，所以线应该是这样画法。"

"不，这些阵地对双方来说都是清楚的，这里的每一寸土地都经过激烈的争夺。现在占有这些阵地的绝不是你们。"

"那么，这样……"他拿起三角尺在那些弧形蓝线后面画了几条斜线和横线，半圆形被切成两半，"我们可以作些让步，与你们半途相会……"

"难道把我军的阵地当作你方的阵地，可以叫作让步吗？我们郑重地告诉你：我们不会把红线画到你军阵地的后方，也决不允许把蓝线画到我军阵地的后方！"

穆莱又在地图上把那些蓝线向后修改了一下，两手一摊，说："这样大家都可以满意了吧！"

"请你还是去查对一下的好。像这样，你可以在地图上画许多条线，但对解决问题却并无帮助。"我们知道，在这种情况下还要给对方留有转弯余地。果然，第二天穆莱终于在事实面前折服下来。

在争执和辩论中，线画到了金城以南。

"这是不可能的。在军事学上，我们占领着附近的制高点，就可以控制这块小平原。"穆莱指着地图上一条小河边的红线说。这是一块小盆地，四面都是高山，一条小河沿着南面的山脚从西向东流过。在刚刚结束的夏季反击战役中，我军打垮南朝鲜军四个师后把阵地伸展到这个河岸上，小河南面的山顶上确实还有南朝鲜军队据守着。

"我们可以告诉你一个事实，7月17日15时30分，我军消灭了南朝鲜军队的一个排，占领了这个阵地。"

"我们还是不要谈历史吧！今天是7月20日了。"

"可是，在7月17日15时30分以后，你们的军队再也没有越过这条小河，他们早就记住了这个历史的教训！"

穆莱沉默了，手指不自然地颤动着，过了一会儿才说："我不喜欢这样的辩论，我们可以暂时接受你们的线。"

线，逐步画着靠近了东海岸。

"这里的情况发生了变化。"穆莱指着351高地说，"我们的军队在7月20日12时30分占领了这个高地，我建议对这个地方的接触线加以修改。"

"我们有更正确、更完整的情报，现在读给你听。"在穆莱提出这个修改之前，我们已经接到了东海岸部队的详细报告，"7月20日12时30分，你方军队攻占了351高地，同日13时30分我军恢复了这个阵地，此后你方军队连续进行了多次反扑，但直到现在351高地仍在我军手中，并将永远在我军手中。"

"我们可以对这个情报再加核对。"他们有人出去打电话了，一个小时之后，穆莱承认351高地的确在我军手中。

7月22日23时，双方终于在地图上就全长245公里的军事分界线全部达成协议。

7月24日，双方代表团大会核准了这条最后划定的军事分界线和非军事区的南北缘。

1953年7月27日上午10时，双方出席朝鲜停战协定签字仪式的高级将领、谈判代表团人员和200多名世界各国的新闻记者云集板门店，由双方首席代表南日和哈里逊在停战协定及其附件的正式文本上签字，然后送呈双方司令官金日成、彭德怀和克拉克签字。

彭德怀司令员是在开城签字的。签字之前有关同志准备为他做一套新军装，彭总知道后严肃地说："为什么要我换新军装？无非是想给人留个好印象。但我认为那样并不见得好，不要小看这一套旧军装，它要耗费人民多少劳动成果呀！我穿着它签字心里踏实，人民看到也会心情舒畅，不会指着我们的脊梁说三道四。"彭德怀就是穿着那套旧军装在停战协定上签了字。

1953 年 7 月 27 日 22 时，朝鲜停战协定生效。在军事分界线上，在整个朝鲜，枪炮轰鸣声停下来了，大地一片寂静。

根据朝鲜停战协定规定，由双方同等数目的军官组成军事停战委员会，监督停战协定的实施及协商处理任何违反停战协定的事件。

朝中方面的首席委员为李相朝中将（朝），委员为丁国钰将军（中）、朴一英少将（朝）、柴成文将军（中）、崔龙汉少将（朝）。对方首席委员为勃里安陆军少将（美），委员为开特卡奇恩陆军少将（泰）、白斯汀陆军少将（英）、白登豪海军少将（美）、恩德希尔空军准将（美）。1953 年 7 月 28 日上午，军事停战委员会第一次会议在板门店举行。

此时，双方的一切军事力量、供应与装备，正按照规定在停战协定生效后 72 小时内自非军事区撤出。停战协定关于非军事区与汉江口的规定，将由双方同等数量校官组成的 10 个联合观察小组协助军事停战委员会监督执行。军事停战委员会当即指令双方参谋人员在 7 月 28 日下午举行会议，就各个联合观察小组负责地段的划分、会晤时间地点、相互识别标志等进行讨论。29 日双方达成协议，由西向东，在汉江口配置第一、二联合观察小组，在非军事区配置第三至第十联合观察小组。30 日，第三至第十联合观察小组的我方人员，从开城出发分赴负责地段，按照双方协议的时间地点与对方会晤，执行任务。

我方参加联合观察小组的人员，是从其执行任务地段的第一线部队中抽调师级干部组成的，朝、中各一人，并配备必要的参谋、翻译等工作人员。他们对执行任务地段的地形、部队情况都很熟悉。

7 月 30 日，双方军队已全部撤离非军事区，脱离接触。而后，根据停战协定规定，在非军事区进行了下述工作。

（一）在军事分界线上和非军事区南北两缘竖立标志物。7 月 30 日至 31 日，双方参谋人员讨论竖立标志物方案。我方的方案是根据统一规格，分别就地制作木质标志物，简便易行，可以尽快实施。对方同意了我方的方案及提出的式样规格，8 月 1 日经军停会批准。8 月 8 日至 9 月 1 日，在联合观察小组监督下，经实地勘察，严格按照停战协定附图，在全长 245 公里的军事分界线上竖立 1293 个标志物。标志物上用朝、中、英三种文字书写"军事分界线"字样。两个标志物之间的距离，根据地形不同而定，可以目视，平均为 190 米左右。10 月 10 日双方共同进行了检查。非军事区南北缘的标志物则由双方自行竖立。从此，停战协定附图上的三条线，就在实地明确无误地标示出来了。

（二）在非军事区内撤除危险物。停战协定规定，双方军事力量、供应和装备在 72 小时内撤出非军事区以后，在 45 天内应将非军事区内所有知悉的爆破物、地雷阵地、铁丝网及其他危险物撤除，建立安全通道。这对军停会、联合观察小组、民政警察及其他经军停会批准进出非军事区人员的安全，是十分必要的。8 月 5 日，第十联合小组我方人员进入非军事区时，就发生触雷事故，伤亡各四人。8 月初，双方已就此各自提出建议，8 月 5 日起双方参谋人员开会四次，就"自非军事区清除危险物办法"达成协议，8 月 19 日经军停会批准。而后在联合观察小组监督下，由双方派出人员，各自在非军事区南北两部分清除了危险物，建立了安全通道。

（三）自非军事区内搬回死亡军事人员的尸体。

（四）向非军事区派出民政警察。

至于汉江口，则是军事分界线西端汉江入海的水面，北岸是我方控制区，南岸是对方控制区。停战协定规定，汉江口向双方民用航运开放，各方民用航运在本方军事控制下的陆地靠岸不受限制。军停会决定向汉江口派遣两个联合观察小组，8 月下旬起经双方参谋人员开会，制定了《汉江口民用航运规则及有关事项》。

军停会还责成双方参谋人员会议，制定了《联合观察小组的组织、管理与支援的试行办法》，8 月 28 日经军停会批准。到 1953 年底，关于非军事区与汉江口的各项安排已经就绪，除处理违协事件外，日常事务减少，经军停会双方协议，联合观察小组减为六个，在汉江口减为一个、非军事区五个，小组负责地段做了相应的调整。

我方严格遵守停战协定，金日成、彭德怀为此下达了严格命令，部队对所属人员反复进行教育，不准部队对敌做宣传工作，不准任何单位通过非军事区进行隐蔽活动。封锁了非军事区北缘，除军停会、联合观察小组人员以及经军停会批准进入非军事区的人员和规定数目的民政警察外，任何人员不得进入非军事区。建立了民政警察在非军事区内的巡逻和警戒制度，规定民政警察不得携带手枪和步枪以外的其他武器，尽量避免同对方民政警察发生互骂、互掷石子及持枪威胁行为，对对方的无理取闹不采取报复手段，民警哨位距对方哨位过近者适当后撤，避免发生不必要的冲突，以消除对方指责我方违反停战协定的借口。但同时要保持高度警惕，严密监视敌方的违协行为，及时查明情况上报。对我方无意发生的违协事件严肃处理，防止再犯。

　　美方处理有关非军事区事务，特别是可能引起军事冲突的问题时，是比较慎重的。停战协定生效后至 1954 年底，在朝美军逐步由停战时的八个师减至三个师，另有一个英联邦师和其他国家的一些团以下部队。第一线全长 245 公里的阵地上，只在西线有一个美军师和一个英联邦师，占全线的 1/6。其余绝大部分阵地均由南朝鲜军接替，美军对之亦有一定程度的约束。南朝鲜军的指挥权属于美方，弹药亦由美方供应，美方可以完全控制。所以，在军事分界线上和非军事区亦未发生重大违反停战协定的事件，停战是稳定的。

　　经过 16 个多月中朝方面协调一致的共同斗争，朝鲜停战局势已经稳定下来，朝中方面最高领导商定，今后的停战监督主要由朝方负责。参加军事停战委员会工作的中国人民志愿军代表团于 1954 年 12 月 15 日正式结束工作。除留一个联络处外，所有人员全部回国或回原部队工作。军停会中的中方委员由张秀川接任。

　　历时三年半的停战谈判与停战监督任务，善始善终地圆满完成了。

·阎稚新*·

我在朝鲜停战双方『联合红十字会』小组的工作经历——

1952 年至 1954 年初，我参加了为遣返朝鲜战争战俘服务的中国红十字会代表团的工作，并在由停战双方按照朝鲜停战协定的有关条款所共同组成的"联合红十字会"中担任其中一个工作小组（中组）的中方组长。

开城中国红十字会代表团的组成

国际红十字会的基本原则，使得红十字会有条件去协调交战双方，促使双方达成交换战俘协议，实现战俘的遣返。因此交换战俘是红十字会的传统业务，也是红十字会人道主义的具体体现之一。世界各国的红十字会组织，在历次战争中承办这项工作，都深得人心。

1953 年 5 月 19 日至 22 日召开的日内瓦国际红十字会第 22 届理事会上，通过了由李德全代表中国红十字会所提出的一项提案：要求朝鲜停战谈判双方按照《日内瓦公约》的原则，在合理的基础上，迅速解决战俘遣返的问题，从而实现朝鲜停战，实现远东和

---

*　　阎稚新（1921—2019），时任朝中联合红十字会板门店组中组负责人。曾任第四十一军司令部副参谋长。

平。中国红十字会的这一正确主张，得到了国际社会的普遍理解，也得到了朝鲜停战谈判的各方政府的响应，敦促了战俘交换工作的实现。

中国红十字会本着人道主义的宗旨积极参加了抗美援朝斗争。一是先后组建了七个国际医防服务大队，共 666 人，开赴抗美援朝前线参加医疗救护工作；二是组建了赴朝鲜开城的中国红十字会代表团，参与作战双方遣返战俘的人道主义服务工作。

1951 年 12 月朝鲜停战谈判进入了"关于战俘的安排问题"的第四项议程。根据《关于战俘待遇之日内瓦公约》的有关规定，我们即开始着手筹建赴开城参加战俘交换工作的中国红十字会代表团。具体的筹建工作是在红十字会总会李德全会长的支持与关怀下，以及朝鲜停战谈判志愿军代表团总负责人李克农的指导下进行的。当时，红十字会总会则刚完成改组工作，为了选配能够赴朝鲜战场担负这项艰巨任务的称职干部，总会委托解放军总政治部在北京预先将人员配备好。

1952 年春节过后，总政治部从总参谋部、总政治部和志愿军中选调了数十名军、师、团级干部与翻译人员，集中在北京前门外解放饭店。总政治部特别指名第四十二军政治部主任丁国钰负责主持红十字会筹建组的学习以及研究、制订方案对策的准备工作。总政治部还责成组织部的阎稚新和敌工部的刘川诗协助丁国钰承办编组、行政和联络等具体事务。一切就绪后，红十字会筹建组派总政宣传部干教处处长文山（筹建组成员），专程去朝鲜开城向李克农汇报筹建工作情况。

李克农听取汇报后提出了切实、中肯的指导性意见。他指示：红十字会在北京的准备时间还很充裕，学习的时间也充裕，学习内容：一要认清任务；二要加强国际主义教育；三要熟悉红十字会的业务；四要研究工作与斗争方法；五是学习要注重实际，如南朝鲜的情况、战俘营的情况；等等。总之要有政治头脑，重点了解情况，搞好团结互助，做好长期打算。

李克农的指示成为北京赴朝红十字会筹建组学习和研究对策方案的指导思想。经过近两个月的反复讨论研究，由丁国钰进行归纳、汇总，并在总政敌工部长黄远陪同下，向李克农作了一次北京筹建组准备工作的全面汇报。李克农在听取汇报过程中，发现丁国钰很有策略头脑，适合做外交工作。于是，他第二天便给总政治部萧华副主任打电话，提出让丁先去开城代表团工作。不久，丁国钰便赴开城参加和加强开城志愿军停战谈判代表团的第一线领导工作。

1952 年 10 月，美国无理单方面中断朝鲜停战谈判后，准备赴开城的红十字会人员返原单位待命，视朝鲜停战谈判的进展和需要再行集中。次年 4 月，朝鲜停战谈判出现转机，双方代表又恢复在板门店的接触与对话。于是，上述的红十字会人员再次全部集中北京，同时，总政治部另调二十军政委谭佑铭来北京，负责落实后续准备工作。

在 1952 年和 1953 年两度准备工作中，根据拟议中的朝鲜停战协定中的有关条款——规定要由作战双方派出本国红十字会代表共同组成"联合红十字会"，为战俘提供人道主义服务。红十字会小组先后在丁国钰、谭佑铭主持下，邀请了总政敌工部黄远部长、外交部美澳司柯柏年司长、外交部国际政策委员会杨岗（女）副主任、外交部国际司董越千司长等负责同志作报告，介绍开城停战谈判及战俘情况，阐述中国红十字会的有关职责任务、斗争策略和活动方法，以及组织纪律等要求。其间，中国红十字会总会李德全会长还亲自到总政治部看望准备赴开城的红十字会小组全体同志，并讲话作指示。

这些报告与讲话，对于我们这些第一次参加红十字会工作的人来说，无疑是雪中送炭的宝贵教材。

根据红十字会总会和总政治部"一切在北京准备好，到开城再润色"的指示，即赴开城的中国红十字会小组在充分学习与研究对策的基础上，拟就了开展工作的一系列文件方案，这些都为我们入朝后胜任工作，奠定了坚实的基础。

在战俘遣返中的联合红十字会

1953 年 7 月 27 日，朝鲜停战协定终于在板门店签字并生效。举国欢腾，普天同庆！

中国红十字会总会会长李德全发表了《我们拥护朝鲜停战协定》的声明，指出：中国红十字会会员都以极其兴奋的心情，热烈拥护朝鲜停战协定的签订；并按照朝鲜停战协定关于"战俘的安排"的有关规定，派遣代表参加联合红十字会小组，做好协助双方遣返战俘的工作；希望世界各国红十字会本着维护和平及人道主义的立场，共同为朝鲜停战的彻底实现与和平解决朝鲜问题继续努力。接着发表的《中国红十字会总会声明》也重申了中国红十字会崇高的人道主义精神，以及同"联合国军"方面红十字会代表真诚合作的态度。

7月30日，联合红十字会小组双方代表在板门店举行第一次会议。出席会议的我方代表是朝方的张翼、元根，中方的覃一民和张子正。覃一民即是赴开城的中国红十字会代表团团长谭佑铭，张子正原名张梓桢，是从志愿军政治部敌工部长的工作岗位上调来红十字会的，为了工作方便，并和原任职务加以区别，他们都改用了新的姓名。参加会议的对方代表是利莱尔·聂德莱恩（美国）、克里斯谦生（丹麦）、纳陶尔（英国）和克鲁兹（菲律宾）。张翼在会上首先发言，表明朝中方面红十字会的宗旨，他说，朝鲜民主主义人民共和国和中华人民共和国红十字会，应朝鲜人民军最高司令官和中国人民志愿军司令员的邀请，选择并派遣我们作为进行按照朝鲜停战协定所规定的联合红十字会小组的工作的代表。

为了完成我们的任务，由双方代表所组成的联合红十字会小组要根据停战协定第57款子项进行下述的工作：

协助遣接战俘；访问双方战俘营，慰问战俘，分发有关战俘福利的馈赠品；对遣返途中的战俘提供服务。

覃一民在发言中通知对方称："我们朝中红十字会的代表……已全部到达开城。只要做好了出发的一切安排，随时可以出发。"

8月1日和2日，双方代表又连续开了两天会，讨论了联合红十字会小组工作的具体工作细节安排问题，并互相通报了本方的战俘营位置与情况。8月3日，双方签署了《联合红十字会小组工作协议》。

联合红十字会北组（派往北方）、南组（派往南方）和中组（在板门店战俘交接区）的小组负责人为：

北组：张翼（朝鲜）、李际泰（中国）、劳埃·朱洛姆（英国）、艾伦·斯卡波洛格（美国）

南组：元根（朝鲜）、覃一民（中国）、利兰·威廉姆斯（美国）、乔治·波顿（英国）

中组：韩国忠（朝鲜）、阎稚新（中国）、奈德林（美国）、纳托（英国）

为了及时解决上述各小组之间可能发生的工作协调问题，双方还同意从中组内各抽调四名代表组成一个协调组，常驻于板门店非军事区内，随时会晤。我方参加该协调组的负责人为：韩国忠（朝鲜）、张子正（中国）；对方负责人为：利莱尔·聂德莱恩（美国）、克里斯谦生（丹麦）。

从 8 月 4 日，联合红十字会小组便按朝鲜停战协定第 57 款的规定，分成南组、北组和中组展开工作。

联合红十字会南组与北组的不同境遇

派红十字会代表访问双方的战俘营，这本是美方最先提出的建议。在朝鲜停战协定第 57 款丑项第五条规定："各方司令官供给在其军事控制区内工作的联合红十字会小组以附属人员如司机、文牍与译员，以及各小组为执行其任务所需的装具。"但是，美方却出尔反尔，违反协议，多方刁难我方在南组的红十字会代表，阻挠他们进行的正常活动。

他们先是在翻译问题上刁难，不给我方代表提供称职的中文翻译，临时找一个说不通中国话而又不能完全听懂英语的当地人担任所谓"译员"。故而我们在与美方打交道时，需要通过另一人将英语译成朝语，然后由这名"译员"翻译成不伦不类的中国话。对此，我方红十字会代表向对方提出抗议，美方却听之任之，无动于衷。

美方又设置种种障碍，不让我方红十字会的代表接近朝中战俘。在巨济岛战俘营，朝中方面红十字会代表只能在铁丝网 100 米以外的地方观看战俘。美方还规定，有战俘在场时，红十字会的代表不准参观宿舍、伙房及运输设备。我方红十字会代表慰问战俘的活动，也由于受到种种阻拦而无法进行。

美方还在生活上处处刁难我派赴南组的红十字会代表。在南组的釜山分组，我代表人员住的房子被停电断水，厕所里尿便横溢，臭不可闻，无法立脚。按照协议，美方应当为朝中红十字会在对方控制区域提供代发朝、中文电报的通信服务，但是，他们却无视协议拒绝给以协助，致使我南组的红十字会代表在一段时间内与总部失去了联络。我红十字会代表在南方的活动面临困境，竟然是靠被遣返的朝中归俘才得以传出消息。

为了阻止我红十字会代表与我方被俘人员的接触，美方多方寻找借口，玩尽花招，其破坏活动不断升级，竟然发生了粗暴殴打我红十字会代表以及施用武力迫使朝中红十字会代表离开采访的战俘营地的恶性暴力事件。

在朝中方面的要求下，监督朝鲜停战的中立国监察委员会派出了三个机动小组进行实地调查视察，证实了上述一系列美方违反协议的可耻行径。

与南组的境遇相反，联合红十字会小组北组的工作，受到了朝中方面的热情接待与充分的合作。在我碧潼战俘管理处举行的送别宴会上，对方北组首席代表劳埃·朱洛姆曾激动地表示称："我感谢战俘营当局，特别是因为他们在交通、居住和食品方面为我们做了出色的安排。"

联合红十字会中组的工作情况

在板门店工作的联合红十字会中组，根据双方协议将人员一分为二：有 12 名代表（双方各 6 名）在板门店的战俘交接区为双方战俘遣返提供服务；另 8 名代表（双方各 4 名）作为新建的协调组成员，共同协调与解决南、北组活动的有关问题，但仍参加中组在板门店交接区协助战俘遣返的工作。

为板门店交换战俘服务

8 月 4 日，联合红十字会小组中组在板门店举行了第一次会议。朝中方面红十字会出席会议的代表为韩国忠（朝）、阎稚新（中）。"联合国军"方面红十字会出席会议的代表为奈德琳（美）、纳托（英）。

我方代表首先发言提出："我们热诚地希望联合红十字会小组全体代表，将不辜负万千被俘人员要求尽快返回祖国和他们亲人团聚过和平生活的愿望，并在今后提供人道主义服务中，继续保持充分合作的精神与协商气氛，以便圆满完成这一有助于人类幸福和平的光荣使命。"对方代表奈德琳说："对你们诚挚的发言，我们感谢，在我们的联合工作中，我们向你们保证合作。"

1953 年 8 月 5 日至 9 月 6 日，联合红十字会小组在板门店战俘交接地点，自战俘交换开始至战俘遣返结束，共提供人道主义服务 33 天。此种为战俘生命、生活运送饮食等福利方面的服务，是完全符合日内瓦战俘公约精神，并符合联合红十字会小组工作协议，是为人道主义服务最实际的行动。在这 33 天的人道主义服务过程中，深为红十字会人员惊骇的是：朝中方面被俘人员所遭受的虐待与迫害。

据不完全统计，我方被俘人员控诉内容有："联合国军"俘管当局及其警卫人员，施放毒气弹 32 起，屠杀及其他暴行 27 起，沿途受暴徒袭击 12 起，饮食不良与断食粮 26 起，不给伤病战俘医疗和妨碍战俘卫生的 9 起，扣留战俘特别是扣留女战俘及其孩子的共 27 起，阻挠我方红十字会代表与战俘见面及其他侮辱行为 9 起，抢夺战俘个人财物的 3 起。以上共计 145 起的控诉中，战俘的控诉书信有 38 件，其中有致克拉克将军的 5 件，致巨济岛"联合国军"俘管当局的 3 件，致红十字会团体的 16 件，致世界和平会议的 6 件，致中立国和其他方面的 8 件。值得提出的是：在这 38 件抗议书信中，有 1500 名以上的我方被俘人员，是亲自参加写血书表示他们的愤慨和抗议。仅仅上述事实即足以说明：联合国军当局公然践踏《关于战俘待遇之日内瓦公约》的人道主义原则。

关于对战俘的医疗服务，仅我方红十字会所领导的急救站，即急救了严重而不能行动的伤病战俘 90 名，其中瓦斯伤 41 名，被暴徒用石头打伤 17 名，被"联合国军"警卫人员刺伤 8 名，因饥饿体弱昏迷不醒的 5 名，其他 19 名。这种严重违反日内瓦战俘待遇公约的例证，是每一个为人道主义服务的红十字会人员不能无动于衷的。相反地，在"联合国军"战俘接收区，我们看到每天回去的战俘，都是喜眉笑眼，体格健康，精神愉快，形成一个很明显的对照！更让人遗憾的是：在红十字会美方代表表示负责向"联合国军"方转达朝中被俘人员的抗议之后，"联合国军"一直未改变对战俘的虐待政策。

协调组内的尖锐斗争

在双方协议成立的板门店联合红十字会协调组内，我们主动对敌人进行了会议斗争，在政治上道义上打击了敌人，支持和配合了我南组代表视察和访问美军战俘营的工作与斗争。协调组共开过七次会议，其中六次是我方主动提出召开，讨论我方指控。最后一次会议系敌方提出召开，我方也争取先作了总结性的发言。在前六次会议上，一次讨论我被俘人员的控诉问题，三次讨论我南组工作受阻挠的问题，一次讨论我方代表潘芳受敌方枪击的事件，另一次仍讨论后两个问题。在这些会议上，我们迫使对方听取我方的指控，而对方只能用"我已注意到你们的发言""将转达适当当局""将在以后表示意见"等语进行敷衍，或采取

"红十字会不是司法机关""无权调查"等搪塞应付态度，不敢面对我们指控的事实，同我们进行正面的辩论。在最后一次会议上，对方宣读了事前准备好的发言稿，公然拒绝我们的指控，诬蔑我们指控的事实纯系虚构。对方在发言后，以无赖行为立即逃会。

1953 年 8 月 16 日，在板门店第四次协调组会议上，根据双方协议听取了我方自济州岛被迫撤回的代表覃一民的报告。摘录如下：

> 我以联合红十字会小组访问联合国军管理下的济州岛战俘营的朝中红十字会首席代表的资格，向联合红十字会小组协调组，提出关于访问济州岛战俘营的情况报告。8 月 6 日上午 9 时 20 分，我们访问济州岛战俘营的朝中联合红十字会代表六人，与联合国军一方各国红十字会代表六人，由釜山到达了济州岛。济州岛战俘营当局允许在当天下午以两小时的时间（2 时至 4 时），访问 600 名我方被俘人员。正当访问将开始时，战俘营当局临时提出要审查我们对被俘人员的慰问讲话稿。我们为了取得战俘营当局的合作，将讲话稿立即交于战俘营当局审查，并提醒战俘营当局注意到，如果审查时间推延至下午 2 时以后再开始，访问的时间应予顺延。当时战俘营当局答应了这一要求，但由于战俘营当局有意拖延时间，要把讲话稿译成英文审查后才允交我们去讲，以致交还我们的讲话稿时，时间已快到下午 4 时了。我们要求战俘营当局实践诺言，仍给予我们两小时的访问，并指出时间的推延责任不在我们。可是战俘营当局不但未能实践他的诺言，相反又提出了极不合理的三种条件和限制：一是蛮横地提出朝鲜红十字会代表的讲话稿有宣传性不能讲，但又并未具体提出什么词句有宣传性；二是时间只能在一小时内，并包括分发慰问品、分发馈赠品、慰问讲话与战俘座谈等项目；三是对于中国红十字会代表的慰问讲话，还要看我们访问战俘的情况来决定。换句话说，朝鲜红十字会代表讲话要禁止，中国红十字会代表的讲话、战俘营当局认为可以讲才能讲。访问的整个时间只能在一小时之内。在这些不合理的苛刻的限制下，我

们当时仍然意图取得与战俘营当局的合作和谅解，使他们改变这种不合理的限制。但战俘营当局声明说，这是最后的不可改变的立场。因此，我们在这种极端不合理的限制下，不能不停止了对济州岛战俘营的访问。

我们中国红十字会代表与朝鲜红十字会代表，曾经带着中朝两国人民无限关切的心情，去访问联合国军管理下的济州岛战俘营的中国人民志愿军被俘人员。由于遭受战俘营当局苛刻的不合理的限制，我们不但未能根据双方协议所赋予我们的职责，去为被俘人员进行福利所需求的服务，而且我们也被迫未能与我方被俘人员见面。我们除了对我方被俘人员表示无限歉意之外，我们对联合国军济州岛战俘营当局所采取的不合作及其苛刻的种种不合理的限制表示抗议。

我方代表韩国忠接着发言指出：方才本协调组所听济州岛分组朝中方面首席代表覃一民报告所提出的事实，无可置辩地证明了你方俘管当局对我们代表准备进行的访问工作，横加无理限制和阻挠，以致我方代表终于被迫停止了对中国人民志愿军被俘人员的访问而离开了济州岛。你方军事当局彻底违反停战协定有关联合红十字会小组工作的条款，违反联合红十字会小组工作协议的规定，令人愤慨。

韩国忠又指出：由于你方军事当局的阻挠，临津江桥分组、巨济岛分组和釜山分组的我方代表的工作，先后从 8 月 6 日下午、8 日 14 时和 23 时起，都已处于停顿状态，他们根本无法对我方被俘人员提供人道主义服务。永登浦分组的我方代表的工作，同样由于你方军事当局的阻挠也已被迫停顿。还有一个令人惊骇的事件：8 月 9 日上午 6 时 45 分，敌方军事当局在巨济岛战俘营地，对战俘施放了催泪性毒瓦斯，侵袭了我方代表的小屋，使我全组代表经受流泪、咳嗽及呼吸困难之苦约达一小时。根据以上无可置辩的事实，协调组全体朝中方面红十字会代表，向对方军事当局提出严重抗议。

接着，我方代表唐清向协调组提出前往临津江桥调查的我方代表潘芳受枪械撞击事件的报告。报告指出："联合国军"俘管当局命令警卫人员用步枪撞击朝中方面代表潘芳先生，这是一件极端严重的威胁我方代表安全、污辱我方代表人格的蛮横行为。这是对停战协定第三条第 57 款寅项的彻底破坏。

协调组历次会议上的斗争，对我南组活动起了相互配合作用。我们根据事实在会议上向"联合国军"方面提出的多次抗议，既揭露了对方又鼓舞了我方代表，并为中立国监察委员会而后派出的调查小组提供了有力的证据材料。

1953 年 9 月 6 日，停战双方将最后一批直接遣返的战俘交给了对方后，联合红十字会小组随即于次日宣告解散。联合红十字会小组协助战俘遣返的工作，在南、北方战俘营的强烈反差，并在双方针锋相对的争辩中告一段落。而朝中方面未被遣返的中方被俘人员，仍处于美方及与其相勾结的台湾当局特务的严密控制之下，一项对不直接遣返的我方被俘人员的极为繁难复杂的解释工作，仍在等待着我们。

·阎稚新·

直击朝鲜停战协定签字仪式

1953 年 7 月 27 日，朝鲜停战协定在板门店签字大厅正式签字，朝鲜持续三年之久的大规模战争终于停战了！我有幸亲历双方首席代表在板门店、彭德怀在开城的两次隆重签字仪式。

双方首席代表在板门店签字

1953 年 7 月 26 日，朝中停战谈判代表团发表公报说："朝鲜停战协定已由停战双方完全达成协议，双方定于 7 月 27 日朝鲜时间上午 10 时，在朝鲜板门店由我方代表团首席代表南日大将与对方代表团首席代表哈里逊中将先行签字，然后送朝鲜人民军最高司令官金日成元帅及中国人民志愿军司令员彭德怀将军，与联合国军总司令克拉克上将分别签字。"根据双方协议，签字大厅及内部设备，由朝中代表团提供和布置。

这座签字大厅规模很大，双方商定共有 1000 多人参加，每方各有 300 名代表，各国记者数百人，大厅需要占地 1000 多平方米的面积。有个美国记者冷嘲热讽地说："'共军'没有和平诚意，摊子铺得这样大，要修到何年何月呀？"不料，朝中方面经过通宵达旦的设计、备料和预制配件，只用了一个星期，大厅就奇迹般地矗立在板门店会场区了。那个美国记者看了哑口无言。不少外国记者伸出了大拇指。

7月27日9时30分，出席签字仪式的双方人员，分别由大厅的西门和东门入内就座。大厅东部、西部作为双方出席人员的席位，各有一排排可坐300人的长条木凳。西部第一排就座的有中方的杜平、曾思玉、张明远、李呈瑞、张香山、王焰等领导人。我坐在他们身后的木凳上。上午10时整，我方首席代表南日大将与对方首席代表哈里逊中将，从南门走进大厅会议桌前，各自在事前准备好的朝、中、英三种文字的九本朝鲜停战协定上，用了不到10分钟时间，就顺利地完成了签字仪式。

我走出签字大厅，乘车返回代表团驻地开城。这座朝鲜高丽王国的古都，顿时沸腾起来了！成群结队的男女老少，身穿节日盛装走上街头，高举毛泽东主席和金日成元帅的巨幅画像，锣鼓喧天，鞭炮齐鸣，载歌载舞，示威游行，热烈欢呼朝鲜停战胜利！

当晚，板门店中立区的探照灯光柱骤然升起，划破天空。这是双方代表签署停战协定后12小时起立即生效的标志——7月27日晚上10时起，双方完全停止一切敌对行动，朝鲜全线完全停火。驻守在军事分界线两侧的双方步兵、炮兵、坦克部队同时停止射击、轰击和一切作战行动，所有海军、空军部队也停止作战行动。

开城街道上的扩音器里，传来了金日成元帅和彭德怀司令员停战命令的声音：朝鲜人民军和中国人民志愿军，经过了三年抵抗侵略、保卫和平的英勇战争，坚持了两年争取和平解决朝鲜问题的停战谈判，现在已经获得了朝鲜停战的光荣胜利，与"联合国军"签署了朝鲜停战协定，获得了朝中人民的热烈拥护，使全世界爱好和平的人民受到了莫大的鼓舞！

彭德怀将军在开城签字

7月27日，金日成在朝鲜停战协定上签字。同日，在汶山的一个帐篷里，"联合国军"总司令、美国陆军上将克拉克，在朝鲜停战协定上签了字。他在签字后说："当我在停战协定上签字时，我知道这件事并未结束——反抗共产主义的斗争，在我们这一生将不会结束。"接着他又沮丧地说："我们失败的地方是未将敌人击败，敌人甚至较以前更强大，更具有威胁性。"

7月27日下午，中国人民志愿军司令员兼政治委员彭德怀到达开城，下榻来凤庄。他先后出席了朝中驻开城前线部队举行的盛大欢迎会、庆祝朝鲜停战协定签字胜利的大会以及朝中代表团为庆祝达成停战协定的盛大宴会。晚上，彭总出席了志愿军代表团庆祝停战的晚会，即席发表讲话："全世界人民渴望的朝鲜停战现在已经实现了！……现在我代表中国人民志愿军向在金日成元帅领导下的英勇的朝鲜人民和朝鲜人民军致敬！……祝我们两国人民在反侵略斗争中以鲜血结成的亲密友谊，更加巩固和发展。"

彭总还高兴地观看了由著名越剧演员徐玉兰、王文娟主演的《西厢记》。演出刚闭幕，彭总走上后台，深情地勉慰演员说："你们这些小鬼从老百姓一下子变成一个志愿军文艺工作者，不容易呀！"大家热烈鼓掌，感谢彭总的鼓励。

7月28日上午，我参加了彭德怀司令员在开城松岳堂会议厅签署朝鲜停战协定的隆重仪式。我看着代表团李克农、杜平、乔冠华、李呈瑞、张明远等领导人，跟随彭总走进松岳堂。几十个中外记者蜂拥而上，镁光闪闪，抢拍镜头。彭总从容地戴好老花镜，拿起毛笔，一丝不苟地签下了"彭德怀"三个大字。

彭总签字后谈话说："朝鲜战争证明，一个觉醒了的爱好自由的民族，当它为祖国的光荣和独立而奋起战斗的时候，是不可战胜的！"后来他在《自述》中还念念不忘地写道："我在签字时心中想，先例既开，来日方长，这对人民来说，也是高兴的。但当时我方战场组织刚告就绪，未充分利用它给敌人以更大打击，似有一些可惜！"

受理毛岸英烈士遗物

1950年春节期间，我和毛岸英的岳母、刘思齐的妈妈张文秋大姐，同住在中组部前门外利顺德饭店招待所，当邻居了一个多月。那时，毛岸英和他的新婚妻子刘思齐，每逢假日就来招待所看望他们的母亲。我初次看到毛岸英，他穿一身蓝布中山服，20多岁，风华正茂。刘思齐背着一个帆布书包，一身学生装扮，笑容可掬。他俩是1949年开国大典后结的婚，当时还在新婚蜜月之中。这个招待所是个四合院，住着来自三个国家的五家客人。其中有后来出任中国佛教协会会长的赵朴初；东北来的一位军分区司令员和名叫何爱善、带着三个孩子的朝鲜籍年轻夫人；一个中国工程师和他的苏联哑妻。张文秋大姐住在东头，五十来岁，颇有教养。我和爱人张静带一个男孩住在西头。这五家人虽然素不相识，但同在一个小灶餐厅就餐，友爱互助，和睦相处。那时我刚刚两岁的儿子阳生，聪明伶俐，活泼可爱，毛岸英夫妇和邻居们都喜欢逗他玩耍开心，常常满院欢笑。这个四合院顶棚下的天井里，摆着一个乒乓球台子。毛岸英和刘思齐常在一起打球，有时我也凑热闹和他们打两盘，不计输赢，礼貌相待。毛岸英 1948 年从苏联回国后，毛主席让他到基层农村锻炼，曾到我老家山西临县郝家坡搞土改。刘思齐正在山西长治人民大学文学院学习。朝鲜战争爆发时，毛岸英请求赴朝抗美，跟随彭德怀司令员第一批入朝，担任志愿军总部俄语翻译兼秘书。

1950 年 11 月 25 日，美军疯狂轰炸大榆洞志愿军总部时，正在作战室整理资料的毛岸英，在美机几十枚凝固汽油弹的火海之中，壮烈牺牲，年仅 29 岁，此时他刚入朝 37 天。不久志愿军政治部组织部将毛岸英的遗物，送交总政治部组织部。我亲手清点过这包烈士遗物，看到只有几件洗干净的衬衣、裤衩和鞋袜，最大的发现是遗物中夹着毛主席从延安捎给在苏联时的毛岸英的一封信。信写在三四页泛黄的麻纸上，大意是毛主席谆谆嘱咐毛岸英：要好好学习苏联经济建设的经验，将来为新中国建设作贡献。在志愿军总部驻地桧仓修建志愿军烈士陵园时，特地修了一座"毛岸英同志之墓"的纪念碑。刘思齐曾五次赴朝扫墓，并在大榆洞毛岸英壮烈牺牲的地方，掬了几把黄土装在陶瓷罐里，带回国内，以慰英灵！为夺取抗美援朝战争的胜利，我们付出了高昂的民族代价！

惊闻女儿出世

在炮火连天的抗美援朝战争中，从北京传到开城一个惊喜。总政组织部朱维勤从北京给我打来长途电话：1953 年 6 月 30 日，我妻子张静在协和医院生了一个女孩，大人孩子都挺好。还告诉我，奶奶给孙女起了个名字叫阎红丽。外交部专家顾问符浩、李慎之等同志听了都说，叫阎红丽有点俗气，你姓阎，阎罗殿、阎王爷阴森可怕，要好好给你女儿起个名字。大家七嘴八舌出主意，说"媛"字是美貌女子的意思，可以"冲淡"可怕的阎王爷。大家一致通过，最后集体命名女儿就叫阎媛媛。

后来得知，张静住进协和医院时，防空军司令员兼政委周士第老将军正在协和住院。张静还不知道他既当过指挥我们解放临汾、晋中、太原的十八兵团司令员兼政委，又担任过共产党领导的孙中山大元帅府铁甲车队队长、飞机掩护队队长，是大革命时期北伐先锋——叶挺独立团的主要创始人。周司令员平易近人，联系群众，爱护晚辈。他像老前辈对待红小鬼一样，对 1938 年 12 岁参军的张静格外热情关心，一见面就问："大辫子女同志，你什么时候生孩子呀？"在张静产后又关心地问："生了个男孩儿，还是女孩儿？"张静回答生了个女孩儿时，周士第高兴地拍着手说："好，好，好！我最喜欢女孩子！"

当时还有一个巧合，全国著名妇产科专家林巧稚正在协和医院当妇产科主任，她每次来查房时，总是嘱咐医护人员，要好好照顾张静。那时北京刚解放不久，像张静这样 12 岁参军的小八路住协和的还不多见。

1954 年春天，我从朝鲜回国到家时，看见胖乎乎的女儿正坐在床上，又白又嫩，一头乌发，心里特别喜欢。

朝鲜停战已经持续了 42 个年头[①]了。

40 多年前，在东北亚这个狭长的半岛上，发生了一场空前激烈、空前残酷的国际大厮杀。号称世界霸主的美国帝国主义，纠集了 16 个国家参加的所谓"联合国军"，气势汹汹地叫嚷什么鸭绿江也不是不可逾越的。结果，竟被成立才一年的新中国派出的志愿军和朝鲜人民军，打得头破血流，不得不在开城板门店开始了停战谈判。谈尽管谈，打仍旧打。谈了两年，也打了两年。只有在美军发动的什么"夏季攻势""秋季攻势"以及"绞杀战""细菌战"统统失败，又在我方发动的金城战役面前溃不成军之后，才不得不坐下来，老老实实在朝鲜停战协定上签了字。

关于停战协定签订的过程，最近出版了不少书籍，对双方高层的活动，已经有了相当多的介绍和报道。笔者当时是一名中国人民志愿军的基层干部，亲身经历和具体执行了停战的过程，从下层的角度观察了这一伟大事件的进程。

---

* 吴新华，时任中国人民志愿军第二十一军六十一师一八一团敌工干事。
① 此文写作于 1995 年。——编者注

奇怪的紧急任务

1953 年 7 月 22 日，我正在靠近前沿的 649.2 高地的团政治处的坑道里工作。突然团长的警卫员钻进坑道对我说："吴干事，301 请你马上过去，有紧急任务！"

我丢下手头的工作，沿着被炮火打得支离破碎的交通壕，一口气跑到团指挥所的坑道。过了好一会儿，眼睛才适应坑道里的黑暗环境。

只见几位团首长都在石头炕上坐着，围着一盏冒着浓烟的油灯，好像刚刚开完什么重要的会议。政委尹学礼首先说："现在有一项重要任务，你马上带着小朴（朝语翻译）出发到'后指'（后方指挥所）去。"我心想，有任务应该到前沿去，到"后指"去干什么？于是问："什么任务？"团长刘正昌说："去了就会知道，还有几位同志在'后指'和你会合，由你暂时领导。"

我知道这个任务非同一般，作为一个军人，我知道也不必再问，便和小朴准备出发。政治处主任张秀把我们送到坑道口，叮咛说："这两天，敌人炮火对山沟封锁很厉害，你们下山观察一下，抓住间隙冲过去！"

我和小朴虽然满腹狐疑，但一种承担重任的兴奋感却使我们非常激动，顾不上炮弹不时在我们左右爆炸，迅速翻过两座大山到了后方指挥所。果然，其他同志也陆续来到。多数是我早已认识的、有战斗经验的连、排、班长。主持后方指挥所工作的后勤处长让我们吃了饭，简单地编了队让我带到师部去。

"还要到师部去？"真使人更糊涂了。

我们走了一夜。拂晓时，周围的景色渐渐变了。我们离开炮火密集区，从因炮火反复耕翻而成为一片寸草不生的白色沙漠，进入了林木葱郁的地段，一种难以名状、令人兴奋的感情油然而生。丛林、杂草，这本是多么平常、谁也不会注意的事。而这时，却像是向我们的身心内注入了新的生命活力。固然，我们在投入战争时，都已把生死置之度外——有时，甚至有那么一种豁出去的想法，似乎对生与死并不怎么在乎，因为已经有那么多人在我们前头牺牲了；谁也难以预料下一秒钟会发生什么，现代化的立体战争，模糊了第一线和第二线的区别——现在，葱葱绿叶、嘤嘤虫鸣，猛然唤醒了对生命的热爱、对和平的向往。同行的战友们，也都情不自禁地引吭高歌起来。长时间蜷缩在坑道或战壕里，汗水和污垢在身上结成了疙瘩。来到这空气清新之处，才闻到自己身上的酸臭。大家一看到山沟里淙淙的小溪，一个个连衣服也不脱便跳进水里，把头埋进水里，先"咕嘟咕嘟"喝了个痛快，然后，彻头彻尾、彻里彻外地洗了一遍。我敢说：世界上没有比这更痛快的事了！

到达师部时，天已黑了。兄弟团的同志也已来到。师长亲自接见了我们，说有极其重要的任务交给我们，目前还是个秘密。他还宣布了纪律：从现在起，住进师防空坑道不许出来。

第二天，除了军部派来一位干部，逐一进行了谈话外（实际上是政治审查），整天我们都在黑暗的坑道里胡猜。二连来的副排长王树范悄悄问我："指导员（我在该连代理过指导员），我看准是叫咱们到敌后去打游击，不然配那么多朝语翻译干吗？"我摇摇头回答："不像，他乡异国，没有群众基础，站不住脚的。"也有人说："可能派我们去执行敌后袭击任务。"可别人认为不像："执行那样的任务，最好是成建制的分队，怎么会从各单位抽调呢？"议来议去，还是猜不透。

26 日，师里用汽车把我们送到军部。兄弟师也有人陆续到来。27 日上午，各师来的人集中开会。在会场上，我见到曾到我们连蹲过点的政治部姜林东主任，他满面笑容地同我握手，说："把你也调来了，你干这个倒很合适。"

"到底是干什么呀？"我急切地问。

"马上就会知道了！"

最后的炮击

会议开始了。姜主任说："报告大家一个好消息：经我中朝人民三年来的浴血奋战，沉重地打击了美帝国主义，迫使它在停战协定上签了字。今天晚上 9 点（平壤时间 10 点）生效。这是中朝人民的胜利，也是全世界爱好和平人民的胜利……根据协议，基本上以当前的实际控制线划定军事分界线，沿军事分界线两侧两公里的范围划定为非军事区，双方的武装部队必须在 24 小时内撤离非军事区。双方武装力量撤离之后，各方非军事区的安全与秩序，由各方组建一支民政警察负责维护。你们就是被选派担任民政警察的。"

至此，我们的任务方已明确。

首长动员后，我们学习了半天朝鲜停战协定，每人又给配了一支步枪和一支手枪，晚上就出发了。

一辆嘎斯-51型卡车载着我们在被炮弹炸得崎岖不平的临时公路上颠簸着。当我们接近前沿的时候，协定的停战时间已到。果真是一下子"万籁俱静"了，听惯了飞机大炮昼夜轰鸣的耳朵，反而有些不习惯。午夜时分，在往日敌人重点封锁的金刚川地区，我们与从前沿撤回的部队相遇了。和我们前两天的表现一样，成百上千的人扑进金刚川湍急的水流嬉戏起来。这时，一轮明月升到顶空，金刚川上一片欢笑。几小时前，这儿还被称作"死亡谷"，现在却是一片生的欢腾。战争的残酷与和平的幸福，对比是那样的强烈。

前面下来的战友告诉我停战生效前那一刻的情况：

27日上午，所有连队都接到通知，除极少量观察哨之外，任何人都不准离开坑道到地面活动，违者要受纪律处分。

到了下午，地面上出现了异乎寻常的寂静。少数调皮战士溜出防空坑道，想看看发生了什么事。

寂静在晚8时以后被打破。敌人忽然发动了猛烈的炮火袭击。火力越来越密，不久就像倾盆的钢铁暴雨，分不出点。我们的阵地被打成一片火海。有些工事和防空坑道被炸塌，造成了一些伤亡。不少人在问，为什么我们不还击？幸好敌人的炮火是毫无目标的，加上暴露在地面的人员很少，所以损失不是很严重。到了8时45分，炮击竟然戛然而止。

突然，报话机、电话机里传来了我方指挥员愤怒的命令：

> 朝中方面已与美方签订了停战协定。协定生效的时间是9时整。可是美军居然丧心病狂地利用停火即将到来之际，向我疯狂袭击！现在全体部队向敌人还击，各种口径火炮实行急速射，但必须在8时59分停止！

不知道是美军方面的蓄意安排，还是美军士兵事先知道停火时间，懒得把炮弹运回去，也许是士兵对战争噩梦的发泄，所以他们抢在停火之前，发了疯似的把炮弹倾倒到我方的阵地上。干完这活后，美军士兵可能认为，经过这样密集的轰击，对方是不可能在15分钟之内复苏的，和平已经降临，很快可以回家了，便纷纷爬出地堡，在月光下跳起舞来。

他们万万没有料到，刚才的发泄会遭到报复，疾风骤雨般的炮弹从天而降，一时鬼哭狼嚎地往地堡里钻，许多人还没有做完还乡梦，就被上帝召唤走了。

8 时 59 分，一切归于沉寂。

这时，几乎所有的人都在注视着表上的秒针。屏住气，等着它走完那 60 小格。

沉寂，还是沉寂。人们似乎还不太相信，和平真的来到了。

10 分钟过去了。两边的阵地上开始出现了人影。接着，人们欢呼，唱歌，跳舞。一个小时以后，最前沿的双方士兵甚至握手言和，开起了联欢会。

这一情景，使我不由得想起尤里乌斯·伏契克在《绞刑架下的报告》中所写的："作为被人类最后一次战争的最后一颗子弹打死的士兵，是多么遗憾啊！可只要今后不再有战争，我情愿做这被最后一颗子弹打死的士兵！"

我相信今后还会有许多战争，还会有许多人在战争中被打死。可我还是为在停战前最后的时刻而死亡的双方士兵感到惋惜。

我们在金刚川旁一个囤粮点的麻包上宿营。面对夜空，月色皎洁如水。没有夜航机嗡嗡；没有炮弹轰鸣；没有照明弹悬挂头顶；没有曳光弹划过长空……只有金刚川流水潺潺。多么宁静的夜晚！可我怎么也睡不着。明天非军事区的斗争又会是什么样子呢？

按照朝鲜停战协定：双方必须在 72 小时内，清除非军事区内各自一侧的武器、装备和爆炸物。

所以，当第二天我们上路的时候，遇到的是川流不息、从前沿往回运送弹药、物资的人流。由于我们的前沿阵地是刚从敌人手中新占领的，敌人遗弃在那儿的弹药装备特别多。我军为了坚决执行停战协定，也是珍惜那些用鲜血换来的物资，从首长到炊事员，都投入了搬运的行列。在清除地雷等爆炸物中，有些分队遭受一定的损失。敌军害怕我军夜战，总是在阵地周围布满地雷。此外，美军飞机还漫山遍野撒布了蝴蝶雷。这种长了四个小翅膀的炸弹，借着下落时的空气动力，自动打开了保险，十分敏感，在它周围几米内，只要有人走动这样轻微的震动，就能引爆。

重上阵地

黄昏时刻，我们来到了大无名高地的南坡——这儿将是非军事区的北缘。向南就是非军事区了。

民警连长尹德本同志展开了地图，给各班分配任务。

我被编在二班，担任第二副班长。二班的任务是管东起广石洞、西至伏道寺，正面宽 10 公里的非军事区。按停战协定，负责维护非军事区秩序的部队，中文和朝文都是"民政警察"，顾名思义，非军事区是不允许军事人员进入的，但不排斥会有平民回到那里重建家园，民政警察就是维护民政的；但朝鲜停战协定对这个部队的英文称呼却是"Military Police"。按意思，应译作"军事警察"，这在英文里同"宪兵"是一个词。军事警察或宪兵是管军队的。管军队和管民政，任务是不一样的。为什么会有这种不同的称呼，我一直也没有想明白。而实际上连长交代的任务是：虽然停战了，敌人的侵略目标没有达到，他们很可能伺机重新挑起战火；也可能耍出各种手段破坏停战协定；敌人也可能派遣特务越过军事分界线来搞破坏。所以，我们实际上是最前沿的哨兵。

尹连长交代："你们班今晚就出发，拂晓前进到广石洞西南山。"他指了指地图说："这就是你们哨所的位置。到达位置后，立即安家，派出警戒哨和巡逻组，并协助工兵分队清除爆炸物。为即将开始的设置军事分界线的工作扫清道路！"

天色逐渐暗下来，更糟糕的是开始下雨了。仅看了一下地图，凭着一个指北针就摸索着出发了，心中确实不太踏实。

这一带，原不是我团的前沿。广石洞谷地，是双方火力交叉的区域，实际上是无人地带，很多东西还保持着敌人撤退后的原样。谷地里原是敌人一个榴炮团的阵地，所以修有不少公路。在公路上走，不时会踩着些东西，打开电筒一看，原来是敌人撤退时遗弃的尸体。

雨，越下越大；夜，也越来越暗，由于对敌情还保持着警惕，所以尽量不打电筒和少出声。午夜时，来到了谷底。应该离开公路上山了。在公路上走，还比较放心，因敌军是沿着公路逃走的，不担心有地雷。可上山就不一样了。没有路，极可能有雷区；再说敌人会不会搞些名堂？雨下得哗哗的，连眼睛都睁不开。为了避免不必要的伤亡和避一避雨锋，决定休息一下。我们发现公路边的山坡上，有几个掩蔽部，我和班长老徐进去用电筒照了照，地上铺着炮弹箱，还算干燥，就招呼大伙儿进来休息。

老兵们真有办法，那么大的雨，居然没有把他们的香烟、火柴淋湿。大家轮流吸一口，那滋味真是好极了。尽管衣服还是湿的，可不一会儿全都东倒西歪地入了梦乡。

大伙儿一下子进入睡梦之中，也不知睡了多久，突然，耳边"咔嚓"一声。这"咔嚓"意味着什么？也不知是什么"灵感"，使我在几乎百分之一秒的时间里"意识"到：掩蔽部要塌！我大喊一声："快跑！"这个掩蔽部里的所有同志，也都像事先训练过的一样，同时弹簧般地跃出了掩体。我们还没有在外面站稳，掩体就轰然塌陷了，吓得我们面面相觑。原来，在反击战中，攻入敌阵地的突击部队在搜索时，曾向掩体内投掷过手榴弹。掩体顶部的一根横梁被弹片砍开了一道口子。掩体上是一米多厚的积土，当雨水逐渐渗入土层，重量越来越大，最后终于崩塌了。这并不奇怪，奇怪的是怎么能在睡眼蒙眬之中瞬间做出反应。这在平时是很难想象的，也许是某根神经始终绷紧着的缘故吧！

这一来，睡意倒是全给赶走了。损失了几个水壶、电筒，但未伤人，总算万幸。

雨，不知何时停止了。天快亮时，又起了大雾，一切景物全消失在一片白茫茫之中；连我们马上要攀登的广石洞西南山，也不见了真面目。这里没有人，没有鸟兽，甚至也没有虫鸣，静极了。这也好，使我们可以确定，在相当的范围内没有什么人在活动。

我用指北针定了方向，就带领全班向上攀登。为了避免碰上地雷，我们选山脊梁，并尽量踩着弹坑走。广石洞西南山，海拔 800 米，距谷地的相对高度约 600 米。一小时以后，我们似乎已经到了山顶。但雾还没有散。我们站立的地方，犹如汪洋大海中的一叶扁舟，四周没有任何参照物，很难判断是否已经到达了指定的位置。这时步话机里传来连长的指示，要我们确认一下是否已经到达位置。

正在这时，老战士刘其如跑来说："副班长，这就是我们的位置！"

"你怎么证明？"

刘其如手里攥着两截电话线说："刚才，我顺着电话线往前摸，不久就到头了；再往前，摸到的就是敌人的电话线了！"

我兴奋地向连部报告：我们准时到达指定的位置！

天大亮以后，雾渐渐散去。极目四望，只见湛蓝的北汉江逶迤从西向东流来。

到了广石洞西南山下，掉头南流而去。江南江北景色大不一样：北面的山头，全被敌人的炮火打得光秃秃的；而南面的山头，仍是郁郁葱葱。双方的火力悬殊多么大啊！然而，被打垮的却是他们。

站在这最前沿的高地上，一种自豪感油然而生。从我在小学里学习历史开始起，就知道我的祖国总是挨打、屈辱、丧权、失地，从鸦片战争、甲午战争到"九一八""一二八"，偌大的中国，为什么会那样轻易地任人宰割？抗日战争中，我的母亲带着我们幼小的四个兄妹流离失所、四处逃亡，亲眼看到国民党军队跑得比我们老百姓还快，把大片的国土拱手让给敌人。抗战胜利后，又在杭州、上海看到美国大兵搂着中国姑娘，驾着吉普车，趾高气扬，横冲直撞，不可一世。这个在两次世界大战中获胜的天之骄子，居然败在劣势装备的中朝人民的手下，不得不签字画押同意停战。我站立的这座山头上，还横七竖八地躺着他们穿着尼龙避弹衣的尸骸。同样是中国人，过去只有挨打的份，现在却把世界霸主打得头破血流。美军的一些将领和新闻媒介说，"这是美国历史上第一次不是以胜利告终的战争"，其沮丧的心情可想而知。

在这块双方反复争夺过的地方，我们更能体会到胜利来之不易。

当我们为搭一个窝棚开挖地基时，清楚地看到近二米厚的松土，呈现一道道明显的"断层"。上一层可以看到美军的钢盔、卡宾枪的碎片；下一层则看到了我志愿军的急救包、压缩饼干等物品；再下一层，又是美军的东西；更下，又有我军的残物……如此交替叠着七八层，其间夹杂着已经分不清彼此的骨骸。我当时想：后代的考古学家如果发掘出这样一些文物，他们能够想象得到这场战争的激烈和残酷程度吗？他们能理解千千万万像黄继光、邱少云那样的无所畏惧、视死如归的英雄战士吗？而他们中的多数人并没有留下姓名，后人还会怀念他们的丰功伟绩吗？他们能否理解，在异国的土地上，付出那样的代价反复争夺这样一个山头的意义吗？

设置军事分界线

根据协定，停火一周后就要建立军事分界线、非军事区南北缘的标志物。

军事分界线的走向，已在停战协定的附图上标明，但要在实地标定，则并非易事。非军事区南缘和北缘的界牌，由双方各自负责，军事分界线的标志则分段

（每10公里一段）交替由双方负责。我们管辖的这一段正好是由美方负责的。

停战生效之后，在我方一侧，部队像蚁群似的日夜不停地向外撤出武器装备和清除爆炸物。这是在坚决执行协定中72小时要完成这一任务的规定，为此甚至付出了鲜血和生命的代价。可南侧却冷冷清清，毫无动静。我们进点后，除发现有人鬼鬼祟祟地窥视我们外，也未见对方有什么实际行动。

在山上建哨所，条件是极为艰苦的。给养要到10多里路外的非军事区北缘外的连部去取。水要到600米的山下去背。没有柴，捡破电线烧。没有房子，在地下挖个坑，捡些装炮弹的油毡纸筒撕碎了垫一垫。晚上很冷，无法入睡，只好起来去巡逻。班里年纪最小的战士小吴，不知从哪里找来两条军毯，给了我一条。我也就裹在身上睡着了。早上醒来，浑身奇痒。一看，啊！许多虱子叮在身上，肚子吸满了血，鼓得像红豆。原来，这条毯子是他从敌人尸体上拖来的。真奇怪，人死了多日，虱子居然不死，还能左右逢源地吸血！

为了沟通联络，连部命令，尽快从哨所辟一条通往后方的交通道路。路线勘察好了。但很大的问题是：道路必经的山沟地形复杂，肯定是敌人的重点布雷区。山顶上被炮弹炸碎的树干残枝也堆积在这里，使隐藏在下面的地雷变得更加可怕。工兵分队由于任务太重，一时来不了。怎么办？我和班长老徐一商量，决定自己动手排雷。我们把全班组织了一下。我和班长在前面探索。我们细心地拨开枯枝碎石，一厘米一厘米地前进。其他战士跟在后面修路。

果然不久，就发现了绊雷的细丝。一听说有雷，战士们纷纷来请战，要求担任排雷任务。这种雷只是听说过很厉害，但谁也没见过。它灵敏度很高，排雷的危险性大。作为共产党员、作为干部不能让战士来冒这个险。最后是班长与我两个人争。但对他这个人我很了解：工农干部作战勇敢，但有些鲁莽。所以我死活也不同意他去排。

我灵机一动说："昨天你看到我拾到一本英文小册子，那正好就是这种雷的说明书，我已经知道了它的排除方法。"这一下果然把他诳住了。我命令大家都退到50米以外去隐蔽。班长再三嘱咐我要小心，还从口袋里掏出他舍不得抽的半包烟递给我，说："你发现地雷后不慌着动手，抽支烟，看清楚了再干。"他坐在我后面五六米远的地方，再也不肯动了。

我顺着刚才发现的那根漆成保护色的细铁丝，扒开枯枝杂草，一寸一寸地找。看见雷体了！绿色的跳雷像一个笔筒，半截埋在土里。筒边立着钢笔粗的击针管。上面伸出三个触角，触角下面的小环上系着绊索。只要轻轻碰到触角或牵动绊索，就会使击针解脱而撞击引信，将雷底部发射药点燃，把雷体抛向空中，在两米高处爆炸，具有很大的杀伤力。我匍匐到距它很近的地方，仔细观察这随时会散播死亡的怪物。

忽然，我发现系绊索小环的另一侧有个小孔。它是起什么作用的？我猛然想起阵地上到处散落着开口销钉，那是美军手榴弹投掷前的保险销。这个小孔肯定是和美军手榴弹上的保险孔一样的！如果从小孔中插入一个销钉，就能把击针卡住。不过这仅仅是我的推想，谁敢肯定呢？那只能冒险试一试了。

我把身上别"中国人民志愿军"胸章的别针拿下来，扳直了，往小孔里穿。然而，这小孔离绊丝和触角是那样的近，手的活动空间实在太小了。偏偏此时手不由自主地颤动不止，这样不但插不准小孔，而且很有可能碰到触角或绊丝。我暗暗告诫自己：一定要沉着冷静！我稍稍回缩了一点，坐了起来点了一支烟，边吸边进一步仔细观察，同时让自己的情绪稳定下来。接着再一次"冲击"，果然稳稳当当地把别针穿进去了。接下去，又仔细地剪断绊丝，再把击针管拧下来……

"成功了！"我高兴得叫起来。

战士们找来许多开口销，班长也靠近上来。我俩互相配合，速度越来越快。天黑前把道路打通了。数了数，一共取出了28个地雷。

第二天，美方的标志物设置小组来测量线路，埋设界牌。进行到这一段时，因直线上是峭壁，必须从一侧绕行。带队的是一位美军中尉。他行了军礼后，要求通过我方的通路到下一标志点去。我指出，应该从他们自己那一侧绕过去。他派了两个黑人士兵拿了探雷器试图往那边走。他们那一侧，草木还比较茂盛。两个黑人士兵小心翼翼刚走了几步，探雷器就呜呜地叫起来，吓得再也不敢前进了。我立即指出：你们不遵守停战协定，未按规定的时间清除非军事区的爆炸物，贻误了建立标志物的进程，你们要对此负责！

那名中尉耸耸肩，用步话机与后方叽里哇啦说了一阵，只得收兵回营。

后来得知，各段都有类似的情况。在停战小组会上，我方代表向对方提出强烈抗议。美方在事实面前，不得不承认错误。

尽管美方拥有许多先进装备，但在军事分界线的设置工作上，进度大大落后于我方，都超过了停战委员会的规定时间。这除了他们缺乏诚意外，很大程度上是他们的士兵和基层干部，缺乏像我们那样排除万难、一往无前的牺牲精神。

军事分界线和非军事区建立后，除后来因双方交换遗留在对方阵地上的尸体等问题与对方有接触外，我们基本上生活在无人区中。

半年后，我们的任务全部交给朝鲜人民军。

这条绵亘200多公里的无人地带，存在已经40余年了。它维护了朝鲜停战，保证了朝鲜半岛40年的和平。在"冷战"时代，这一非军事区，实际上也成了两大阵营的隔离带，从这个意义上看，它维护了一代人的世界和平。它也维护了新生的中华人民共和国的安全。

这条非军事区，虽不如柏林墙出名，但是其规模却远远超出前者。报载：南朝鲜方面在非军事区南缘设置了长200余公里的水泥墙。因此它也把南北朝鲜人民分隔了一代人的年纪。

据说，40年来，在这个无人区内，在被炮火耕松了的土地上，已经长出了茂密的森林，各种鸟兽逐渐生息繁衍。由于无人去干扰，这里实际上成了一个特大的野生动物保护区。这真是当时我们在设立非军事区时所始料不及的。如果在我有生之年，能在一个真正和平的环境中，作为一个和平的见证人，到那儿故地重游，该有多好啊！

公
开
撤
军
回
国
忆
昔

·杨志启·口述
·孙天林·整理

回国动员——首批凯旋，归心似箭

1954 年 9 月，中国人民志愿军陆军第三十三师奉命公开撤军回国。9 月初的一天，志愿军陆军第三十三师炮兵五五八团召开了由排以上干部（当时我在教导连当副排长）和党、团骨干参加的回国动员会。这天的动员会给人的第一印象是气氛异常。团部大礼堂（实际上是一个大草棚子）所有进出口都有警卫战士荷枪实弹地站着双岗，还有游动哨在几个进出口之间游动，而特派员（保卫干部）又在舞台上转来转去，整个会场的气氛严肃极了。之后，团长张敬民笑盈盈地走上讲台，边挥手致意边向大家问好。他的这一举动，与戒备森严的气氛形成了强烈的反差，越发把大家搞糊涂了。

张团长说："报告大家一个好消息，我们师奉命将经朝鲜首都平壤，再经新义州，公开撤军回国。"

这时全场响起了热烈的掌声。

接着，他说："我国政府在 1954 年日内瓦外长会议上提出：'为了朝鲜的永久和平，一切外国军队必须从南北朝鲜撤出。'我们圆

＊　杨志启，时任中国人民志愿军第六十军第三十三师炮兵五五八团教导连副
　　排长。

满地完成了祖国人民赋予的光荣使命，所以要从朝鲜撤军回国。但为了保存一定的军事实力与美军抗衡，我们提出将分期分批从朝鲜撤出全部志愿军部队。我师是首批撤出的七个师之一，而且是凯旋的先头师。由于是公开撤军，在离开朝鲜的边陲城市——新义州时，将接受中立国军事代表团的严格检查，同时还将接受朝鲜政府与朝鲜人民的热烈欢送和祖国人民的热烈欢迎。"

他还要求全团官兵在撤离朝鲜时，要爱护好朝鲜的一山一水、一草一木，而且要以威武之师、文明之师的姿态去接受中立国军事代表团的检查，以无愧于"最可爱的人"的光荣称号。最后他反复强调，要做好保密工作，在未作全面动员前，任何人不得将大会内容泄露出去。这时我才理解，今天的动员会为什么要戒备这么森严。

回国，是每个志愿军战士早就日思夜念、梦寐以求的事。朝鲜停战后，部队由打仗转入了战备训练，我们又利用空闲时间开荒种地，生活得到了很大改善。但即使这样，仍有远离家乡亲人、孤身漂泊在外的感觉，时常都想回到祖国母亲的怀抱。今天忽然听到团长的撤军回国动员讲话，感到既突然又欣喜，还一度怀疑自己的耳朵是不是听错了。但仔细一想，没错，我们马上就要回国，这是千真万确的事情。

在那些日子里，见到其他人总想把心中的喜悦告诉他，与大家共同分享回国的欢乐。但因为军队有严格的纪律约束，一件事在某一时间内该叫谁知道、不该叫谁知道，不得扩大到以外的范围，这是有严格规定的，谁要是泄了密，谁就要受到纪律的处分，所以只能把这种喜悦藏在心里。

公开回国——严阵以待，准备迎检

时隔五六天后，部队才展开全面动员。消息传开后，全连官兵兴奋异常，几天几夜不能成眠。"兵者，诡道也。"在当时的形势下，志愿军有很多部队如第三十八、第四十、第四十二军等，都是悄无声息地回国的，现在，我们三十三师是第一批公开回国的，能不兴奋吗？但因为是首批公开回国的部队，我们要接受波兰、印度等中立国军人的审核、检查后才能放行，还要接受朝鲜政府和人民的欢送和祖国亲人们的欢迎。

为了应对中立国的检查，全师上下做了很多准备工作。首先是选定正副列车长。公开撤军回国部队全部乘火车，但火车全部都是闷罐车厢，每个军列的车厢不超过 35 节，每节车厢中所乘人员不超过 65 人，每列军车应有正副列车长各一人。列车长应是脑子灵活、口齿伶俐、善于辩驳的干部，因为他们要与中立国人员对答各类刁钻问题，还要向中立国检查人员报告列车运载的人员、武器及装备等数字。列车长是我们志愿军形象的代表，因此要求个头要高，服装要整洁，威风凛凛，还要佩戴上有关标志物，如各类轻武器和重装备的标志。

凡乘车部队，即接受中立国检查的部队，每人都是整洁的服装、统一制式的背包、统一的鞋子、统一的武器——这节车或这列车要么都携带苏式冲锋枪，要么都携带美式卡宾枪。如果是重武器，也是一列车一个样——要么都是 57 毫米反坦克炮，要么都是 122 毫米榴弹炮……子弹的携带也有严格的规定。干部佩带的手枪，按国际惯例，属自卫武器，不在受检之列。其余的轻武器不分轻重，一律只携带一个基数：如步枪携带一个基数的子弹为 80 发；统一制式的背包，以步兵的背包为标准，每个重 12 斤。炮兵部队的干部、战士，普遍存在背包偏大的问题，行军打仗，有车代步，背包大点儿没关系，而现在要求按步兵背包的标准，全团干部战士普遍达不到。经请示上级批准，允许超重一点，但最多不能超过两斤。按照这个放宽数，我带头忍痛割爱，把那些旧的或半新不旧的家当全都扔掉，留下新的、适用的衣物。

大多数战士都能很好地配合完成轻装任务，唯独二班有个战士的工作难做，因为平时他非常节俭，新衣、新鞋包袱里还有好几套（双）。本身年龄已有点偏大，回国后他自知不久将复员返乡，哪怕是一件旧衣服，对这个来自四川贫困山区的人来说，在生产劳动中都是用得着的，所以他什么东西都舍不得扔。经反复做工作，他清掉了那些可留可不留的衣物，结果背包还重达 14 斤多。如果按硬性规定，他有一套半新半旧的衣服也必须扔掉，但我不忍伤他的心，也就放了他一马。

他成了全排唯一一个超出上级允许的背包重量的战士。

起程回国——万人空巷，夹道狂欢

1954 年 9 月 12 日，我师各步兵团步行至平壤南不远的一个车站集结，准备

朝鲜人民热烈欢送志愿军回国

志愿军官兵与朝鲜人民依依惜别

从那里登车起程回国。沿途，各部队受到当地军民的夹道热烈欢送。

9 月 15 日，英雄的平壤花团锦簇，彩旗飞舞，人头攒动。当英雄的朝鲜人民得知为他们浴血奋战的志愿军将要回国时，都风尘仆仆地从几十里甚至百里之外赶到平壤来，簇拥在志愿军乘坐的列车两旁。穿着五彩缤纷服装的朝鲜姑娘们，用欢快热烈的民族舞蹈欢送志愿军战士们。朝鲜的大娘大爷们流着热泪，一遍一遍地欢呼："中古克集混滚，高嘛司米达（中国志愿军，谢谢）！"小学生们拿着一束束鲜花，献给志愿军战士们。一位两鬓斑白的老者摘下眼镜，擦着泪花喃喃地说："如果不是中国人民志愿军，我们多灾多难的民族，一定又要沦为殖民地了。"老者说完后，深深地向志愿军列车鞠了三个躬，以此大礼表达他对志愿军战士的敬意。他的这一举动，感动得我们许多战士热泪盈眶。

火车站广场高悬的横幅上，写着"欢送中国人民志愿军归国部队大会"。朝中两国国旗悬挂两边，大幕正中悬挂着金日成首相和毛泽东主席的巨幅画像，四周红旗招展，彩旗飞扬。朝鲜党政军及人民团体领导人出席了集会，朝鲜领导人崔庸健等还亲自与志愿军握手以表示慰问。车站广场上的高音喇叭里用中朝两国语言一遍一遍欢呼着："中朝人民胜利了！""中国人民志愿军胜利了！""中国人民的伟大领袖毛主席万岁！""金日成首相万岁！"同时，朝鲜各界人民把一封封充满深情的信塞到志愿军战士们的手中。其中一位政府官员的信是这样写的：

中国人民志愿军同志们：

你们为了保卫我们国家的独立、自由以及亚洲的和平，在反对美帝国主义武装侵略的统一战线上作出了伟大的贡献。在你们即将归国之时，我们向你们表示崇高的敬意和衷心的感谢。

中国人民在伟大的领袖毛泽东主席的英明领导下，在我们最艰苦的时候，组织了中国的优秀儿女，跨过鸭绿江、图们江来到朝鲜战场上，英勇奋战，打败了侵略者，迫使美帝国主义在停战协定上签字，取得了抗美援朝、保家卫国的伟大胜利。

在后方，你们热爱朝鲜的一山一水、一草一木，在战争的空余时间，你们帮助朝鲜人民建设家园，并且将节省的粮食和衣服分给朝鲜人民，使我们亲身体验到了志愿军的高尚品德。战后，你们又和我们一起在战争的废墟上辛勤劳动，流尽汗水，为我们建设美好家园。你们的丰功伟绩和高尚品德，使我们千秋万代永远难忘。

今天在你们归国时，我们向中国共产党和中国人民的伟大领袖毛泽东主席以及为我们留下光辉业绩的全体志愿军同志，再次表示衷心的感谢。朝鲜人民一定在以敬爱的领袖金日成为首相的共和国政府和光荣的朝鲜劳动党的领导下，坚决维护亚洲的和平，更紧密地加强朝中两国的友谊，提高警惕，粉碎帝国主义的一切阴谋活动，为实现祖国的和平统一而努力奋斗。

祝愿你们继续取得光辉业绩。

许定结

1954 年 9 月 8 日

火车将要开动了，我们与同甘共苦、生死与共了近三年的朝鲜人民就要分别了，战士们恋恋不舍地登上了火车。这时，朝鲜群众把红、绿、黄三色纸条交到了战士们的手中或挂在车厢上。当火车慢慢行进时，彩条在志愿军和朝鲜人民手中不断拉长——寓意朝中人民的友谊经久不断、源远流长。

归国途中——偶遇小波折，智答外媒

正常情况下，我们所乘列车到达祖国的安东车站只需要两天的时间，所以我们随身只带了两天的干粮。但事与愿违，由于列车编组，我们乘坐的火车开出平壤后不久就把我们甩在一个小车站上，停靠了40多个小时。隔一天的下午，才让我们驶出小站，朝祖国的方向奔去。在以后的乘车途中，战士们的情绪并没有因断粮两天受到影响。为继续鼓舞士气，我指挥所在车厢战士高唱《志愿军战歌》《歌唱祖国》等当时流行的革命歌曲，使部队始终保持着高昂的激情。

从小站驶出后的第二天上午，我们乘坐的列车抵达了朝鲜的边陲城市——新义州，在这里，我们将接受中立国军事代表团的检查。

载兵的闷罐车车门是敞开的，而且每个车门口都竖着一个简易木梯子。运载火炮的敞篷车上的火炮篷布是掀开着的，炮衣是脱了的。志愿军战士们在车里，都是行列整齐地正襟危坐着。

中立国和各国观察人员以及世界各大媒体的记者一大片，白皮肤的、黑皮肤的和黄皮肤的，黄头发的、红头发的、白头发的和黑头发的，穿军衣的和穿便衣的，佩戴军衔的和不佩戴军衔的。他们叽里呱啦，指手画脚。有的登上122毫米榴弹炮车，摇动转向盘，左右高低操作了一阵，然后吐出"OK"；有的从简易梯子上爬上闷罐车，清点正襟危坐的战士的人数。

有一个佩戴少校军衔的长官问我们的战士："你们部队的番号是什么？"

我们这个战士很有礼貌地回答："这个问题请问我的领导。"同时用手指了一下列车长。

有一个外国记者问一个炮兵战士："你们回国后，到什么地方去？"

中国战士像打机关枪似的回答说："请原谅，我拒绝回答这个问题。"

这个外国记者碰了一鼻子灰并没有死心，接着又提了一个更为刁钻的问题："朝鲜停战了，越南还在打仗，你们撤回国后是不是要去越南呢？"

这个问题我们事前未"演练"过，同车的战友都为他捏了一把汗，只见这位战士机智地回答道："这个问题请你问我们中华人民共和国的外交部长去！"

真是一语吐出，震动众邻。

很多记者跷起大拇指说："中国战士有水平，中国战士够厉害！"

踏上祖国土地——亲人相拥，欢呼歌唱

中国，朝鲜，被滔滔鸭绿江所隔，由鸭绿江大桥相连。桥东是朝鲜的新义州，断壁残垣；桥西是中国的安东，欣欣向荣。

一江之隔两重天！

今天我们从那被战争摧残的邻邦起程，回到欣欣向荣的祖国！

啊！祖国母亲，你的儿女们回来了！

第一批公开撤军回国的志愿军陆军三十八师的先头部队回到中国的边陲城市——安东时，受到了安东市党政军民的热烈欢迎。他们在火车站举行了盛大的欢迎仪式，彩旗飘扬，锣鼓声回荡，《歌唱祖国》的声音在耳际回响。

当后续列车载着我们这些远征归来的战士跨过鸭绿江，进入装饰着和平鸽图案、上写"欢迎胜利归国的中国人民志愿军！"横幅的凯旋门，驶入安东车站时，整个车厢沸腾了。战士们兴奋地跳起来喊道："啊！祖国母亲，你的儿女们回来了！"

车门打开后，大家东瞅瞅西望望，车站两旁人山人海，一片热闹景象。车站上写着"热烈欢迎最可爱的人——中国人民志愿军凯旋归来"的长幅标语引人注目。人海中，"欢迎最可爱的中国人民志愿军回国"的欢呼声此起彼伏，锣鼓声、鞭炮声、喇叭声震耳欲聋，人们打着腰鼓，唱着《志愿军战歌》……到处都是欢欣鼓舞的场面，欢迎群众的热情一浪高过一浪。

满载志愿军官兵的列车驶过凯旋门，回到祖国的怀抱

第四辑

英雄赞歌

回忆和毛岸英在朝作战的日子

·秦福晨·

杨志明，抗美援朝老战士，曾荣获朝鲜民主主义人民共和国三级国旗勋章。今天，他向我们讲述了在朝作战期间一段鲜为人知的经历。

1950 年 10 月 19 日，奉中央军委命令，中国人民志愿军大部队在司令员彭德怀的率领下，雄赳赳，气昂昂，跨过了鸭绿江。随即志愿军司令部于 10 月 22 日夜抵达大榆洞。

杨志明记忆中的毛岸英，高大英俊，目光有神，透视出聪颖、干练的灵气，说普通话，梳着中分头，身穿粗黄呢子军服。从着装上看，应是团级干部。他担任苏联派驻志愿军司令部的高级军事顾问团俄语翻译，同时兼任彭德怀司令员的机要秘书。

当时志愿军司令部驻扎在朝鲜大榆洞。杨志明所在的机要处与司令部驻的平房中间隔着一条 10 米宽的路。按照规定，凡是机要处给彭总的电报，都要由毛岸英签收、保管以及返还给机要处销毁。所以，毛岸英几乎每天都到机要处来，有时是退还电报，或是

＊ 秦福晨，《大庆晚报》副总编。

看看有没有给首长的电报。

在入朝前，机要处的同志就听说毛泽东的儿子也要来朝鲜，没想到就坐在了杨志明和其他五名机要翻译跟前。大伙非常拘谨，不敢和他主动谈话。

毛岸英看到这种场面，很懊丧，转身站起要走，但还是回过头，微笑着对战友们说："我是不是像小说上描写的青脸红发的妖怪？"

他这一说，把大伙逗笑了，畏惧感、生疏感都烟消云散。杨志明那时爱说爱笑，对毛岸英说："毛秘书，你长得挺帅呀！"

大伙就你一言我一语地开了腔，沉闷的气氛被打破了。

待了一会儿，毛岸英说："如果同志们不欢迎我，那我今后就少来点吧，免得打扰大家，你们总是把我当外人看，这我可受不了。"大伙的情绪活跃起来，对他的亲切感油然而生，就异口同声地说："欢迎毛秘书常来。"

毛岸英非常开心地笑了，说："有同志们的信任，我就放心了，这才不至于过了多少年后，不会把在同一战壕里的战友给忘记了。"

听了他的话，大伙的眼睛都湿润了，感到毛岸英像大哥哥一样平易近人。

杨志明记得入朝第 30 天，也就是 11 月 22 日上午，毛岸英来到机要处办公室，看到大伙都在忙着翻译电报，就独自默默地坐在对面看着大伙工作。

等杨志明刚刚翻译完一份 200 余字的电报时，他问："小杨，你这没错吗？"

"没错，如果错了得长几个脑袋。"

"我也没看你查几回译码本呀！"

杨志明调皮地指指脑袋，说："真正的密码本在这。"接着杨志明指了指身边的王淑娟说："她可以一次本都不用翻。要是她干，比我们更快。"

毛岸英笑而不语，但露出非常羡慕的表情。

这时工作做完的同志都围拢过来，把毛岸英拥在了中间。

他看了看杨志明，说："小杨，你这么漂亮，又聪明，将来得找个什么对象呀？"

杨志明一怔，说："我不能找。"

他说："不是现在，是将来。"

"将来也不行。"

他感到非常惊讶："难道你要打一辈子光棍？"

杨志明怯生生地说："我女儿都两岁了。"

"你开什么国际玩笑，你多大岁数？难道童年就结婚了？"

他一连几个问题，几乎把杨志明弄糊涂了。杨志明赶紧说："这是真的，我19岁啦。我在1947年，16岁结的婚。"

听杨志明这么一说，战友们也吃惊地笑着瞅杨志明。

毛岸英为了打破杨志明的尴尬，逗趣地说："你比我强，我今年28岁。去年才结婚，爱人比我小九岁。"

杨志明又接着问："毛秘书，你有那么大吗？"

他一扬头："我是1922年生的，你说我今年多大？"

当时机要处的战友们最大的22岁，最小的才16岁，毛岸英和大伙唠家常一样的对话，更加拉近了这位共和国主席之子与普通战士们心与心之间的距离。

然而，就在毛岸英遇难前两天，他和机要处的战友们的一次谈话，更使杨志明的回忆几次因为激动，说不下去了。

杨志明说，就在我们吃晚饭时，他来了，一进门就大声说："哎！同志们，吃什么好东西了？这么小气，也不打招呼，让我也解解馋。"

等走近一看，说："噢！彼此彼此，我还比你们多吃了一样咸花生米呢。"

大伙就一边吃饭，一边你一句他一句地和毛岸英唠上了。

杨志明终于鼓起勇气，把憋在肚子里好长时间的话吐了出来，问："毛秘书，你到这里来，毛主席放心吗？"

他一愣神，目光慢慢移向了别处，反问道："那你说，你为什么要到这里来？你的亲人放心吗？"

大家都沉默了。

杨志明又好奇地问："毛秘书，北京啥样呀？"

毛岸英脸上露出一丝兴奋，说："我们的首都北京可真挺好啊！有雄伟壮丽的天安门城楼，还有许许多多名胜古迹，这山沟沟可没法比！"说完脸上的笑容消逝了。

短暂的沉默后，杨志明又找话说："听说你在苏联长大的，俄语一定说得好，能不能给我们说几句？"

他扫视了一下室内，一个一个地看了我们一圈，说："说几句，看你们谁能翻译。"接着他就叽里呱啦地说了起来。说完他又扫视了我们一遍，见我们个个都傻乎乎地咧着嘴，干愣着，他微笑着说："还是让我自己翻译吧，我说的这段话的意思是：'同志们好！你们辛苦了，等战争胜利了，我请大家都到北京做客，咱们在天安门城楼前合影。'"

顿时大家情绪激昂，仿佛真的凯旋了，回到了我们心中的红太阳升起的地方北京。

这时有个叫小李的女机要员提议，大家一起唱《志愿军战歌》吧，大家齐呼："好！"于是，由小李起头并指挥，大家高声唱了起来，嘹亮的歌声传出很远，战友们的泪水也止不住了，随着歌声飞扬。

11月24日上午，机要处办公室收到情报处送来的破译的敌报，敌机明天要重点轰炸志愿军司令部。司令部参谋长下令全体人员立刻转移，机要处和首长一起住进了距大榆洞一里左右的一个废弃的火车隧道里，为了工作方便，中间用木板与首长隔开。入洞一上午，敌机没有来轰炸。到了11点，毛岸英与彭德怀总司令的一位高参谋回原驻地去取材料，不料敌机群就压上来了。

我们走出洞子往回返，看见彭总的住房已被毁掉了，废墟里冒着浓烟。等来到跟前，才知道毛岸英和那位高参谋牺牲了。此时此刻，在场的志愿军官兵哭声雷动，大家心如刀绞，感到失去了一位好战友、好首长、好哥哥。

当天夜里十一二点钟，机要处领导交给三名机要组长一份由首长处送来的，署名"志司"发往北京中央军委的"绝密"电报稿，向中央军委报告毛岸英不幸遇难的噩耗。大家怀着十分沉重的心情，把电报稿翻译完，并郑重地封好，看着机要处通讯员跑出门去，送往发报台。

跟随彭德怀，首批入朝

1950 年 6 月 25 日，朝鲜内战爆发。战争初期，朝鲜人民军势如破竹。7 月下旬，南朝鲜 90％的土地已被攻克。7 月底，朝鲜人民军打到釜山。解放的省（道）和人口比北半部还多，这时朝鲜深感地方干部不足。朝鲜向中国提出请求，希望中方支援朝鲜族干部到朝鲜工作。

吉林省的朝鲜族最多，支援的任务就落到吉林省。根据政治素质、文化水平、平时表现等，经过层层考察筛选，吉林省选拔出 150 人，准备赴朝鲜工作。我也在被抽调的干部之列，并被任命为吉林省赴朝工作大队的临时党总支书记。

8 月中旬，我带队到东北局办理入朝手续。这时情况突然发生变化，我们接到上级命令：暂时不去朝鲜，先留下集训。按我们当时的理解，因为要出国，国情不一样了，集训一下也是需要的。于是，我又奉命带队到了集训队。

1950 年 7 月 13 日，中央军委作出《关于保卫东北边防的决定》，并从第四野战军抽调出第三十八、第三十九、第四十、第四十二军，以及炮兵第一、第二、第八师共 25.5 万余人组成东北边防军。我后来才知道，我们参加的集训队就是由东北边防军组织的。

把队伍送到集训队后，我又被抽调至东北军区司令部情报部，每天的工作就是了解朝鲜的兵要地志和社情民俗。我当时以为是在为情报工作做准备，还不知道要被派往朝鲜。

10月初，应朝鲜党和政府的请求，中共中央作出了抗美援朝、保家卫国的参战决策，并任命彭德怀为中国人民志愿军司令员兼政治委员。东北军区迅速抽调干部，组成了一个精干的指挥机构，准备随彭德怀一起入朝。

10月10日深夜，我正在睡觉，有人叫醒我，说丁部长（丁甘如，时任东北军区情报部部长）正在沈阳车站等我，让我赶快去报到，准备接受新的任务。我马上捆绑好行李赶过去。到那儿以后，我们坐上一趟专列，第二天上午到达安东。此时我意识到，可能要到朝鲜打仗。14日，丁部长让我暂时到十三兵团司令部作战处去报到，之后两天是入朝作战动员。到18日，我才得知，自己将作为志愿军总部的一员，跟随彭德怀司令员，开赴朝鲜战场。

10月19日下午两三点钟，我随从彭德怀一起出发赴朝。我和彭总是首批进入朝鲜的，大部队当天晚上才出发。其实也算不上"批"，总共就两台车：彭德怀带着秘书和警卫人员坐一台美式吉普；美式吉普小，我坐不下了，就在后面坐一台中吉普，还拉着一部电台。朝方派了次帅朴一禹到安东迎接。过江以后就是新义州，朝鲜劳动党副委员长、内阁副首相兼外务相朴宪永在那里等候彭德怀。当时的情况非常危险，正是白天，如果被美国飞机发现，几台车一个也逃不了。但是美军很傲慢，并没有想到我们会入朝，始终没发现我们。不仅如此，志愿军25万大军分三个晚上过江，他们也没发现。

就这样，彭德怀最先进入抗美援朝战场。我本来紧跟在后面，可出发不到50公里，车就抛锚了，所以第二天才赶到。

在朝鲜平安北道东仓郡的大榆洞，彭德怀与金日成会合。大榆洞也成为志愿军总部在朝鲜战场的首个驻地。

我在志愿军总部

志愿军入朝后，为了适应战争需要，十三兵团司令部、政治部改组为中国人民志愿军司令部、政治部。彭总带去的人都参加了司令部和政治部工作并任正职，十三兵团的人员担任副职。10 月 25 日，中国人民志愿军总部正式成立。这时，我的任务也明确下来：担任志愿军司令部作战处参谋兼彭德怀的翻译。

"作战处参谋"只是一个头衔，我实际只做翻译工作，并且翻译的任务也不是很多。朝鲜党政军高层领导人大多在中国参加过革命活动，他们都懂中国语言文字，不需要翻译。只有朴宪永等少数人不懂中文，所以给他翻译相对多一些。第三次战役后，朴一禹次帅作为朝方党政军全权代表，常驻志愿军总部，他是个中国通，更不需要我翻译。

于是我就主要负责联络工作。虽然只是一名参谋，但是，在志愿军总部工作的朝鲜族人员中，我职位最高。与朝方党、政、军方面的联络工作，以及与朝鲜各郡（县）、道（省）联系，主要由我负责。

此外我还传达作战命令。第一次战役是遭遇战，敌方进攻，我方开进，碰上了就打，不存在传达作战命令的问题。从第二次战役开始就需要下达作战命令。战役打响之前，所有作战命令都不准通过电报下达，而是派人专送，以免被敌人获取。由于极端机密，所以选择可靠的参谋、科长一级干部负责传送。我出门比较方便，不需要带翻译，只带两个警卫员就行，所以传送的多一些。第三次战役我也送了。之后的战役不再需要专门传送，志愿军副司令直接去前方布置作战任务和靠前指挥。

第二次战役以后，我开始协助洪学智副司令员了解和指导后勤保障工作。志愿军后勤司令部成立前，后勤保障全部由东北军区负责，东北军区后勤部门派联络组（后来改为前线指挥所）了解前方的物资需求和保障情况，我则负责掌握这些情况，并向洪学智报告。

为什么让我给洪学智当后勤工作参谋呢？第二次战役期间，志愿军三十八军一一三师在军隅里地区迂回作战，炸断了敌人后撤必经的桥梁，迫使敌人丢掉了一个多师的轮式装备。彭德怀指示司令部，立即派人到现场组织抢运。洪学智让作战处派人到军隅里组织协调此项工作。我受命执行此任务，连夜驱车由大榆洞赶往军隅里。早上 4 点多钟到现场时，发现四五公里长的路上堆满了各种现代化的美式武器装备。如果天亮前不及时转移，这些武器装备就会被美机炸毁。迂回到军隅里炸桥的部队已向前追歼敌人，现场只有转接伤员的医疗队，而且没有人会开车，把装备全部转移到安全地带是不可能的。我心急如焚，只好与部队领导商量，让部队官兵尽量搬运物资，抢出多少是多少。天刚亮，美军的飞机就蜂拥而至，狂轰滥炸，把物资装备几乎全都炸毁了，我也因此负伤。

我回去后向领导汇报：（一）今后凡是执行迂回歼敌任务的部队，下达命令时明确要求，所缴获的武器装备要安全转移备用；（二）今后凡是类似的作战行动，后勤要组织相关队伍跟随部队机动或待命，积极抢运缴获的物资装备。

洪学智听后表示："这次你孤家寡人到军隅里，不可能有什么作为，你的两条建议今后可以引用。"洪学智接着对我说："看你这方面还有点在行，给我当助手吧。"就这样，我就开始给他做助手。

此外，我的临时任务也比较多。志愿军入朝以后，随着战线向南推进，总部几次转移。每次调整前，都是作战处丁甘如处长带着我先行勘察选址。先是在大榆洞，1950 年 12 月，志愿军总部从大榆洞迁至德川南部的一个铁路涵洞，结果次日早上就被敌人发现，挡在洞口的沙袋全都被敌机炸坏。总部继续南迁，转移到了成川西南的君子里。1951 年 2 月，总部又搬至江原道金化郡上甘岭；1951 年 4 月，又从上甘岭搬到江原道伊川郡空寺洞；1951 年 9 月底，总部移至朝鲜平安南道桧仓郡，直至 1958 年 10 月撤出朝鲜回国，总部都设在那里。这几次搬家，除了第一次，另外五次我都亲自参与了。

彭德怀出行，我也要负责护送。其中有两次印象比较深，一次是首次入朝；还有一次是 1951 年 2 月 20 日，彭总连夜从上甘岭到安东，回国内汇报工作，然后再由安东返回朝鲜，往返途中都是我护送。我的任务，一是保卫，二是前导侦察开路。我怎么走，后边彭总的车就怎么跟进。因为只能夜间行驶，所以要提前熟悉路况，中途不能停车，不能问路，以保障首长的安全。

1951 年 6 月，我因一次车祸负伤，在志愿军司令部边工作边治疗。一天，丁甘如处长找我谈话，在仔细询问了我的身体康复情况后，对我说："南起，我们该说再见了。你的工作有新的变化，要跟随洪副司令员到志愿军后勤司令部工作。"

在志愿军总部期间，我并没有做什么大事。如果说我在抗美援朝战争中有点作为的话，主要是在调到志愿军后勤司令部以后的一段时期。

从志愿军总部到志愿军后勤司令部

1951 年 5 月 19 日，中央军委作出《关于加强志愿军后方勤务工作的决定》，决定着即成立志愿军后方勤务司令部。6月，志愿军后方勤务司令部宣布成立，洪学智为志愿军后方勤务司令部司令员，周纯全为政治委员。周总理对志愿军后勤司令部的创建和志愿军后勤物资保障，自始至终倾注了大量精力和心血。

这里需要说明：为什么成立的不是"后勤部"而是"后勤司令部"？这主要是抗美援朝战争后勤工作的特殊性决定的。与国内战争时期相比，志愿军后勤工作有三个特点：

第一，国内战争时的后勤物资供应，主要靠就地取给和取之于敌。如生活必需品就地取给，武器装备和弹药取之于敌。"蒋介石是我们的运输大队长"，说的就是这个道理。然而，在抗美援朝战争中，志愿军所需的一切物资都由国内筹措，长途运输到朝鲜战场实施补给。

第二，抗美援朝战场上，美军凭借制空权、制海权，集中 1000 多架飞机，对我军在用的铁路、公路昼夜狂轰滥炸和封锁，迫使我军的一切后勤行动只能转入夜间进行，工作效率大大降低。铁路的通车时间只有 1/5，汽车只能闭灯作业，一夜仅行驶 30 公里左右。后勤的保障率不足 50%，严重影响了部队的作战行动。

第三，由于敌机对我铁路、公路及后勤物资储备基地破坏严重，后勤必须组织指挥铁道、工程、高炮、汽车、装卸部队及防空部队进行对敌斗争，并赢得胜利，必须建立"打不断，炸不烂"的钢铁运输线，才能保证运输，实施对物资的有效保障。也就是说，志愿军后勤的首要任务是组织指挥 20 万后勤大军，负责对敌斗争，抢修铁路、公路，保证军事运输通畅。这在国内战争中未曾有过。这就是成立"志愿军后勤司令部"，而不是"后勤部"的主要原因。

洪学智受命后，找到志愿军作战处副处长杨迪，说："你对司令部的人熟悉，给我推荐两个人，随我一起到后勤司令部去。职务高低无关紧要，关键是工作能力强，可以独当一面。"杨迪思索了一会儿，回答："赵南起和刘洪洲，是我们处里的两个年轻参谋，业务水平都不错，就让他们两人跟你一起去吧。"

我因此离开了志愿军总部，随同洪学智一起到了新组建的志愿军后方勤务司令部，开始了在志愿军后勤战线六年多的工作。

志愿军后勤司令部成立初期的情况

虽然叫"司令部"，但刚成立时人员并不多。洪学智上任时，总共就带了三个人。除了我和刘洪洲，还有军务科的魏参谋。

当时，东北军区后勤部在楠亭里设有一个前方指挥所，离志愿军司令部有40多公里。后勤司令部宣布成立以后，洪学智带我一起去"前指"，找东北军区后勤部副部长张明远商量志后司令部的筹建事宜。两个人统一了意见，最后决定：洪带的几个人和"前指"二十几个人合并，共同组成志愿军后方勤务司令部。

7月，洪学智带我们几个人到楠亭里，与"前指"会合。从此，志愿军后勤司令部的工作正式展开。

志后刚成立时共设四个处：参谋处、通讯处、机要处、行政处。参谋处是唯一一个负责指挥的职能部门，有七八个人。我被分配在参谋处战勤科，担任运输组组长。1952年9月，志愿军后方勤务司令部进行机构调整，成立了计划运输科，战勤科改编为计划运输科，我被任命为计划运输科副科长。1953年春，志后参谋处改编为计划运输处，计划运输处分为计划科和运输科，我任运输科科长。虽然职务有变动，但一直都在主管运输工作。

当时，志愿军在朝鲜战场的运输体系由三部分组成：一是铁路运输，由中朝联合铁道运输司令部（简称"联运司"）组织，担负从中国向朝鲜战场的铁运任务；二是汽车运输，由志愿军后方勤务司令部组织，负责由铁路终点站向各军、师运送物资，担负装卸、储备和汽运任务；三是团以下作战前沿的运输，由各团后勤部门组织，负责将物资运往作战部队。在这三个环节中，汽车运输起着承上启下的作用。我作为志后计划运输的负责人，不仅要统一调度指挥志后所属的13个汽车团（1952年增加到17个汽车团），而且要协调与铁路运输的关系，同时编制志愿军的月度物资需求申请计划，确定物资运输和接收计划。我所承担的工作，位于整个运输体系的枢纽部位。

我虽然官不大，可权力不小。志愿军后勤司令部下面的单位，科一级的有几十个，唯独我的科是直接归志后首长管，由洪、张正副司令员领导，向他们请示汇报工作。为什么呢？在抗美援朝战争的后勤保障工作中，"千条万条，运输第一条"，运输跟不上去，其他都无从谈起。我所在的运输科，人员最多的时候有18人，业务范围广，任务繁重。在所有科长、副科长中，我年纪最小。夸张一点说，那个时候，一提起"赵科长"，全志愿军后勤系统都知道。当然，我当时稍有点名气，主要是由运输工作的重要地位决定的。

然而，能否承担起这副重担，我自己也没有把握。我当时只有 24 岁，资历很浅，要协调整个朝鲜战场的运输工作，能否压得住场，心中没有底。

也许是要考验我这个全志愿军运输调度组织者的真实才能，上任不久，就迎来了一次严峻的考验。

反 "绞杀战" 期间重塑运输线

1951 年 7、8 月间，朝鲜遇到了几十年不遇的大洪水，给志愿军后勤带来了灾难性的影响。各种桥梁被冲坏的共 205 座，铁路路基冲坏了 450 多公里，交通中断。

美军趁机从 1951 年 8 月 18 日开始，集中了 1200 多架飞机（约占侵朝空军 80% 的空军力量，多的时候 1400 多架，海军航空兵也参与协同作战），对我志愿军发动 "绞杀战"。

"绞杀"，顾名思义，就是选择我们交通运输枢纽最窄的区域进行集中轰炸。这个咽喉地区位于新安州、价川、顺川形成的三角区。一开始是对新安州、价川、顺川、平壤大三角的 300 多公里；后来，敌军感到范围太大，轰炸起来太分散，又缩小到新安州、价川、顺川的 150 公里的小三角地区。美军妄图通过这个办法，掐断志愿军的后勤供应，让前方的指战员没粮吃、没弹打，自己死亡。

1951 年 9 月至 12 月间，在这个三角地区的几段仅长 73.5 公里的铁路线上，美军飞机投弹 3.8 万多枚，平均每两米中弹一枚。与此同时，在正面战场，以美军为首的联合国军在发动 "绞杀战" 的同时，又开始对我军发起 "夏季攻势"，猛攻中朝部队阵地，并在谈判桌上发出了 "让炸弹、大炮、机关枪去辩论吧" 的狂妄叫嚣，企图以立体攻势迫使志愿军认输。

前方战事激烈，后方洪水与敌人的 "绞杀战" 同时肆虐，志愿军的后方运输线被严重破坏。鸭绿江以北物资堆积如山，前方激战中的部队却缺粮少弹。志愿军的后方勤务保障体系处于极其困难的状况，面临严峻的考验。面对这场绞杀与反绞杀之间的战争，彭德怀给志后下令：要不惜任何代价保证前方的供应，坚决战胜美军的 "绞杀战"。洪学智在志后党委会上强调："现在，志后的工作就是一条，把物资运到前线，保证作战部队粉碎敌人的进攻。"

当时我负责后勤运输工作。可入朝前我一天也没搞过运输，对运输工作一窍不通。可是，任务落到了我头上，我只能硬着头皮去干。

"绞杀战"开始的头十来天，我晕头转向，想不出一点办法。从鸭绿江到前线，一共是 300 公里的运输线，"绞杀战"以前的运输方法是：先用铁路运输 200 公里，然后汽车运输 100 多公里到前线。"绞杀战"以后，铁路终点比以前大大收缩，铁运路线缩短了 100 公里，而汽车运输路线增加到 200 公里。本来后勤的运力就严重不足，现在汽车运输线延长了一倍，更增加了运输难度。

但是，人就是这样，只要肯动脑就会有办法。我在志司工作期间耳闻目睹了彭德怀的战争指挥艺术，他的战略指导思想深深影响了我。在纷繁复杂的事物中，总有某种占主导的因素在左右着其他事物，这就是主要矛盾。抓住了主要矛盾，其他问题就迎刃而解了。就这样，在志后首长的直接领导下，我想出了五个办法。

第一，在"绞杀战"的三角地区，我们会集了四种力量：铁道兵抢修铁路；高炮部队负责打敌机；军管局分管铁路运输；后勤负责装、卸车和汽车运输。实战中四个部门工作协调不够，效率比较低。但前方物资非常紧张，形势非常严峻。我到现场发现这个问题后，经请示领导同意，组成了联合指挥部，联合办公。铁路抢修部队、高炮部队、军调部、后勤部，四个部门每天碰头，共同分析前一天对敌斗争的经验和教训，并研究下一步的措施，然后去分头落实。敌人投弹是有规律的，昨天炸过的地方今天就不再炸了。根据这一经验，把高炮部队一分为二，一部分负责重点地带，一部分打游击。这样，高炮配合得比以前好了。抢修部门也是如此。敌机两吨炸药扔下来，需要 2000 多方土才能填满弹坑。哪里有土，抢修部门都事先勘察好、准备好，铁运和后勤分部就据此主动配合。这样一来，四种力量配合好了，不再互相埋怨，工作效率有了很大的提升。

第二个办法是"集中对集中"。敌人一开始是对 300 公里的三角地带集中轰炸，后来缩小到 150 多公里的小三角，最后是 70 多公里，轰炸越来越集中。针对这种情况，铁道兵在这 70 多公里内布下 6 万多兵力，重点地区则一公里多达 2000 多人。高炮也是如此，80% 的兵力集中到后勤，其中 60% 集中在这个地区。这样，敌人集中我也集中，用这种办法，几个月内击落敌机 104 架，敌机投弹命中率由 50% 下降到 5% 左右，给敌人以极大的震慑。

"集中对集中"的办法也用在了运输上。由于敌机的狂轰滥炸，铁路通车时间十分有限，通常只有两三个小时。为了提高运输效率，我们就采取拼接运输的办法。铁路通的时候，把几个列车接起来，一起朝前线方向开。本来铁路是双向的，因为空车皮要运回来。但在这时候就顾不上了，一旦铁路通车，优先开行前运列车，四五个列车一起运行。前方的空车，等以后有时间再说。这样一来，"集中对集中"，一个小时比过去一天的运输量还多。

第三个办法是汽车倒短运输。国外军队在战争期间，铁路运输和公路运输有明确的分工，火车把物资运到指定地点，然后由汽车分别运到各部队。两者职责分明，各有负责地段。苏联红军在第二次世界大战期间就是这样做的。志愿军入朝之后，基本借鉴了苏军的经验：鸭绿江向前200公里由铁路运输到指定地点；剩下的100公里，再用汽车分别运到各部队。但是，在"绞杀战"中，这种办法根本行不通，因为我们没有制空权，铁路经常被炸，不能保持畅通。修路又需要时间。这种情况下怎么运输呢？我提出搞长区段倒运的办法。铁路虽然断了，可被炸的区段只有一二十公里，前后都还是通的，哪里炸断，就在哪里卸火车、再装汽车，倒过被炸的区段，前边的铁路是通的，再装火车前运。我的办法被采纳后，志后派了五个汽车团1000多辆汽车和四个装卸团，专门担负此任务。用这个办法，四个月的时间里，志愿军一共倒了5000个车皮的物资。

第四个办法，也是五个办法中最重要的一个，就是由过去的摸黑作业转变为照明作业。以前由于害怕敌机轰炸，一到晚上都是闭灯作业。这时我建议借鉴一分部一个兵站的做法，在山头上设防空哨，敌机一来，防空哨就鸣枪，下面听到枪声，就闭灯；敌人飞机走了以后，手电筒晃一下，就又开灯作业。飞机来也就是几分钟的时间，飞机一走，倒短、装卸、修铁路、汽车运输……都开灯作业。这样，就算敌人再狡猾，我们的应变能力也比敌人来得快。以前是摸黑做，现在可以照明了，工作效率成倍提高。志愿军在2000多公里内，共设了1500多个防空哨。

第五个办法是集中全军运力，统一调度。这也是一个发明。本来，志后对全志愿军的运输力量并没有调度的权力。但是，运输是当时志愿军面临的最大问题，没有全志愿军的支持，只靠后勤的力量根本不可能完成任务。后面要讲的1951年冬装运输用的就是这个办法。

这些方法现在说起来很容易，可那个时候我压力很大，每天只睡两三个小时。有些方法不是我的发明，比如防空哨，是一个兵站想出来的，第一次用的时候还受到了批评，因为怕暴露目标。但是后来慢慢发现，这种办法很有用，于是就推广开了。

在反"绞杀战"期间，我曾数次到三角地区协调工作。每次出发前，我都会给科里的同志留下一封信，并嘱咐他们："如果我回来了，这封信还我；如果我没有回来，麻烦诸位把这封信给我寄走，给我父母报个信。"

1951 年冬装运输

在紧张的反"绞杀战"斗争中，朝鲜的秋天到来了。随着斗争的全面展开，朝鲜战场后方交通线上最为惊心动魄的一幕拉开了，这就是 1951 年的冬装运输。

志愿军原计划于 10 月开始 1951 年的冬装运输工作。因为 9 月正是反"绞杀战"的高峰期，同时志后也在忙于秋季战役的运输供应。此时，彭总指示：无论如何，全军指战员的冬装要在国庆前发到部队，这是战略任务。

为什么提前到 9 月了呢？原因有两个。1950 年 11 月，第九兵团入朝作战，向朝鲜北部咸镜南道的长津湖地区进军。第九兵团是华东部队，长期在华东地区作战，缺乏寒区作战的足够准备。入朝的时候，一部分战士的冬装还没发下来。一部分虽然发了冬装，但是一套棉衣还不到三斤，也没有皮帽。长津湖地区海拔有 2000 米，气温零下 20 多度，加上连着几天几夜吃不饱睡不好，结果，第九兵团这次战役造成了严重的冻伤减员。对彭总和整个志愿军来说，这个教训太惨痛了。

另一个教训是 1951 年的夏装运输。夏装运输工作着手并不晚，但在 4 月的运输过程中，由于敌机的轰炸，志愿军的夏装损失很大。在三登，敌机一次炸毁我军各种物资 82 车皮，其中包括单衣 25 万多套、胶鞋 19 万多双。直到 8 月，有的战士还没穿上夏装。战士们只好将棉衣里的棉花抽出来，做单衣穿。所以，秋季到来之后，美军谈判代表口出狂言，声称要让志愿军"永远记住朝鲜冬天的严寒"。

鉴于这两个教训，彭总要求提前冬装的运输工作。他向洪学智下达了死命令："不管采取什么办法，一定要保障所有官兵在 9 月底全部穿上冬装。"

志后马上召开会议部署任务。我负责冬装的抢运方案。当时，三角地区还处于敌机的严密封锁之中，火车运输毫无把握。夏装被毁的教训，使得所有人都心有余悸，没有人敢拿冬装冒险。而此时志后的所有汽车部队全部投入了倒运和应对敌人的"秋季攻势"所需的作战物资运输，只能勉强保障前线部队的弹药和粮食需求，如果再加上冬装运输任务，志后已无力完成。

然而，面对严峻的考验，我也深深明白，冬装运输已经超过了后勤保障的范畴，具有重要的政治意义，它是与停战谈判连在一起的。这是命令，没有商量的余地。我接到任务后，很快提出了具体的运输方案。

按照以往运输的常规，冬装运到朝鲜后再按大、中、小号分配到各部队。此时如果仍这样做，不仅时间来不及，而且风险大。我建议，部队按冬装的大、中、小号分别统计所需数量，由志后汇总。冬装在从东北起运前就以师为单位，分号装车，一个师编成两个专列，直接运往指定地点。东北军区后勤部刚开始不理解，说："分号是你们的事儿，我们把军装发出去就算完成任务了。"我就又跑到东北军区后勤部亲自去落实，然后又到铁路军管会，落实朝鲜境内的铁运计划。说实话，这项工作非常复杂，不容许有丝毫的差错。各军的数字报到志后以后，需要一个军一个军地核实，然后再逐一落实运输所需要的火车皮和汽车数量。我当时不会打算盘，只能用笔一点一点地计算，经常一算就是一个通宵。后来志后的首长见我们的工作量太大，就从国内为我们找来一台手摇计算机。这台计算机到了志后，成了我的专用品。白天处理其他工作，晚上就趴在桌子上摇计算机。就这样，全军冬装的分配和运输方案，只用几天就完成了。

完成了冬装分配和运输方案，第二步是分配运输任务。当时，铁路运输在三角地区受阻，志后的汽车运力又不够，必须发动全军进行冬装运输，才能完成任务。于是，我将冬装运输按照各军所在的位置进行任务区分。第一，前方作战部队的冬装，由铁道军管会和志后负责直接送到部队。因为前线部队在打仗，没有力量自己运输，就由我们负责。第二，二线兵团的冬装，由志后负责送到距离部队驻地50公里左右的地方，再由他们自己组织接运。有车的用车运，汽车运力不足的，再组织用人力自运。第三，坦克、装甲、炮兵等各特种兵部队，车辆比较多，自己组织汽车到安东接运。这些部队都有牵引车，一般情况下不允许用，但是遇到特殊情况，也只好破例，并且距离安东并不远，200多公里一两天就可完成。这样，一线的，我送；二线的，我保证送到距离50公里左右的地方；特种兵的，不管用什么车，自己去拉。

在各部门的通力协作下，志愿军冬装运输顺利进行。从开始运输到结束，共运送冬装1134车皮、汽车1.7万台次，只用了八天时间。而且，由于组织严密，没有发生任何大的事故。志后所确定的损失率为 8%。与以前的损失率相比，这个要求已经很高了。最后统计，实际损失率不到 1%。

9 月 25 日，志愿军的冬装全部发放完毕。当身着冬装的志愿军执勤人员出现在停战谈判的会场时，美方代表惊呆了，简直不敢相信自己的眼睛。他们怎么也无法理解，正当他们在进行强大的空军战役（"绞杀战"）的情况下，志愿军居然有能力让部队按时穿上冬装。因为他们自己的后方交通线虽然畅通无阻，但部队当时还没换发冬装。

这是一场紧张的战役，也是一场漂亮仗。志后得到全军的一致赞扬。

"绞杀战"是 1950 年 8 月中旬开始的。8 月下旬到 9 月上旬，志愿军后勤的运输量比过去减少了 30% 左右；到 9—10 月，运输量已经跟"绞杀战"以前持平了，如果把冬装运输加在一起，实际超过"绞杀战"前的 30%。10 月以后，运输量开始逐步上升，到 1952 年 4—5 月，运输总量比"绞杀战"前增加了 50%以上。1952 年 5—6 月，美国正式宣布"绞杀战"结束。

美国远东空军在对他们的"绞杀战"所作的最后分析报告中承认："由于共产党后勤系统的灵活……'绞杀战'未获成功。"

美第八集团军司令范佛里特在一次记者招待会上说："虽然联军的空军和海军尽了一切力量，企图切断共产党的供应，然而共产党仍然以令人难以置信的顽强毅力，把物资运到前线，创造了惊人的奇迹。"

上甘岭战役期间，火线运输手榴弹

在朝鲜战场上，情况千变万化，紧急运输任务时常出现。而在这样的时刻，能否及时、准确地完成任务，是对战场运输体系的最好检验。

1952 年 10 月，美军突然对金化地区发动了代号"摊牌作战"的进攻，著名的上甘岭战役由此拉开序幕。上甘岭战役开始后，志后迅速调整部署，转入了对上甘岭地区的重点保障。我密切关注着上甘岭战役的物资保障情况，组织汽车部队突击向上甘岭运送了大批作战物资，同时时刻准备应付突发情况。

10 月 27 日上午 10 时，志后突然接到了志愿军司令部下达的紧急任务：担负上甘岭作战任务的第十五军部队手榴弹储存告罄，限 28 日拂晓前必须为第十五军部队补充 2 万枚手榴弹。

刚接到任务时，我并没有紧张，因为朝鲜境内会有一定储备。然而，查看库存后我不由得倒吸一口凉气：由于正值秋季战术反击作战，朝鲜境内的手榴弹已无库存。

手榴弹是当时志愿军使用的主要武器之一。志愿军作战有两个特点：一个是打夜战，一个是打近战。和敌人距离百八十米的时候扔手榴弹，手榴弹爆炸后的杀伤范围大约 30 米，然后才是跟敌人面对面的刺刀见红。没有手榴弹，28 日晚上的反击作战就会落空。

我马上与安东联系，碰巧那里有一个车皮，正准备起运。如果按照常规，火车运输、汽车接运，五天也到不了前线。然而，在如此紧迫交战的情况下没有道理可讲。既然上级下令，就得尽全力完成。于是，我决定打破常规，采取汽车接力运输的方法来完成这次手榴弹运输任务。

具体方案是：由安东方面选派 15 名有经验的司机和 15 辆车况最好的汽车，装载 3 万枚手榴弹，打破常规，白天行车，于 27 日下午 3 点发车，限下午 6 点之前赶到新安州交通指挥站。第五分部选派 15 名司机在新安州待命，卡车一到，立即换下安东方面的司机，驾车前行，在晚上 10 点前赶到阳德交通指挥站。第二分部选派的 15 名司机则在阳德待命，替换五分部司机，保证在 28 日早晨 6 点之前将手榴弹全部送到第十五军后勤部。同时，为保证行车安全和提高行车速度，五辆车一组，每台车都插小红旗做标记，沿途所有车辆一律让行，交通指挥站免检放行。

志愿军总部规定运送 2 万枚手榴弹，为了防止意外情况发生，我多派了五辆车，多运了 1 万枚手榴弹。

为什么搞接力运输呢？我费了很多脑筋才想到这个办法。每一段换一班司机，一共三班司机。在每一段跑的 15 名司机，他们不仅熟悉这一段的路线，也熟悉敌机的活动规律。比起新司机，他们的速度要快很多；另外，接力运输不需要中途装卸换车，节省时间。

从安东到新安州这一段是白天行车的。当时志愿军统一规定只能夜间行驶，白天行车风险很大。但当时真没有别的办法了，我决定冒一次险。我向洪学智司令、张明远副司令事先作了汇报，得到了首长的批准。幸好那天是阴天，没有遭遇敌机轰炸，闯过了白天行驶这一关。

由于计划周密，各个环节紧密衔接，所以运输工作格外顺利。28 日凌晨 5 时 45 分，终于从第十五军后勤部传来了喜讯："15 台汽车全部到达，车上物资全部完好，手榴弹正分发部队。军首长指示：感谢志后的大力支持，同时为担负这次运输任务的同志请功。"

这在现在听起来好像挺轻松，可当时我才 25 岁，没有经验，面临的压力非常大。有时我回想起来也纳闷：那时候是怎么过来的？怎么那么大劲头，想一想，主意就出来了？

连夜建造板门店停战签字大厅

1953 年 4 月，我跟张明远副司令一起去开城，执行两项任务。一是组织中朝战俘接收中的物资、医疗和运输等保障工作。从战俘到达中朝方面的接待站开始，战俘的清洗、消毒、检查、分离、住院治疗、安置、转移等一系列工作，包括人民军几万名俘虏的接收保障，都由志后负责。第二个任务是为中立国（波兰、捷克斯洛伐克）人员到板门店工作修建办公和宿舍用房，并修建一个机场。我们当时主要是带着这两个任务去的。建造板门店签字大厅，是到开城以后新加的任务。

经历了两年多的浴血奋战，中朝军队终于战胜了以美国为首的"联合国军"，迫使对手同意停战，结束战争。朝鲜停战谈判双方代表原计划于 1953 年 6 月 25 日，即朝鲜内战爆发三周年的时候签字，但板门店谈判区内只有帐篷，没有能够容纳几百人的建筑物供签字时使用。由于谈判地点在中立区的北侧，中朝方面代表团决定：立即着手在会场区建造一座签字大厅。

6 月 10 日前后，代表团开会布置建造任务，会议明确签字大厅建设的具体要求：大厅既要体现朝鲜的民族风格又要有气势，需能容纳二三百人，只能在签字的前一天修建起来。会议还明确由代表团朝代表李相朝中将为组长。随后，李相朝召集由修建单位代表参加的会议。他说："正如大家所知道的原因，我要物资没物资，要人没人，只能提供一位设计师，其他的事只好由志愿军方面全权负责。"于是这些活儿又落到我的头上。

会后我向代表团和张明远副司令提出两项要求，一是给我一个工兵营负责修建，二是再给我一个汽车连负责运输。这两项要求当场被答应下来。接着，我根据设计方案，马上到安东筹措材料。其中木材是大头，需四五个车皮，这些木材就地加工成成材。采用上甘岭战役接力运输的方法，一个晚上就运到了开城一个中学的广场。门窗加工后连同油毡、五金材料等，限 6 月 20 日前送达开城，同时考虑到工兵主要是搞工程建筑，不太懂房屋建造，因此又通过总后勤部请了两位建筑师一同返回开城。这样，从 6 月中旬开始昼夜加班，加工成预制件（当时叫组合件），到 6 月 21、22 日，加工基本就绪。预演了几次，感到有把握了。然而，就在交战双方进行签订停战协定的准备工作时，南朝鲜李承晚反对停战，要单独打下去。签字仪式只好推迟。

那个时候，志愿军已经掌握了战争的主动权，朝鲜战场上的物资充足，已经有一个月的粮食储备和两个基数的弹药储备。充裕的物资储备随时可以保障志愿军发动新的战役。

7 月中旬，志愿军发动金城战役，这也是抗美援朝的最后一战。这个战役打得非常漂亮，在充足的物资保证下，炮兵、坦克兵、步兵协同作战，16 天共歼敌 7.8 万余人，战线往前推进了。这样一来，李承晚同意签字，遵守停战协议。朝鲜停战谈判双方代表决定于 1953 年 7 月 27 日正式签订朝鲜停战协定。

7 月 26 日上午，我在距离板门店八公里远的开城，把所有的建筑材料全部装车。下午 4 点多钟，板门店的谈判代表刚刚离开，我带领一个工兵营就进入了板门店，开始施工。第二天早晨 7 点钟全部完工。这个建筑唯一美中不足之处是屋顶没有上瓦，而是铺了两层油毡纸，上面再铺席子（原有两个方案：施工时间如有一昼夜，可以上瓦；如果施工时间只有一个夜晚，因时间来不及，就铺油毡纸，上面再铺席子）。但从效果看，席子有席子的好处，黄黄的，远远望去特别好看，像皇宫似的。就这样，一座 1000 多平方米的大厅，我们用一个晚上的时间就建起来了。

8 点钟的时候，记者们开始陆续进入会场；9 点钟，200 多个记者都到齐了；9 点半，代表们开始进场；10 点钟，签字仪式开始。当代表和记者们见到这座气势恢宏的签字大厅时，都惊呆了。

7 月 27 日上午 10 时，朝鲜停战协定签字仪式正式开始。我在现场经历了这一激动人心的时刻。那一刻，许多往事在我的脑海浮现。我想起了跨过鸭绿江时的庄严，想起了在志愿军总部的日子，想起了毛岸英，想起了许许多多倒在我身边的战友……胜利来之不易啊！这胜利是烈士用鲜血换来的啊！

四次生死威胁

抗美援朝战争与国内战争不同，是一场高度现代化的战争，根本没有前方和后方的区分。由于美军占据制空权，对志愿军的后方狂轰滥炸，所以后方同样是严酷的战场。在朝鲜战场的时候，我一共有过四次生命危险。

第一次是在军隅里。第二次战役期间，我赶到军隅里抢救物资。正在这个时候敌人飞机来了。那个时候天还没亮，敌机一个炸弹正好落到我的吉普车旁边，车被炸翻，我整个人也从车子里飞了出去。所幸受伤不重，只磕掉了两颗门牙。如果炸弹稍微偏一点，连车带人就一起报销了。这是我在朝鲜战场第一次负伤。

第二次是在君子里。1951年1月中下旬，彭德怀主持召开中朝两军高级干部联席会议。金日成、朴宪永、崔庸健等朝鲜党和国家领导人及人民军的高级将领都参加了。志愿军专门成立了会务组，由我负责朝方人员的接待工作。

1月25日，会议正式开始。会场设在君子里的一个大矿洞里，附近不远处的一所房子被设为联络站，我带几名战士在那里。一天早晨，几个战士出去执行任务，我一个人在房子里。会议开始后，敌机又来骚扰。房子被发现，三架敌机转了一圈就开始扫射。我来不及躲避，怎么办呢？我知道，子弹这种东西，硬的东西都不怕，可是怕软的。于是我就拉过几条棉被，浇上水蒙在头上。敌机飞走后，我起身一看，房顶已经被打穿，身上盖的被子有几处弹孔，里面还有两个子弹头，只剩下最后一层没被打透。就这样，我侥幸捡了一条命。

还有一次是1951年7月。我奉洪学智司令员指示，到第二十七军了解粮食供应情况。完成任务后，我连夜上路，返回楠亭里途中，小车沿着半山腰的盘山公路向上行驶。大约凌晨四五点钟的时候，敌机对准我的车扫射。当时天已微亮，可由于是弯路，飞机没打着我们。这时，对面过来一辆重车下坡。因为两车都是闭灯行驶，结果撞上了。我的小车被撞后横着飞下了山坡，我也被甩出去十几米远，然后就失去了知觉。

也不知过了多久，我慢慢苏醒过来，感到自己在被人背着向前跑，四周充满了敌机的尖啸声。这时，一个轻柔的声音飘过来，讲的是朝鲜语："志愿军东木（同志），请不要动。有敌机来轰炸，我们去防空洞。"

后来我才知道自己昏迷后的情况。我被摔下山坡后，掉的地方长满了蒿草。蒿子长得正高，我因此幸免于难。后来，给人民军送公粮的朝鲜老百姓路过时发现了我，看我还活着，就把我送到了附近的人民军医院。经过人民军医务人员的抢救，我活了过来。手术结束后，我依旧昏迷，直到医院遭到敌机轰炸，在向防空洞转移的途中，我才苏醒过来。

当时我们车上一共四个人，司机和一个警卫员当场牺牲了。我命大没死，可鼻子给摔成两瓣儿了，下面的几颗牙也掉了。

第四次是志愿军总部驻地第六次选址的时候。1951 年 8 月中旬，志愿军司令部作战处处长丁甘如给洪学智司令员打电话称："志愿军总部准备搬迁到桧仓地区，本应我去现场勘察，因公路被洪水冲断去不了。你们地处楠亭里，距桧仓只有百八十里路，虽然公路不通，还有民间小道。叫赵南起去现场了解那里的地形、矿洞及社情，并报志司。"就这样，我带两个警卫员分别骑马去桧仓。两个东北战士会骑马，他们骑乘马。我不会，怕掉下来，就骑了一匹驮马。乘马跑得又快又稳，驮马又慢又迟钝。到大同江的上游过河时，他们俩先过去了；我本来不会骑马，马又不利索，走到中间摔了下来。河面有五六十米宽，水有四五米深，水流很急。我虽然不会游泳，但是有一个常识，知道马是不会淹死的。所以掉下来的时候，马上抓住了马尾巴。我死死抓住不放，最后终于被马拉到岸上。

我在朝鲜战场一共两年零九个月，有这么四次比较危险，但是每次都活了下来。

撤离朝鲜

抗美援朝战争结束后，1953 年 11 月，志愿军后方勤务司令部根据任务的变化，改编为志愿军后勤部，我被任命为计划运输科科长。但是，上任不久，即被迫中断工作。抗美援朝战争期间，我都是在山洞里住。那种生活，现在根本无法想象。洞里阴暗潮湿，身上盖的被子，一捏都能捏出水来。我因此患上了风湿关节炎。到了 1954 年春，我的身体再也支撑不住了，关节炎加重，几乎到了难以行走的地步。在张明远部长的亲自关怀下，我离开志后，回国休养。

1955 年 8 月，我考入中国人民解放军后勤学院指挥系（学制三年），学习一年后调任该院教员。

1957 年秋，毛泽东在赴苏联出席世界各国共产党和工人党代表会议期间，与金日成在莫斯科进行了会晤。在这次会晤中，中朝两国领导人就志愿军全部撤离朝鲜的问题达成了一致意见。中朝政府随即发表声明，宣布中国人民志愿军将于 1958 年底之前全部撤离朝鲜。

志愿军的撤军准备工作随即全面展开。我奉命于 1957 年 10 月调回志愿军后勤部，担任志愿军后勤部撤军办公室主任，具体筹划撤军和物资移交等事宜。

1958 年 10 月 25 日，是中国人民志愿军出国作战八周年纪念日，也是志愿军官兵撤离朝鲜的最后日子。我随最后一批撤离朝鲜的志愿军官兵，在杨勇司令员、王平政委的率领下，在这一天撤离朝鲜。

那一天的情景令我终生难忘。平壤的大街小巷都悬挂着毛主席和金日成的巨幅画像，中朝两国的国旗四处飘扬。上午 10 时，我们在市中心的金日成广场集合，列队前往平壤车站登车。金日成、崔庸健等朝鲜党政领导和平壤市民倾城出动，有 30 多万群众站在街道两旁，挥舞着鲜花和旗帜，为我们送行。两公里多的街道，我们足足用了一个多小时才走完。

火车开动了。朝鲜群众拉着我们的手不放，车上、车下的人都在哭，车轮和着泪雨在滚动。

车过鸭绿江，迎面是一个用松枝、鲜花和彩旗搭起来的凯旋门，安东市的人民载歌载舞，欢迎凯旋的志愿军官兵。

随后，我又光荣地参加了由 150 名高级指挥员、战斗英雄和各部门优秀代表组成的中国人民志愿军代表团，于 10 月 27 日从安东前往北京，向党和政府、向首都人民汇报抗美援朝战争的历史过程。

（高芳　秦千里　采访整理）

虎将王近山

· 万伯翱 *

一

在 1964—1970 年，我有幸和王近山将军共同生活在河南省西华县黄泛区农场。我是 1962 年高中毕业后从首都下放到这里的知识青年，将军则是因犯"生活错误"，连降三级，从北京军区副司令的中将和公安部副部长降为副军级大校，到河南某农场当副场长。那些年我们经常见面，我常到他农场的家中吃饭聊天，有时也一起参加那时唯一的"大家乐"——每周场部露天的电影放映。

我记得很清楚，《上甘岭》这部电影当时是很受职工欢迎的，几次放映无论寒暑，自始至终都是满场黑压压的男女老少。王将军也和大家一样带着妻子和家小（两三岁的妞妞）坐在小板凳上。他时常看不下去而退场，一次我碰上他又提前退场，忙跑过去送他回家。我发现他在用手帕拭泪，这位在红军时代、抗日战争、解放战争的战场上"八面威风"，也是"万人之中取敌将首级如探囊取物"一般的猛将，被刘、邓首长也被三军称为"拼命三郎""王疯子"的一员虎将，此时为何如此伤情、老泪频弹呢！他拖着伤残的腿，

* 万伯翱（1943—），曾任北京武警总队团政委、中国体育杂志社社长。

我替他拿着小板凳，扶着他边走边聊。

"王叔叔，电影上的上甘岭英雄们都是真的吗？"农场那时还没有柏油马路，黄土地虽经整修还是凹凸不平，路灯也昏暗无光，虽是秋天他已披上当年朝鲜战场上发的皮大衣。

"小万啊，都是真的！不过电影只是表现出当年我们残酷无比战争的十分之一、百分之一啊！就说你们都知道的上甘岭的大英雄黄继光、胡修道，何止这几个呢，我说有几十个、几百个、上千个都不为多！不过他们是英雄的代表而已……"他动容地答道。我听得出了神，扶着将军伤残的手，看着他脖子显得僵直不能自如（弹片还卡在脖后，永远不能取出），脸上的肌肉在忽明忽暗的灯光下抽动，虽然身经百战全身弹痕累累，新又遭贬下乡务农，但他仍是漆黑的剑眉高扬，刮得干净的下巴泛着青光，没有帽徽的军帽戴得端端正正，旧军装上没有领章，但风纪扣仍是几十年如一日地系得紧紧的，胸脯挺得高高的，胸前毛主席的头像和"为人民服务"的像章闪闪发光。

将军虽然对他目前的景况内心十分痛苦，但他仍高扬着头，决不沉沦，决不"破罐子破摔"，他坚信党中央、毛主席还有他的战友们和人民决不会永远忘记了他"王疯子"："我不过刚到50岁，我还有机会再披戎装。"

他止住泪水，看着我没有经过任何战火熏染的平滑幼稚的脸，意味深长地说："小万同志，当年多少像你这样的志愿军年轻娃娃，个个视死如归、前仆后继啊！美国鬼子几十万发炮弹射向上甘岭，这个不足四平方公里的两个小山头，美国鬼子动用了6万兵力，三四百门大炮削掉了上甘岭二三尺，白天他们依仗飞机大炮把我们压住了，晚上就是老子志愿军的天下，几易阵地，真正的尸骨成山，血流成河。敌人冲上来，手榴弹、机枪不解决问题了，排长孙占元双腿被打断，他爬行指挥，捡起敌人的机枪又打退敌人五六次反扑，他一人就歼灭敌人七八十人……子弹完全打光，被敌人包围，他大叫一声，拉响爆破筒与敌人同归于尽……"老将军讲到这里，又掏手帕。

我陪伴将军来到他农场的新家，想不到将军年轻的妻子小黄一是挂念先回家的丈夫，二是小妞也已在怀里熟睡，倒先我们赶回家中。

房子里可以说四壁皆空，除了正面墙上一张毛主席像外，没有任何装修和装饰，里外两间，中间还没有门，挂了一幅白布单子。在房后接了间厨房，由将军湖北老家的亲弟弟任炊事员。这位亲弟弟老实得见了生人连话也说不成句，除了能做点饭似乎什么事也不多管，他身穿旧军装，终日围着用砖头砌成的煤火炉台忙碌着。将军很好客，常留我这个单身小青年在家里吃饭，而且"文革"中到农场看望我的二弟仲翔和四弟季飞都在他这个小灶上打过牙祭，无非是炒个鸡蛋、炖碗肉，再到农场酒厂沽瓶自酿的米酒。大家都高兴得不得了，因为当时食用的粮、油、酒都要凭票供应。

里间一张农场木匠自制的大木床和一张桌子、两把椅子，上面吊着一只带罩的25瓦灯泡，床对面用砖头垫起两只大木箱和一个皮箱，这就是将军当时的全部家当。除了两个从北京带来的红色铁皮大磅热水瓶和一个黄振荣从北京带来听新闻的进口收音机外，没有任何显眼和带点现代化生活气息的物品了。我看了一下将军戴着的夜光"欧米茄"："时间还早，再讲讲上甘岭的战斗吧！"

将军看了一眼这块跟他经过炮火考验的准确无误的手表，说："这还是我在朝鲜当三兵团司令员时，谢富治带慰问团慰问时送给我的呢。上甘岭是我参与指挥的最后一次大规模的现代化战争了，这场战争我不仅下命令到军部，还直接指挥到师团，甚至指挥到连、排、班，真是惊心动魄的血战啊！我的指挥所设在离这两个高地不远的地方，望远镜里战士们和美国鬼子拼死搏杀，我看得清清楚楚，我也是两天三夜吃不下饭。我们不光是缺飞机、大炮、弹药，就连常人所最基本需要的空气、阳光、水都没有啊！连拉屎的自由也没有，因为到外面去时刻都有死的危险，有的战士到坑道外出恭，就被敌人突然飞来的炮弹给炸死了！因此只好拉在里面，再加上阵亡战士的遗体、伤病员身上所散发的气味，那空气是什么味，你们谁受过呀……"

我迷惑不解："遗体为什么不安放到外面？"

"你们哪里知道，放到外面就会被敌人的炮弹炸碎，这都是烈士的遗体啊！另外，活着的战士连伤病员都照顾不过来，加上战斗激烈也顾不上掩埋烈士的遗体。我们在上甘岭外巡察时就遇到过在炮声中突然飞到眼前一只残缺的血淋淋的手和腿什么的……"

老将军哽咽了，夫人忙说："小万，让你王叔叔早点休息吧，别谈打仗了，要不今晚他又睡不着了……"

我离开场部，返回园艺场宿舍。灯光逐渐稀少，又传来鸡零狗碎声，道路也愈见不平，好在路熟得很，手里还有一个手电筒可照见脚下的路，穿过国光苹果区，沿着排水沟左边的路好走些，这都是我和老将军共同走过、共同洒过汗水和心血的黄土地。果园有值夜班的工人来回巡逻，见是我忙说："小万，吃个苹果吧，熟透了落下来的果子。"我也不客气，在衣服上擦了擦就开咬。

前面灯光处就是我们园艺场职工住地，一片泥草平房有昏弱的灯光忽闪。这都是王将军从场部下到我们分场经常去的地方。开始有农场工作人员或黄振荣陪同他下来，后来他经常独自一人跑到地里视察春耕秋收，也常冒着热气腾腾的大暑或顶着刺骨的寒风深入田间地头、职工家属宿舍，掀开锅盖看看大家吃些什么。那时不让有自留地，但屋前屋后的荒地空着可惜，王近山便让职工种点蔬菜、搭个瓜棚豆架什么的。他说："屋前房后业余劳动垦点荒，毛主席说这叫'自力更生，丰衣足食'嘛！"他还让自己的弟弟和妻子也养几只鸡和两只羊补充家用，尤其是滋补小妞的身体。

二

时光飞逝，王将军和我先后离开了农场，但那几年的生活却使我们结下了深厚的叔侄之情，1978 年 5 月 10 日，王将军在南京军区任副参谋长时因病去世，在专门为他播放的军号声中找到了最后的归宿。

2005 年我见到了王将军的女儿巧巧（北京医科大学主治医生），她告诉我："我父亲在上甘岭是三兵团的代司令员，指挥四五个军，还有两万多名朝鲜人民军呢！他的掩体指挥部离上甘岭不远，有一个连队在前线，打得只剩几个人了，但他们仍然顽强地战斗，被打瞎的战士眼里流着血，背着被打断了腿的战士仍在向扑上来的敌人射击。父亲告诉我：'上甘岭上不算 6000 余名伤病员，每平方米平均就有咱们阵亡的 1.3 名官兵，这是他指挥过的最惨烈的战役。'我父亲那时才 30 多岁，虽多次在战争中负伤，但看到这样的情景，那股子'拼命'和'疯劲'又上来了，夺过卫士的冲锋枪就往掩体外冲，已忘记自己是几万部队的司令员。警卫班五六个人硬是把他拉住了，后来兵团党委作出决定，任何时候都要有一个卫兵在掩体口，专门阻挡王司令随便出去……"

2005 年秋天，将军的第五个女儿、已过不惑之年的媛媛，专程陪我到北京通州区看望她的"朱爸爸"，我因此得以采访了跟随将军经历了解放战争、朝鲜战场、北京军区和公安部的老朱司机。老朱从美吉普、苏吉普到中国 212 吉普，以他的忠诚勇敢和机警深受首长信任。媛媛说："有一次，朱爸爸驾车带我爸爸非常机警地躲过了敌机的追击和轰炸，出色地完成了任务。

"我爸爸感慨地说：'老朱，就凭今天你的勇敢机智，你要什么奖励我都可以给你。'

"'我什么奖励都不要。'

"我爸爸说：'我回去后一定为你找一个最好的大夫，治好你的不育症。'

"老朱爸爸说：'谢谢你了首长，我想恐怕是没有这个福气了。'

"'我回去后就把朝鲜战争结束后第一个出生的孩子送给你。'

"我是朝鲜战争后第一个出生的孩子，爸爸就决定把我送给朱爸爸，当时我妈妈不同意，但我爸爸作为一个军人，真是一诺千金。从此我有了两个爸爸，爸爸还从他的津贴中每月拿出 40 元钱补贴我朱爸爸。朱爸爸特别疼爱我，从小抱着我长大，我常尿、拉他一身呢！"

在通县一座没有电梯的老式又简陋的楼房里，我见到了这位英雄首长的英雄司机朱师傅。英雄司机并没有得到优厚的待遇，除了大床和一个简易木沙发占据一室，另一厅一个单人床，有病的老伴住在那里，有一个小小的厕所和狭窄得只能容一个人活动的厨房，好像还有一个首长送给他的北京单开门的雪花牌冰箱和 18 寸的彩电，倒是他和王近山将军在朝鲜的黑白照片和一个装着牙具、掉了瓷的白色茶缸引起我的注目和敬意，因为那上面有一行字鲜红如血——"献给最可爱的人"。

朱师傅已 80 多岁，人精瘦，背微微弯着。好汉不提当年勇，提起王近山将军，他的眼睛立刻明亮起来，也不咳嗽了。他充满了无限敬意和深情回忆首长，更像回忆自己的长兄和父辈："是啊！我这一辈子跟首长学会了什么？"

他猛然抽了一口纸烟："学会了不怕艰难困苦，学会了不怕死！就说在朝鲜首长的办公室，他已是兵团司令员了，指挥部半掩体里面就一张行军床和一张石头壁上挂着的敌我兵力分布的作战地形图，子弹箱做成的桌子，铺一层白布，上面挤满了五六部电话。美国人根本想不到志愿军兵团司令部这么简陋，而且离两个高地这么近。上甘岭战役从 1952 年 10 月 14 日开始共打了 43 天，最紧张的时候，首长看着一个连队去，有时两天就打光了，再派官兵，个个视死如归，勇猛上前，下面的部队又整装待发，毫无惧色。

"敌人封锁太厉害，我听首长给志愿军后方勤务司令部司令员洪学智挂电话：'洪麻子，我缺弹药、缺食品、缺水，你得保证供应，我的司机、警卫眼都饿花了。'

"洪回话：'王疯子，你别着急，我想法供应，就是背，老子也给你背上去啊！'

"首长有时着急还骂过他的十五军军长秦基伟：'你要守不住，就他妈的回去放羊吧！'"

朱师傅十分动情地告诉我："上甘岭在开始被认为是为两个小高地的一场小战斗，后来越打越大，成了震惊世界的大战役了。战事越来越紧，首长经常是三天两夜不睡觉，也不怎么吃东西，一碗饭经常是让我和炊事班端上来又端下去，他还命令我把仅有的一箱苹果送到前线部队。我心疼首长，悄悄在口袋里装了几个，给他关键时刻解渴顶饿用，有时搞点雨水泉水什么煮碗炒面、挂面。没有一点蔬菜，不少官兵得了夜盲症。首长浑身是枪伤弹痕。

"我真担心他会累倒，他却一边看地图一边轻松地对我说：'老朱，咱们都是穷人出身，知道什么野菜能吃，你到后山摘点树叶，刨点野菜什么的去吧，别忘了带上你的20响（驳壳枪）！'

"一次总部叫我们去开会，白天飞机太猖狂不能出车，就晚上乘四辆车去，警卫车打头，第三兵团副政委杜义德紧跟其后，政治部副主任李震殿后，我和首长的车在李军长前头。刚开出20多里，敌机就飞过来了。沿途的志愿军航空哨不断鸣枪报警，我立刻关了灯，首长和警卫员飞快下车躲到树林里。鬼子很狡猾，不时放照明弹，并用机枪扫射和投下炸弹。敌机越飞越近了，发动机的轰鸣声越来越大，我们几位驾驶员也都跑到树林里隐蔽了下来。

"突然我听到王司令员大吼一声：'谁的车没有关灯？'

"他边吼边站起身来，身边的警卫员都冲上去摁住了他，我往停车的方向一看，才发现李震将军的司机（新兵）慌乱之中忘记了关车灯。我的心差点蹦了出来：坏了，这会暴露四辆汽车，而且首长们也会增加危险。我奋不顾身飞跑上去，迅速关掉了车灯，为了保险，我还摸黑往前猛开了一大段，幸好敌机没有看清怎么回事便扬长而去。事后大家都长嘘了一口气，真是有惊无险。首长们纷纷上前和我握手，并夸奖我。

"王司令嫌走走停停太慢：'这什么时候才能到总部？'他发现每当敌机一来，枪一响，公路上车辆和人群就纷纷躲起来，敌照明弹又把公路照得如同白昼。

"他灵机一动：'好，老朱，咱们来个出奇制胜！'他令我趁着敌机照明弹的亮光紧冲快跑，还冲后面的车大声喊：'不怕死的跟上老子的车！'

"这样我们的车不一会儿就开出了很远，没有照明弹的亮光，王将军竟还令我打开车灯，灯一开前面的人车纷纷让路，因为都怕引来敌机轰炸，这样就又加快了我们行军的速度。后面的车跟得很紧就不必开。当然这种情况是违背灯火管制纪律的，防空哨兵急得直往带头的吉普车放枪警告，但王将军仍命令我：'不要管他，往前开就是了。'能按时到总部开会，可以说是用命换来的。

"首长们异口同声地说：'王司令员是胆大包天，也是智勇双全啊！'

"事后王司令员特别奖给我两条香烟和几个苹果。这实际上是我学习了首长的不怕死、勇敢、机智的优良作风的结果，这叫潜移默化呀！"

朱师傅对着我和媛媛，不无自豪地话当年。

朱师傅回忆王近山将军的话匣子如泻闸的水："我从解放战争就在枪林弹雨中为首长开车，1951年进朝鲜作战为了看地形，别人都不敢白天出车，敌机频频出动，掌握了绝对的制空权。公路上空空如也，很容易被敌机发现，成为攻击目标。

"首长说：'晚上是比白天安全，可是黑乎乎的怎么看？而且不但看不清楚，还看得慢，这样老牛慢车地看到哪一天呢！兵贵神速啊！地形、地貌、山川、河流、制高点白天看，多清楚呀！'

"开始说什么我也不敢，首长骂我：'死脑瓜，是不是害怕美国飞机了？'其实不是我怕死，我'光荣'了没关系，司令员有个三长两短，我有几个脑袋敢负这个责任呢！最后还是保卫部认可了首长的命令，我才敢下决心白天出车！

"我们都带上了枪并拿了些猪肉罐头，再带上几个苹果。我挎上我的德国20响，首长也带了个他在二野时缴获的国民党兵团司令员佩带过的勃朗宁小手枪，他也喜欢美式卡宾枪，又轻还能连发，警卫员也替他带上了，有时首长也把卡宾枪当拐杖用用呢！警卫班带上了长短武器、手雷并装足了子弹。

"我们的两辆汽车沿着公路，实际上大多是崎岖不平的山路，还不断地绕过弹坑和断路，有时我们不得不下来修路！实在太大的弹坑，怎么也绕不过去，这时护路的朝鲜老百姓不让首长下车，用肩把车扛过弹坑。两辆车拉开距离缓缓地前进，首长和参谋长用望远镜观察着，一边商量和指示着，作战处长在地图上做着标记，还时时停车徒步登山观察。

"首长还常对我说：'一打仗，我脑子里地图上的东西全都是立体化的，栩栩如生呈现在眼前呢！'

"第二天正紧张地看地形时，我看着老百姓惊慌的面部表情和跑的方向就知道敌机出现了，便让首长赶紧下车，警卫人员保卫着首长迅速跑进坡下树林，有的钻入山洞或隐蔽在深草地里。为了首长的安全，我驾驶着空车跑跑停停吸引敌机，有时朝前加油猛冲，待敌机俯冲下来要扫射时，我猛然刹车，然后又往回倒车，再等敌机掉头回来，我又开往岔路上了。人一不怕死，就胆大艺高了。在敌机俯冲下来扔炸弹时，我不是让车钻了盘山路，就是弃车滚进了预先看准的山沟里，炸弹只不过堆了我一身土和碎石块，我命硬，毫发无损呢！

"首长焦灼地看着我的行踪，每颗炸弹就好像炸到他心窝上一样。有时他急了，就端起卡宾枪令警卫班一起开火打俯冲下来的飞机，警卫班说临出发前上级有交代，不能暴露首长的目标，一定要确保首长安全。首长大骂：'你们这些胆小鬼，老子都不怕死，得救救老朱同志……'

"这时鬼子飞机发现了情况，像发了疯的野兽，掉过头就猛扫机枪并扔下了炸弹，警卫员奋不顾身地压到将军身上，但碎弹片仍击破了他的左臂，霎时血如泉涌，大家忙给他止血，用急救包包扎。

"王将军挥了挥还渗着鲜血的左臂：'没有伤着骨头，挂了点彩，美国飞机想炸死老子，没那么容易！'

"鬼子飞机飞远了，变成两个'嗡嗡'叫的小苍蝇了，我忙往回开，首长见我灰头土脸，帽子也没了，枪挂在腹前摇晃着，忙上前抱住我的双肩问：'受伤了没有？看你这个样子，哪像个志愿军，像个游击队长了……'

"我猛然发现首长臂上殷红的纱布，知道首长为我负伤，不由得大哭起来，首长亦悲亦喜地说：'伙计，哭什么，咱们不都是好好的，快上车继续看地形！'他劝着我，自己却忍不住淌下泪水来，落在受伤的臂膀上。

"我们加速行军，胜利返回了司令部，首长把上级发给他的中华香烟还有一斤茉莉花茶（我记得当时是16元一斤呢！）全奖给了我，我乐滋滋地抽着烟，又找来了泉水，用茶缸在小气炉上开始煮茶，想起刚才虎口余生，还真有点心有余悸呢！就这样我们两辆车冒死，用三天半的时间就把朝鲜整个作战区域都看完了，圆满完成了任务，为入朝参战打下了基础。

"您说说我和首长是什么交情，生死之交呢！从解放战争到朝鲜战场，从北京军区到公安部，都是我开车，要不首长怎么能把他的亲闺女媛媛送给我当女儿呢。电影《英雄儿女》里面军长和女儿王芳的关系就是受到我们这种真实故事的影响呢。那位导演和编剧都找过我几次。

"首长下放到农场，没有专车了，我无法去，我被诬陷为特务关了起来，审查了半年，也查不出什么名堂，就又放了我。首长70年代中期在部队恢复了工作，一到南京就想到我，把我接到家里住了一段时间，有时还让我开开他的国产吉普车和小卧车什么的兜兜风过过车瘾呢。"

王近山入朝指挥作战三年，1953年夏天胜利返回祖国，结束了他的戎马战火生涯。朝鲜人民军最高统帅金日成亲自授给他朝鲜一级国旗勋章和一级自由独立勋章。1955年毛泽东主席在怀仁堂亲自授予了他中将军衔和三枚共和国一级勋章（八一勋章、解放勋章、独立自由勋章），要知道在中国，包括元帅、大将和上将，一共才有64位将帅获此殊荣。

李汉：击落美机第一人

1950 年 6 月，美国发动了侵朝战争。从军事力量对比看，中朝人民处于敌强我弱状态，空中斗争的形势尤其险恶。号称"世界空军强国"的美国，当时投入朝鲜战场的空军和海军航空兵，加上参加侵朝战争的其他国家和李承晚的空军，共有各种类型作战飞机1200 架。主力是美国第五航空队，飞行员平均飞行时间在 600 小时以上，多的达 3000 小时，1/3 的飞行员参加过第二次世界大战，1/2的飞行员能在复杂气象条件下飞行。他们狂妄叫嚣在朝鲜战场上他们是"决定性的力量"，要"独霸朝鲜的天空"。他们把朝鲜北部的城镇和村庄大都炸成了焦土，无数的朝鲜老人、妇女和儿童被杀害！朝鲜淹没在火海血泊之中。他们还把战火引向鸭绿江彼岸，轰炸我国城市，杀害我国人民……

我国年轻的志愿军空军指战员，面对美军的残暴行为和猖狂挑衅，再也不能忍耐了！求战书雪片般送到上级领导机关，请求迅速参加战斗。

志愿军空军根据上级"慎重初战"的指示，着眼于空军刚刚组建、没有空战经验的现状，以稳妥的办法，缜密地拟定了空战计划。1951 年 1 月中旬，部队长方子翼率领参谋人员组成了前方指挥所，并先派出小部队寻找战机，争取在敌情和地理条件都有利于我方的情况下，打好第一仗，为组织大批空军部队参战摸索经验。

上天探道是参加空战的关键环节之一，上级把这项艰巨的任务交给了志愿军空军四师十团二十八大队。这个大队的飞行员都是在解放战争的艰苦年代中由东北老航校培养出来的，多是来自陆军部队中文化水平较高、军事素质较好的年轻干部和优秀战士。他们平均总飞行时间只有200小时左右，在喷气式战斗机上才飞行15小时上下，刚刚完成了高空中队、大队编队和单机攻击照相课目，连一次空靶都没有打过，就赴朝鲜参战了。

二十八大队大队长李汉，河北省唐县人，1924年4月出生，1938年4月参加革命，曾在华北抗战建国学院、华北联合大学、延安大学学习。抗战胜利之后赴东北筹建航空学校，是东北老航校一期乙班飞行学员，与笔者是同期同学。二十八大队在李汉的率领下雄赳赳、气昂昂地开到了硝烟弥漫的抗美援朝前线。

1月21日迎来了第一次空战。当天上午，美国空军F-84喷气式战斗机20架在平壤、新义州至安州上空，轰炸朝鲜铁路沿线的隘口、桥梁。李汉带领李宪刚、宋亚民、赵明、张洪清、赵志才驾驶六架飞机升空，在清川江上空与敌机相遇。仇人相见分外眼红，李汉顾不得观察敌机的数量和战斗部署，就率领机群冲向敌机，六架飞机陷入了20架F-84喷气式战斗机的重围之中，造成完全被动的战斗局面。但他们凭着高度的勇敢精神，猛打猛冲，打得贪生怕死的美国飞行员不敢恋战，掉头逃命。在猛烈的追击中，李汉击伤敌机一架。

总结初战的经验教训，李汉他们认识到面对强敌，既要敢打敢拼，又要在每一个具体战斗中慎重对待，讲究战术，集中兵力作战，方能取得胜利。

1月29日13时34分，敌机再次来犯，李汉又率领机群起飞，向安州、定州区域出击。李汉在空中接到指挥所命令："101，目标120度，高度6000米，距离80公里，注意搜索！"

"101明白。"李汉回答。这是他第三次在空中同敌人交手了。根据前两次交战的经验教训，李汉决定先占领有利高度，利用阳光隐蔽自己、接近敌人，于是他下达命令："二中队高度8000米，一中队高度7200米，航向130度！"我机取得高度优势后，以高速向战区疾飞猛进。13时40分，耳机中听到方子翼部队长急促的声音："目标就在你们左前方。"李汉等凝神屏气，瞪圆双眼，极力向左前方搜索着敌机。

"左前方发现目标！两个，两个！"6号机孙悦昆急促地向李汉报告。大家顺着他报告的方向仔细看去，果然在左前下方碧蓝的天地线上，有两个苍蝇似的黑点。眨眼工夫，出现了三个、四个……共16个黑十字架，原来是16架F-84战斗机。这时候，只要李汉一声令下，八架战鹰就会像猛虎下山一样扑向敌机。但李汉没有贸然行事，他吸取了第一次空战的教训，决心打一个有指挥、有配合，既勇敢又讲究战术的漂亮仗。此时他的头脑异常清醒冷静：现在敌机在高度上虽处于劣势，但在数量上却占绝对优势，必须设法造成敌人的错觉，创造更有利于我而不利于敌的条件，然后给予突然的袭击。于是他率队继续前进，并迅速地做好了战斗准备。

敌人发现我机了，可敌机却以为自己未被我机发现，妄图偷偷地转到我机右方，利用阳光隐蔽从西朝鲜湾遁去。

李汉居高临下，顺着阳光，看清了敌人的意图。原来16架敌机分为6000米和5000米上下两层，每层八架，都是四机在前，左右侧后各有双机掩护。根据这一情况，李汉立即下定决心：待敌机到达我右下方的时候，集中兵力攻击其最上层，以奇取胜，打它个措手不及。

当敌机刚刚接近海岸线时，李汉突然发出了攻击命令："投副油箱，二中队掩护，一中队攻击！"李汉随即率领一中队右转120度，一推机头，以迅雷不及掩耳之势向上层八架敌机猛压过去。敌机顿时慌了手脚，它们急急忙忙地扔掉副油箱，被迫仓促迎战。位于上层的四架敌机急忙回过头来，虚张声势地扑向我机，妄图利用敌我机之间的高度差，从我机腹下对冲而过，然后抢占有利高度，以二对一的数量优势，迫使我机处于不利地位。而李汉却一压机头朝着敌机冲去，堵住了美机的前进道路。敌人万万没有料到这一着，一下子陷入进退无路、左右两难的境地。敌机只好硬着头皮同我机打对头。那架为首的远在千米之外的敌机，却吓得慌忙向右一侧机身，避开了我机的锋芒。

"哪里逃！"李汉刚要跟踪追击，忽见四架敌机又向左转过来。"真是些狡猾的家伙！"李汉立即识破了敌人阴谋迂回我机的诡计，他机智地向左一转身，敏捷地从敌机内侧截了过去。

正在这时，敌担任掩护的四架飞机，已经从我机右侧翻转上来，企图从右后方攻击我带队长机。"坚决掩护 101 攻击！"我一中队张洪清、赵明、吴奇三架战鹰扭转机头，猛虎下山般向敌机扑去。这四架敌机见我机来势迅猛，锐不可当，慌忙丢下他们的长机中队，向海面逃去。

与此同时，下层八架敌机也从我带队长机后方钻了上来。一直在高空监视敌机活动的副大队长李宪刚见此情形，立即带领孙悦昆、宋亚民、褚福田从高空飞扑而下，一阵阵猛烈的炮火，把八架敌机打得四散奔逃。

李汉在战友们的全力掩护下，紧跟着左转的四架敌机，绕了一个半环形的曲线，正好从左后方咬住了敌人的 3 号机。此时的敌机就像一只被勇敢的猎手追得无路可逃的老狼，加大速度没命地狂逃，李汉却沉着地把敌 3 号机稳稳地套进了光环。近点，再近点！就在距离 400 米的刹那间，李汉狠狠地扣动了扳机，只见三道火光直射过去，敌机立刻冒起了浓烟烈火，晃了两晃，掉了下去。碧蓝平静的海面，倏地腾起了一股巨大的水柱……

我空中健儿乘胜猛追四散而逃的敌机。在追击中，李汉又击伤了一架敌机。碧空晴朗，阳光灿烂，我二十八大队以击落击伤敌机各一架、自己无一伤亡的战绩，胜利地结束了这场激动人心的战斗。

李汉，这位首创击落美机纪录的飞行员，在抗美援朝战争中共击落击伤敌机四架，立过两次一等功，获"二级战斗英雄"称号。

志愿军空军首战的胜利，打破了美国空军不可战胜的神话，为后续部队参战增添了敢打必胜的信心，也为组织更多的部队参战创造了有利的条件。首战胜利之后，大批刚刚组建的志愿军空军部队先后开赴抗美援朝前线，同美国空中强盗进行了英勇的战斗，继续不断地取得了许多重大胜利，美国侵略者大肆吹嘘的"空中优势"终于破产了。

张积慧：击败美国王牌飞行员的志愿军英雄

·朱 岩·*

　　自一识字起，我就读过几乎所有当年流行的志愿军英雄的故事，其中最令我心仪的英雄就是张积慧。他的作战，总是在分秒倥偬之间起到"一剑封喉"的效果，特别是击毙戴维斯一战，大大鼓舞了志愿军的斗志。从此，我也对立下功勋的米格-15比斯型战斗机格外垂青，后来终于如愿，在空军航空兵部队长期和这种功勋飞机打交道。更令我意外的是，我所在的空一军军长正是这位大名鼎鼎的张积慧！

　　在部队期间，我在不同场合、地点多次见到过这位首长，在长春军部、在吉林市二台子师部，甚至吉林东丰机场，都不时出现他的身影。他的身高虽然不到1.70米，体格也没有多么魁梧，人格外朴实无华，只有眉宇间散发着一种特殊的英气，然而他在受人注目时竟还会显示出一丝羞涩，毫无"大腕"气派。大概那个年代的英雄都是这样的吧。

　　张积慧，山东省荣成市宁津镇桥上村人，1927年出生。1945年初，参加八路军，成为山东抗日军政大学一分校战士，并加入中国共产党。抗战胜利后，被选送到东北老航校学习，1948年毕业，

空四师十二团三大队队长张积慧和他的银色米格-15

成为中国空军航校培养的首批飞行员之一。1951 年起，历任空军第四师十二团三大队飞行大队长、副团长、团长，参加志愿军入朝作战，屡立战功。1953 年9 月到苏联莫斯科红旗空军指挥学院指挥系学习，1957 年 11 月毕业回国。1970年任空一军军长，1973 年 5 月担任空军副司令员。张积慧先后荣立特等功一次、一等功两次、二等功一次，空军授予他"一级战斗英雄"荣誉称号，朝鲜最高人民会议常任委员会授予他一级自由独立勋章。他是中国共产党第九至第十一次全国代表大会代表，中国共产党第九至十一届中央委员会候补委员。

抗美援朝作战中，张积慧曾参加空战 10 多次，击落敌机四架。1951 年 10月 16 日，张积慧和战友们击毁一架 F-86 佩刀式飞机，荣立一等功。1952 年 2月 4 日，张积慧再次击落一架 F-86 飞机，荣立二等功。

同年 2 月 10 日，在凭借其空中优势对朝鲜北方的交通要道进行封锁的"绞杀战"中，张积慧和战友们奉命到平壤、泰川一带上空迎击敌人。此役张积慧共击落敌机两架，其中一举击落美国空军英雄、少校中队长、号称"美军战绩最好的王牌飞行员"的乔治·安德鲁·戴维斯，从而打破了"美国空军英雄不可战胜"的神话，引起美军特别是美国空军的巨大震惊。世界各大报纸纷纷发表消息，美国远东空军司令威兰为此发表"特别声明"：戴维斯被击毙"是一个悲惨的失败"，"是对美国远东空军的一大打击"。

1952 年 2 月 10 日，戴维斯被张积慧击落在鸭绿江边新义州以南 50 公里处，飞机最后撞在山上。志愿军战地巡逻队在博川郡三光里北面的山坡上，发现了一架支离破碎的美军 F-86 飞机残骸和飞行员尸体及遗物。美方称没有找到戴维斯的尸体，最终由朝鲜战争的退伍军人在得克萨斯州的卢博克市建造了一座纪念碑。

然而，由于一些历史原因，张积慧的这一战绩却一度遭受质疑。他当年接受采访时，曾对战斗经过这样叙述：

缴获的美国飞行员戴维斯的手枪、军号牌

1952 年 2 月 10 日，这个时间是永远记着的，印象很深刻。这一天的战斗和平时不一样，早上不到 7 点就起飞了，往常都是上午 9—10 点左右起飞。这回，刘震将军（时任志愿军空军司令员）早就准备了一个方案，要给美军空军第四联队一个狠狠的打击，那是美国空军在朝鲜战场的主力之一。……

过了一段时间，他说，"狗熊"出来了。"狗熊"是第四联队的代号，我们就知道第四联队出现了，要谨慎。我们继续向清川江那个方向飞。这时就发现远处有八架飞机迎着我们飞了过来，那八架飞机中前面的两架突然右转，……一看就是想咬尾。……我告诉我的僚机单子玉说右转，这样我比他（敌机）高一些，这样一转，他就咬不着尾了。（一架敌机）继续转，我突然来了一个左边反扣，一下子咬着它的尾巴了，我由被动转为主动。他做大坡度的"S"飞行，想摆脱我，我保持速度跟着他。他看摆脱不掉，又做个向后倒转，我仍跟着，就我当时的技术来说，跟着他一点问题都没有。他又做垂直动作，迎着太阳拉起来，想晃我的眼哪！但是我有准备，一侧到边上来，他摆脱不了。在 600 米的时候，我瞄准敌机（当时不知道那就是戴维斯），大体进入角是 1/4 度，三炮齐发，都打中了，敌机呈螺旋形冒烟下降。把它击落以后，另六架敌机与我遭遇了，我跟他们展开了激战，这时候，我就看不着僚机了。在跟六架飞机格斗的时候，我的飞机被打坏了，我就跳伞了。

这是唯一留下有关此战经过的口述记录。张积慧跳伞得以生还，但单子玉不幸牺牲。更大的后果，也就是引起多年质疑的原因就是，张积慧因为座机被击落，飞机上记录射击效果的照相枪中的全部资料已不复存在，所有经过只能由他本人口述，或者由现场指挥的志愿军空军司令员刘震和空四师师长方子翼以回忆的方式作补充。

战斗刚结束，我方由于不知道击落的敌机中有戴维斯的座机，就说这场战斗和美国人打了一个平手。在美国公布戴维斯失踪的消息后，刘亚楼马上让刘震发报给方子翼，要求迅速组织两个调查组到朝鲜现场调查。一查，死者身上有血型牌，而护照、飞行帽、手枪上面都写着戴维斯的名字。调查组马上向北京汇报。这样一来事情就闹大了，苏联人也来争"功劳"。可是在那段时间里，苏联空军根本没有起飞，证明戴维斯就是志愿军空四师十二团打下来的。

尽管苏联人后来也声明自己击落了戴维斯，但这一说法较中方要晚得多，很大程度上是受美方说法的误导。美军曾声言苏联人击落了戴维斯的座机，其实那是久负盛名的 49-1184 "Miss Behaving" 号佩刀式战斗机，1951 年 12 月 4 日被苏联人米库林击落，当时此机驾驶员是戴维斯队友查理斯·胡格。

并且，目前已有的苏军史料中，找不到参加空战的苏联空军第六十四歼击航空军关于击落戴维斯的原始上报史料。如果真是苏军击落了像戴维斯这样重要的美国空军王牌，不仅应该有原始作战记录，更重要的是还要有苏联空军总部或是俄罗斯空军总部对于这一特殊战果的批复和权威认证，而这些都没有。

参加朝鲜空战的苏联第六十四歼击航空军，按照惯例每夜要向莫斯科苏联空军总部发送一份 24 小时作战简报，编号也是按日累计。其全年累计最大编号大约为第 0365 号，若将战况变化等因素造成的误差考虑进去，可推算该军 1952 年 2 月 10 日夜发往莫斯科的作战简报编号约为 1952 年第 0040 号，但是苏方却从未提供出这样的证据。实际上，迄今为止没有人看到苏联空军总部或是苏军的《红星报》（相当于中国的《解放军报》）刊有肯定苏军飞行员击落美军头号王牌飞行员戴维斯的公报、表彰文献、文献或是击落者的回忆、采访之类的文章。

20 世纪末，美国为了继续寻找朝鲜战争中美军与"联合国军"空军的失踪、阵亡与被俘人员，于 1992 年 6 月与俄罗斯共同组成了"美俄寻找战争被俘与失踪人员联合委员会"（USRJC）。

其间，俄罗斯方面一位名曰热尔蒙的上校以口述的形式向美方专家介绍了俄罗斯官方所了解的"戴维斯之死"，其口述介绍如下："戴维斯击落了两架苏制米格后自己被击落并阵亡，搜索队在坠机现场发现了他的证件和手枪，戴维斯很可能是被米哈伊尔·A. 阿维林打下来的。"苏军第六十四歼击航空军军长普洛伯夫则在他的回忆录中指出，在朝鲜空战中，"是我方飞行员击落了……美国当时在朝战中排名最高的王牌飞行员乔治·戴维斯少校（阵亡）"。但这段话并不代表俄罗斯官方或是苏联空军总部的看法，那仅仅是普洛伯夫将军个人的看法。至于这位热尔蒙上校的表态则更有意思，对于美方最感兴趣的问题"戴维斯究竟是不是由苏联空军击落的"，这位上校意外地用了一个不肯定式回答："很可能。"这其实透露了一个历史真相：在苏联第六十四歼击航空军以及苏联空军总部，都没有击落戴维斯的文字或文件记录。

并且，张积慧是最清楚战场实况并最先到过戴维斯坠机地点的。他降落的地点和戴维斯坠机的地点只相差几百米，并且他当时取走了戴维斯的左轮手枪。

这些质疑的声音，深究其出发点，无疑是鄙薄年轻的志愿军空军的作战能力。然而，那并非张积慧第一次击落美机，此前已有过击落三架的记录；而志愿军击落的美军王牌飞行员也不止戴维斯一个，例如比张积慧开始飞行更晚的韩德彩，也曾击落过"双料王牌"哈罗德·费舍尔的飞机。就连当年美国又一王牌飞行员约瑟夫·麦克康奈尔被志愿军空军飞行员、二级战斗英雄蒋道平击落一事，也曾被美方保密 40 多年后方才为世界所知。

至于说到个人技术，张积慧早就得到不少好评，他在空中特别是空战中，反应机敏、果敢勇猛，技术是没得说的。

其实，美国第五航空军当天就知道击落戴维斯的不是苏联空军，而是志愿军空军。因为美方曾透露过，那是一架银白色的米格战机干的。志愿军战机一律是银白色的，至于苏军战机喷涂的，则是类似迷彩的颜色，用的是朝鲜人民军军机机徽，二者根本无法混淆。

从当天双方的空中态势也可看出，是志愿军空军击落了戴维斯。美军的 16 架战斗轰炸机就是前往轰炸军隅里的，包括戴维斯在内的 18 架 F-86 的任务就是掩护那 16 架战斗轰炸机。按照志愿军的作战预案，空四师此次出动的十团专门负责打击这批轰炸军隅里的美军战斗轰炸机，而后起飞的十二团的任务则是负责掩护十团。尽管空四师十团不知什么原因，并没有飞往军隅里，但是，中美双方各自出动两批飞机的任务可说是完全匹配、逐一对应的。

再看看当时离得最近的苏军空军第一四八团，其空间位置十分清楚：该团从浪头机场起飞以后直飞水丰水库，并在那里与美军 F-86 机群发生了空战。苏军第一四八团此次的任务是保卫水丰发电站，在安东市以北约 60 公里，而志愿军前往的军隅里在安东市正东约 110 公里。两个作战空域的保卫目标、地理位置、距离都大不相同，美军空军第三三四中队及其队长戴维斯根本没有飞到水丰水库一带。就凭这个空间关系，也可以排除苏联空军击落戴维斯的可能。

有关此战，国内也有过各种不同说法。我参军到空军后，看到一本机务教材上讲飞机尾部减速板的功能时，竟然将张积慧击落戴维斯的过程说成是"张积慧出敌不意在空中打开减速板，使原先咬尾的戴维斯突然冲到自己机头前，结果成了自己的活靶子，于是果断将其一举击落"。学过专业知识的人都会觉得这种说法很荒唐，这一危险动作极可能导致两机相撞、同归于尽。因此，厘清这一历史过程是十分必要的。

1951 年 10 月，毛主席在空军的报告上写过一段批示：空四师奋勇作战，甚好甚慰。空军党委作出决定，授予空四师"空军航空兵第一师"这一荣誉称号。

2017 年，中央电视台的《国家记忆》栏目，出现了年届九旬的老英雄张积慧的形象，他的功勋事迹永远被世人记忆着、珍藏着。

（原标题为《长空雄鹰猛志常在——击败王牌飞行员戴维斯的
志愿军英雄张积慧》）

冲过封锁线

　　1951 年春天，在解放军第十二军军政大学参谋处当参谋的邓帆准备随部队奔赴朝鲜战场。当时，部队派了一名姓李的干事进行路线侦察，遗憾的是，李没有摸清情况，无功而返。军政大学赵尚祥教育长找到邓帆，要求她务必快速准确摸清浮桥的负荷及汽车、马车能否通过，几千人通过所需时间、敌机轰炸的规律等情况。

　　邓帆带了一个警卫员、一个翻译匆匆出发，过江找到在木浮桥前方的边防哨，向朝鲜人民军虚心请教。为了确保情报的准确，邓帆一行到附近的老乡家深入了解情况，并对桥进行观察和简单测量，出色地完成了任务，从此女参谋邓帆名扬军中。此后，在行军途中，她总是打前站，摸地形，及时绘制出部队赶赴前线战场的准确路线图。

　　通过千里封锁线的路途十分艰苦，为了避开敌机轰炸，部队选择白天睡觉、夜晚行军，绕开大路走山路。行军途中，每一位同志

＊　邓帆（1929—2020），时任中国人民志愿军第十二军司令部作战处作战参谋。曾任职于新疆维吾尔自治区商业厅、四川省社会科学院研究生部。苏小桦，邓帆之女。

肩背 40 多斤的东西。

在行军途中，邓帆和体力好的男同志经常"抢"过体力稍差的女同志的背包和米袋，背在自己身上。就这样，怀着对祖国人民的一片赤胆忠心和大无畏的精神，邓帆和战友们克服重重困难，胜利穿越封锁线，到达前线。

出色的女参谋

1952 年 10 月，军部下令调邓帆到第十二军司令部作战处，21 岁的她成为军中唯一的女作战参谋。

她从上甘岭总结中深深地感受到，坑道的条件实在太艰苦了，我们战士们不忍心战友的遗体暴露在外，拖进来脱下一件衣服盖上；人们大小便后也只能脱下一件衣服盖上；最多时敌人每天投到上甘岭的炸弹有 30 多万发，坑道被敌人炸得越来越短，容积越来越小，水源断绝，战士们不得不舔吮坑道壁上渗出的一点水珠，甚至以尿解渴。坑道的空气也十分浑浊，为了让坑道深处的战友吸到氧气，窝坐在前面的战士经常要统一口令低头，让空气从头顶间隙流进，让后面的战友吸上一口新鲜空气……由于条件太艰苦，一些战友在坑道中得了终身疾病，有的甚至死亡。当总结到这些情况时，在困难面前从不低头的邓帆不禁泪流满面，她暗下决心，一定要想办法改进坑道，最大限度地减少战士的死亡。

不久，十二军赴东海岸元山港接防，开始了东海岸反敌登陆的战前准备。这期间，作战室就成了军首长曾绍山、李震、肖永银、李德生的家，他们在这里召开会议，部署兵力，研究战略。至今，邓帆还记得代军长肖永银给团以上干部部署任务时讲的一段话："现在我们的中心任务是为反登陆作战前准备，战前准备的关键是筑城，筑城的核心是要抢时间推进坑道进度，提高筑城的质量，这样，就能有力地保证反登陆的胜利。"

根据作战处周运西处长的安排，作战处的同志们分别深入前沿坑道阵地，邓帆和张军到一〇一团检查坑道进展情况，她不失时机地采访了四川籍的"穿山英雄"肖国强，他是第一个把猫耳洞打通连成坑道的人。在前沿坑道，战士们发明了"马蹄形""一字形""三叉形"坑道，为了节省弹药，还发明了"圆形""梅花形""三角形"爆破法，有的战士还发明了"悬垂打眼法"，就是把炮弹壳套在木棍上悬在空中，撞击钢钎，利用杠杆原理打炮眼，这样坑道进度可大大提高。

但也有的战士在打坑道的过程中由于配框不及时，打过的坑道会垮塌下来把战士堵在深处。为了改进坑道，邓帆尽量找一些资料来看，她发现每个人每天需500毫升水，结合上甘岭经验，她和战友总结出，把坑道修在离山顶15米左右的地方，既可以抵御敌人的炮火袭击，又便于发扬火力，把坑道筑成高1.8米、宽1.2米便于两个全副武装的战士进出运动，并应在主干道旁合理筑建蓄水池、弹药库、包扎室。随后，他们及时将这些经验总结出来向部队推广，大大提高了坑道推进速度和质量。停战后，她写的《东海岸反登陆筑城总结》受到了军首长的表扬。

在备战最紧张的1953年春天，邓帆和王克修去九十七团一连阵地执行任务，根据地图，他们找到了前沿阵地的大概方位，但两人在山上转了大半夜，也无法找到团指挥部。为了避免敌人发现，他们脱下棉衣遮住打火机的光，仔细研究方位。王克修为了安全，把疲惫不堪的邓帆安排到一个附近的"阿妈妮"（老大娘）家，自己又去寻找，由于地图误差，第二天清晨才找到了九十七团指挥部。在九十七团前沿坑道中，白天，邓帆和战友们共同研究着推进筑城的工作，晚上，邓帆和男战友们在隐蔽部同炕而眠。

深厚的友谊

在朝鲜的日子里，邓帆和朝鲜阿妈妮一家建立了深厚的友谊。阿妈妮总是抢着给她洗被子，总会给她端一点她最喜欢吃的"朝鲜酸"（朝鲜泡菜），她也总是把自己心爱的雪花膏、珍藏的罐头送给阿妈妮和她的女儿。每天早上，她总要跟阿妈妮说："阿妈妮，皮加诺皮来祝西亚（大娘，借您的扫床刷用一下）。"以后每天天一亮，阿妈妮的女儿就会主动从窗子上递出刷子。

战友情更是令人难忘的，为了安全，邓帆多次与男战友同炕而眠。一次，邓帆按王剑清科长的安排，画好了行军路线图，和几位男战友一起提前出发查看营地和水源等情况，可到了晚上就遇到了尴尬的事。临睡前，王科长说："最好给邓帆另找一间房子。"他的话音未落，就立即遭到了刘泽木、何荷、张培德等全体男参谋的反对，大家说："为了安全，邓帆必须和我们睡在一个冷炕上，而且要她睡在我们男同志的中间，由我们'保护'她最安全。"就这样，无论是在前沿坑道，还是在行军途中，邓帆都在男战友的"保护"下安然无恙地渡过了危险和困难期。

从零开始

停战前一天，经过乔岩山一仗，志愿军一天推进了100多里。7月27日，美帝国主义者和南朝鲜李承晚不得不在停战协定上签字。听到消息，邓帆和作战处的战友一起高兴地扯下了作战室窗上的防空布，又唱又跳，他们围坐在一起，九个人喝了10瓶酒庆祝胜利。

那天晚上，大家笑着唱着说着，憧憬未来。有的同志说：我想穿上新军装，在天安门接受毛主席的检阅。有的同志说：回国后我只想有一张大床，好好地伸展地睡上几天。还有的同志说：我真想好好看几场祖国文工团的演出。

1954年邓帆回国，考入中国人民大学经济系学习，在学习中她同样拿出了朝鲜战场上的不屈不挠的劲头，刻苦学习，每门成绩优秀。朝鲜战场的艰苦行军不但磨炼了她的意志，更锻炼了她强健的体魄，她用超人的毅力边学习边刻苦地进行运动训练，1955年她获得北京市跳远和100米短跑第一名的好成绩，1956年在第一届全国运动会上，她是"体育运动破全国纪录"奖章获得者，成为中国人民大学品学兼优的三好学生，吴玉章校长多次给她颁奖。以后无论是在边疆工作的日子里，还是在科研教学管理工作的岗位上，她都从零开始，争作贡献。

弹指一挥间，转眼就到了抗美援朝胜利50周年纪念日，邓帆和战友们相约，一同去朝鲜，去元山港，去看看朝鲜的老房东，去看看曾经战斗过的地方，一起回忆激情燃烧的战斗岁月，一起重温战火中的真诚友谊，一起回忆在朝鲜永生难忘的日日夜夜。

一

1950 年 6 月初，东北军区卫生部副部长兼沈阳中心医院院长吴之理接到上级通知，要他带一名助手立即赴香港采购药品。吴之理经过简短的准备，带着助手和这份数量巨大的采购清单，以最短的时间赶到了香港。

吴之理是安徽省泾县人，1915 年出生。1931 年毕业于上海沪江大学附中，同年入圣约翰大学医预科，1932 年转入国立上海医学院。1937 年到南京鼓楼医院实习，同年 12 月在汉口参加新四军，后加入中国共产党。在新四军，先后任军医处材料科科长兼外科医生、华中医学院教育长、第三师卫生部部长。解放战争时期，他先任西满军区卫生部部长，后在东北军区卫生部任职。

到香港后，吴之理无心流连车水马龙的街景，昼夜兼程地奔波在医药公司、货栈之间，洽谈订货，签署合同。6 月 27 日，吴之理突然通过新闻媒介得知，朝鲜战争爆发了！他立刻意识到，朝鲜战争一打响，东北就成了最前沿阵地，部队的战备任务一定很重。而

＊　孙耀声：军史工作者。

且自己身负重任，一旦敌特分子发现我采购大批药品的秘密，如被滞留在香港，我们就要遭受重大损失。必须马上回到东北去！当吴之理决定立即返回东北时，药品的订货任务已经基本完成，他抓紧处理了遗留问题，立即踏上归途。

同年 10 月，吴之理得知我中国人民解放军要组建志愿军，跨过鸭绿江，支援朝鲜人民抗击美帝国主义的侵略，他的热血沸腾了。这个从旧中国生长起来的青年知识分子，怀有一颗拳拳报国之心，他立刻向东北军区首长递交了请战书，请求带领医务人员加入志愿军的行列，为抗美援朝战争作出贡献。他的请战书迅即得到上级的批准，并要求他立即到安东找洪学智副司令员受领任务。吴之理带着警卫员，乘一辆吉普车星夜赶赴安东。洪学智副司令员看到吴之理前来十分高兴，他告诉吴之理，先不要慌忙派大批人马，只带一个精干的手术组随志愿军司令部行动就可以了。按照洪学智的意图，吴之理回到沈阳后很快选调了 16 名医护人员、一名警卫员、两名翻译，配嘎斯车、吉普车各一辆，配发了必要的手术器械和药品，做好了一切准备，于 10 月 15 日赶到安东待命。

吴之理迫切要求上前线为保家卫国出力的心情，他的妻子章央芬最能理解。这个来自江南水乡的文化女子知道丈夫的爱国之心。她的姐妹中有人劝她，你这么年轻，拉扯两个孩子，有理由让吴之理留下来。章央芬说，这种话现在怎么能提？英雄就要在危难中显本色，他能担当志愿军司令部首长身边的手术组长，我为他感到自豪。

10 月 19 日，吴之理奉命率手术组随志愿军司令部过江。他们跟随部队静悄悄地从长甸河口涉过鸭绿江，吴之理看着前不见头、后不见尾的行军队伍，看着一队队年轻的士兵从自己身边走过，他意识到战争就在眼前，只要战斗一打响，伤亡立刻就会发生。他感到心情十分沉重，卫生人员的任务艰巨啊！

过江后的第二天，吴之理的手术队随机关一起到了大榆洞金矿。他们立刻利用隐蔽地形安营扎寨，开展工作。美国人的野马战斗机（P-51 战斗机）不停地在头上盘旋，侦察地面行动，并且疯狂地攻击地面目标。一次，吴之理发现有一架敌机正在向他俯冲，他就地一打滚，钻进了一条小水沟里。飞机上吐出一串火舌，打得地面土石乱飞。他站起来一看，原来飞机并不是打他，而是把离他 200 米远的一辆汽车打得起了火。观察了几次，吴之理发现，飞机上的枪管完全由飞行方向控制，有很大的局限性。他巧妙地和敌机周旋，甚至经常隐蔽在敌机的射击盲区拍摄飞机俯冲的镜头。在吴之理的宣传鼓励下，手术组的同志很快打消了惧怕飞机扫射的心理，井然有序地展开救护工作。

在大榆洞金矿刚刚站稳脚跟，10月25日第一次战役就打响了。我志愿军部队与冒进北犯的李承晚军相遇，在彭总的指挥下，我军出其不意给敌人以迎头痛击，首战告捷。两天以后，吴之理接到一个特殊的任务，为一名被俘的美国军官做手术。这名美国军官在与我军的遭遇战中负伤被俘，为了执行战俘政策，体现革命人道主义，要为他治疗战伤。吴之理亲自主刀，从这名美国军官的肩部取出了几块碎骨，包扎后送往后方治疗。

在志愿军司令部，吴之理几乎天天都和彭总、洪副司令在一起，首长们的工作十分紧张，他就利用空闲时间在指挥所里干些力所能及的事。洪副司令把他介绍给彭总时说："这是位秀才，他父亲是个小业主，供他读了大学，现在手中的刀蛮厉害。"彭总说："算你找对了地方，是不是好外科医生，战场上最能检验。"

第二次战役以后，吴之理的手术队随司令部搬到了君子里。安营扎寨收拾停当，司令部首长立即召集军事会议。吴之理在会上听了第九兵团司令员宋时轮的发言，心情十分沉重。宋时轮说，我兵团三个军参战，从国内来到这冰天雪地的地方，对气候很不适应，我们的指挥员又没有在严寒条件下作战的经验，打伏击战就让战士卧在雪地里，有3万多人冻伤，还有冻死的。我们在南方驻守碰到了血吸虫，损失几万人，现在又来个冰冻三尺，真是损失惨重啊！在这个问题上我应该作检讨，我们的士兵没有倒在敌人的枪口下，却因为环境、气候的不适就躺倒这么多，实在令人痛心，我们必须承认，太缺乏这方面的常识和经验了。

吴之理听着宋司令员的讲话，感到脸上一阵阵发烧。他深深地佩服宋司令员的坦率，同时感到自己的责任重大。他想，作为一个受过多年严格医务训练的卫生人员，没有能从卫生的角度去指导部队作战，作检讨的应该是我们，是自己。他暗下决心，要在司令部的帮助下，扎扎实实地在部队开展自救互救的训练，以保证我军旺盛的战斗力。

在军事会议期间，彭总对吴之理说："打仗难免死人，我们的将士在前线死千人万人也不能喊痛心，但下来的伤员死一个也不应该。你们搞卫生工作的同志，就要把每一个伤病员都当作是自己的亲兄弟才行。你是我军的外科专家，看来你不能只搞技术工作，要把整个志愿军的卫生工作组织起来，从根本上降低伤死率和减少战士的疾病，这样才对作战有利。"彭总的一番话说得吴之理心里热乎乎的，彭总对自己抱着多重的期望啊！出国以前的请战书上已经清清楚楚写着，要为抗美援朝战争贡献自己的一切，现在，关键的时刻到了。

二

1951年6月，志愿军前线后勤指挥部改称为志愿军后方勤务司令部，由志愿军副司令员洪学智兼后勤司令员。志愿军后勤司令部决定，要大力加强后勤工作，以保障志愿军部队长期作战任务的完成。吴之理正是受命于此时，接过了卫生部长的重担。

在后勤前方指挥所随司令部转移到成川后的一段时间里，吴之理有机会与部队的卫生部门有密切的联系，也有机会下部队去察看战士们的健康状况。他深深感到，在战场上武器装备固然很重要，卫生工作也同样关系着官兵的生命安全，关系着战斗力的强弱。现在部队的卫生条件太差，官兵们太缺乏医护常识，这样下去，战士们很有可能倒在后方的战壕里，而不是倒在前线的阵地上。吴之理下定决心，要通过努力改变这种状况。他利用紧张工作的间隙，写成了《战伤治疗》《山地战的卫勤工作》《在朝医院工作法》等书，送回国内印刷，然后下发到志愿军部队。

1951年下半年，战争转入了相持阶段，我志愿军部队抓紧利用作战间隙进行各种建设。吴之理抓住这一有利时机，对原有的兵站医院进行统一的改组和配置。他根据志愿军入朝以来战场救治的情况，把三条战线上的医院配置成两头大、中间小的葫芦形结构，前沿救治和基地医院力量增强，而中转医院则贯彻"治疗性后送，后送性治疗"的方针，维持生命，加快后送。在楠亭里召开的后勤工作会议上，吴之理根据自己的设想，把医院配置方案详细地标在地图上向后勤领导汇报，洪学智司令员听后十分满意，认为符合军事和后勤交通线上的要求，立即指示，按这个方案调整医院部署。

在环境复杂、条件艰苦的战场上，组织卫生救护工作十分困难。吴之理意识到，要保证部队的战斗力不降低，就一定要增加指战员的卫生常识，减少疾病，降低伤死率，对专业医护人员也要进行战救工作的再训练。这一切都要从教育入手，从宣传舆论入手。1951年底，在位于安东的志愿军卫生部留守处设立了教育处，把医护人员的战前训练改在了国内进行，在临出国前突击训练，增强基本功，然后直接补入部队。为了普及卫生常识和交流战场医疗经验，吴之理组织创办了《野战卫勤通讯》和《医学文摘》月刊，利用这两块园地，广泛交流战场自救互救经验，交流防疫卫生经验，传达卫生部对部队的各项要求和指示，使部队不断受到卫生知识的教育。除此之外，吴之理还组织有关部门设计了各种各样的卫生宣传口号，印在战士们的日常用品上。这一个时期，出现了卫生日历、卫生信纸、卫生扑克……卫生宣传工作搞得生动活泼，深受部队的欢迎，收效也十分明显。

三

在瞬息万变的战场，伤员的救治是难度最大的一项任务。志愿军首长要求将重伤员全部送回国内治疗。在东北有 93 家医院的床位供治疗志愿军伤员使用，因此如何组织好伤员后送就成了至关重要的大问题。

在吴之理的精心组织和亲自领导下，志愿军卫生人员摸索出了许多快速后送伤员的经验。由于前线不通火车，后送伤员全部靠汽车运输。在战争初期，有的司机不愿意带伤员回后方，吴之理得知后，立刻与运输部门领导商定，采用三联单的办法，规定空车回后方必须捎带伤员。伤员被送到一线兵站医院后，各医院首先对伤员进行伤情处理，使他们基本脱离危险，尽量减少医院伤亡和途中伤亡。每天晨曦微露，他们就把伤员转移到山上的密林里，躲避敌机的侦察和轰炸，夜幕降临时再下山登车出发。他们在医院的山坡边垒起了简易登车台，与车厢底板同高度，这样可以顺利平稳地把伤员抬上车。在夜间行进中，他们与敌机"捉迷藏"，在我方防空哨的掩护下，灭灯行驶，走走停停，呼啸而过的飞机就施展不出更好的伎俩。有几次吴之理跟车夜行，他甚至还利用照明弹的光亮给我们的运兵车照相。为了保证伤员在途中的安全，规定车辆时速不超过 25 公里，并且在车厢内装上沙袋，以减轻颠簸。寒冬季节为防止冻伤，他们把土砖用火烤热，然后裹在伤员的被子里面。就这样，卫生人员历尽艰辛，把伤员一个个运往后方，使他们及时得到治疗。许多官兵伤愈后重新回到部队，继续参加战斗。

战伤人员的死亡一般都发生在一星期以内，伤员如果能在一星期内不出大的意外，就可以基本脱离危险，抢救的关键就是防止失血过多和抗休克。为了降低伤死率，抢救更多志愿军战士的生命，1951 年底，吴之理要求团以上的各级卫生部门成立抗休克小组，及时把伤员从死亡的边缘拉回来。

在硝烟纷飞的战场，哪里有输血条件？许多战士因为得不到及时的血液补充而牺牲了。吴之理为自己无力回天救活这些战士的生命而感到十分痛心，他下决心改变这种缺乏输血条件的状况。经过他和卫生部同志的努力，在国内各级卫生机构的帮助下，终于在 1952 年建立了血库和前送机构。这种血库技术，美国在第二次世界大战时才开始采用，当时我国根本不具备这样的条件。在战略腹地建立血库，向前方送血，这在全国是第一次，经验不足，条件有限。吴之理为了完成这些工作，翻阅了大量的资料，进行了十分详尽的论证，亲自动手设计前送方案，才使这套血液前送技术配套起来。

为了集中各地捐献的 O 型血，在东北军区沈阳中心医院建立了中心血库，分装成每瓶 400 毫升的全血，由国内派冷藏车送到基地医院，并且派来了制冰车，为前送鲜血创造了冷藏条件。在基地医院里，吴之理指导医务人员制作了一批小木箱，在木箱内放进冰块，把血瓶置于冰块中，然后在木箱外裹上棉被，用水浇湿，就这样以最快的速度运到兵站医院。兵站医院在附近找一个山洞，洞内的自然恒温条件可使鲜血存放一二天，而送到这里的鲜血一般当天就用完，因此很少发生变质坏死的现象。从东北的中心血库出发，经过途中的周转，经 48 小时可将鲜血送到兵站医院，途中的损失控制在 6% 以下。

鲜血的聚集和前送，与前线战士的生命息息相关，也紧紧牵动着吴之理的心。每次国内的冷藏车一到，他都亲临现场指挥，组织医护人员迅速把血瓶分装到土冰箱内，分东、西两路送往兵站医院。有时冷藏车半夜里赶到，吴之理带领大家分秒必争地工作，把最好的血液及时送到前方。他对大家说，这些血来得太不容易，国内为筹集这些血，花了多少人力物力，如果我们不能把它用在伤员身上，那就是最大的失职，我们就是豁出性命，也要把鲜血送到前方去！在吴之理的带领下，医护人员以高度的责任心和使命感，安全护送 3000 多瓶鲜血到达前方医院，抢救了成千上万的志愿军官兵的生命。

由于采取了抗休克、建立中心血库等措施，加上外科手术水平的不断提高，伤死率明显降低。第一年是 6%，第二年减为 4%，我们的 4% 已经低于美国在第二次世界大战中的伤死率水平。美国在抗美援朝战争中的伤死率是 2.5%，这是由于他们有直升机运送伤员，一般不超过一小时就能得到及时的手术治疗。而我们的战士负了伤，从一线战场送到师医院就需要 12 小时以上，因此失去了宝贵的手术机会。在抗美援朝初期的运动战中，我们的战伤手术率只能达到 12%，到后期阵地战时上升到 50%。

为了提高手术率，减少伤员的死亡，吴之理向上级申请，从国内派来了 100 多个医疗队。重点加强到师一级的卫生机构，这是距前线最近的有手术条件的医疗机构。采取了这一措施后，伤员得到手术的机会大大增加，挽救了许多战士的生命，使他们能够重返战场。

随着时间的推移，战场情况进一步稳定，后勤供应不断改善，志愿军的卫生机构也逐渐得到配套。在卫生部门的领导下，卫勤保障的总体效益越来越好。在我军实施反攻的最后几次战役中，各级卫生部门做了充分的准备，伤员的收转有条不紊，伤死率降到了最低水平。送到兵站医院的伤员有 90% 被送回国内养伤。在组织整个卫勤保障中，吴之理随时都贯彻他设定的“治疗性后送和后送性治疗”的原则，在朝鲜境内的卫生机构的首要任务就是保证伤员的存活，然后护送伤员安全回到国内治疗。为了圆满地组织好伤员的后送，卫生部还专门编配了一个处负责这项工作。往国内运送伤员后来改用火车，但火车运送比汽车目标大，极不容易隐蔽，因此白天只能停在山洞里，夜间再行驶。敌机为了袭击我运输列车，经常在俯冲时对准隧道口扔下定时炸弹，有的炸弹顺着铁轨滑进隧道，给伤员们造成了极大的威胁。为了排除定时炸弹，保护伤员的安全，涌现了许多英勇献身的动人事迹，许多医护人员为掩护伤员安全而立功受奖，甚至献出了自己的生命。

四

战场的卫生工作是极其复杂而艰巨的，组织领导卫生工作更需要有高超的指挥才能。在志愿军部队作战期间，我军的卫生工作除了抢救和护送伤员到后方以外，还有防疫、治疗、卫生宣传、战俘交换等许多复杂的工作。吴之理运用他出色的指挥才能，调动全体卫生人员很好地完成了任务。

志愿军到朝鲜后不久，就在部队发现了虱媒传染病。1951 年春季，虱媒病在部队流行很猖獗，主要是传染斑疹伤寒和回归热，许多战士得病躺倒，削弱了部队的战斗力。吴之理迅速组织卫生部机关人员，调整卫生力量，成立了部直防疫队，以后国内又派来一支防疫队，加强了部队的防疫工作。两个防疫队深入部队，大力开展防疫知识的宣传，在部队建立了一套卫生防病的制度，坚持要求官兵多洗澡，消灭虱子。他们用"滴滴涕"药粉撒在战士睡觉的炕上，用"滴滴涕"药粉做成的蜡笔在战士的衬衣上涂抹，收到很好的效果。1953年，为了保障部队调动，卫生部组织防疫队对平壤到咸兴沿线两侧五公里内的所有村庄进行了大规模的灭虱处理，不但保证部队不被虱媒所扰，朝鲜人民群众也大受裨益。

志愿军部队在朝鲜的生活十分艰苦，给养供应严重不足，经常是一把炒面一把雪。由于长期缺乏新鲜蔬菜供应，部队出现了营养不良的症状。1951年下半年在部队里发现了夜盲症，战士们一到天黑就看不清东西，有的甚至整个连队都患夜盲症，总数达到5%，严重削弱了战斗力。志愿军司令部得到报告后，要求卫生部尽快设法治疗战士的夜盲症，不能再蔓延下去。吴之理一边向国内申请补充药品，一面就地取材为战士治病。他号召连队用松树枝熬汤喝，以补充维生素A。很快，从国内运来了鱼肝油丸、红辣椒粉和冻猪肝，部队又开展了大种蔬菜活动，使战士的营养得到补充，夜盲症终于被消灭了。

战俘交换的防疫问题也很复杂。停战以后，战俘交换问题很快被提到了议事日程，接收数万名被俘人员的任务落在了卫生人员的肩上。敌方战俘营的生活条件极差，不少人患了传染病，为了保证部队的整体健康，必须对归队战俘进行有效的防疫处理。1953年4月11日，根据《日内瓦公约》的规定，朝中方面与敌方签订了《遣返病伤被俘人员协定》，6月8日又签订了《遣返健康战俘协定》。

为了顺利完成战俘交接工作，朝中方面组成了接遣战俘委员会，吴之理作为这个委员会的主要负责人，对接遣战俘工作提出了四项具体要求：（一）对归俘严格检疫；（二）对病伤归俘做好医疗工作；（三）对遣返敌俘加强卫生监督；（四）朝中双方组织统一的接收站和卫生通过区，经卫生通过后，朝中归俘分开接收。经过半个月的紧张准备，4月下旬开始了战俘的交接工作。

在板门店的战俘接收站内，交接工作紧张而有秩序。每名战俘都通过接待室、理发室、脱衣室、浴室、更衣室、检疫治疗室、后送分配室的程序接转。由于战俘很多，每天的工作量很大，少则400—500人，多时每天通过2000多人。接收站每天上午工作，下午整理场地，准备衣服、物品。在战俘到来时，有50

名理发员同时工作，战俘一律剃成光头，然后洗热水淋浴，换上新衣服。经过第一批的交接工作，吴之理发现了问题：由于有外俘，有朝鲜人民军战士，还有志愿军战士，混杂在一起，有的人没有很好地执行交接程序，给防疫工作留下了漏洞。为了解决这个问题，交接第二批战俘时，他组织战俘卫生通过区的负责同志采用彩条区分法，每个战俘手上分别发给不同颜色的彩条，同样颜色的15—20人为一组，派一名工作人员带队。这样凭彩条颜色区分，顺利地组织所有战俘经过了防疫处理和诊治。

　　虽然吴之理与志愿军卫生人员一样，都对战俘交接工作没有实践经验，但由于他们在人力、物力上做了周密的准备，充分发挥了防疫技术人员的作用，做到了严密的卫生通过和检疫消毒，使整个交接过程井然有序，既快又好。国际红十字会代表以及国内派来的卫生代表团和我各野战军代表参观了他们的战俘交接工作，异口同声地赞扬他们工作效率高、效果好。国际红十字会代表对我方的人道主义精神和严密的组织工作大加赞赏，国内来的代表团还给战俘们带来慰问品，使归来的战俘感到了祖国大家庭的温暖。

五

　　1952年1月底，驻守在江原道平康郡的我四十二军发现美军飞机利用晨雾在空中盘旋。雾散后，巡逻战士在金谷里内山洞一带山坡雪地上发现了大批苍蝇、跳蚤和蜘蛛样的昆虫。

　　吴之理接到报告，脑子里立刻闪过一个信号："细菌战！"他分析认为，虽然严冬季节不利于昆虫的繁殖，不易传播疾病，但美军很有可能利用朝鲜战场的特殊地理环境，试验他们细菌武器在寒带的效果。他立即将这一重要情况报告志愿军首长，逐级上报到中央。同时，他迅速组织防疫人员会同人民军防疫实验队前往四十二军驻地调查采样。

　　防疫队派出不久，即证实这些空投下来的苍蝇等还能在容器内产卵，其他昆虫均带有霍乱弧菌、鼠疫杆菌等。事实已经清楚了，吴之理发电要求各部队卫生部门严密监视敌人的细菌战手段。此后陆续得到驻开城、铁原郡、平康郡、平安南道部队关于敌机空投菌虫、毒物的报告。与此同时，朝鲜方面也发现了这个严重问题。

2月22日，朝鲜外相正式发表声明，抗议美国侵略军在朝鲜大规模使用细菌武器。美帝国主义者不但置之不理，甚至变本加厉地将抛撒毒物的范围扩大到我国东北抚顺、新民、安东、临江等地。3月8日，我国政务院总理兼外交部部长周恩来发表声明，严正抗议美军用飞机在我国境内投撒病菌毒虫。

在敌人投撒病菌毒虫的地区，先后发现了鼠疫和霍乱等病例，这些病例在志愿军和人民军中间原来没有发生过，而且寒冷季节在正常情况下也不是这些疾病流行的时机，显然这是由细菌武器而引起的。美帝国主义这种灭绝人性的暴行，引起了全世界人民的公愤。1952年3月至7月，国际民主法律工作者协会调查团、国际科学委员会以及我军派出的美军细菌战罪行调查团分别在朝鲜和我国东北地区进行了调查，看到了大批罪证，证明美军确实在朝鲜战场使用了细菌武器。国际科学委员会主任、英国人里约瑟证明，确实在朝鲜战场发现了细菌武器，他们发表了一份黑皮书。由此，美军的罪行被彻底地揭露在世人面前。

吴之理是个在旧中国成长起来的知识分子，他相信的是科学，尊重的是事实。在美军使用细菌武器初期，他尚未得到由病菌毒虫而引发疾病的确切报告，因此他还没有认定是美国人进行了细菌战。他在给中央的电报中说，据部队报告发现了不明来源的昆虫，尚未证实这是什么性质的毒虫。美军很有可能使用细菌武器，但目前尚无证据。为此，他受到了彭总的批评。很快总后勤部卫生部的电报称："尚未能从已检三十九军驻地昆虫中得出致病菌的证明，但不能因此产生对敌人使用细菌战表示麻痹与松懈，必须考虑敌人用飞机撒布媒介昆虫在我军阵地与后方，不是无目的的，亦不能因为尚系冬季便认为某些病不易传播就放松了警惕。志愿军司令部卫生部必须以大的警惕性与主动性来处理敌机撒布昆虫的问题。"次日，中央军委又打来电报，要求在朝鲜部队的防疫工作，首先应该统一对敌人进行细菌战的认识，克服各种麻痹、侥幸思想，迅速而坚决地进行防疫工作，不容有任何的迟疑和动摇；否则极易受到损失，陷于被动。

彭总的批评和北京来的电报，使吴之理的思想受到很大的震动。他很快认识到中央军委站得高看得远，从战略高度一举识破美帝国主义的阴谋手段。作为一名知识分子，也不能拘泥于条条框框，要多从政治上考虑问题。美军抛撒病菌毒虫事实俱在，不能再等闲视之，防疫工作必须跟上！吴之理心中这样下定了决心。

1952 年 3 月，又有美军飞机利用雾天在我部队驻地上空盘旋，其中一架战斗机被我军击落。在审问美飞行员时，吴之理和防疫处长两人参加。

吴之理用他一口流利的英语直接审问飞行员："你到这里飞过几次？"

"四次了。"

"有没有投弹？"

"投了。"

"是否击中目标？"

"有雾看不清，不需要精确投弹。"

"是不是爆炸物？"

"不爆炸。"

"是什么弹？"

"不知道。"

反复审问证实，美军飞行员确实投了东西，投了什么飞行员并不知道。吴之理明白了，美方怕飞行员被俘，在机舱内挂上什么弹连飞行员都不告诉，飞行员的任务是把弹投向目标，投的是什么他并不清楚。看来投细菌弹已经是真相大白了。吴之理根据近一段时期以来美军投撒毒物规律的观察和对美军飞行员的审问结果，利用回北京申请防疫药物的机会，通过中央军委办公厅联系，请求当面向周总理汇报前方反细菌战的情况。

吴之理的请求立即得到同意，总理办公室通知他第二天上午就去见总理。吴之理的心情十分激动，他知道周总理日理万机，外交斗争十分艰巨，可是对前线的事情，总理时刻挂在心上，以最快的速度答应听他的汇报。

第二天清晨，军委办公厅派车把吴之理送到中南海总理办公室，一位秘书把吴之理引到总理的办公桌前。

周恩来见吴之理进来，立即站起来与他握手："吴部长，你辛苦了，请这边坐吧。"吴之理向总理行过军礼，在旁边的一张沙发椅上坐下。

周恩来接着说，从四十二军发现昆虫已经有几个月了，敌人的阴谋手段完全暴露了，他们的这种违背世界公德的行为已经在全世界受到谴责。你们在第一线，情况更清楚，任务很重啊！吴之理回答说，这几个月来，我的主要任务就是组织反细菌战的事。前段时间我审了个飞行员，他供认投了不炸弹，装的是什么他不知道，这足以证明美军的狡猾卑鄙。总理说，这是他们的本性决定了的。吴之理接着说，我们从几个月来的统计中看出，美国人投东西有一些规律。他们至今已投过 656 次，我们分析，第一是他们选在严寒季节投撒病菌，可能是测试细菌武器在寒带使用的效果，因为他们的战略计划是以苏联为对象，因此他们选择了与苏联气候条件相近的朝鲜和我国东北。另外严寒季节对肺鼠疫和急性呼吸道传染病的传播有利。第二是美军投撒的媒介物形形色色、多种多样，有昆虫有植物，有的带菌有的不带菌，有的投在山头山坡，有的投在河边公路，他们是想让我们真假难辨、草木皆兵，以扰乱人心。第三是大多在夜间或拂晓前投撒，他们往往低空盘旋，也有真炸弹一齐扔下来，利用爆炸声掩护其他非炸弹跟下来。另外早晨和晚上还可避免阳光的杀菌作用，又可不被我军发现。第四是主要用飞机投撒，他们飞机多，性能也好，投的速度快，面积大，而且可深入到我后方，使我防不胜防。

吴之理汇报结束后，周总理说，我们已经发表了严正抗议，但不能抱幻想，还是要立足于怎样对付他们的细菌武器，跟他们是很难讲道理的。你们的任务很重，后方会支援你们，你们需要什么药品、器械，报到军委来，全力以赴支持你们。现在国内已经抽了几千人的防疫队伍归你们调动使用，国内的防疫任务也很重。前方后方都要动起来，一定要粉碎美国人的阴谋。

离开了总理办公室，吴之理感到精神振奋。有中央的支持，有全国人民的支持，我们在前线有什么困难不能克服？

吴之理很快回到了朝鲜。为了对付美军的细菌武器，在中央军委和志愿军司令部的领导下，吴之理率领全体卫生人员迅速开展工作：

其一，组织各级防疫委员会。美军采用细菌战后，中央军委给予了高度重视。1952 年 3 月 14 日，政务院和中央军委联合发出了大力进行防疫工作，与美帝细菌战作坚决斗争的指示，决定由周恩来、陈云、郭沫若、李德全、贺诚、彭真、罗瑞卿等 18 人组成中央防疫委员会。志愿军总部成立了由邓华、朴一禹、韩先楚、王政柱、卓明、洪学智、吴之理组成的防疫委员会，吴之理担任副主任委员。同时要求各级成立相应机构，领导防疫工作。很快，从兵团、军、师直到连，都成立了防疫委员会和防疫小组，形成了一张密不透风的防疫网。最基层的连队防疫小组直接负责现场消灭目标，发现不明投掷物，立即处理和消毒，使病菌不得蔓延。

其二，供应大批多种疫苗到前方部队，对我军进行紧急接种，同时也为驻地居民接种。从国内运来大批"五联""四联"疫苗，强行为每一个人接种，起到了很好的免疫效果。

其三，组织专门防疫机构，志愿军司令部卫生部掌握两支机动防疫队，各军、师、分部、兵站都有防疫队，团有防疫小组，分部开设传染病医院，国内还派来了流行病专家和大批防疫人员，组成机动传染医院和检验队等，可以随时出动到现场工作。

其四，对投撒区进行严密观察，对疫区进行封锁。发现鼠疫病例后，经师以上防疫队确认，即报上级军政首长对该地区实行封锁，通常为两道封锁圈，在通行路口设立岗哨，禁止人马车辆出入。封锁圈内加紧治疗和接触者检疫，对居住环境进行彻底消毒，强化各种卫生宣传教育。待疫情解除后，撤销封锁。

其五，为了消灭敌投物和防疫使用，组织供应了大批消毒、杀虫药品，国内在运来大批疫苗的同时，送来了上千吨的"滴滴涕"、"六六六"、来苏、清水锭等消毒药品，为了满足前线以及东北地区的需要，华北、东北的许多工厂突击生产这些药物。

其六，大力开展卫生运动，一起动手灭鼠，消灭媒介昆虫，采用灵活多样的方式方法对部队进行卫生和防疫常识教育，改进环境卫生和个人卫生，控制了疫情的发生和蔓延。

1952 年，吴之理的工作几乎全部集中于与细菌战作斗争。他频繁地回国，到北京汇报情况，申请药品和物资。在这期间，卫生部的指令最灵，他们向中央提出的各种要求，无一不得到答复和支持，有求必应；他们向部队布置工作，立刻被不折不扣地贯彻到最基层小组单位；他们与朝鲜方面的配合也数这个时期最密切，只要是反细菌战的需要，大家都不讲价钱，全力以赴地去完成。吴之理作为卫生部长，担任着整个工作过程的组织协调任务。

吴之理曾陪同国际科学委员会调查团到北京，向毛泽东主席汇报调查的情况和结果。毛主席对调查团说，美国在朝鲜战场试验细菌武器，全世界人民都看得很清楚。旁观者清，你们要把调查结果向舆论界公布。调查团的先生们听后连连点头称是。

1954年，就在吴之理准备回国工作的前夕，志愿军召开了卫生工作经验总结会。在这次会上，颁发了金日成将军授予我军卫生专家的荣誉勋章，吴之理对在抗美援朝中卫生工作所取得的成就感到无比自豪。

1954年春，吴之理被任命为第二军医大学校长。接到命令，他心潮起伏，思绪万千。三年多来在朝鲜前线的卫生工作，一幕幕地在吴之理的脑海里闪过，现在就要卸任回国了，他真舍不得离开这如火如荼的战场。然而，当他想到自己回国是去军医大学，是去培养更多更优秀的接班人，他毅然决定立即回国到职。

在伟大的抗美援朝战争中，中国人民志愿军的卫生工作者和志愿医疗队、志愿防疫队等人员在一起，在党和上级的领导下，不怕流血牺牲，克服种种困难，取得了现代化战争卫生勤务工作的经验，为发展我国军事医学打下了良好的基础。功劳是属于广大白衣战士的。但是，作为志愿军后勤的卫生部长、卫生工作的带头人——吴之理，为抗美援朝战争所作的贡献，是他人所无法替代的。

为了表彰他的功勋，朝鲜政府曾五次向他颁发功勋荣誉章。其中第四枚，是吴之理于1954年初回国前夕，金日成首相在平壤亲手给他戴上的，感谢他为反对细菌战而作出的巨大贡献。第五枚是1990年吴之理随解放军代表团访问朝鲜，金日成主席再次向他颁发的和平勋章。

·李　功·*·口述
·郭永顺·整理

1951 年冬天，我在东北军区空军一支队招待处当兵。一个偶然的机会，应苏联空军某部要求，我受部队首长指派，来到帮助中国抗美援朝的苏联第六十四歼击航空军驻地，给军长当警卫员。

军长斯留萨列夫，46 岁，中将军衔。因为是战争环境，又是出国作战，全军只有军长一人准带家属，据说是斯大林特许。军长的夫人叫彼得罗芙娜，26 岁。他们有一对六岁的孪生女儿。

那年我 16 岁，斯留萨列夫军长身边的工作人员中，数我年龄最小。兴许是人小好支使，我一个人被安排住在军长套间里的一间小屋。我的主要任务是：在外跟随军长行止；在家协助夫人照料军长起居。没用多长时间，我就同军长一家及军部驻地许多苏联朋友熟悉起来。

斯留萨列夫军长是老牌歼击机飞行员，二战时曾经击落击伤德军飞机 36 架。他除了平时在指挥所工作外，常去几个空军基地视察。空战频繁时，他昼夜不离指挥岗位。当时苏军参战属于绝密，着装同我军一样，不佩戴肩章。苏联空军的参战，改变了敌我双方的空军态势。苏联空军飞行员多数经过二战的锻炼，更重要的是，他们认为：这个仗打的是苏、中、朝共同的敌人——美帝国主义和它操纵的"联合国军"。随着战局向有利于我方转化，潜伏敌特的

＊　李功，时任苏联第六十四歼击航空军军长斯留萨列夫警卫员。

骚扰活动越发猖獗起来。

1952 年元旦刚过，斯留萨列夫军长应邀出席一次庆祝活动，地点在安东鸭绿江附近。活动开始不到半小时，防空警报骤响，我跑步冲进会场，向副官雅沙提议，即刻带军长离开。雅沙拽起军长就往外走。几分钟后，敌机就在附近投下了炸弹。

事隔不久，一个月黑星稀的夜晚，斯留萨列夫军长下部队忙碌了一天，要返回驻地，部队首长派车护送。军长的车走在中间，我的警卫车在前面开路，为防空袭，说好都不开大灯。道路坑坑洼洼，车开得很慢，快到一个叫金固村的地方时，从一片丘陵地带打过来几枪，我拔枪朝枪响的地方打出一梭子，在我换弹夹的瞬间，护送车上也开了火。我示意司机加速，他心领神会，开大灯引领后面的车加速行驶，很快脱离险境。回到驻地才发现，我乘坐的警卫车车篷后角，被打了一个洞。军长把这次历险过程讲给夫人听，夫人对我大加赞赏。在这三年多的时间里，我两次荣立三等功。

斯留萨列夫一家对我很友好，还给我起了个俄文名字——别佳，说这样叫起来方便。天冷了，他们看我只有一床被，就把他们的毛毯送给我。

朝鲜停战后，该部受命于 1954 年底之前撤回苏联。就撤军事宜，中苏双方曾多次洽谈，其中一次在东北军区空军招待所进行，苏方代表除了斯留萨列夫之外，还有空军上将顾谢夫。中方有军委空军司令员刘亚楼、东北军区空军司令员刘震。

按照军长的吩咐，夫人和我忙着准备会谈结束时的小酌。因为参加洽谈的有六个人，我就摆了六套餐具，夫人却又动手摆上了一套。

我说这一套是多余的，她说："这一套是你的。"

我说都是首长，我怎么能参加？她说："你没看都是男子汉吗？你也是男子汉，有资格参加。"

入座的时候，军长特意把我拉到他身边，介绍说："这是我的卫士。"这样一来，我只好诚惶诚恐地与这些高级将领碰了一回杯。

到 1954 年 12 月 26 日，斯留萨列夫军长率部撤回苏联。

一晃几十年过去了，我的那些苏联空军朋友，可还健在？如今我已年近古稀，多么想在有生之年，能同这些老朋友再见上一面啊！

（原标题为《我在抗美援朝时的苏联朋友》）

在朝鲜战场过中秋节

· 少 康 ·

尔钧^① 同志：

你没有来过朝鲜，你知道朝鲜秋天的景象吗？

它是一个收获的季节。山间的田野里一片金黄，大豆生长在密密的高粱林里，谷穗低下头来，像沉睡一样，风是吹不醒它的。它左摇右摆，决不把头抬。金风从山岭上掠下来，吹落了落叶乔木的黄叶，吹得高粱叶沙沙地响，吹到冲积平原上，便翻起一阵金黄的稻浪。苍松翠柏是常年绿的，可是那落叶的乔木、灌木便开始了它凋落的生活。秋，把山染得更美丽，那些不知名林木的叶子变成了五颜六色。有时，你会在一个山的任何一部分看见一片飞红似火，那就是红叶。秋天不只是把一切都吹得一干二净。你可以走上任何一座山上去看，野桃子黄了（这种桃子熟了不红），山葡萄紫了，栗子、胡桃、山丁子、软枣^②、酸枣都熟了，你可随便找着吃，山上的野果没有主儿。

你知道朝鲜人民是怎样过中秋节啊？

＊　少康，时为中国人民志愿军第四十七军基层干事。

①　尔钧：邵尔钧，少康之弟。——编者注

②　软枣：野生猕猴桃。——编者注

他们都把碗擦得干干净净（朝鲜大部分用铜碗），在今天做上一顿好吃的。一家老少，有的是一个家族，穿着浆洗得很白的衣服，到山顶上去祖坟前祭奠。这就是怀而不忘的意思吧。痛哭一场以后，便在坟前吃得一干二净。我没有看到他们吃过月饼。有用栗籽油、豆油摊"弦水"①吃（你在家里也吃过吧！用白面和以瓜丝后，用油煎），再吃点麦芽糖，喝点米酒，这就是一般农

1952 年 10 月，志愿军欢迎祖国慰问团，少康领呼口号

志愿军战士在工事内向敌射击

民的过节生活。这算过节改善伙食吧！你想，这样的生活条件苦不苦呢？这要与中国人民过节生活相比，是艰苦的。他们可是很高兴的。一年来，春耕夏锄，在敌机轰炸和破坏下，战胜了一切困难，现要收获了。你可以想一想，他们内心是多高兴。朝鲜是勤劳、勇敢、乐观的民族。他们在抗击世界上头号帝国主义 15 个帮凶国家的侵略，付出多少牺牲和代价，对和平事业有多大贡献呢？这就是为什么在停战以后和平民主阵营国家都大公无私地给朝鲜以各种援助的原因。我想，

---

① 弦水：朝鲜百姓加工食品的一种方法，类似我国北方老百姓摊煎饼的做法，但是做成的食物比煎饼要厚得多。——编者注

少康，1950 年摄于沈阳

战争停下来，他们会很快地恢复战前的生活而一天天地向上，战争要是打下去，朝鲜人民一定能够取得最后胜利！

你看见过朝鲜的月亮吧？这可是开玩笑。你现在正看月亮吗？记起月夜来，在朝鲜几个有意义的月夜记得特别清楚。1950 年 11 月下旬二次战役一开始，我们一连（当时我在一连工作）在华阳洞挖阵地，阵地挖在一个山坡的下面，从月亮一上东山就干，给工作上添了多大方便啊！

"好啊！趁着月亮不落，突击出来！""没问题！"大家一致响应。挖下一公尺，下面就是泥。一刨一个坑，插进铁锹不摇晃都出不来。过了下半夜两点，天气变得很冷，地上凝了一层冰霜，一踩，"咯咯"的声响，棉鞋上沾了不少泥，都冻住了。走起路也不平，干一会儿要用铁锹往下铲。这离战线很近啊！伙房不知在什么地方，很艰难地送来一顿面片汤。小风像刀子一样，撒在桶边上的面片都冻住了。冷啊！穿着棉袄干活热，一休息就要冷。明天就要打响！哪还休息啊！干吧！越快越好。天快亮才干完。吃完饭，躺在山坡上就睡了。睡足了，准备晚上狠狠地敲他一顿。可是敌人跑了。追！当然要追！步兵翻山越岭在追，炮兵挂上炮，上公路追！就在这个月夜，我记得很清楚。

"挖工事累我一身汗。他跑了，往哪跑！"一个战士打断了碰球[①]的声音。"跑不过咱的炮弹去！"大家对"追"展开了议论。"中国人民就是有福，赶上打追击仗吧，它就有月亮。""我看还是托毛主席的

---

① 碰球：流行于我军部队中的一种游戏。指战员围成圈，一个人碰另一个人，碰到谁，谁反应不过来就该轮到谁表演节目或者讲故事。——编者注

福……"一个战士急忙接过来："什么福不福的，为什么一次战役完了，不紧接着打二次战役？"还没等大家回答，他给下结论似的说："还不是上级的计划？这叫战略。"

在朝鲜这三年的样子，有几个月夜我是忘不掉的。1950 年 11 月的一个月夜，是我初经顽强军事劳动的一天，我可没有熊，我跟战士们一样干。你知道，秋天是打仗的好时候，有月亮也是夜战的好时候。一见到月亮，或见过中秋节的月亮，都要有些想法。你记得李白有此感触吧！

"床前明月光，疑是地上霜。举头望明月，低头思故乡。"

你念过苏东坡那首词吗？（已隔六七年之久，记忆已不全）

"明月几时有？把酒问青天。不知天上宫阙，今夕是何年。我欲乘风归去，又恐琼楼玉宇，高处不胜寒。"

你说我有什么感触呢？当然，我可以胡乱地写一首诗什么的。在今天的月夜，我还不那样做，它使我回到以往的日子里。

天下着细雨，衣服被淋得湿漉漉的，过去是黄土满地的街道，今天都变成黄泥浆。我顺着铁路的路基走下来，沿着田间小路向营房走去。我是革命军人委员会（或叫士兵委员会，每个伙食单位都有这个组织）的经济干事，到合作社去买月饼才回来。月亮上来的时候，同志们都围在月亮底下吃月饼、红柿、梨、花生。队里小同志很多，都没人想家，我当然也不想家。不过，那时候比现在要糊涂得很。那时候，我在乐队吹"黑管"，经常演演戏。这是在 1949 年中秋节，在河南许昌。

会完餐，我一边吃

少康（右）与战友合影

着苹果，一边写家信，从山上吹过来的秋风，吹开了楼上的窗子，几乎吹跑我的信。晚上，他们都去跳舞，我和几个人在里面楼上闲谈。那是 1950 年的中秋节，过节没有一个月，我就出国了。

1951 年的中秋节，是个很热闹的月夜。部队向前移动，小后方要搬家，我接受搬家任务。这天晚上，坐着汽车跑了一夜。车子经过"谷山"，平原上一段 70 公里开阔地上，飞机封锁得特别厉害，敌人的夜航机 B-25 又投弹又扫射，路炸得坎坷不平，天空上悬挂起几十个照明弹，再加上皎洁的月光，地上有一棵针都能看见，公路两旁的高射机枪和高射炮，向天上交织成一片火网。

坐在车上颠簸得坐不稳，但是还抬着已经发酸的脖子看着，总希望看见夜间打落飞机是什么样子，或许是拖着一条红火的尾巴，从天而降……"咔咔咔——咕咕咕——"敌人一排机枪打在附近，汤姆弹在地面上爆炸了，闪出蓝色火花。我告诉司机："把紧舵轮，快跑，可能发现咱车子啦！"那阵可没想家或是怕死，总是想快跑过封锁线，胜利完成任务！

1952 年的中秋节，比起以往的日子更有意思。我正随部队参加一次反击战。月亮还没有上山时，我同一个同志在野地里割荒草，敌人冷炮在附近不住地落。进入阵地已经四天了。连夜挖阵地，白天便伪装起来。到山上去砍木料，晚上再从山上拉下来盖阵地。都对月亮感觉兴趣呢！不然摸瞎干活更慢了。困哪！已经三天四夜没睡了，在干活休息十分钟的时间，就有睡着的危险。再努最后一把劲，割些草，铺在靠山崖的单人掩体内，好睡觉。吃月饼吃梨吃苹果吧，不然怎么打胜仗啊！月亮照在静静的阵地上空，这是激战前夕恐怖的寂静，除去偶尔的冷枪冷炮、敌人夜航机的声音以外，什么也听不到。眼睛像塞满什么东西似的，眼珠都不灵活了，胀得发痛，勉强地记了日记，倒头便睡。

现在我做什么？正在窗前给你写信。

五个年头过得多么快，不知道明年的中秋节在什么地方来回忆今天的，是怎么样地活着的。

你的恋爱成功没有？家里有些不同意吗？我是这样想：只要对方思想进步，身体健康就可以，不要听信家庭的话，什么民族问题啦！提起民族问题来，我给你推荐一篇文章看一看，原载于 1953 年 6 月 12 日《人民日报》，唐振宗写的《纪念〈马克思主义与民族问题〉发表十四周年》。你看看党的民族政策，我们伟大祖国是一个多民族的大家庭，希望你看一看，即使是恋爱问题和这也有关。你有不明白的地方，可以来信研究。

尔恒兄[①]我日前去一信，始终没见回信，情况你了解否？我给尚大爷、李瑞龄[②]老师去信，均已回信。唯香烛店李酉山[③]老先生没回信。

你所要的相片(1950，在沈阳照的)底版我已找出，俟不日归国后，洗好为你寄去。

我身心均健康，勿念！

祝幸福！

致军礼

邵亢[④]于朝鲜成川郡玉井

癸巳仲秋

1953 年 9 月 22 日

信手写来，草草之至，请见谅！

我的原名邵尔谦，后来改叫少康、邵亢，1929 年生于北平，1948 年 7 月从北平市立第七中学高中毕业，12 月从北平教育部师资训练所肄业。1949 年 3 月自愿参军入伍，在第四野战军特种兵炮兵第二师文工队任队员、演员、乐手、创作员。1950 年 10 月 16 日入朝作战，1953 年 10 月 15 日归国。

我入朝后，大弟邵尔钧在西北区工作。当时，我们志愿军被人们称作"最可爱的人"，备受崇敬，所以弟弟就把我寄去的书信都保存起来。虽然他的工作

---

① 尔恒：少康的堂兄。——编者注
② 李瑞龄：花鸟画家，少康于 1942—1945 年拜其为师学画三年。——编者注
③ 李酉山：少康家邻居。——编者注
④ 邵亢：即少康。——编者注

足迹踏遍西北数省，又历经各次政治运动，但这批家书却得以保存，丝毫无损。直到 2002 年 9 月，弟弟终于托可靠的朋友由西安带到天津送到我的手里，实为珍贵。

入朝作战之初，出于保密，按照志愿军总部的要求，不许我们携带有中国文字的书籍、笔记本、书信，所以，最初半年无法给家里写信，以致家中不知我去了何处，同时我也收不到家中的来信。当时真真切切体会到了"烽火连三月，家书抵万金"的心情。据家人后来告诉我，因为想念我，过年时妈妈单独盛一盘饺子，放到小屋的桌子上，再摆上一个小碟、一双筷子，在我的照片前燃起三炷香，表示心意。家里人觉得我生死未卜而心悬两地。

等到我军进行了五次战役，战局逐渐稳定下来，我们才有工夫写信。当时，为了保密，信中只字不谈战争情况。实际上，在一、二、三、四、五次战役后，我们又进行了 1951 年秋季反击战、1952 年上甘岭战役、1953 年金城战役等，停战后才回国。

上面的第一封家书中提到的"秋季攻势"，是指"联合国军"于 1951 年 9 月 29 日开始发动的一次重点战役。"联合国军"投入大量坦克，采取逐段进攻、逐步推进的战法，首先在西线发动攻势。10 月初，我志愿军第六十四军、四十七军进行了英勇的防御作战，阵地多次易手，一天内连续击退敌人的多次冲锋。我在信上也提到了，10 月 6 日这一天，"联合国军"开始每天集中一个团以上的兵力，在大量火炮、坦克、飞机支援下，逐点进攻天德山以西至高作洞地段。我四十七军防守部队与敌人展开了激烈的争夺。争夺阵地的情况我在信中有些描述。至 10 月 18 日，我们就粉碎了敌人在西线的进攻。敌人又转向东线进行重点进攻，同样遭到了我军的顽强抗击。到 10 月 22 日，经过近一个月的英勇奋战，共毙伤俘敌 7.9 万余人，敌人的"秋季攻势"被彻底粉碎了。

美军参谋长联席会议主席布莱德雷认为，"联合国军"这种攻势在战略上是失败的。他在给杜鲁门总统的报告中说：这种占领个别高地的战术，不符合美国在远东的全盘战略。此后，"联合国军"在长期的对峙作战中，再也不敢冒险发动全线大规模进攻了。

在抗美援朝的战场上，尽管条件非常艰苦，但我们志愿军战士充满了革命豪气和乐观主义精神。我主要从事文艺工作，我们想方设法编排节目，为前线的战友们送上精神食粮。从上面的这封家书中也可以看出，面对流血和牺牲，我们更加珍爱生命。在我们的眼中，阵地上的一草一木都是美丽的风景。至于松鼠等小动物，更是我们亲爱的朋友。在紧张的战斗间隙，我们更加想念祖国，思念亲人，所以才有我详细记述连续几年在战地过中秋节的情形。

我的战友李亦文同志在《难忘的战地中秋节》一文中写道："朝鲜的节日也同中国一样，他们也把中秋节作为一年中的大节来过。农历八月十五的那天下午，有十几位朝鲜老乡带着自己用木榔头捣出来的糍粑，来到我们团部驻地进行节日慰问。其中一位阿爸基（老大爷）见到我们，开始引吭高歌中国歌曲：'你是灯塔，照耀着黎明前的海洋；你是舵手，掌握着航行的方向。伟大的中国共产党，你就是核心，你就是方向，我们永远跟着你走……人类一定解放。'他老人家虽然年逾花甲，由于战争的困扰、生活的磨难，身体比较瘦弱，但精神颇佳，唱的声调十分洪亮，受到同志们的赞扬。还有一位年轻姑娘，身着一件用降落伞的尼龙绸做的白色上衣，仪表俊秀，很引人注目。在战场上见到长头发的都不容易，何况如此靓丽的女子？更令人钦佩的是，她有一副美丽的歌喉，当那位老大爷唱完了

1958 年 4 月，少康（后排左二）在家乡与兄弟姐妹的合影

歌颂中国共产党的歌曲以后，她双手交叉在胸前，学着歌星的模样唱起了：'二呀么二郎山，高呀么高万丈，古树哪荒草遍山野，巨石满山岗，羊肠小道哪难行走，康藏交通被它挡……'我们还是第一次听到这支赞扬祖国筑路大军的歌曲。她的吐字虽然不很准确清晰，但让人感到非常亲切，于是受到一遍又一遍的欢迎，姑娘也一遍又一遍兴致勃勃地唱给大家听。"

每当我看到中秋的月亮，就会想起那难忘的战地生活，更加怀念那些壮烈牺牲的可敬的战友。我愿用这些珍贵的家书和战地文字，告慰在异域长眠的烈士英灵。

汉江血，兄弟情——来自抗美援朝战场的家书

· 王新亚 *·

> 我们在阵地都很好，每天每夜都在炮弹下生活着，每天都听到机枪炮飞的声音。而且在过年时都很热闹，开了娱乐晚会，并且每天都可以得到胜利的消息。……我们现在正准备迎接敌人向我们的进攻，准备对进攻的敌人以全部消灭在阵地上，不叫他们逃跑一个，为和平事业而奋斗到底！

1951年3月18日，许玉成和邓先珉两人作为中国人民志愿军的普通一员，随同大部队雄赳赳、气昂昂，跨过鸭绿江，去同世界上最强大的军队作战，以保卫自己亲爱的祖国。两年多后，邓先珉随部队回到了祖国，而许玉成却长眠在了朝鲜战场的无名高地上，留给家人的只有一束字迹模糊的书信。

1950年初，邓先珉从四川绵阳军分区军政干部学校毕业后，入伍来到了第二野战军六十军一七九师炮兵营卫生所。在那里，他第一次见到了许玉成。与个头相对瘦小的邓先珉相比，来自北方、人

---

* 王新亚，《半月谈》主任编辑。

高马大的许玉成要显得成熟一些，经历也要复杂一些：他于 20 世纪 40 年代末离开了西安的家，跟随当国民党军医的姐夫进了国民党军队，当了勤务兵。1949年底，他所在的国民党部队起义后被收编，他成了一名光荣的人民解放军战士。

1950 年 6 月，朝鲜战争爆发，中央发出"抗美援朝"的号召。邓先珉和许玉成都咬破指头写了血书，坚决申请入朝参战。1951 年 3 月 18 日，在炮兵营做卫生员的邓、许二人随同大部队跨过鸭绿江，冒着美军不分昼夜的轰炸，急速开赴朝鲜前线。

邓先珉说，刚参军时自己年幼体弱，要背至少 20 多公斤的卫生包、枪支等装备行军，疲惫异常。许玉成总是帮邓先珉分担重物，还教他用手拉着骡马尾巴前进，可以省劲。当遭遇敌机空袭时，许玉成反应快，不是推邓先珉卧倒就是喊他趴下。好几次空袭，许玉成都奋不顾身地把邓先珉压在地上保护他。两人很快就结下了深厚的战斗情谊。

此时，我志愿军已入朝作战半年多，先后发起四次战役，给予美军为主的"联合国军"以沉重打击，胜利推进到了朝鲜南部平原地区。然而此时的美军已领教到我军的实力，不再轻举妄动。在平原地区，善于迂回作战的我军机动空间已被大幅压缩，美军的现代化武器却开始大施淫威。在这种劣势下，1951 年 4 月底，我志愿军仍毅然发起第五次战役，集中 33 个师的庞大兵力向敌人展开猛烈进攻，而刚从国内赶来的一七九师就在其中。

可想而知，战况分外惨烈，我军先后歼敌 8 万余人，但也付出了巨大牺牲。1951 年 5 月，邓先珉、许玉成所在的一七九师连续进行了两次激战，部队相当疲劳，而且伤亡众多。5 月 21 日，部队奉命北撤休整。

1951 年 7 月 11 日，后方休整之中的许玉成给二姐许玉爱写了一封短信：

> 近来你们的工作忙吧！身体健康吗？……弟在 1949 年 11 月自宁强解放过后就参加了革命部队，在部队中一切都好，工作也很是顺利，身体很是健康，望姐不要挂念。自 1951 年 3 月 18 日到朝鲜后，才知美帝的真实面目，在朝鲜战场 90% 以上的村庄城市全部炸完，人很是稀少。美帝残酷的手段，却加强了我们的斗志和意志。最后希你和母亲多讲，不要挂念为要。

许玉成自从离家后从未回家。他所在的志愿军部队开拔经过西安，仓促之间他也没能回去，只是用"大禹治水，三过家门而不入"的典故向家人解释，同时激励自己。他非常想念家人，但为免得他们担心，在信中未提自己参战的经过。不过，战友邓先珉时隔多年却依然记得清清楚楚。

1951 年的许玉成

1951 年 5 月 21 日，一七九师撤退的过程几乎像一场噩梦。邓先珉说，在滔滔的汉江边，夜幕开始降临，而志愿军此时开始渡江北撤。先是炮兵拉骡马下水，然后是步兵和伤员，江边人群十分拥挤。刚下水，敌人的侦察机就发现了这个渡江点，很快招来 10 多架战机轮番向江中俯冲轰炸、扫射，我军沿江的炮兵部队也展开对空射击。在方圆一公里的区域内，从天上到地下，从陆地到水面，枪、炮、炸弹声响成一片，我渡江部队在毫无隐蔽的情况下遭到较大伤亡。江水，被中国士兵的鲜血染得殷红！

5 月的朝鲜，江水还冷，邓、许二人脱掉外面衣裤，扶着炮兵营高大的骡马涉水而行。到了江心，邓先珉身体被水冲得左右摇晃，迈步都很困难，身材高大的许玉成扶着他的胳膊坚持前行，直到胜利冲上北岸。

这次渡江让邓、许二人永生难忘：渡江前，二人随部队坐在灌木丛中，望着江面的激烈战况，心中震撼难以平静。许玉成此时说出一个提议：双方互相通报家庭情况，如果有一人牺牲，另一人就要负责回国后向对方家庭转达消息。于是，邓先珉第一次知道了许玉成竟是家里唯一的儿子，上有两个姐姐，下有两个妹妹。随即，二人交换了彼此家庭的详细地址，并揣在贴身口袋里，互相握手重托。这个承诺，从此把他们紧紧联系到了一起。

第五次战役结束后，朝鲜战争从运动战转为阵地战，1951 年 7 月起双方开始谈判，但美军无诚意休战，双方沿"三八线"呈对峙、胶着状态，前线战斗仍然十分激烈。邓、许二人所在的六十军遭遇很大伤亡后一直在后方休整，此时的生活相对安定，许玉成的大部分信件也都是写在这一阶段。1952 年 4 月 16 日，仍在后方休整之中的许玉成给父母亲写了一封信：

父母亲二位大人：

自从于去年给大人去信后，以至今年未曾给大人去信，希大人原谅。近来大人身体健康否，工作忙吧？在祖国，人民的生活现在怎样，是否普遍得到了改善？在祖国的"五反"学习运动进行到何种程度？祖父大人是否到西安去？希大人来信说明。

许玉成母亲

自从入朝后，儿身体很是健康，一切都很好，希大人不必挂念，现在儿把朝鲜战场的转变情况告诉给大人。儿入朝的那时，基本上白天不能行动，一切的工作整个地放在夜间去完成，白天只能休息与防空，这是从过鸭绿江一直到达前沿阵地。敌人的飞机非常的疯狂，每天都看到朝鲜和平居民的房屋以及和平居民、志愿军，受到敌机的袭击，以及打燃烧的房屋、山头。在朝鲜的公路上，桥梁没有被炸断的很是稀少，大部都是白天炸坏，晚上修好。在朝鲜，人民的生活是非常艰苦的，因没有男人的家庭是占大部，年轻人参军，女人在家劳动生产，因受敌机每天的剿烧，收成不好。在我们方面来说，运输困难，大部都是吃的炒米炒面，炒米很少，大部靠炒面，高粱米很少。到去年9、10月以至今年，就一天和一天不一样，一天比一天好，以至现在吃的大部队洋面、机器米为主，菜以咸肉、豆腐干、咸菜、蛋黄粉为主，并且现在还可以买到一部分萝卜，现在还领有饼干、压缩饼干（是短的，用六七种东西合成的）。敌机也没有以前那样的疯狂，并且干工作大部推动在白天。在前方，少部的军队可以白天行动，在后方大部的军队、成群的汽车都能白天行动。这是朝鲜战场发展以来近况。这都是党和毛主席的正确领导以及祖国人民的支援而来的。最后希望大人多加保重身体，努力生产。

同一天，他也给自己的姐妹们写了信，提到了美军发动细菌战的情况：

你们三位的学习都好吧！在校的功课好吧！最后希望你们少贪玩，多加学习，努力提高你们的文化，要把你们的功课学习到没一点不会，在假期中要都在每门平均到 80 分以上，要努力学习，争取加入儿童团。

菊爱，你叫我把朝鲜的情况告诉你，现在我给你简单地谈一下：自从我们参加朝鲜战场以来，亲眼看到的朝鲜的和平居民，在战斗中所看到的不知死亡的有多少，有被美帝侵略军的飞机打死的，有被美帝侵略军杀死的，烧死的，要比日本以前在咱们那里的毒手段强几十倍……美帝在最近不知放了多少种细菌，而在我们的驻地就发现了七八种细菌，用飞机在各处进行轰炸扫射，不知有多少的朝鲜人民都被美机疯狂地炸死了。

同年 6 月 21 日，他写给好友的信中也提到了细菌战：

在朝鲜战场上现在和去年大不相同，变得很快，敌人的飞机大炮现在不行了，咱们的炮一开就不敢动了。最毒的手段就是在谈判中使用细菌武器来挽救它的死亡，我们亲眼见到的带有菌的昆虫就有十几种，经我们的防卫兵扑灭工作，大部消灭，彻底地粉碎。

战争还在继续，养精蓄锐的休整生活很快就结束了。在部队再次开拔之前，许玉成给父母写了一封信，不厌其烦地介绍部队的各项补给情况，目的就是让他们放心：

父母亲大人：

近来身体健康吧。儿曾于 9 月份接到二姐的来信，并且还有全家人的相片一张。我看了后，感到非常的高兴，未能想到我家能够照这样一张相，全家能够团圆得这么好。我看了相，家里的一切情况我都在了解，使我的思想上才能够放心，安心地为人民服务。

现在朝鲜的情况大大转变，白天在前线单独的汽车都可以行动，在吃的上大都是以大米白面为主，吃的菜除供给罐头、咸菜、豆腐干、蛋黄粉等各种副食品外，自己种的有洋柿子、洋芋、白菜、萝卜、葱蒜、辣椒、南瓜等各种青菜，并且喂的还有猪。在 9 月 17 日前每天都是四顿，9月17日后每天都是三顿，早起床后一顿豆浆油条，上午饭下午饭都调配开吃的。在我们的衣服上，夏天四套衣服（两套军衣，两套衬衣），冬天一套棉衣、一件大衣、一个毛裤。在鞋子方面，每年一双球鞋，一双解放鞋，两双普通胶鞋，冬天一双棉皮鞋，一双胶棉鞋。在各种的东西供给得都是非常齐全，有啥送啥，每天工作上除了业务外就是学习文化业务两种，并且还可按时看电影。所以在我们的各方面都是非常好的，希大人不必挂念，最后希望大人迅速来信，祝大人身体健康。

儿　许玉成

1952年9月18日于朝鲜

花晚、菊爱、香爱、金成他们都好吧，叫他们也与我来信。

　　1952年10月，六十军奉命上前线接防鱼隐山阵地，此地靠近"三八线"，与美军直接对峙。战士们的首要任务是挖掘坑道，身为卫生员的邓、许二人除执行本职任务外也被抽调去搬运器材。冬季的前线大雪纷飞，两人在没膝的积雪中扛着几十斤重的炮弹艰难前进，每天要在敌人的炮火下往返40多公里。1953年1月4日，许玉成给二姐写了一封信：

玉爱二姐：

　　你的信弟于去年收到了，曾于1952年7月份收到你与弟寄来的日记本二本，当时与你回信，不知你收到否？在接信后的那时，因正在进军，进入阵地以及修建工作，而未与你去信，近来你们那里的工作好吧？西安的元旦过得

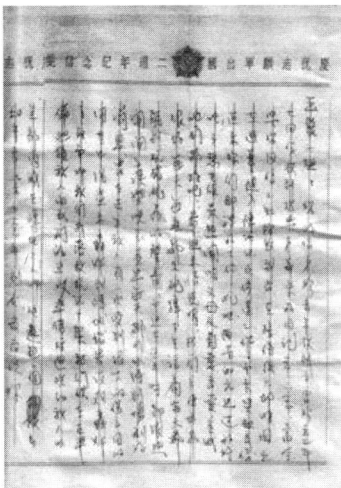

写给二姐玉爱的信

好吧？希姐来信说明。我们在阵地都很好，每天每夜都在炮弹下生活着，每天都听到机枪炮飞的声音。而且在过年时都很热闹，开了娱乐晚会，并且每天都可以得到胜利的消息。曾在去年，敌人有一次受到很大的伤亡：目的为空中强盗来轰炸我阵地，结果没有轰炸了，反而叫我们打落敌机几十架。我们现在正准备迎接敌人向我们的进攻，准备将进攻的敌人全部消灭在阵地上，不叫他们逃跑一个，为和平事业而奋斗到底！最后祝你胜利为祖国建设而奋斗！

弟　许玉成
1953 年 1 月 4 日

过了两个多月，1953 年 3 月底的一个下午，许玉成正在敌人的炮火封锁线下抢救负伤的我军炮手。正紧张包扎着，突然敌人的一个冷炮打来，弹片击中了他的下左股动脉，顿时鲜血如同泉涌。等到邓先珉和军医得到消息后匆匆赶来，许玉成已失血过多。心如刀绞的邓先珉和其他同志赶快把他抬上担架送往后方，刚走了几百米，许玉成就停止了呼吸。此时敌人的冷炮还在不远处爆炸，同志们只能找块向阳坡地挖了坑，铺上松枝和军用雨布，把他就地掩埋了。

许玉成牺牲在了胜利前夜。4 月，六十军便奉命开拔回国，驻扎到南京附近。邓先珉心里却始终藏着战友在渡江之夜的承诺，1955 年 11 月，他终于向部队请了假，专程赶往西安送达许玉成的遗物。迎接他的是许玉成年迈的父母和姐妹们，但许玉成的母亲对儿子的牺牲尚不知情。经许玉成的二姐授意，邓先珉向老母亲编造了一个美丽的谎言：玉成由于业务突出，被部队派往苏联学习，由于任务秘密，不能和家人联系。

这个谎言一直保持到了 1964 年。其间中苏交恶，许母起了怀疑：苏联专家都走了，为什么玉成还没有消息？终于，一切都瞒不住了，老母亲整整恸哭了好几夜。据许玉成的妹妹许菊爱说，1995 年母亲过世前的几年，神志已不太清醒，经常在家里的阳台上遥望远方，嘴里喊着"玉成、玉成"，她仍然在盼着心爱的儿子归来啊！

用实际行动永远缅怀着许玉成的，还有邓先珉。多年来，他不管自己生活如何坎坷艰难，总不忘带着礼品或慰问金前去看望许玉成一家。2005 年，许玉成的妹妹许菊爱在写给"抢救民间家书项目组委会"的信中说："邓同志从回国后50多年来，一直和我家保持着亲密的关系，我们胜似亲人，如同兄弟姐妹，这是他和我哥哥结下的生死战友情谊的延续，我们非常珍惜，永远怀念为国捐躯的英雄烈士。"

锦翔：

我刚由东北回来，收到了你的来信。

当时我是累的，头痛、腰酸，阅过信之后，我特别兴奋。兴奋的就是，你能针对着我的思想来帮助我。我有这样一个人经常帮助我，工作更会起劲，改正缺点更快，你的帮助是真正地从革命利益出发。的确，吊儿郎当地工作是要受损失的，对个人、对革命都没有好处。你这样直爽地提出，我是很高兴的，同时还希望你对别人也要这样。

抗美援朝之后，我的工作与飞行都进一步。老实说，我吊儿郎当是改了不少，吊儿郎当也得看环境，现在是什么时候。这次改选支部，我又是任副支部书记，不敢吊儿郎当。上级这次给我们的任务是空中转移，任务是艰巨的，上级这样提出，我们这次能从空中转移得好，我们可以成为半个飞行家。为了要得到这半个飞行家的光荣称号而努力，为了有把握地争取这光荣称号，我们由十九号乘运输机顺航线看过一次。如果我没有其他病或意外之事，半个飞行家咱们保险当上（这称号你不高兴吗？）。

锦翔，我坐在这老牛一样的飞机上，拿着地图，与地面目标对照，一去一回，我的一双眼睛，没有一时地不

---

* 朱锦翔，时任中国人民志愿军空军第二师通讯队会计。曾任兰州大学新闻系副教授。

注视地面，是为完成这次上级给我们的重大任务。
这次我们都去锻炼，你是在战争环境锻炼，我是
在空战当中锻炼，你望我当英雄，我望你争取早
日入党成模范。

朱锦翔

你给建议，不应该叫保卫干事捎信，你很
生我气啊。请你不要多心，我并非是找保卫干事
做你的工作。我以前不就说过了吗？你是一个纯
洁的青年，在思想表现工作方面都好。我为什么
叫他给你捎信，因为他是团长警卫员。过去，他
和我是很好的。那天他到我们这玩，我也在外边
玩。我给徐政委写封信，他说给你捎封吧，我说算啦。他说写吧，我
说写就写吧，就是这么样。锦翔，请你不要怀疑，你不要把保卫部门
的人看得过于重视，谁也不敢去接近他啦。过去是曾有这样的说法：
"天不怕，地不怕，就怕保卫干事来谈话。"并没有什么，请你不要怪，
不做亏心事，还怕鬼叫门？生的不吃，违法的不做，谁也不怕。

另外，我正好又去东北，这次捎回来东北特产，带回来大家都吃
完了。我再去预备捎点给你吃一吃。我们以后到东北可是不能见面啦。
我们相距太远啦。要是战场上死不了，能回见，死了就算。

锦翔，今后我们多通信吧，互相了解些工作情况，再见，再见。
在塞外，我这次去，现在那里还不冷，和这一样，满山的大豆、高粱、
苞米，都是绿的，有特别一种感觉，有个关外味道。

此致
敬礼
看过之后有什么意见，请提出为盼。

明坤[1]
9月21日

---

[1] 明坤：即作者的恋人鹿鸣坤。——编者注

锦翔同志：

很早就收到你的来信，没有及时回信，请你原谅。本来我写了一封信，准备寄，可是没有寄出去，又接到你的来信，我很被动啦。你别生气，也不要背后骂我，就是要骂，等见面后再骂，我也不会生气。

我谢谢你对我们的祝贺和希望，现在将我处情况简告你。

最近我们全团都是4点半到5点，若干人在机场等待命令，每天都是这样。我们现在住的地方不错，当然不如过去。两个大队住一个屋，也没有一张桌子，也没有电灯，睡的钢丝床。我们来的第二天休息，我和我们几个同志去大孤山游玩、观望。南海一望无边，山上有几座庙。我和几个同志在观海亭的下边，在悬崖陡壁之处照的，我送你一张，还

鹿鸣坤

有我在院里太阳光下照的，也送你一张，当然不如你在上海照得好。最近两天我们要跳伞，还发跳伞纪念章，我预备送你，好吧？还有四团的同志。

你信上谈到关于工作之问题，现在全处在抗美援朝时期，这些意见不能提，应为大局着想，过了这时期再说，不过，我还要尽量帮助你去解决。你的工作应尽力而为干下去，这是我的希望。如果你不愿干，我不愿干，谁来干？话越说越长，没有完。总之，以后战斗情况下，我主动给你写信就是啦。再见。

此致

敬礼

鸣昆①
11月22日

———————————

① 鸣昆：即作者的恋人鹿鸣坤。——编者注

鹿鸣坤写给朱锦翔的信

初恋记忆

我的恋人、战友鹿鸣坤，1929 年生于山东莱阳话河区滴子村。1943 年参军，历任战士、班长、排长、政治指导员。1948 年 8 月加入中国共产党。1949 年到航校学习。毕业后，分配到中国人民解放军空军第二师第六团。1951 年 10 月，他奉命入朝参加抗美援朝战争，任第三大队副大队长。1951 年 12 月，在一次对敌空战中不幸牺牲。

我是 1933 年出生的，家乡在浙江台州。1950 年加入共青团，后来加入了民盟。1949 年应征入伍，成为中国人民解放军华东空军文工团团员，先后担任飞行部队供应大队的见习会计、通讯队会计和师政治部文化补习学校的文化教员。1954 年转业后，我考入北京大学新闻学专业学习。1958 年毕业后，分配到甘肃兰州大学工作。退休前，是兰州大学新闻系副教授、教研室主任。退休后，定居上海。

上面的这两封信件，我已经珍藏了半个多世纪。每当重温那些信件，多少往事涌现心头，常常是泪眼模糊的同时，激励自己勇敢地面对苦难。

1950 年，新中国被东来的朝鲜战火烧到鸭绿江边，"抗美援朝、保家卫国"的声浪，让我辈当兵的热血沸腾。1951 年，我随部队"雄赳赳、气昂昂"地从上海转战到鸭绿江边。那年我已经有了初恋情人，带着好奇，带着幸福感共赴前线。我俩同属空

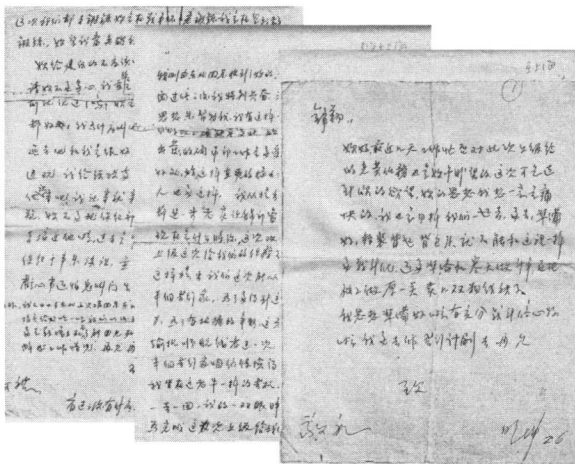

鹿鸣坤写给朱锦翔的信

军二师，他是六团三大队副队长，我是师通讯队会计。师部和飞行团队相距数百里之遥，既不可能通电话，更不可能见面，唯一的联系方式是信件。拿上纸笔，趴在床上，哪怕是三言两语，以释怀念之情。我们告别时他的话也是："到前线，我给你写信。"

提起我俩的恋人关系，堪称平淡，没有拥抱，没有接吻，更没有说出一个"爱"字，仅仅是一颗纯真的心。它的前提是部队组织对女方祖孙三代远近亲属政审合格，获得批准。

在抗美援朝前线的最初岁月，我们分享过战斗取胜的欢乐和荣耀。那时的我，只知沉浸在幸福的承诺中，参战期间，积极争取成为一名光荣的共产党员。战争结束，两人一起去山东老家看望送子参军的妈妈。

接到参战命令后的一个周日，鸣坤来宿舍看我，告诉我要去完成"试航"的任务。他眉宇间充满自信和活力地说：按苏联专家的说法，这次试航成功，就是"半个飞行家"了。他是个很诙谐的人，还不拘小节，喜欢把"吊儿郎当"四个字加给自己。

我们见面时，鸣坤还是非常拘谨的。当他发现我胳膊上戴着手表（那时因飞行需要，飞行员人人有手表）时，颇为惊喜，想看看究竟是什么表，可就是不敢接触我的胳膊。我告诉他，要去前线，父亲担心，怕我回不来，特地让姐姐将这

块表转交给我。

我们在上海的最后一次见面，是在程家桥高尔夫球场。当时，我们师部已搬出虹桥机场，驻到了高尔夫球场（现为上海动物园）对面的几幢小洋楼里。

那天，他送给我一件令我特别喜爱的礼物：色如绿宝石的小号关勒铭金笔。我们坐在球场边的一块高地上，虽然是挨着坐的，可谁也没好意思往紧里靠。尽管他英姿勃勃，充满战斗激情，谈话总离不开赴朝参战的内容，可至今不能忘却的是，他的一句话让我伤了心。他说："这次参战，也许成了英雄回来，也许牺牲了。"

我主动请战到前方，更多的是出于好奇心和光荣感，根本没有想到把参战和死亡联系在一起。我神情黯然地脱口而出："怎么可能会牺牲呢？不会的，不会的。"

他连忙笑着说："我这是跟你开玩笑，你就当真了。"

后来，在我得知一些飞行员和一位大队长牺牲的噩耗后，被战争的残酷震惊了！我后悔自己的错误想法，以后才不敢再提"不安心、要上前线"的傻话了，而是从正面去鼓励他勇敢战斗。

当时，虽然领导和同志们说，抗美援朝回国就可结婚了，可我们俩从未提过"结婚"两个字。他知道我上海的大姐不允许我过早谈朋友，要我努力提高自己。我和鹿鸣坤谈朋友的事，我的家人是在他牺牲后才知道的。

那个年代的飞行员，既不允许单独行动（和批准的女友谈对象例外），又不允许在外面吃饭。我俩没有在一起吃过饭，每次见面也从未超过三个小时。

这次分手，我们照样握手告别，都没有说过"我爱你"之类的话。可谁也没有想到，这竟然是永别。

1951年12月，我随师部机关奉命先行撤回。没想到，回到上海不几天，就传来噩耗：在一次空战中，鹿鸣坤不幸牺牲了！

战争必然有牺牲，这对部队老同志来说也许是正常的，可我无论如何也难以接受啊！毕竟那年我才18岁，他也只有22岁。当隐约知道此事后，我既不相信这是真的，又克制不住哭泣，还不好意思在人前流泪。只好一个人哭，以致不吃不喝在床上躺了三天。此后，部队领导急了，设法做我的思想工作，又派人将装在鹿鸣坤图囊（飞行员上天随身携带）里我的一张军人小照片转交给了我。

寻亲之旅

一晃，半个多世纪过去了。往事如烟，岁月茫茫。随着岁月的推移，思念取代了哭泣，让我魂牵梦萦的是如何兑现诺言，去看望鹿妈妈。

几十年来，个人行为离不开政局的走向，加上自身条件所限，始则因幼稚而害羞，不敢在人前提及男朋友种种，1954 年我考入北京大学后又想等入了党再去，可 1957 年的反右运动彻底打破了美梦。从 1958 年大学毕业到退休，我一直工作在黄土高原的甘肃。漫长的岁月，使兑现诺言变得越来越沉重，以致埋进心的最底层。

退休以后辗转数地重返上海，往事像过电影般一一浮现，都定格在对初恋情人的承诺上。古有一诺千金之说，今则弥足珍贵。可顾影自怜，18 岁的小女兵都成了白发苍苍的古稀老妪，鹿妈妈她老人家还能撑到今日吗？真是为守候承诺年复一年。再不行动，连兑现承诺的能力都将丧失了。

2006 年夏，我终于独自一人悄然上路，登上北去的列车。第一站是山东莱阳县所在地烟台，下了火车，径直去民政局。科长认真翻阅烈士名单后，不无遗憾地告诉我，莱阳县话河区已划归莱西县，属青岛地区了。我闻听之下大失所望，不知所措。稍待冷静，萌发出依靠媒体的想法，便立即去寻找烟台晚报社。接待我的女记者热情、豪爽，迅速和有关方面联系后当即表态，报社派记者陪同前往。在编辑王晓等同志的安排下，次日摄影记者兼司机马跃、资深女记者曙笑华和我一起上路。

出发是星期六的早晨。车行两个多小时找到莱西县河头店镇大淳圩村。一进入村头，我们逢人便问："知道参加志愿军的鹿鸣坤家吗？"答复只有一个——"不知道""不认识"。几位七八十岁的老者欲表达，却又说不清。就在这急不可待的期待中，走过来三位六七十岁的老人，其中一位一见照片立即爽朗地说："我知道，我知道。他就是我们村子里的英雄，抗美援朝牺牲的飞行大队长……"他滔滔不绝，一口气说出不少内容："抗美援朝结束不久，这里曾组织过两批人，到沈阳烈士陵园参观祭扫。"他瞅了我一眼后又说："听说，他在部队里还有个没有过门的媳妇。"这中间，摄影记者一直不停地按快门，我和曙记者则全神贯注于交谈："他们的住家呢？""他的家人呢？"他这才领我们往前走，继续介

晚年的朱锦翔

绍。到一片菜地前，他指着几畦菜园说，这就是他们家原先的宅基地。

至此，我们全明白了：因为鸣坤是家里唯一的男孩，姐妹们出嫁，爸爸过世，妈妈便也跟着女儿过日子。国家经济困难年代，大姐一家带着妈妈去了北大荒……

一听"北大荒"三个字，我的确被惊呆了："难道这一带再没有他家的亲人了？"他连声急促回答："有，有，有。"于是他一一告知。我们详细记下地址、姓名，又驱车往几十里外的外甥家，后又一起找到大外甥女。初见之下，两位拉住我不住地喊着："舅妈，舅妈。"欣喜之下更多的是伤感、愧疚。才60岁的外甥女，一脸的憔悴，一头枯干的白发。看着室内的陈设，炕头的被褥，我简直不待考虑，立即掏出1000元钱给姐弟俩，硬要他们收下。关于家中上辈，他们也不知道多少，只听说外婆多年前病故于北大荒。

不需多思，我已打定主意：去北大荒！

此行，《烟台晚报》图文并茂地连载四期。其间，山东《都市女报》也派出记者专程从济南赶到烟台采访我，连载两期。媒体的帮助给我带来了独闯关外的勇气。

离开烟台的第一站是首都北京。在"抢救民间家书项目组委会"办公室，我曾接受《北京晨报》和北京电台记者的多次采访和报道，其中北京电台的广播长达18分钟。

到了沈阳，我依然走进报社。接待我的《沈阳晚报》资深记者邱宏听完介绍后，恳切地表态："您老就不要再奔波了，我们直接送您到北大荒目的地。今天下午先陪同您到北陵烈士陵园……"可贵的人间，真情的暖流，使我原先去北大荒的胆怯、忧心一扫而空。

来到鹿鸣坤的墓地，这已是第三次。我站立在墓碑前鞠躬、低语，又是禁不住的伤痛。犹记第一次来墓地是1956年夏，从哈尔滨实习返回北京途中，女同学陆彬良陪同，适逢陵园关闭日，是我那不能自控的泪水使守门人破例地打开大门。在墓前，我自信地向他悄语："我正积极争取入党，待入了党，会尽快付诸行动，去看望妈妈……"

1986年去长春参加学术讨论会返回途中，再次来到墓地。肃杀、荒芜的陵园环境使我久立墓前无以为告，临行前无奈地说："在我有生之年，定会去山东老家……"走着走着又回望墓地补充了一句："愿你的灵魂能感觉我的到来，保佑我安康。"

2006年这次，我感激时代。一路上接触到的各地同志、记者都那么热情，无私相助。特别是《沈阳晚报》的记者邱宏、赵敬卫、王林，放弃国庆长假的四天休息，开车带着我从沈阳直奔黑龙江鸡东县东海乡群英四村，一路颠簸，跨越东北三省。

10月1日一早起程，第二天我们就到了大姐家的柴门外。当时已是夜幕初降时分，老两口颤颤巍巍互相依扶着，迎向我和记者们。我克制不住地扑向大姐，泪水拉近了我们的距离。大姐喃喃着："妹妹，难为你了，大老远地来看我们。""妹妹，见到你如同见到我弟弟鸣坤。"我为自己实现半个世纪的夙愿感到宽慰的同时，一股强烈的自责使心很痛，我不住地重复着："我来得太晚了！"

举目望去，简陋的住房，简陋的内室，我不由自主地摸出尚能余下的1000元钱对大姐说："这点钱你拿着，买点你最需要的。"淳朴、善良的大姐一再推辞，我不得不说："大姐，就算你弟弟的心意。"又说："见到你们我心安了，今晚唠唠嗑，明天得随记者一起返回。"一听"明天返回"，大姐伤心了："妹妹，不能走，我都86岁了，你什么时候还能再来看我？再怎么也得住个十天八天……"感情和泪水让我留下了，而且一住就是八天。

这八天，我们唠得很多。一提起妈妈她老人家，便止不住地落泪。可谈到小时候弟弟的聪明、逗人爱，我们也舒心地大笑。

2010年10月25日，在上海浦东上钢社区和志愿军老战士联谊会共同举办的纪念抗美援朝60周年大会上，我以《为了兑现当年的承诺》为题，讲述了辗转数千公里寻找战友亲人的故事，深深感动了听众。因为，我终于兑现了长达半个世纪的承诺。

（原标题为《为了半个世纪的承诺——抗美援朝战争中的战地情书》）

大榆洞，青山伴忠魂——谒访毛岸英烈士牺牲地

· 杨锡联 *

2006 年 5 月，我任中国驻朝鲜大使馆武官时，接待了访问朝鲜的毛岸英烈士亲属扫墓团，并陪同毛岸英烈士的妻子刘松林（原名刘思齐）谒访了毛岸英烈士牺牲地。

刘松林首次谒访大榆洞

彭德怀说，毛岸英是志愿军的第一个志愿兵。入朝后，毛岸英不畏艰险，积极要求上前线，由于工作需要留在志愿军司令部工作。然而，不幸的是，入朝仅一个月，1950 年 11 月 25 日，在敌机轰炸志愿军总部所在地平安北道东仓郡大榆洞时，毛岸英牺牲，忠骨埋葬在了异国他乡。

对于长期在朝鲜半岛工作的我来说，这些感人的事迹已是耳熟能详。在那场深刻影响和改变了二战后亚洲乃至世界政治格局的战争中，毛主席贡献出了他的第六位亲人，彰显了伟大的国际主义精神，受到中朝两国人民和军队敬仰。这种率先垂范的精神和品格，就连战争中的敌对一方也为之敬佩不已。三年前，在我任中国驻韩

---

*　杨锡联，曾任中国前驻朝鲜大使馆武官。

国大使馆武官时，韩国前陆军参谋总长白善烨曾亲口对我说，毛泽东是中国国家领导人，能把自己的儿子送上战场，显示了伟人风范，值得敬佩。白善烨是彻底的反共主义者，他对自己的政治立场毫不隐讳。在中国，他作为伪满洲国军的中尉军官，

毛泽东与毛岸英

参加过"讨伐"东北抗日联军的作战。在朝鲜战场，他任韩国军第一师师长时曾在云山和志愿军第三十九军直接交战。白善烨对毛主席送子上前线能有这样的认识，是我没有想到的，令我印象很深。

　　刘松林此行，是毛岸英牺牲 55 年后第一次到访大榆洞，我也成为 1955 年毛岸英烈士墓从大榆洞迁至桧仓郡中国人民志愿军烈士陵园后，第一个访问大榆洞的中国军队代表。

　　接团计划得到武东和大使的全力支持。5 月 12 日，朝方安排刘松林访问大榆洞。中方陪同的是驻朝大使馆武官杨锡联及夫人、使馆一名外交官、新华社驻平壤分社记者夏宇以及刘松林的子女。我们从平壤驱车 170 公里抵达大榆洞时，朝鲜人民武力部外事局局长安永基少将、东仓郡人民委员会委员长方世焕和大榆洞革命事迹馆馆长刘春华已在等候。

探寻牺牲的确切位置

　　大榆洞曾是朝鲜一座有名的金矿。日本投降后，日本矿主逃走，金矿被废弃。1950 年 10 月 22 日，第一处志愿军司令部驻地设在此处。主矿洞被用作地下指挥所和防空洞，主矿洞东北 50 米处的一座铁皮木板房用作志司作战处。与大榆洞一山之隔的南面一条山沟里有一个叫大洞的小村，金日成的指挥所就在这里。据朝方陪同人员介绍，彭德怀入朝后与金日成的第一次会面就是在大洞村所

毛岸英与刘思齐的结婚照

在的山沟里。

我们先看了主矿洞。主矿洞开口向北，纵深较大。沿着用于运输矿石的窄轨往里走约 30 米，有一个向外运送矿石的斜井。借助上方透入的光线，可以看清洞内的绞盘和手推矿车。往前再走 50 米左右，就是彭德怀的地下指挥所，室内物品都是依照当年的布局摆放。朝方人员介绍，前方另一处洞室是电台工作间。

看了主矿洞现场，我已找到敌机锁定作战处为空袭目标的依据。一是主矿洞里的电台。1970 年我刚到驻朝鲜大使馆武官处工作时就听说，1942 年，日军根据无线电定位围攻山西辽县的八路军总部，导致八路军副参谋长左权将军壮烈牺牲。据此推断，志司入朝后，频繁的无线电通联肯定被敌军测向定位，据此确定此处为军事指挥机关。二是作战室的铁皮盖顶木板房。从东仓郡镇内过来进入山谷的路上，我留心观察道路两侧，稀稀落落地有一些民房。根据柴成文在《板门店谈判》一书中的描述，1950 年的时候，山沟里只有一些农舍或工棚，而作战室的铁皮盖顶木板房长达 22 米，与那些朝鲜式的草房和工棚明显不同，军事目标的特点更为突出。三是志司的位置。与大榆洞一山之隔的大洞村有金日成的指挥所，和大榆洞构成了一组目标群。但大洞没有上述两项明显的特征，因此没有被列为主要空袭目标。

走出地下指挥所，我们进入志司作战处所在的木板房。这是彭德怀的地上指挥所，也是毛岸英工作的地方。据朝方陪同人员介绍，1950 年 11 月 25 日的那次轰炸，原来的铁皮木板房已全部炸毁，现在的建筑是在原址上重建的。作战室内部按被炸前的布置，摆放着长桌和条凳、电话机和作战地图。作战室右前方不到 20 米处有一小片平地，上面长有 12 棵高大的松树。朝方陪同人员介绍说，当时这里也有一座小房子，是志司作战处人员焚烧秘密文件用的。我脑子里马上反应出一个概念："机要处！"据资料记载，敌机轰炸时，炸毁了两座建筑物。作战室和机要室相距就是十几米，现场核查资料与记载完全吻合。

看了作战室后，我已经心中有数：毛岸英牺牲的确切位置就是作战室木板房内。早在 1970 年，我就听曾在志司当过作战参谋的老同志说过，毛岸英牺牲时仍在作战室内。敌机飞临时，到作战室门口去瞭望、发现敌机凝固汽油弹正在下落的志司办公室副主任成普，刚喊了一声"不好，快跑"，即被爆炸气浪掀出门外。据此判断，室内的人根本来不及作出反应，作战室就已经被烈焰吞没。

了却心愿，实现嘱托

刘松林此行的主要目的是确认毛岸英牺牲地的确切位置，立碑铭志，了却多年的心愿。但是她此前对毛岸英牺牲地还听到一种不同的说法。一位与毛岸英一起工作过的老同志说，为躲避空袭，当年这里挖了一些猫耳洞，空袭来时，毛岸英已经跑了出来，在奔向猫耳洞途中被凝固汽油弹的烈焰吞没。"要是找到那个猫耳洞，说不定就能确定他是倒在哪里。"刘松林说。面对 74 岁高龄的刘松林，我不能让她留下任何疑惑或遗憾，我要陪她去寻找猫耳洞。

中朝两方人员同时去寻找防空洞。武官助理刘中彬在作战室对面的一个小山坡上喊道："这里有一个小防空洞。"所有的人疾步前趋，奔向洞口。但经仔细勘察，我判断这不可能是志司当时修建的防空设施。安永基和我的看法一致，大榆洞革命事迹馆馆长称，这个洞是之前的日本矿主留下来的。

找不到猫耳洞，并不等于排除了毛岸英牺牲于作战室外的说法。在返回作战室途中，我和刘松林继续商定烈士牺牲地定在何处。最后我提出判断和建议：烈士牺牲地只可能在以作战室为原点、半径不出 20 米的范围之内，作战室右前方的那片小平台最有可能。刘松林和朝方的安永基都赞同我的建议，毛岸英烈士牺牲的位置遂定在小平台中心的一棵大松树下。

为标记毛岸英烈士牺牲地，刘松林提出要在松树下立一石碑，朝方安永基欣然答应。大家讨论的结果是，石碑由花岗岩制成，碑身高 1.1 米，基座高 25 厘米，象征着毛岸英牺牲的日期 11 月 25 日。我从新华社记者夏宇的采访手册上取下一页纸，为刘松林代笔，草拟了碑文："毛岸英同志是中国人民伟大领袖毛泽东主席的长子。在抗美援朝战争中，于 1950 年 11 月 25 日，因美帝飞机轰炸牺牲于此处。"

刘松林（中）和中国驻朝大使馆武官杨锡联（左一）及朝鲜人民军少将安永基（右一）一起，在毛岸英烈士牺牲地祭酒

落款由刘松林签字，"刘思齐 2006 年 5 月 12 日"。

中朝双方为毛岸英烈士举行了一个祭奠仪式。刘松林、杨锡联、安永基三人每人捧一束鲜花，献于烈士牺牲地处，刘松林诵读祭文。

她说："岸英，我来了！今天总算圆了我 55 年来最大的心愿。来大榆洞之前，我到朝鲜来过四次。但直到来到这里以后我才发现，大榆洞才是我真正应该来的地方，我早就应该来了。""岸英，这是我第一次来大榆洞，但也很可能是我的最后一次。我老了，不能再来看你了。你牺牲在这里，这里就是你的朝鲜母亲，在她的怀里你献出生命，在这里你经历了难以忍受的极大痛苦，中朝用鲜血凝成的友谊中有你的一份，你就在这里静静地安息吧！"

刘松林语调低沉，悲情切切，中朝双方在场人员无不动容。

我接着说："毛岸英是一代伟人之子，毛岸英是伟岸的英雄，毛岸英度过了伟大的一生，愿毛岸英烈士在地下安息！"

然后是为烈士祭酒。浏阳河酒是我在大使馆的库房里发现，特意带过来的。刘松林说："岸英，这是家乡的浏阳河酒，喝了它好好安息吧。"刘松林、我和安永基三人依次把酒洒在地上，祭奠烈士。

大榆洞的青山留下了毛岸英烈士的忠魂，朝鲜大地上渗透了中国共产党人伟大的国际主义精神。

刘松林在大榆洞土地上，寻找到了亲人的最后踪迹，实现了毛主席"有机会时，去看看岸英牺牲的地方"的生前嘱托，也了却了她自己多年的心愿。

· 刘 澍 *

夏衍点名，将巴金小说《团圆》改编成电影

"雄赳赳，气昂昂，跨过鸭绿江……" 70 年前，英雄的中国人民志愿军高举抗美援朝、保家卫国的旗帜开赴朝鲜战场，与朝鲜人民和军队休戚与共、生死相依，历经两年零九个月的浴血奋战，赢得了抗美援朝战争的伟大胜利。其间，涌现出无数可歌可泣的英雄事迹。

为纪念这些可敬的英雄，曾经两度赴抗美援朝战场采访的著名作家巴金撰写中篇小说《团圆》，并在当年刊发。小说描述的是志愿军政委王文清与女儿王芳在上海失联、在朝鲜战场意外重逢的故事。在这部小说中，巴金采取第一人称的写法，用"我"的耳闻目睹，一反往常正面描写志愿军战士英勇战斗的实例再进行文学加工的传统写作方式，而是饱含深情地向读者娓娓地叙述了发生在朝鲜战场上的一则更加动人的故事。

时任国家文化部副部长夏衍无意间读到了这篇小说，敏锐地感觉到主题非常好，很适合进一步改编成电影文学剧本进行拍摄，于是，便有意请毗邻朝鲜的东北长春电影制片厂将它改编成电影。1963年，长春电影制片厂根据上级领导部门的指示，接下了这项重点创

---

* 刘澍，中国电影资料馆中国电影艺术研究中心副研究员。

作生产任务。长影领导班子经研究决定，将改编的重任交给了著名导演武兆堤。

武兆堤联合自己在延安抗大时的同学、时任解放军总政治部副主任傅钟将军秘书的毛烽，一同创作剧本。他们在酝酿改编的过程中达成了四点共识——第一，应当将师政治部主任王文清（后升任军政治部主任）作为主要人物，以克服原小说中王文清仅仅是为了女儿才去朝鲜前线的"缺点"；第二，具有"革命老一辈健康感情"的王文清，应该"像教育战士一样教育女儿""像教育女儿一样教育战士"；第三，二人从毛主席抓住雷锋这个典型教育全国人民的事例上得到启发，认为王文清应该抓住王成这个典型事例教育全军、鼓舞士气，因此，剧本必须增加王成的英雄事迹；第四，故事发生在抗美援朝的战斗中，应该表现正义的战争是崇高的、是美的，而突出这种"美"，则需通过作为文工团团员的女主角王芳来进行形象化的艺术展现。

随后，武兆堤和毛烽通过与巴金面对面的交谈，对确定基调和脉络有了更为直接的主导作用。全片以兄妹重逢、父女相逢都在朝鲜战场为主线贯穿始终，以人性的光辉突出兄妹情、父女情、战友情，将战争的残酷、战场的烽火设置为背景，重点展示出慈父挚爱、兄妹情深的那份浓浓的情感。两位创作者心手默契、一鼓作气，仅用20多天就完成了剧本的初稿。

朝鲜战争中，第二十三军七十三师二一七团的步行机员于树昌、开城保卫战中第六十五军一九四师五八二团六连副指导员赵先友以及第二十三军六十七师二〇一团步行机员蒋庆泉等众多的英雄事迹中都有"向我开炮"的情节，烈士杨根思则怀抱炸药包，毅然与敌人同归于尽。武兆堤和毛烽综合以上搜集到的素材，设计出手持爆破筒扑向敌群的豪迈壮举，以此来浓墨重彩地突出展现虽是影片配角、但在全片占有举足轻重地位的王成形象。

剧本完成后，武兆堤又进行了分镜头

《英雄儿女》海报

的台本二度创作。他对男女主角和两位男配角进行精雕细琢、深度刻画，使得人物层次分明、性格鲜明。

貌不惊人的刘世龙为什么能饰演王成

在剧本的打磨过程中，对于王成的扮演者，武兆堤心目中早已经有了一个合适的人选，那就是长影厂演员剧团的演员刘世龙。厂领导和艺委会却提出质疑：一是刘的形象并不出众，个头和身材也不伟岸；二是演员本人在此之前虽然参加过数部电影的拍摄，但均为毫无光彩的配角。武兆堤坚持已见，认为曾经当过兵、打过仗的刘世龙完全可以挑起这个重任，演好这个相貌普通但有英雄壮举的平凡战士。最后，武兆堤力排众议，坚持让貌不惊人的刘世龙来饰演顶天立地的英雄王成。

为演好英雄王成，刘世龙拿着介绍信，来到了长春市郊区他原来所在的部队，下连当兵、体验生活。到部队后，他积极要求进步，无论是站岗放哨，还是投弹刺杀，乃至真枪实弹的大比武项目，都一项不漏地参加训练。数天之后，从部队回到厂里的刘世龙，带着整天训练晒得黑黝黝的脸庞，还有部队寄来的有关个人优异表现评定的信件，终于得到了厂领导和艺委会的认可。

随后，摄制组在丹东抢拍了朝鲜老大爷金正泰与通讯员小刘等人冒着生命危险，在冰河里抬担架将受伤的王芳送往敌后医院的一场戏后，就率队来到辽宁本溪的外景地进行拍摄。

在拍摄王成冲过炮火硝烟的前沿阵地、不断呼喊"向我开炮"直至壮烈牺牲的场面时，现场营造的氛围和环境，使得刘世龙完完全全置身其中，也就豁出了命一般，不由自主地进入角色之中。在大半天的拍摄当中，刘世龙吃尽了苦头。按照剧情设计，他的身旁不断有爆炸点引爆，他要在遍地燃烧的阵地上冲过去跑过来、奋力投掷手榴弹，并对着话筒确定方位、声嘶力竭地喊话。他的眉毛烧秃了，两边的鬓发也被火燎去，胳膊和身上都被烈火燎起了水泡。即便如此，刘世龙也无畏无惧。那一句惊天地泣鬼神的"向我开炮"，把志愿军战士舍生忘死的情怀演绎得感人至深。

这部无法复制的经典力作，不仅是新中国最具有影响力、最能代表国际水准的电影作品之一，而且也是武兆堤电影生涯中最富有澎湃激情和洋溢着人性光彩的代表作品。同时，刘世龙通过倾情塑造英雄王成，一夜之间迅速红遍全国，从而跻身一线演员的行列。毫不夸张地说，从此，演员刘世龙与银幕上的英雄王成便合二为一，"向我开炮"成就了刘世龙一生一世的无限荣光，也让王成的英雄形象永存世间。

谢晋帮忙找到了"王芳"

找到"王成"后，武兆堤开始物色扮演女主角王芳的演员。常年在北京的毛烽轻车熟路，带着武兆堤走遍总政、空政、海政、铁道兵、工程兵等歌舞团，但他们却大失所望，没能挑选到符合两个人心目中要求的演员。前期筹备就绪后，武兆堤心急火燎，对来京的同行好友、上影导演谢晋诉说了自己的心事。没几天，他意外接到一通长途电话，电话的另一头，只听谢晋兴奋地说，找到"王芳"了！

原来，一天中午谢晋去北京电影学院办事，刚走出学院大门时，与一位长相酷似田华的年轻姑娘打了个照面，擦肩而过。就是这么一个照面，眼光敏锐的谢晋便凭借直觉感到，这姑娘应该就是武兆堤苦苦寻觅的"王芳"！

当天下午，谢晋就拉着武兆堤和毛烽再度来到北京电影学院。可当时谢晋一高兴，居然忘了问那位姑娘的名字。这下到哪儿找、怎么找？没办法，他们三人只能在教室和学生宿舍挨个屋子找。功夫不负有心人，他们最终找到了那位姑娘，她的外形，正是武兆堤和毛烽一致认可的"王芳"的人物形象。

面对三位不请自来的陌生人，在得知各自的身份和来意后，这位姑娘很腼腆地自报家门说自己叫刘尚娴，老家在上海，刚从北京电影学院表演系毕业。在此之前，因为长得酷似著名电影演员田华，金山在拍摄新中国成立十周年献礼片《风暴》时，就曾选中当时还是学生的刘尚娴充当田华所饰演的林祥谦媳妇陈桂贞的远景替身。此外，刘尚娴在学校期间还参加过北影儿童片《小铃铛》的拍摄。武兆堤和毛烽找到刘尚娴的时候，她正在曹禺编写的话剧《北京人》中饰演一个小角色。

初次接触之后，刘尚娴的外在形象得到了首肯，但其表演风格是否对路，还有待于进一步的验证。随后，武兆堤、毛烽和谢晋接连四天观看学院表演系毕业班的汇报演出，对她的演出功力、本人气质以及外形等诸多条件都表示了肯定。就这样，踏破铁鞋无觅处，得来全不费功夫。"王芳"终于找到了，武兆堤也松了一口气。

接下来，作为导演的武兆堤开始对刘尚娴进行拍摄前的密集培训。电影中有一个精彩片段，讲的是王芳在前线慰问炊事班，为战士们唱了一段京韵大鼓《歌唱炊事员》。为此，武兆堤特意请来著名京韵大鼓艺术家魏喜奎教她。一段曲子、几个打鼓动作，刘尚娴整整学了一个多月，直到魏喜奎叫"好"为止。此外，武兆堤还请来舞蹈家专门教她跳朝鲜舞，几天后，她就学会了，跳得有模有样。

在吉林丹东和辽宁本溪等外景地拍摄的日日夜夜，刘尚娴最终没有让武兆堤、毛烽和剧组之外的谢晋失望，在电影《英雄儿女》中，她以自然朴素的本色表演，出色地演绎了一个单纯而质朴的女兵。

难忘"王文清"慈祥的目光

男主角也就是王芳的父亲王文清，最初在长影厂的陈戈、北影厂的张平和八一厂的李炎等以往这些擅长扮演我军高级首长的演员中挑选。最终还是武兆堤独具慧眼，选定了时任北影副厂长的田方。

田方早在 20 世纪 30 年代就在上海从事表演工作，主演和参演了数十部电影。新中国成立后，他从延安调任北京电影制片厂任副厂长，曾先后主演和参演《一天一夜》《风从东方来》《深山里的菊花》《为了六十一个阶级弟兄》《革命家庭》等电影。王文清既是田方个人表演生涯中最具有代表性的重要作品之一，也是塑造我军高级将领最富有光彩的艺术形象之一。多少年以来，广大观众永远也忘不了田方那双深邃睿智的双眼，忘不了他充满着慈祥温暖的炯炯有神的目光。他所演绎出来的王文清那种浓浓的父爱，不仅倾注在自己的亲生骨肉身上，更倾注在所有最可爱的志愿军战士身上。

一曲《英雄赞歌》，唱遍大江南北

"为了祖国，为了胜利，向我开炮！"相信许多朋友都看过电影《英雄儿女》。许多年来，这部电影就是伴随着这句响彻云霄的著名台词，在中国大地上家喻户晓、妇孺皆知的。而电影中同样出名的主题曲《英雄赞歌》，也早已唱遍祖国的大江南北，在几代人的心灵深处都烙下了深深的印记，经久不衰，传唱至今。

1964 年，《英雄儿女》在全国放映后引发了极大的轰动，好评如潮。尤其是

"向我开炮"

在部队放映后反响最为强烈，广大指战员一致认为，这是一部歌颂革命英雄主义的好影片。周恩来总理在日理万机之中也几次抽出时间，观看了这部影片并给予了高度的赞扬。他还在 1972 年率先提出，在纪念抗美援朝胜利 20 周年到来之际，让在观众中有着广泛影响的《英雄儿女》《打击侵略者》《奇袭》《铁道卫士》和《上甘岭》等反映抗美援朝的故事片重新与广大观众见面。其中，《英雄儿女》依然是余热未消，观众的热情反而更加高涨。

对于根据自己原创小说改编的电影，身在上海的巴金自然十分关注。他在 1965 年 1 月 12 日的日记随笔上，写下了这部电影的观后感："看了长影故事片《英雄儿女》，改得不错。关于王成的一部分加得好。王芳的形象也很美……"广大观众普遍认为，这部电影非常感人、非常好看，是当时抗美援朝题材电影中最经典的，甚至还有评论说，这部电影代表和标志着当时中国电影艺术总体成就的最高水平。

的确，《英雄儿女》中的主要角色血肉丰满、性格鲜明、人各有貌。田方饰演的志愿军政治部主任兼政委王文清、刘尚娴饰演的文工团员王芳、刘世龙饰演的志愿军战士王成、周文彬饰演的养父老工人王复标，还有郭振清饰演的志愿军团长张振华、刘效国饰演的通讯员小刘、浦克饰演的朝鲜老大爷金正泰、赵文瑜饰演的朝鲜姑娘朴贞子、褚大章饰演的王成战友赵国瑞、任颐饰演的志愿军吴军长等不同角色，构成了一组生动鲜活的战地人物群像。所有演职人员都以向英雄学习的昂扬姿态，通过各自担负的本职工作，全情塑造他们心目中的英雄形象。

"为什么战旗美如画，英雄的鲜血染红了她；为什么大地春常在，英雄的生命开鲜花！"那在炮火硝烟的阵地上用石块和刺刀拼杀、手抱着爆破筒与敌人同归于尽的英雄王成，谱写出铿锵旋律和激昂歌词歌唱英雄、在战斗的洗礼中不断成长的王芳，对儿女和战士有着同样深切关爱的两位慈父王文清与王复标，还有冒着生命危险与众人抬着担架、护送负伤的王芳蹚过冰河的朝鲜老大爷金正泰⋯⋯

正是这千万条平凡的小溪，最终汇成了伟大的江河。如今，虽然弥漫着血与火的年代早已经远去，但英雄的精神，千秋万代，永远流传。

本书文章均为全国政协办公厅主管主办的《纵横》杂志创刊40 年来刊发的抗美援朝亲历者回忆。因刊发时间久远，部分文章作者已无法联系。请作者或作者亲属知悉后与本社联系，即奉寄样书和稿酬。